다향

www.bbulmedia.com

뿔
www.bbulmedia.com

커버스티치

커버스티치

A H Y A N G

O M A N C E

T O R Y

소민

장편 소설

contents

Chapter 1

불가피

남자를 처음 만났던 건, 계절의 끝에서 무더위가 숨을 고르고 있던 때였다.

낮은 스니커즈 운동화를 신은 여자의 발목이 사람들 사이를 익숙하게 휘젓고 다녔다. 가방에는 직업을 예측하게 하는 수품들로 가득했고, 팔짱 사이에 껴 있는 다이어리엔 온갖 알 수 없는 은어들과 조각난 천들이 질서를 무시하고 엉켜 있었다.

시야에 훤히 들어오는 활기찬 움직임과 불볕더위를 증명하는 사람들의 땀 냄새들. 동대문은 경제라는 단어가 어떤 것인지 직접 확인할 수 있는 유일한 곳이었다.

등과 허리 위로 내리쬐는 태양이 살벌하게 뜨거웠다. 무더위가 기승을 부린다는 말이 지겨울 정도로 연이어지는 더위에, 지안은 시원하게 쏟아지는 소낙비가 그리웠다.

"으, 더워."

스니커즈 운동화를 신은 가녀린 발목이 멈춘 곳은, 동대문 원단시장 상가들이 빼곡하게 붙어 있는 남일 상사 건물이었다. 세월의 노고를 보여 주는 실금들이 노후한 벽을 타고 올라가 있었다.

가파른 중앙계단을 등산하듯 정상을 찍고 허리를 곧게 펴자, 다닥다닥 붙어 있는 원단 가게들이 한눈에 보였다. 여자는 부지런한 걸음으로 익숙하게 간판에 달린 번호를 찾았다.

《d—394 행복원단》

덩치가 큰 원단가게 사장님의 손은 항상 호박을 연상케 했지만, 말투와 성격은 그와 정반대로 앙증맞았다. 사장님은 특유의 앙증맞음으로, 자신이 올 때마다 따님인 행복이를 자랑하시는 분이셨다.

매대 앞에 다다르자 원단을 작게 잘라 테실처럼 우후죽순 엮어 놓은 샘플들이 보였다. 지안은 거래처 사장님 찾길 미루고, 원단 뭉치를 들어 이리저리 만져 보고 눈으로 훑기 시작했다.

"오호라. 새로 나온 원단인가 보네……. 치사하게 말도 안 해주시고……."

팔짱 사이에 껴 두었던 다이어리를 가방으로 밀어 넣고, 매대 위에 놓인 원단 샘플들을 본격적으로 살피기 시작했다.

사장님은 종종 점심시간이 임박해서 업체에 배달을 가신다거나, 혹은 공장을 방문하시느라 자리를 비우시곤 했다. 그래서 익숙하던 사장님의 목소리가 들리지 않아, 그저 아무도 없겠거니 하고 생각했다.

"애들한텐 샘플 안 주니까 가라."

원단 뭉치를 살펴보던 지안은 낯선 목소리에 고개를 들었다.

"누구요? 저요?"

"그래. 학생한테는 샘플 안 준다."

지안은 어이없다는 표정으로 좌우로 눈을 굴렸다. 익숙하게 찾아온 매장임에도 작은 매대 앞에 보여야 할 후덕한 사장님은 보이지 않았다.

서너 평 남짓한 매장에 어울리지 않은 슈트 차림을 한 남자가 내뱉는 말에 퍽이나 황당했다. 황당해하는 표정에도 꿈쩍하지 않는 남자를 보며 지안은 고개를 위아래로 움직여 남자를 훑었다. 최대한 까탈스럽고 날카로워 보이고 싶었다.

"싸장님 안 계시니?"

"사장?"

지안은 팔짱을 끼고 우두커니 서 있는 남자의 옷차림을 빠르게 스캔했다. 분명 명품이었다. 베일모직에서 새로 론칭한 슈트와 동일한 디자인이었다. 소가 핥았다고 해도 믿을 만큼 어색한 5:5 가르마가 왠지 그의 성격을 반영하고 있는 것 같았다.

지안은 질세라, 자신을 학생 취급하는 남자와 똑같이 팔짱을 끼고 그를 바라봐 줬다.

"새로 온 알바?"

"아닙니다만."

남자는 한쪽 눈썹을 추켜세우며 지안을 천천히 위아래로 훑었다. 지안은 아차 싶어 머리를 급하게 귀 뒤로 넘기며 수줍게 양손을 모으고 말했다.

"아! 가게 주인이 바뀌신 건가요? 저는 프리디자인 대리 유지안이라고 합니다. 아이 참, 전 사장님도 너무하시네요. 어제까지만 해도 통화하시고 연락 주고받고 하시더니 가게 파셨다는 이야기는 쏙 빼놓으시고……. 명함이 어디 있더라……."

"아닙니다만?"

만물상 가방에서 명함을 뒤적거리던 지안의 어깨가 축 내려갔다. 사무실로 돌아가면 해야 할 일도 산더미였고, 피곤으로 눅진눅진한 몸을 풀 시간도 없는 이때, 쓸데없는 말장난은 하고 싶지 않았다.

지안이 사는 집은 달동네 어귀쯤에 있는 단칸방이었다. 보증금을 많이 내지 못해, 월 40만 원에 육박하는 월세를 내고 있는 현실이었다. 출퇴근 시간이 분명하지 않은 직업의 특성상, 빨래는 기본으로 밀려 있었고 베갯잇에선 쿰쿰한 냄새가 심상찮게 올라왔다.

자신의 금쪽같은 하루 중 10여 분을 뺏는 낯선 남자에게 자신의 상황을 이러쿵저러쿵 나열할 수 없어 짜증이 올라왔다. 불필요하게 시간을 보내는 이 상황을 이만 정리하고 싶은 마음이 굴

똑같았다.

남자는 계속해서 팔짱을 풀지 않고 경계심 가득한 표정으로 지안을 바라보고 있었다. 지안은 그런 남자를 보며 '새로 온 직원인가' 하고 고개를 갸우뚱거렸다. 고개를 살랑살랑 좌우로 흔들며 그저 무시하자고 마음먹었다.

지안은 나머지 신상 샘플들을 확인하며 다이어리를 펼치고 메모했다. 젊은 청년이 원단시장을 어떤 패션 회사로 착각하고 첫 출근을 잘못 했나 보다고, 메모를 하다 문득 그런 생각이 떠올랐다.

메모를 마저 끝내고 다이어리를 탁 접었다. 그리고 어린 아이를 바라보듯 내린 표정으로 남자를 훈계하듯 바라봤다.

"얘. 막 입사해서 인수인계를 아직 못 받았어도 손님을 보면 깍듯이 대해야지. 어디서 나쁜 건 배워 가지고……."

"뭐라고요?"

"그리고, 너. 학생이면 누가 샘플 가져가면 안 된다고 하디? 사장님이 그랬어? 여기 사장님 그런 분 아니신데. 잘못 짚었어. 어디서 보고 들은 건 있어서는……."

"이봐요. 이러면 곤란하지. 나는 여기……."

"아, 됐고. 여기 사인이나 해 줘. 이번에 원단 가격표 나온 건데…… 견적서야. 사인하고 이따가 사장님 오면 전달해 줘."

지안은 남자의 눈치를 보며 서류를 내밀었다. 내민 종이에는 큼직하게 적혀진 견적서라는 문구 밑으로 원단의 이름들과 가격들이 빼곡하게 적혀 있었다. 인수자의 서명만 받고 한 장의 견적서를 두고 가면 되는 일이었다.

"뭐, 아무나 사인해도 돼. 거기, 거기 밑에 있지? 거기다 하면 돼. 그렇지."

남자는 속도감 있는 지안의 말에 볼펜을 들고 흘깃 얼굴을 바라보곤 서류로 시선을 옮겼다. 속독이라도 배운 건지 남자는 순식간에 서류를 훑고 내려가다 문득 입꼬리를 올렸다.

다른 샘플들을 만져 보던 지안은 다시 돌아오지 않는 서류에 의아해하며 고개를 돌렸다. 남자는 종이를 옆으로 살랑살랑 흔들며 말했다.

"사인…… 해 줘요?"

"그래. 아무나 해도 되는 거니까. 빨리해, 거기."

"아닌데, 이건 단가가 안 맞는 거 같은데."

들켰다.

지안이 몸담고 있는 회사의 사장이자 디자이너인 백장미 실장이 그저께 밤, 포장마차에서 한 이야기가 떠올랐다. 담백하게 볶아 나온 닭 모래집과 진땀을 흘리고 있는 소주잔을 들어 올리며 구매 단가를 200원만 내려 보자고, 그렇게 혀가 꼬부라진 채 브라보를 외쳤다.

그게 정당한 방법이 아닌, 원 단위를 잘라 견적서를 은근슬쩍 들이미는 조금은 치사한 방법이라는 건 아침이 돼서야 알 수 있었다.

프리디자인은 직원이라고 해 봤자 몇 없는 소규모 기업이었다. 사장을 포함한 전체 인원은 달랑 세 명. 어쨌든 백 실장 말을 인용하자면, 행복원단 사장님 성격으론 견적서에서 단가 몇백 원 내린 것 정도는 발견하지 못할 거라고 했다.

하지만 항상 쳇바퀴 굴러가듯 흘러가는 인생엔 부지기수 변수가 있기 마련 아니던가.

"뭐…… 뭐가아—요!"

"이거. 단가 안 맞잖아, 학생."

수읍. 남자는 매대 옆에 놓여 있던 종이컵을 들었다. 그러곤 미리 타 놓은 믹스커피를 한 모금 마시며 심각한 표정으로 견적서를 다시 쭉 훑어 내려갔다.

"이봐요. 이거 사장님도 알아요? 이런 식으로 매번 눈 가리고 아웅 하면서 단가 맞춰 주는 업체랑 일하고 그랬나?"

"좀 도가 지나친 거 같은데요?"

"도가 지나친 건 그쪽이지. 이거 엄연히 말하면 불법이고, 사기야. 무슨 뜻인지 못 알아들어?"

그래 봤자 200원인데 알아챈 것이 신기했다. 기존에 거래하던 단가도 모르는 상태일 텐데, 어쩌면 시세를 알고 넘겨짚어 본 것이었을까. 지안은 괜스레 200원 때문에 마치 큰 죄를 저지른 사람이 된 것 같아 가슴이 두근거리고 얼굴이 화끈거렸다.

하지만 지안은 다이어리를 양손으로 꾹 힘 있게 쥐며 남자를 향해 되레 고개를 빳빳하게 쳐들었다.

"너 여기 신입이야? 이건 그냥…… 이 단가로 해 달라는 게 아니라, 견적서를 보낸 걸 확인했다는 사인을 해 달라는 뜻이었어. 그 가격으로 보내라는 말이 아니었다고. 확인하고 그 가격에 계약 안 하면 그만인 거잖아. 이렇게 예민하게 굴 건 아닌데. 그리고 처음 출근한 직원이 이래라저래라 할 상황 아닌 거 같은데?"

남자는 입술에 묻은 커피를 혀로 훑으며 차분해진 눈동자로 지안을 응시했다. 남자에게서 무거운 분위기가 보이자 지안은 주춤거렸다.

"계약 안 하면 그만이야?"

"그래……요……."

"학생."

"학생 아니거든!"

"그래요. 알겠어요. 근데, 난 이거 사인 못 해. 그대로 사장님한테 전달하죠."

남자가 매대 안쪽에 있는 사무용 책상 위로 서류를 던지듯 올려놓았다.

그 모습을 보며 지안은 뒤를 돌아 잠시 생각했다. 무례하고 계산적인 남자가 사장에게 말해 거래를 끊게 할지도 모를 일이었다. 회사가 큰 행사를 앞두고 있는 지금 거래처 하나가 없어진다는 건 상상할 수도 없을 만큼 끔찍했다.

상황을 좋게 풀고 가야 할 것 같은 비굴한 마음이 비죽 솟아

뒤를 돌게 했다. 하지만 말을 먼저 꺼낸 건 지안이 아닌 남자였다.

"그리고. 나한테 막 반말하고 그럼 안 될 텐데."

"점심…… 먹었어요?"

엉뚱한 질문이었지만, 눈칫밥만 먹고 살았던 지안의 몸속엔 상황을 좋게 마무리하고 싶어 하는 본능이 항상 자리 잡고 있었다. 화를 내는 것 같다가도 생존을 위해그 끝을 보지 못하고 항상 지고 들어가 버리고 마는 이상한 아집.

분위기를 좋게 마무리해야 하면 무난하게 넘어갈지도 모를 일이었다. 남자는 눈치를 살살 보고 있는 지안의 얼굴을 호기심 있게 바라보며 말했다.

"설렁탕. 콜?"

팽팽하게 대립했던 상황이 후회스럽게 느껴질 때쯤, 느슨해진 틈으로 다시금 상황을 좋게 마무리할 수 있는 기회가 찾아온 것이었다.

하지만 아무리 그래도 그렇지, 열대야와 씨름하고 있는 계절의 정점에서 웬 설렁탕이람. 그러나 남자는 자신이 대답을 머뭇거리면 금세 돌아설 듯 냉정해 보였다.

그래, 설렁탕 한 그릇으로 불필요한 잡음을 없앨 수만 있다면 그곳이 불지옥이더라도 뛰어들어야지.

"……콜."

설렁탕을 먹기로 마음먹고 대답을 하는 것과 동시에, 속으로 집에 가서 피자든 돈가스든 입에 달라붙는 기름진 음식을 꼭 먹어야겠다는 다짐이 섰다.

다닥다닥 붙어 있는 매대 안쪽으로 작은 공간이 있었다. 매장마다 공통으로 가지고 있는 열려 있는 공간이었는데, 사장님들은 이곳을 자신들의 사무실이라 불렀다.

지안은 매대 옆을 돌아 그 사무실로 들어섰다.

가방을 옆으로 내려놓자, 남자는 전화기를 들어 익숙하게 번호를 눌렀다. 남자가 전화기를 붙잡고 설렁탕 두 그릇을 주문하는데, 손가락 두 개를 올려 보이며 주문하는 모습이 마치 설렁탕집에 직접 와서 주문하는 것 같았다.

왜인지 남자의 인상착의는 서늘해 보였고, 고집 있는 말투까지 곁들여져 친해지고 싶지 않았다.

눈매는 큼직해도 느끼할 만큼 쌍꺼풀이 진한 인상도 아니었다. 명품이미테이션을 좋아하는 사람인가 싶을 정도로 온몸엔 명품브랜드의 옷과 가방, 시계들이 과하게 걸쳐져 있었다. 그런데 명품이미테이션을 좋아하는 사람치곤 이상하게도, 남자는 그것들이 불편한 듯 거침없이 풀어 탁자 구석으로 던져 버리는 것이었다.

몇 분 지나지 않아 두 사람 앞에는 뜨거운 설렁탕이 놓였다. 쟁반째로 받아 든 남자는 익숙하게 책상 위로 쟁반을 올리고 뚝배기 비닐을 뜯었다. 지안은 지갑을 열지 않는 남자를 향해 짜게 식은 표정으로 몰래 한번 째려 주고, 배달 온 직원에게 돈을 건넸다.

원단을 들어 옮기고, 찾아온 거래처 사람들과 입씨름도 해야 하고, 또한 공장도 자주 들락날락거리시는 사장님들과는 전혀 어울리지 않는 멀끔한 청년. 아니, 수말 한 마리가 설렁탕을 보며 눈을 번뜩였다.

좁은 공간에서 뚝배기 위로 통통하게 올라온 비닐을 뜯던 지안은 남자의 눈치를 살피며 물었다.

“저…… 저기. 사장님은? 공장 들어가신 거니?”

숟가락으로 뚝배기를 휘젓던 지안은 남자가 설렁탕에 밥을 퍽 퍽 담그는 것을 보며 물었다. 대답 없는 남자에게 무안한 마음이 들어 표정을 도도하게 다잡고 설렁탕 안으로 밥을 넣었다.

남자는 걸신들린 사람처럼 말없이 설렁탕을 먹었다. 넥타이가 답답했는지 진즉에 풀어헤쳐 목에 대롱대롱 매달고 있었다. 이곳에서 무슨 마지막 식사라도 하는 사람처럼 국물을 들이켤 때마다 아쉬운 표정이었다.

“혹시, 사장님 아들이야?”

남자는 지안의 두 번째 질문에 대답을 고민하는 모습을 보였다. 의심은 들었지만 어쨌든 심증뿐이니…… 섣불리 단정 짓는 게 위험하다는 것쯤은 알고 있었다.

“뭐…… 우리 아버지도 사장은 사장인데, 여기 사장님은 아니야. 하지만 아버지라……. 그렇게 부를 수 있는 사이긴 하지.”

“나보다 어린 거 같은데 반말은 안 되다…… 않을까?”

이상한 문법으로 만들어진 의문문이었다.

"내가 너보다 많을 거 같은데요."

숟가락을 입에서 빼지 못하고 남자를 노려보았다. 주민등록증만 확인할 수 있었어도 마빡을 한 대 후려갈기는 건데. 지안은 그저 입맛만 다셨다. 반찬 그릇에 고여 있는 김치 국물을 숟가락을 퍼서 뚝배기 안으로 쪼르륵 흘려보내자 남자가 표정을 구겼다.

"학생, 설렁탕 먹을 줄 몰라? 국물 안에 김치 국물 들어가면, 설렁탕 맛이 느껴지지가 않잖아."

"남이사."

사실 지안은 설렁탕보다 치킨이 먹고 싶었고, 치킨보다는 스테이크를 먹고 싶었다. 보육원을 졸업해 사회로 등 떠밀려 나올 때 꾸었던 꿈은 소박하게도 그 정도뿐이었다.

단 한 평짜리라도 자신만의 공간이 있었으면 좋겠다고. 그곳에서 주말이면 씻지 않은 떡진 머리로 치킨과 곁들여 맥주를 마시며 예능 프로나 보고 싶다는, 그런 소소한 꿈.

설렁탕 그릇을 들고 후루룩 마저 먹어 치우는 남자를 보며 생각에 빠졌다.

원단시장을 돌아다니다 보면 점심시간에 일이 겹칠 때가 많았다. 그럴 때마다 사장님들께 설렁탕이나 백반들을 얻어먹곤 했는데, 사실 비위가 약한 지안에겐 시장 음식들이 반갑지 못했다.

혀를 입안 구석구석 돌리더니 휴지를 한 장 톡 뽑아 입을 닦는 것으로 식사를 마무리한 남자가 지안을 바라보며 말했다.

"그래서, 그냥 서명만 해 주면 된다고?"

"아! 네!"

남자는 지안의 얼굴에서 시선을 거두고, 구석으로 밀어 둔 견적서를 들어 서명했다.

"다음부터 단가 올릴 거면 단 백 원이라도 사장님한테 말하고 견적서 보내. 현장에서 일하는 사람들 바쁘다고 무시하는 것도 아니고 뭐하는 거냐?"

단 5평짜리 원단 매장이라 해도, 사실 몇십억대의 매출을 올리고 있는 오너들일 텐데 무시할 리가 있나. 그저 단 백 원이라도 낮은 가격으로 자신들에게 은혜를 베풀리라 믿고 보낸 견적서였다.

"그리고 백장미는 아직도 그런 식으로 어영부영 사기 치는 거 가르쳐?"

지안은 백 실장의 본명을 말한 남자의 목소리에 놀라 설렁탕 그릇에 박고 있던 고개를 들었다.

"저희 실장님 아세요?"

"알지."

"아……."

백 실장의 본명을 막 부를 수 있는 사람은 이 바닥에 흔하지 않았다.

남자는 표정 없는 얼굴로 지안을 바라봤다. 사람을 많이 상대하는 위치임에도 불구하고, 지안은 가까이 보이는 남자의 눈동자가 너무 선명하고 뚜렷해 마주 보기 불편하다고 느꼈다.

사업하는 사람인지 혹은 백 실장과 고등학교 동창, 대학 동창인지는 딱히 궁금하지 않았다.

벌써 하루의 반나절이 지나 이미 지칠 대로 지친 데다 더운 날씨에 다시 사무실로 돌아가 쌓인 업무를 마무리해야 한다는 중압감이 저절로 몸을 처지게 만들었다. 오늘따라 메스껍게 올라오는 설렁탕 냄새가 거기에 한몫 더하고 있었다.

"그럼, 가 보겠습니다."

"그래, 잘 먹었어. 또 보자."

또, 라는 말에도 지안은 대꾸하지 않고 고개를 한번 꾸벅 숙이고 돌아섰다. 빽빽하던 원단 매장들 사이를 지나쳐 밖으로 나오자 숨통이 좀 트이는 기분이 들었다.

지안은 건물 뒤로 돌아가 항상 자리를 지키고 있는 소담스러운 공원으로 들어섰다. 그나마 아직은 바람이 불어 나뭇가지들이 물결치며 무수히 반짝이고 있었다. 그늘이 만들어져 있는 나무 밑동을 지날 때면, 뜨겁게 내리쬐는 태양을 피할 수 있음에 그 찰나의 순간에도 감사했다.

지안은 가방끈이 어깨를 짓눌러 무거움에도, 쉽게 나무 그늘을 벗어나지 못하고 있었다. 그저 쪼그리고 앉아 물 위를 지나가는 오리 두 쌍을 바라보며 습관적으로 한숨을 폭폭 내쉬고 있었다.

목덜미 사이로 땀방울이 타고 내려올 때쯤이었다.

지잉지잉.

"그럼 그렇지. 5분이라도 쉬는 틈을 안 주지. 그래."

핸드폰을 꺼내 일자로 만든 입술을 열고 전화를 받았다.

"들어간다—"

— 잠깐만.

"왜."

— 올 때 메로나.

지안은 입술을 꾹 다물고 대답을 먹은 채 전화를 끊었다. 별수 있나. 고민하지 않고 편의점으로 방향을 틀었다.

냉동고의 문을 열자 아이스크림들이 뱉는 시원한 입김이 봉지를 타고 올라와 손가락을 간질였다.

지치는 날들이 매일같이 이어져 꿈이 멀어지려 할 때에도, 자신에겐 그럴 만한 열정이 있노라고 다독이며 이를 악물고 버텼다.

과거에 취직했던 소규모 디자인 회사들이 망할 때마다 실업자가 되기를 수십 번 반복했다. 그래서 3년 전, 프리디자인의 면접이 이 바닥을 떠날 생각으로 본 마지막 면접이었다. 백 실장은 굳게 입을 다물고 체념하고 있었던 지안을 보며 함께 일해 보자고 권유했다.

백 실장의 첫인상은 자신과 나이가 몇 살 차이 나 보이지 않는 동안의 이미지였다. 회사의 첫인상은 정녕 오래 갈 수 있는 것인지 의문만을 줄 뿐이었다.

하지만 그 고민은 백 실장이 가져오는 영업실적을 보고 쏙 들어갔다. 연예인 무대 의상은 물론이고, 대기업으로 납품할 수 있는 건을 자주 따 왔기 때문이었다.

거기엔 이유가 있었다. 아마 일하기 시작한 지 3개월쯤이었을 것이다. 한겨울이었고, 조금 일찍 집을 나서 사무실에 1등으로 골인했던 아침이었다.

사무실에서 밍크코트를 입고, 그 나이대치고는 동안으로 보이는 중년의 여성을 맞이했다. 백장미 실장의 어머니였다. 그녀의 어머니는 이름만 들어도 알 수 있는 기업 총수의 두 번째 부인이었다.

그 사실을 알게 된 건 첫 회식 때 백 실장의 꼬부라진 입에서 나온 말 때문이었다. 유복하게 살았지만, 너그러운 품 안에서 사랑을 받고 자라진 못했다고 했다.

그래서 유지안은 입을 다물고 백 실장 밑에서 일을 하기 시작했다. 연줄로 얻어 오는 일이 많으니 일 떨어질 일도 없고, 돈이 많으니 사무실이 없어지거나 급여가 밀릴 일도 없을 터이기 때문이었다.

자신의 현실을 인정하고 거기에 안주하며 살아가던 날들 속에 유일하게 실낱같은 희망을 품게 해 준 사람이기도 했다. 돈, 좋다. 유지안이 세상에서 가장 좋아하는 종이 중 하나였다.

백 실장은 무뚝뚝했지만, 지안의 불리한 상황을 먼저 알아보고 그녀가 이 바닥을 떠나지 못하게 도와준 사람이기도 했다. 그 이후로 또래의 동갑내기도 채용했는데, 바로 시장만 나가면 먹거리 심부름을 시켜 대는 유진이었다.

세 여자 모두 묘하게 어울리긴 했지만 공통점은 전혀 없었다. 의도인지, 아닌지 알 수는 없었지만 말이다. 어쨌든 이 바닥을 떠나지 않고, 막내라는 호칭을 버릴 수 있게 해 줬음에 그저 고마운 마음뿐이었다.

20평 남짓한 프리디자인 사무실은 책상과 마네킹들, 그리고 샘플들이 뒤섞여 작은 공간을 가득 메우고 있었다. 사무실 문을 열고 들어가자 유진이 책상에 이마를 박고 쿵쿵거리고 있었다.

"메로나 사 오라며. 자."

아이스크림을 봉지에서 하나 꺼내 건네자, 유진은 이마를 그대로 책상에 박은 채 팔만 쭉 내밀었다. 유진이 이러는 이유는 단 한 가지였다. 맞선을 본 남자가 다 맘에 들었는데도 단 한 가지 결점이 있었다든지, 아니면 모든 것이 맘에 들었음에도 불구하고 사주가 안 맞았다든지.

"남자 팔자가 나랑 만나면 뒤집어엎어질 상이래."

후자였나 보다. 지안은 자신의 자리로 돌아가 퍼더앉았다. 그리곤 운동화를 벗어 발들을 퍼드덕거렸다. 종일 걸어 지쳐 있던 발이 조금 이완되는 것 같았다. 아이스크림을 하나 베어 물고 맨발로 탕비실까지 걸어가 냉동실 안으로 백 실장 지분의 아이스크림을 던져 넣었다.

"사주 보러 갈 정도면 이번엔 완전 맘에 들었나 보지?"

혀가 얼얼할 정도로 차가운 아이스크림을 입안에 넣고 뱅뱅 돌렸다. 달콤한 맛과 얼얼함이 공존했는데, 반가운 느낌이었다.

"그러니까. 얼마나 잘 맞았느냐면 말이지. 이게. 이런 거까지."

유진은 작은 주먹을 쥐고 팔뚝을 올렸다. 지안은 순간 그것이 무엇을 의미하는지 알 수 있었다. 화끈거림에 고개를 돌리고 아이스크림을 뱅뱅 돌리다, 왠지 모를 기분에 화들짝 놀라 아이스크림을 입안에서 쏙 빼냈다.

"야. 그거 좀 하지 마."

지안의 표정을 보던 유진은 깔깔거리며 의자 뒤로 넘어갔다.

"천연기념물도 기념물 나름이지, 우리 나이 먹어서 기념물은 기념물이 아니라 퇴물이다. 웬만하면 좋은 말로 할 때 주말에 소개팅해라."

"너, 내가 지금 어디 다녀왔는지 알아? 원단시장이야. 만날 밤낮으로 샘플 잘못 나오면 당장 뛰어가야 하는 상황이잖아. 연애? 하이고, 됐네요. 개나 줘, 제발. 나에게 그런 짐을 짊어지게 하지 말아라~"

지안은 다다다 신세 한탄을 쏟아부으며 소개팅이 자신에게 얼마나 어울리지 않는지에 대해 나열했다. 피— 유진은 어깨를 으쓱이며 입을 삐죽였다.

"아, 맞다. 백 실장님이 우리 디자인한 거 가져오랬어. 오전에 사무실 들르신다고 했는데 오늘은 안 오시려나 보네."

"매번 쪽지 시험 보는 것도 아니고. 굳이 우리 거까지 안 끼워 주셔도 되는데……."

"얼씨구. 맘에 없는 소리 하지 마셔요. 우리가 운이 좋았던 거지. 백 실장 아니었으면 너나 나나 이 바닥에서 버텼겠냐."

유진이 퇴근 준비를 시작하며 말했다. 책상 파티션 옆에 달린 거울에 얼굴을 비추며 아이라인을 더 짙게 그려 넣었다. 그리고 책상 밑에 아무렇게나 벗어 둔 구두를 찾는 소리가 둔탁하게 들렸다. 유진은 핸드백을 챙겨 들고, 지안을 향해 윙크를 찡긋 날렸다.

"내일 실장님 책상으로 꼭 디자인한 거 올려놔라. 언니 퇴근한다!"

"들어가."

"기운 좀 내고. 요즘 더위 먹은 거 같아. 힘이 없더라. 시장은 당분간 내가 갈 테니까 원기회복 좀 해."

유진은 말을 끝으로 그렇게 퇴근을 했다. 연애라……. 지안은 팔 끝을 책상에 대고 골몰히 생각했다. 여중, 여고, 여대를 나오고 나서 남자 손도 제대로 잡아 본 적이 없었다.

성인이 되던 기점에 강제적으로 독립된 생활을 해야 했고, 아르바이트에 밤새 손이 짓물러도 맘 놓고 끼니를 해결하지 못했다. 그런 이유를 굳이 주변 친구들이나 누구에게 구구절절 이야기할 필요는 없다고 생각했다.

괜스레 질투도 나고 자신의 인생이 초라해 보여 억울하기도 했다.

여유가 있느냐 없느냐의 문제는 아니었다. 백 실장이 챙겨 주는 기회는 많았지만 그렇다 해서 급여가 두 배 이상도 아니었고, 이 바닥의 통상적인 수준이었다.

"아— 유진이 말대로 몸보신을 해야 하나……."

나무 막대기에 달콤한 아이스크림들이 스며들어 있었다. 퇴근에 앞서 사무실 불을 내리고 마지막으로 점검을 했다. 습관처럼 사무실을 나서기 전 뒤를 돌아보았더니 어수선하고 알 수 없는 잡동사니들이 사무실 안을 가득 메우고 있는 광경이 눈에 들어왔다. 그런데도 그 모습들이 열 평 남짓 자신의 몸을 뉘일 작은 공간보다 더 편안하고 아늑하게 느껴졌다.

지옥철에 몸을 싣고 몇 정거장을 더 가다 보니 사람들이 논바닥에서 물 빠지듯 흘러 어디론가 사라져 갔다. 어느 정도 몸을 가눌 정도의 공간이 생기자 지안은 가방 안으로 손을 넣어 원단 샘플 뭉치를 꺼내 들었다. 그중 고민하던 원단을 손끝으로 만지작거렸다.

백 실장은 두 사람에게 한 달에 한 번씩 의상을 직접 디자인하라고 했다. 원단 샘플부터 단추, 지퍼 등등 세세한 것까지 직접 손으로 달아오게 했다.

함께 일한 지 얼마 되지 않았던 때에는 이런 기회가 왔다는 사실에 떨리기도 하고, 아직 초짜인 자신에게 기회가 오기까지가 쉬운 일이 아닌 것을 아는지라 작업지시서에 드로잉을 포함해 요란한 부자재들을 태슬처럼 달아 가곤 했었다.

처음 지안의 것을 보던 백 실장은, 달린 부자재들 때문에 무거워 찢어질 듯한 작업지시서를 흔들며 말했다.

'마지막 기회가 아니고, 처음 시작하는 디자인이잖아요. 이렇게 불꽃놀이 하는 폭죽처럼 주렁주렁 달고 오면 뭘 보라는 거야. 천천히 흥분하지 말고, 정말 머릿속으로 생각했던 디자인하고, 원단 샘플 가져와 봐요.'

그랬다. 두 번 다시 오지 않을 거라는 생각에, 지안은 최선을 다해 유행하는 디자인을 짬뽕시켰고, 혹여나 실장이 맘에 들어 두 번 세 번 디자인을 더 가져와 보라고 한다면, 그제야 제대로 해 봐야겠다고 생각했다. 그저 우선, 당장은, 기회의 발판을 만들어 놓고 싶었다.

지안은 기억을 더듬던 중 숨이 픽하며 터지고 웃음이 새어 나왔다.

그런다 해도 긴장을 늦출 순 없었다. 최소한의 가족도, 제대로 된 벗도 없던 지안에게 세상은 각박하고 냉정했으며, 어느 한순간 끝나 버릴 한 폭의 그림과도 같았기 때문이었다.

점심을 배달된 설렁탕으로 먹었더니 속이 더부룩한 것 같아 오늘 저녁은 거르기로 결정했다.

"그나저나 그 설렁탕 자식은 뭐야, 도대체. 사장님은 어딜 가셨기에. 그딴 멀대 같은 시키가……."

반반한 얼굴은 그렇다 쳐도, 고급스러운 슈트가 진품인지 가품인지를 헷갈리게 하는 핏이 마음에 들지 않았다. 짐짝을 들고 다니기 바빠 땀내가 진동하는 시장에서 고급스러운 슈트라니. 그런 옷차림새를 한 남자가 멀뚱히 매대 앞에 앉아 있으니, 무언가 아이러니한 모습이 아닐 수 없었다.

"설마, 사장님한테 고대로 이야기한 건 아니겠지……."

지안은 사람들이 빠져나가 휑뎅그렁해진 지하철에서 문에 등을 기댔다. 그리고 곧장 가방을 열어 작은 스케치북과 연필을 꺼내 재빨리 남성용 슈트를 그려 넣었다.

사실 남자의 날씬하고 길쭉한 다리 핏이 보기 좋았던 건 사실이었다. 마른 듯하면서도 넓은 남자의 어깨가 스케치북 위로 내려앉았다.

셔츠는 레귤러 칼라 셔츠로, 그리고 넥타이는 윈저노트로. 지안은 머뭇거리다 오른쪽 카라 하단에 SRT라는 이니셜을 작게 박았다. 설렁탕이었다. 디자인이 아닌, 그저 남자에 대한 기억을 더듬는 작은 기록이었다.

지하철에서 내려 골목을 올라가는 길은 익숙했지만 어두운 밤길이 무서운 건 매한가지였다. 아무리 짐짝을 나르며 다져진 맷집이라고 해도 여자 아니던가.

지하철을 타고 한 시간 정도를 달려온 이곳엔 아늑한 집이 지안을 기다리고 있었다. 주황색 가로등 몇이 골목을 밝혔지만 몇몇은 그나마 빛이 나오지 않아 어느 공간은 어둑하기도 했다. 개

발된 도시들의 훤한 가로등에 비해 이곳의 노후한 가로등이 제 역할을 톡톡히 해낼 리가 없었다.

정확하게 몇 달을 기점으로 재개발 공사가 시작되면 이곳을 떠나야 했다. 지안의 집은 맨 꼭대기에 위치해 있었다. 뒤편으로 산이 있었는데 부지를 깎아 납골당이 제일 먼저 들어선다고 했었다.

그 때문에 주인아주머니가 땅값 내려가기 전에 후딱 팔고, 미국에 있는 딸네 집으로 가겠다고 했다. 부탁 아닌 통보를 전한 후로 아주머니는 얼굴을 내보이지 않았다.

급여는 세금 제하고 88만 9천 원. 그나마 주말에 특근을 하면 백 실장이 나름대로 특근수당을 계산해서 보태 준다. 그렇게 하다 보면 120만 원을 오락가락하는 급여 수준.

"흠."

가쁜 숨을 내쉬며 가파른 골목 계단을 올라갔다. 코너를 돌아 도착한 곳에서 지안은 열쇠를 꺼내 들었다. 그리고 남색 철문 옆으로 달린 우체통에 꽂힌 고지서를 익숙하게 빼냈다.

각종 공과금을 내야 하는 날은 칼같이 돌아온다. 얄짤없는 사회에 비죽 심술이 튀어나오는 순간이었다. 헐떡이는 숨이 쉽게 가라앉지 않았다. 계단 때문인 건지, 급여 날이면 순식간에 로그아웃되는 통장 때문인지는 알 수 없었다.

지안이 들어선 곳엔 딱 열 평짜리 방 한 칸과 욕실, 그리고 주방이 있었다.

유일하게 이 집에 살면서 좋은 건 창밖으로 지안이 제일 좋아하는 서울의 야경이 한눈에 보인다는 것.

처음 이 집에 들어올 때만 해도 지안은 희망과 열정으로 가득 차 있었다. 혹시나 상황이 열악해진다면 중노동이라도 해서 안락한 자신의 집을 지킬 것이라고, 그렇게 다짐을 하곤 했었다. 다행히 성적이 좋아 장학금을 받으며 학교에 다녔고, 아르바이트로 방세를 메우는 건 그다지 어려운 일은 아니었다.

대학을 졸업하고 나서부터가 문제였다. 성인이 된 이후로 보육원에서 후원이 끊겨 버렸고, 회사에 다니면서 시작된 소비와 먹고 사는 것에 대한 문제가 피부로 와 닿기 시작할 때부터 지안은 치열해지기 시작했다.

술을 잘 하지 못하는 지안은, 가끔 벼랑 끝에 내몰린 기분이 몸을 휘감을 때면 소주 한 잔에 기절해 잠을 청하기도 했다.

욕실로 들어가 고무줄로 머리를 질끈 묶어 올렸다. 그리고 따듯한 물을 틀어 놓고, 눅진한 화장솜을 들어 화장을 녹여 지웠다. 세안을 마치고 욕실에서 나와 싱크대 위에 놓인 라면을 물끄러미 바라봤지만, 그마저도 관두기로 했다.

아무렴 미모가 경쟁 시대의 밑거름이 되는 세상에 살고 있으니, 다이어트를 하긴 해야 했다. 찬장을 열어 눅눅한 시리얼을 꺼내 손으로 몇 개 집어 씹어 먹고 다시 밀어 넣었다.

개운한 몸으로 방으로 돌아와 습관적으로 티브이를 켜고 소리를 올렸다. 지안은 채널을 돌려 대화가 많이 오가는 토크쇼를 선택해 놓고 이불이 깔린 쪽으로 발을 움직였다.

"으차……."

잠옷으로 갈아입고 이불 위로 눕자 베개가 한쪽 얼굴을 거칠게 감싸 안았다. 베개를 마지막으로 언제 세탁했는지 기억이 나지 않았다. 지안은 코를 박고 킁킁거리다 벌떡 일어나 티브이 위로 올려 둔 분무형 탈취제를 들었다. 그리고 베개를 향해 분사했다.

"그래. 어차피 이사 갈 때 너희 다 버리고 갈 거야. 진짜야."

요즘 들어 집으로 돌아오는 길이 심리적으로, 육체적으로 힘들어 다시 사무실로 돌아가고 싶어질 때가 많았다. 집을 다시 구해야 한다는 이유도 있었고, 사무실에서 바쁘게 움직이다 보면 자신이 처한 우울한 상황들을 잠시나마 잊을 수 있기 때문이었다.

사람들은 살아가는 데 있어 이유를 한 가지씩 꼭 달고 열심히 살아갔다. 하지만 지안은 한참을 달려도 목표가 어딘지, 혹은 어디에 목표가 있는 건지 알 수 없었다.

눈꺼풀이 점점 무거워져 뜨기가 힘들어졌을 때, 지안은 목표가 없는 인생에 과연 열심히 달려야 할 만한 이유가 있는 것인지 의아해졌다.

토크쇼가 다 끝나고 12시 자정 뉴스가 시작됐다. 연신 최근 일어난 방화 사건에 대한 이야기들이었다.

"수백억 원의 재산 피해를 남긴 남대문 의류상가 방화 사건이 미궁으로 빠져들고 있습니다. 방화 용의자로 지목되었던 남성을 추적 중이던 검찰은 중림

동의 한 모텔에서 그의 행적이 끊겼고, 그의 신원조차 알 수 없어 수사에 난항을 겪고 있다고 밝혔습니다. 이에 국민들의 불안감은 커져만 가고 있습니다. 자세한 소식 알아보시죠. 김연희 기자."

올림머리가 갓 입사한 신입을 연상케 했다. 자정 뉴스를 진행하는 자리를 따기 위해 얼마나 많은 맞수들을 제치고 올라갔을지 안 봐도 훤했다.

살짝 얼어 있는 표정과 쉽게 풀어지지 않는 입가를 보니 얼마나 긴장되어 있는지 알 수 있었다. 시간이 흐르면 노련해질 테고, 능숙하게 뉴스를 전달하는 데 있어서 프로답게 변하게 될 것이었다. 지안은 은연중 이름도 성도 모르는 앵커의 미래에 대해 생각하고 있었다.

"지 코가 석잔데 누구 미래를 생각하는 거냐."

곧바로 기자에게 화면이 넘어갔다.

리모컨을 들어 전원을 끄고 일어나 스위치를 탁 치고 방 불을 껐다. 내려온 어둠 속에서 발을 더듬거리며 바닥에 깔아 둔 이불을 찾았다. 발바닥으로 폭신한 이불이 느껴지자, 지안은 풀썩 안으로 뛰어 들어가 목까지 끌어올렸다.

"주말엔 꼭 치킨 시켜 먹어야지."

오늘도 살아가는 이유를 열심히 찾았다며, 자신을 스스로 다독였다.

삐리리리—

알람 소리를 듣는 것은 실로 오랜만이었다. 방바닥을 손으로 이리저리 훑으며 핸드폰을 찾았다. 지안은 왜 알람이 울리는지 의아해하면서도 수마에서 빠져나오지 못했다. 어젯밤 치킨 생각에 밤잠을 설친 탓도 있었다.

갑자기 눈이 퍼뜩 떠지며 지안은 이불 속에서 로켓처럼 튀어 올랐다. 그러자 계절을 알려 주는 얇은 이불이 그녀의 발목을 잡았다. 굳이 뛰지 않아도, 덕분에 한 바퀴 굴러서 욕실 앞에 착지 성공. 양치와 함께 세수를 하는 신공을 발휘해 주고 방으로 점프하듯 뛰어 들어왔다.

천으로 만들어진 간이 옷장의 지퍼를 죽 내리자, 그나마 있던 옷들이 지안에게 자신들을 선택해 달라며 아우성이었다.

"으으…… 아 모르겠다."

빨아 놓은 여름옷들이 죄다 세탁기 안에 들어가 있었다. 어젯밤, 빨래를 널고 잔다는 것을 까먹은 일이 이 사태를 초래했다. 면접 볼 때나 한번 입었던 정장 치마가 보였고, 치마를 집자마자 얇은 블라우스와 안에 받쳐 입을 민소매를 집었다.

블라우스를 옷걸이에 걸을 때 왜 단추를 잠가 놨던 건지, 원래의 덜렁거리는 성격과 어울리지 않게 꼼꼼한 짓을 한 자신을 질타했다. 옷을 대충 입고, 화장대 앞에 앉아 비비크림을 세수하듯 바르고 현관을 나섰다.

문득 지안은 신발장에서 걸음을 멈췄다. 구석에 밀어 둔 굽이 뾰족한 구두가 있었는데, 큰 행사가 있을 때 아니면 신지 않는 구두였다. 지안은 고개를 살살 저으며 운동화에 발을 욱여넣었다. 하지만 다시 멈춘 그녀의 발목이 살며시 빠져나와 구두 안으로 들어갔다.

현관문의 쇠 마찰음이 골목길을 메우자, 곧이어 뒷산에서 포클레인이 땅을 파며 쿵쿵거리는 소리가 들렸다. 날이 지날수록 공사는 빠르게 진행되고 있었다. 그럴 때마다 지안은 자신이 편히 누울 수 있는 곳도 곧 철거될 것이란 사실이 떠올랐고, 그럴라치면 우울해지기 십상이었다.

시간이 늦어 평소 잘 이용하지 않는 비탈진 길을 선택해야만 했다. 운동화를 신고 있었다면 뛰어 내려가면 될 일을, 지안은 구두를 신었기에 고민했다. 무슨 바람이 불어서 그런 거냐며, 자신에게 되물어 봐도 돌아오지 않는 답은 메아리처럼 가슴속에서나 울리고 있었다. 시간이 촉박하니 택시를 잡아야겠다는 생각이 본능적으로 들었다.

다시 들어가서 운동화로 갈아 신을까. 아니, 아니. 고개를 저으며 이내 관두기로 했다. 가방을 품 안에 꽉 안고 골목길을 내달렸다. 그러자 오래된 구두가 빽빽 비명을 질렀다.

"미안, 미안, 언니가 이번에 월급 타면 얘기부터 바꿔 줄게!"

평평한 큰길가로 안전하게 랜딩을 마친 지안은 기분 좋게 머리를 뒤로 좌락 넘겼다. 이제 다음 관문은 택시를 잡는 것이었다.

출근 시간이 넘은 시간에, 자신처럼 지각을 면하려는 사람들이 택시를 줄줄이 잡고 눈앞에서 사라져 갔다. 지안은 안절부절못한 표정으로 고개를 내밀고 위험하게 차도로 몸을 기울였다. 마침, 노란색 앙증맞은 택시가 길을 따라 천천히 서행하고 있었다.

택시를 잡으려는데 앞쪽에 팔을 들어 서행하는 택시를 잡는 한 남자의 뒷모습이 보였다. 분명 다들 사라졌다고 생각했는데, 낙오된 사람이 있었던 모양이다.

지안은 품 안에서 놓아주었던 가방을 다시금 품 안으로 가두며 힘을 주었다.

발 빠른 새가 먹이를 채간다는, 있는지도 모르는 속담을 되뇌며 남자를 새치기할 준비로 온몸이 털을 쭈뼛쭈뼛 세우고 있었다.

택시가 서서히 멈추고 남자가 차를 향해 가까이 다가설 때였다. 지안은 빠르게 뛰어가 뒷좌석으로 재빨리 올라타 문을 힘 있게 닫았다.

“아, 아저씨! 동대문요!”

기사는 지안의 말을 듣자마자, 기어를 바꾸며 차를 움직였다. 어렴풋 남자의 인영이 창문 가까이서 느껴지자 침을 한번 꿀꺽 삼키고 고개를 돌렸다.

그 순간 지안은 눈을 비비며 끔뻑였다. 동대문에서 5:5 가르마를 하고, 고급 슈트를 입고선 자신을 째렸던 분명 그 남자였다.

“어, 어! 너!”

남자는 어제보다 훨씬 더 무겁게 가라앉은 표정이었다. 표정뿐 아니라 옷차림과 머리도 달랐다. 5:5 가르마가 아닌 검은 흑발이 눈썹 위로 가지런히 내려앉아 있었고, 부담스러운 슈트는 더 이상 입고 있지 않았다.

"너……?!"

남자는 차창을 통해 지안의 얼굴을 바라보다 문득 기억이 났는지, 인상을 팍 찌푸리며 손가락을 들어 가리켰지만 택시는 이미 저만치 떠나고 있었다.

지안은 남자에게서 느껴지는 동질감 비슷한 감정을 떠올렸다. 달동네 근처에 사는 것으로 보니 네 녀석도 자신과 다를 게 없는 88세대일 것이라 확신했다.

"짜식. 이 동네 살고 있었구먼."

남자는 팔을 들어 뭐라고 소리치는 것 같았다. 지안은 비죽 솟아오르는 통쾌감에 새치기를 했다는 비양심적인 죄책감을 잊은 지 오래였다.

"아는 사람이에요?"

택시 기사가 백미러로 지안을 보며 물었다. 지안은 손과 어깨를 으쓱이며 말했다.

"아뇨? 동네 양아친가 봐요."

장대비가 쏟아지던 오후였다. 마냥 흐리지만은 않았고, 볕이나 있는 하늘이었다. 늦은 출근인줄 알았던 백 실장은 마치 중요한 자리에 외출을 하고 온 듯, 옷차림이 화사했다. 사무실로 돌아온 그녀는 말없이 자리에 앉아 생각이 많은 듯 멍하니 허공을 바라봤다.

"좋은 소식이 있어요."

드디어 자세를 바로잡고 업무를 보려는 듯한 백 실장을 보며 지안은 탕비실로 걸어갔다. 어제 오후에 사 두었던 아이스크림을 하나 꺼내 실장의 책상 위로 내려놨다.

멍하니 생각이 없어 보이던 백 실장은 지안이 내민 아이스크림을 보더니 골몰히 정신을 팔고 있다가 깨어났다.

"아. 고마워."

"좋은 소식이 뭔데요? 있다고만 말씀하시고, 빈 구석만 쳐다보고 계심 어떡해요?"

"아, 맞다. 베일모직 알지? 이번에 베일기업에서 론칭한 큰— 회사. 거기랑 아마 주기적으로 거래할 거 같아요."

백 실장은 한 손에 아이스크림을 쥐고 아이에게 설명하듯 양팔을 벌려 말했다. 지안은 빙그레 웃으며 구석에 밀어 놨던 동그란 간이 의자를 끌어와 그녀의 책상 앞에 앉았다.

유진도 백 실장의 목소리에 하던 일을 멈추고 어딘가에서 간의 의자를 하나 더 끌어와 둘러앉았다. 언제부턴가 자연스레 약속된 습관이었다. 거래를 따 왔다는 공지가 백 실장의 입에서 나올 때마다 지안과 유진은 실장의 책상 곁으로 둘러앉아 경청했다.

"실장님 오늘 선봤어요?"

유진은 팔짱을 끼고 있던 손을 풀어 꼬아 놓은 무릎 위로 올리며 말했다. 지안은 유진의 말에 눈을 동그랗게 뜨며 고개를 돌렸다. 질문은 백 실장에게 했는데, 놀란 지안이 끼어들며 유진에게 물었다.

"어, 어떻게 알아?"

"옷차림이 일일 드라마 속에 나오는 청담동 며느리 같아. 하긴, 결혼해도 청담동 며느리는 될 거죠?"

질문에 대답 없던 백 실장은 모니터로 고개를 돌렸다. 대꾸 없이 아이스크림을 한입 베어 문 건, 쓸데없는 질문은 하지 말란 뜻이었다. 그러고 보니 오늘 백 실장의 옷차림은 평소와 달랐다. 정장 스커트는 소재 자체도 비싸고 고급스러운 것이었다.

동대문에서는 보기 힘든 브랜드라는 건 눈썰미가 예리한 지안이 먼저 알아봤다. 독보적인 디자인과 은은한 아이보리 색상으로 위아래를 맞춰 청순한 이미지를 자아내고 있었다.

백 실장도 운동화를 즐겨 신는 스타일이었다. 발 빠르게 움직여야 하는 이 바닥에선 운동화만큼 빠른 이동수단도 없었다. 하지만 실장은 위치가 위치니 만큼 자주 구두를 신을 수밖에 없었다.

"뭐…… 흠. 인생은 일일 드라마 아니겠어요?"

백 실장은 비유하듯 아리송하게 대답하며 한숨을 얇게 쉬었다. 유진은 입을 비죽이며 더 이상 이야기해 주지 않는 백 실장에게 서운함을 표했다.

지안은 말없이 손톱 위로 일어난 살갗을 긁었다. 인생은 드라마라……. 그렇다, 누군들 아니겠는가. 지안은 의미심장하게 내려앉은 백 실장의 표정이 짐짓 마음에 걸렸다.

"이번에 베일모직이랑 거래 성사되고, 발주서만 받아 오면 보너스는 두둑하게 나갈 거예요."

"아싸."

지안은 팔을 들어 주먹을 꽉 쥐었다. 공과금이 빠져나가면 현금 유동이 전혀 되질 않아 항상 비상금에 대한 걱정이 이만저만 아니었는데, 보너스만 두둑하게 들어오면 여유라는 단어가 정확하게 어떤 건지 조금은 체감할 수 있지 않겠는가.

마우스 펜을 쥐고 유려하게 움직이며 디자인을 하던 백 실장의 손이 돌연 머뭇거렸다.

고민이 가득한 표정으로 더 이상 펜을 움직이지 않았다. 그러곤 하던 일을 저장한 후 재빠르게 컴퓨터를 종료했다. 모니터의 전원까지 끈 걸 보아하니, 이대로 간이 회의가 끝나면 퇴근할 요량이었던 거 같았다.

"그런데 문제가 좀 있어요."

"뭔데요?"

백 실장은 몸을 돌려 깍지를 낀 손을 무릎에 대고 자신들을 물끄러미 바라보며 말했다. 고민하던 표정은 공지가 전부가 아니라는 것을 알게 해 줬다. 지안은 그런 분위기를 알아채는 것에 능숙했다.

"당장 다음 주에 샘플을 들고 가야 돼요. 워낙에 거래처가 커서 아무 때나 시간을 막 잡을 수가 없고, 그쪽에서 보내 주는 날짜에 우리가 들어가야 해요. 그런데 그날이 하필……."

"하필……?"

"우리 베이비들 콘서트지 뭡니까."

백 실장은 지안을 향해 입을 억지스럽게 벌려 웃어 보였다. 지안은 유진과 백 실장을 번갈아 바라보며 손가락으로 자신을 가리켰다. 유진은 어깨를 토닥이며 미리 지안을 위로했다.

"네. 부탁 좀 할게요."

"이런 큰일을 저보고 혼자 가라고요?"

유진은 지안의 경악하는 소리를 듣자마자 두 팔을 들고 자신의 자리로 돌아가며 소리쳤다.

"나 그날 진짜 중요한 점집 예약 있다!"

지안은 몇 시간 동안 백 실장을 타일렀고, 마지막으로 바짓가랑이를 붙잡아보았지만 변하는 것은 없었다.

백 실장의 말을 되짚어 보자면, 이미 서로 간에 얘기가 오간 상태니까 회사에 들어가서 샘플에 대한 브리핑만 간단히 해 주고 발주서만 받아 오면 되는 일이라고 했다. 그 일을 할 수 있는 사람은, 아니 해야 하는 사람은 결국 유지안뿐이었다.

실장은 그 큰 기업과의 거래를 성사시키는 날에도 그저 아이돌 콘서트만 운운하고 있었다. 우는 표정으로 유진을 바라보며 징징거려도 소용없었다. 유진은 그 점집에 가려고, 세 달 전에 예약을 해 놓은 상태라며 고개를 냉정하게 흔들었다.

평소에 따 오던 거래와는 분명 규모나 크기가 확연하게 다른 일인데 백 실장이 브리핑에 참여하지 않겠다는 것이 의아했다. 백 실장은 그런 지안을 흘끔 바라보다 목을 긁적이며 심드렁하게 말했다.

"몇 번 이야기했지만, 면식 있는 곳이고 담당자가 저와 친밀한……."

"친밀하다고요?"

"뭐, 친밀하다기보다는 거래를 해 줄 수밖에 없는 상황이니까……."

개인적인 이야기가 싫은 듯 백 실장은 입을 다물었다. 두 번, 세 번 물어봐도 돌아오는 대답은 똑같았다.

사실 무대의상을 거래하는 백 실장은 방송국을 제집 드나들듯 드나들기 때문에 굳이 무리해 가며까지 콘서트에 가지 않아도 될 일이었다.

그곳에 가면 안 되는 일이라도 있는 사람처럼 필사적으로 고집을 부렸다. 물론 평소에도 이상한 고집 때문에 몇 번 백 실장이 해야 할 일들을 지안이 대신한 적이 있었다.

"아무튼 디자인별로 10벌 챙겨 줄게요. 가지고 들어가면 아마 전 샘플 모조리 발주하겠다고 할 겁니다."

"그럼, 그냥 가서 샘플만 보여 주고 발주서만 받아 오면 된다

그거죠?"

"뭐, 그렇습니다."

"……네."

"같이 가고 싶은데…… 알잖아요. 나 콘서트에 목숨 거는 거. 콘서트는 매번 돌아오는 게 아니니까요."

백 실장이 지안에게 어깨를 으쓱여 보였다. 백 실장의 대답이 백 프로 확실한 게 아닌 것을 본능적으로 깨닫자, 어깨가 바닥으로 축 처졌다.

양쪽을 번갈아 쳐다봐도 그녀들은 그저 지안의 레이더 망을 최대한 피하고 있었다. 지안은 자리로 돌아와 과격해지는 숨소리를 굳이 잠재우려 하지 않았다.

그날이 다가올 때까지도 백 실장은 고집을 꺾지 않았다. 분위기에 못 이겨 유진마저 지안이 실수라도 하면 어쩔 거냐고 했지만, 심드렁한 표정으로 일관하며 그런다 해도 문제없을 거라고 이야기했다. 그런다 해도 문제가 없다는 말은 보험과 같은 대사였다.

지안에겐 선택의 여지가 없었다. 낑낑대며 샘플이 든 큰 가방을 트렁크에 실었다. 회사 로고가 박혀 있는 네모난 소형차에 몸을 싣고, 베일모직 본사가 있는 강남대로로 차를 몰았다.

운전도 미숙한데 백 실장은 자꾸만 지안에게 운전대를 맡겼다. 빽빽하게 막히는 도로의 신호등을 몇 번 거치고 나니, 내비게이션에서 도착지를 알리는 여자의 음성이 울렸다.

"도대체 입구가 몇 개야."

A동, B동, C동 입구가 제각각이었다.

지안은 몇 바퀴를 뱅뱅 돌다 야외에 가장 눈에 띄는 주차장에 주차를 했다. 소형차에서 폴폴 새어 나오는 에어컨에 시원함을 기대기엔, 날씨가 무지무지하게 더웠다. 어서 짐짝을 들고 아무 건물에나 쳐들어가고 싶은 마음이 간절했다.

거대한 통유리로 지어진 본사 건물이 지나가는 사람에게 반사광을 비추어서 혹 실명하게 하는 것은 아닐까 하는 쓸데없는 걱정을 사서 하며 서 있었다. 지안은 고개를 흔들며 샘플들을 죄다 꺼내 박스에 담고 간이용 카트를 펼쳐 샘플들을 올렸다.

지안은 분명 주차장을 지날 때 경비실에 회사 이름과 자신의 이름을 말하고 들어왔다. 그런데도 경비실이 또 있었다. 이중 경비를 위한 건지 알 수 없었지만 너무 낭비 같아 보였다.

회사 정문에 설치된 회전문이 크고 널찍해 카트를 끌고 들어가도 공간이 넉넉했다. 홀 중앙으로 밀고 들어가자, 시원한 에어컨 바람에 기분이 산뜻해지는 것도 잠시, 지하주차장을 이용할 걸 후회했다.

사용감이 가득한 카트 바퀴가 덜덜거리자 주변 사람들의 시선을 끌었다. 눈치를 보며 이리저리 안내 데스크를 찾아 고개를 두리번거렸다. 홀 중앙에는 분수대가 거대하게 떡하니 자리 잡고 있었고, 지안은 그 뒤로 보이는 안내 데스크로 빠르게 다가갔다.

"여기 회사명이랑, 방문객 서명 적어 주세요. 혹시 미팅 예정되어 있는 부서 있나요?"

"프리디자인에서 왔다고 이야기하면 된다길래, 자세한 건 숙지하지 못하고 왔어요……."

"아, 그럼 잠시만요."

여자는 자리에 앉아 키보드 위로 바쁘게 손가락을 움직였다. 지안은 다정하게 맞이하는 직원에게서 사뭇 기분 좋은 느낌을 받았다. 유니폼도 고급스러운 디자인이었고 원단 역시 값싼 재질이 아니라는 건 육안으로도 알 수 있었다. 그리고 얼마간의 시간이 흐르자 여자가 일어나 종이를 내밀었다.

"확인되셨습니다. 여기 적어 드린 층에 있는 회의실로 들어가셔서 미팅 준비하시면 될 거 같습니다."

"고맙습니다. 오늘 샘플 보여 드리러 온 건데, 한 번에 추가 걸 수 있는 옷걸이 좀 받을 수 있을까요?"

"아, 네. 가는 길에 가져다 드리겠습니다. 같이 이동하시죠."

유니폼을 입은 여자가 데스크 밖으로 나와 지안을 안내했다. 회사 크기에도 놀랐지만, 직원들의 시원시원하고 빠른 일처리에 지안은 두 번 놀라 주눅이 드는 기분이었다.

안내해 주는 직원과 함께 홀 정중앙에 위치한 분수를 반 바퀴 돌았다. 큰 기둥 몇 개를 지나 지안은 유리로 된 쇼룸을 발견했다. 그 안에는 이번에 베일모직이 론칭하면서 내놓은 남성용 슈트가 디피되어 있었다. 지안은 순간 그것을 보고 택시를 새치기

당해 열 받아 하던 설렁탕이 떠올랐다. 궁금한 마음에 앞서 걷던 여자 옆으로 빠르게 걸음을 옮겨 물었다.

"회사 1층에 따로 쇼룸이 있네요? 안쪽에는 매장처럼 돼 있는 것도 같고……."

"가끔 신상이 나올 땐, 이렇게 일주일 정도 저희 본사에서만 의류를 판매하고 있긴 합니다. VIP 고객들을 위한 매장이라고 생각하시면 됩니다."

최상위층 고객들을 위해, 분점에 납품하기 전 그들에게 먼저 혜택을 준다, 라……. 지안은 편파적인 게 세상뿐만이 아니라 사람들 사이에도 적용되고 있다는 사실에 기분이 유쾌하진 않았다. 그 사람이 입고 있었던 슈트는 분명 시중에 아직 유통되기 전의 모델이 맞았다.

"어떻게 저걸 구한 거지……."

"네?"

"아! 아닙니다!"

엘리베이터가 꽤 높은 층에 멈춰 섰다. 잠시만 기다려 달라는 말과 함께, 여자는 어디론가 사라졌다. 그녀는 몇 분이 지나지 않아 10벌 정도를 한번에 걸 수 있는 옷걸이를 밀며 다가왔다.

지안은 샘플을 정리할 수 있는 소회의실로 안내를 받았다. 안내해 주던 여자는 좋은 결과가 있길 바란다고 말하고 자리를 떴다.

"완전 그들이 사는 세상이구만……."

넓은 옷걸이에 새로 나온 샘플을 차례차례 걸기 시작했다. 2번 샘플은 이번에 백 실장과 지안이 함께한 디자인이었는데, 원가도 센 제품이라 잘만 팔면 여름 보너스는 이미 예약된 것이었다. 생각이 거기에 다다르자 살짝 틀어진 기분이 괜스레 좋아졌다.

샘플을 정리해 보기 좋게 정리를 마치자 다른 직원이 나타나 지안을 다른 회의실로 안내했다.

'확실이 회사가 크긴 크구나.' 지안은 입이 자동으로 벌어지려던 걸 애써 힘주어 다물었다. 자신이 일구어 낸 일이 아니었음에도 한편으로 자신이 자랑스럽기도 했다.

학교를 졸업하고 대출 이자만 주구장창 갚던 자신이 백 실장을 운 좋게 만나 혼자서 샘플을 들고 계약을 위해 큰 회사를 들락날락거릴 정도라니.

디자인……. 그래, 백 실장 말대로 천천히 하면 되는 일이었다. 기분이 괜스레 올라가 마인드가 관대해지기까지 했다. 성급하게 가지 않아도 기회만 있다면 돌아가도 된다고 생각했다.

지안은 희망이 가득한 기분에 왠지 오늘은 기분 좋은 일이 일어날 것 같다고 느꼈다.

손목에 걸쳐져 있는 시계를 돌려보다, 벌써 시각이 점심시간을 가리키고 있다는 길 발견하고 놀랐다. 오늘은 특별하게 사무실에 들어가기 전, 시장에 들러 좋아하는 떡볶이나 실컷 먹기로 했다.

지안은 담당자가 오기 전까지 이동 중 틀어진 샘플의 각을 다시 맞췄다. 곧이어 들어오는 사람들의 발걸음 소리에 지안은 뒤를 돌았다.

얼굴을 확인하기도 전에 인사를 먼저 꾸벅하던 지안은 고개를 들자마자 그대로 굳어 버렸다.

상황을 인지하기도 전에 어딘가 익숙한 얼굴이 자신의 앞으로 걸어왔다. 줄무늬 슈트가 남대문 원단시장에서보다, 이곳 배경에 더 잘 어울린다는 사실을 인정하기 싫었다.

남자는 바쁜 듯 직원들에게서 무언가를 계속해서 보고 받고, 대화를 주고받으며 지안이 있는 쪽으로 걸어왔다. 회의실에 직원들이 자리를 잡고 앉았고, 남자는 그제야 지안이 서 있는 걸 발견했다.

남자의 고개가 서류에서 지안에게로 왔다 갔다를 반복했다. 남자의 놀란 표정이 곧 풀리더니 지안을 우두커니 바라보다 손으로 입을 가렸다. 마침내 희미하게 미소 짓던 남자는 성큼성큼 다가와 지안에게 손을 내밀었다.

"반갑습니다. 베일모직 경영팀 팀장 차평건입니다."

인생은 드라마였다. 드라마와 현실이 다른 건 뭐였을까. 그래, 드라마는 예측이 가능했다. 하지만 인생은 예측이 불허하다. 바로 코앞에서 설렁탕이나 후루룩거리던 남자가 하루아침에 거래처 상사로 나타날 건 또 뭐람.

지안은 당황해 굳어 버린 팔을 느릿하게 들어 올렸다. 마주 잡혀야 할 남자의 손은 여자의 손을 기다리지 않고 다시 내려갔다. 남자는 자신의 직원들이 있는 곳으로 돌아가 제일 중앙에 자리를 잡고 앉았다.

동대문에서 어울리지 않았던 그 사람. 이곳에서는 그 사람이 주인공이었다.

"어떻게. 아이엠 그라운드 자기소개라도 한번 할래요?"

다들 자리에 착석했는데도 얼이 나가 있는 지안을 향해 내뱉은 차평건의 첫 마디였다. 쿡쿡. 여기저기서 직원들의 웃음소리가 작게 터져 나왔다. 지안은 눈을 껌뻑이며 축축하게 식은땀이 맺힌 목을 손바닥으로 꾹꾹 눌렀다.

입술이 바짝 마르는 통에 무슨 말을 먼저 해야 할지 머릿속이 온통 백지였다. 다한증을 의심해야 하는 건가, 입고 있던 청바지 위로 슥슥 손바닥을 문질러 닦아도 축축하게 땀이 배어 나왔다. 결국엔 청바지 위가 눅눅해질 정도였다.

"안녕하세요. 저는 프리디자인 디자이너 유지안입니다. 우선 샘플을 보시기 전, 나눠 드린 인쇄물부터 살펴보시길 바랍니다……."

자꾸만 기어 들어가는 목소리가 꼬리를 감추려 했다. 직원들은 하나같이 인상이 강하고 깔끔한 분위기를 풍겼다. 위압감이 들 정도로 프로페셔널한 기운이 회의실에 감돌았다.

그중 차평건의 오른쪽에 앉아 있는 여자는 빨간 립스틱이 잘 어울렸고, 왼쪽에 앉아 있는 남자를 포함한 다른 직원들도 개성이 강해 보였다. 여직원들은 화장에 맞는 코디를 고급스럽게 소화했고, 물론 몸매가 따라 줬기에 그도 가능했다.

차평건에겐 분위기를 압도하는 무언가가 있었다. 직원들이 상대 업체를 만날 때 기죽지 않게끔 분위기를 조성하는 데도 한몫을 하고 있는 것처럼 보였다.

지안은 고개를 빳빳이 쳐들고 기죽지 않으려 백 실장을 생각했다. 그녀에게도 든든한 백그라운드가 있지 않았던가.

"그런데…… 유지안 씨 혼자 들어온 건가요?"

레드립을 한 여자가 지안에게 차분하게 내려앉은 목소리로 물었다. 지안은 혼자 들어왔냐는 질문의 의도를 해석하려 머리를 굴렸다. 텅텅 빈 머릿속이 공회전하는 탓에 쓸데없이 머리를 굴리는 것은 관두기로 하고 작게 한숨을 내뱉으며 대답했다.

"네. 소규모 회사여서 아직 직원들이 많지 않습니다."

"그래도 경영팀은 들어왔겠죠?"

이번에는 차평건의 왼쪽에 앉아 있는 남자가 뿔테를 추켜올리며 물었다.

지안은 경영팀을 떠올렸다. 경영팀이란 즉 회사를 경영하는 팀. 영어로는 매니지먼트.

천천히 생각을 떠올렸다. 계획을 세워 운영하고, 회사의 모든 걸 전반적으로 맡고 운영하는 부서. 즉, 자신이 맡고 있는 일이라는 것을 깨닫고 알겠다는 표정과 함께 대답했다.

"아! 안녕하세요. 경영팀 유지안입니다……."

뿔테를 쓴 남자는 황당하다는 표정으로 웃음을 흘리며 다시 서류를 훑어 내렸다. 이번엔 반대로 레드립을 한 여자가 서류를 훑다 지안을 향해 고개를 들고 질문했다.

"원단 관련해서, 자재팀이랑 이야기를 좀 해야 할 거 같은데. 그럼 자재팀은 함께 들어왔죠?"

지안은 또다시 자재팀을 떠올렸다. 자재팀이란 회사의 이익 창출을 위해서 물건을 만들어 내기 위해 필요한 원단, 원료, 재료들을 관리하고 운영하는 부서. 이 또한 자신이 맡고 있는 일이라는 것을 깨닫는 동시에 어색한 표정과 함께 기어 들어가는 목소리로 대답했다.

"아, 안녕하세요, 자재팀 유지안입니다……."

결국 다들 참던 웃음을 터뜨렸다. 유일하게 웃지 않는 사람은 차평건과 유지안뿐이었다.

알겠다는 제스처, 혹은 유지안을 무시하는 투의 코웃음이 전반적이라 멋쩍은 기분에 시선을 어디에 둬야 할지 몰라 난감했다.

어느 정도 서류 검토가 끝나고, 직원들은 번갈아 샘플이 걸려 있는 옷걸이로 다가와 꼼꼼하게 체크했다. 레드립의 여자는 서류와 함께 옷을 비교하기도 했고, 옷의 콘셉트와 구매층에 대한 이야기를 지안에게 묻기도 했다.

오고 가는 직원들에게 샘플들을 늘어놓고 콘셉트에 대한 이야기를 정신없이 했다. 1번 샘플과 2번 샘플 와이셔츠를 들고 프로젝터로 프레젠테이션을 쏘아 가며, 이번 신상 컬렉션에 맞춤형이라고 사바사바를 하고 있는 중이었다.

"단가를 좀 내리죠? 어차피 원단에서 수익 좀 봤을 거 같은데?"

기다란 책상 상석에 앉아 있는 차평건이 한 손으로 턱을 괴고 심드렁하게 말했다. 뼈가 있는 대사였다.

유일하게 그는 샘플에도, 프레젠테이션에도 눈길을 주지 않았다. 그가 말을 뱉은 건 대부분의 직원들이 검토가 다 끝나고 서로 간의 의견을 주고받고 있을 때였다.

"단가는 최소한으로 잡아서 이익을 많이 남기지 않은 상태입니다. 그리고 콘셉트 자체가 커리어 우먼의 강한 이미지와 사회에서 존중받는 여성의 이미지라서…… 고급화시키기 위해 다소 단가가 있는 원단을 선택할 수밖에……."

피식.

작게 웃음을 흘리는 차평건으로 인해 지안은 하던 말을 멈추고, 고개를 들어 남자를 바라봤다. 그리고 그의 두 눈을 마주했다.

지안은 두 번의 만남이 유쾌하진 않았지만 남자가 회의실에서 나타났을 때 본능적으로 떠올랐던 기분이 반가움이라는 것을 이해하기까지 수초가 걸렸었다.

설렁탕을 먹을 때도, 택시를 갈취했을 때도 저 정도로 차갑고 날이 선 눈빛은 분명 아니었다. 직원들은 그의 행동에 고개를 갸우뚱거리고 그의 다음 말을 기다렸다.

"너무 웃기잖아. 잠시만요."

“…….”

“존중받는 여성이라 했나요?”

“뭐가…… 이상한가요?”

“사회생활 안 해 본 사람도 아니고, 존중받기 위해 와이셔츠를 입어요?”

“그건…….”

“아, 그래서 유지안 씨도 와이셔츠 입고, 구두 신고, 동대문 시장 바닥 뛰어다닙니까?”

지안은 남자가 자신을 향해 공격적으로 말하는 투에 당황했다. 차평건은 다소 지루하다는 표정으로 의자에 몸을 기대며 지안을 내려다봤다.

회의실 안의 모든 사람들의 시선이 지안에게 쏠리자 덜컥 겁이 났다. 무방비로 나태하게 지내 왔던 생활에 누군가가 회초리를 드는 것 같아 무서웠다. 매번 엄마 품 같았던 백 실장의 얼굴도 떠오르지 않았다.

다만 고등학교 졸업을 기점으로 더 있고 싶어도 함께하기 어려운 보육원 식구들을 뒤로하고 등 떠밀리듯 나왔던 그날이 떠올랐다.

사실 대학은 핑계였다. 큰 비전이나 꿈이 없던 자신에겐 지방에서 대학을 다녀도 관계없었다. 보육원을 떠나온 것은 반 강제적인 선택이었다. 도시를 동경한다는 핑계로 더욱더 멀리 도망치듯 그렇게 헤어져야만 했다.

알록달록한 색이 아닌 잿빛으로 가득한 어린 날의 기억은 유쾌하지 않았다. 항상 우르르 몰려 자던 작은방 안에서는 자는 아이들의 얼굴이 매번 바뀌었었다. 아빠나 엄마가 찾아온다는 말을 성실하게 믿었던 아이들은 정말 부모님의 손을 잡고 집으로 돌아갔다.

하지만 지안은 그렇지 못했다. 수녀님이 어린 지안을 끌어안아 주며, 항상 무엇이든 간에 최선을 다하라고 했다. 눈칫밥과 염세만이 가득했던 어린 시절이었다.

"유지안 씨?"

뿔테안경을 쓴 남자가 얼굴이 잔뜩 질려 있는 지안을 불렀다. 잊고 살았던 기억의 단편이 머리를 스쳤다. 지안은 낯선 기분에서 정신을 차리고 눈을 깜박였다. 식은땀이 잔머리를 적셨고, 결국 사람들이 그녀가 긴장하고 있다는 걸 다 알아채 버렸다.

다들 무료한 표정으로 서로의 얼굴을 살피고 마지막엔 평건의 얼굴을 살필 때였다. 지안은 꾹 다물고 있었던 입을 열었다.

"어차피 이런 거 다 필요 없지 않나요?"

지안의 한마디에 회의실로 무거운 침묵이 가라앉았다. 분명 그녀가 내뱉은 말의 의미가 무엇인지 직원들은 다 알고 있는 눈치였다.

불쑥 자신의 또 다른 자아가 표면 위로 쑥 올라와 해서는 안 될 말들을 내뱉었다. 아차 싶은 마음과 동시에 당황스러워 눈을 몇 번이나 끔벅거렸다. 하지만 사실다들 알고 있었으면서, 어차피 백 실장의 백그라운드로 거래가 성사될 예정이었으니 그저 발주서나 주면 되는 일 아니던가.

그 순간 평건의 미간이 불쾌한 듯 잔뜩 찌푸려졌다. 그가 책상 위로 손을 짚고 일어나 직원들에게 조용히 말했다.

"미안한데 다들 자리 좀 비워 줄래요? 마침, 점심시간이니까 먼저들 먹으러 가요."

직원들이 천천히 일어나 자신들의 물품들을 챙겼다. 지안이 준비한 인쇄물도 함께 챙기고, 모두가 차평건에게 고개를 가볍게 숙인 뒤 그렇게 문으로 사라졌다.

회의실엔 두 사람만이 남아 있었다. 멀찍이서 인상을 팍팍 쓰며 다가오는 남자에게 겁을 먹지 않으려 주먹을 꽉 쥐었다. 지안은 오히려 무서움보다는 서러운 마음이 더 컸다. 자꾸만 가라앉는 목소리를 최대한 끌어올리며 말했다.

"백 실장님이랑 이미 이야기 오고 가신 거잖아요. 그럼, 이런 회의 다 필요 없는 거 아닌가요? 왜……."

"그럴 거면 여긴 왜 들어왔어."

남자의 키가 제법 크다는 것을 지안은 몸소 깨달았다. 가까이 다가온 남자가 지안을 벽으로 내몰았고, 구석에 몰린 지안은 더 이상 뒤로 물러날 곳이 없다는 것을 깨닫자 온몸을 벽으로 바싹 붙였다.

차평건은 위협적으로 한쪽 팔로 벽을 짚고, 눈을 내려 지안을 보며 고개를 숙였다.

"일, 안 할 거야?"

지안은 입술을 깨물고 고개를 숙였다. 일을 하러 들어온 곳이었다. 직장 상사의 오더로 평소에 하던 일보다 조금 더 큰일을 하러 들어온 것뿐이었다.

처음도 아니고 매번 해 오던, 자주 있었던 미팅이었음에도, 지안은 처음으로 이성을 잃고 실수로 모든 이들을 불쾌하게 만들었다.

마른침을 꿀꺽 삼켰다. 남자는 바른말을 하고 있었지만, 이 상황은 마치 불한당에게 나쁜 짓을 당하는 여자처럼 이상해 보였다. 실수를 했다는 느낌이 자꾸 들면서 유진과 백 실장이 떠올랐다.

거래를 망치면 이번 보너스가 저 멀리 바람처럼 날아갈 것임을 떠올리자 땀이 흘렀다. 회의실 안은 아직도 에어컨이 빵빵하게 구석구석을 시원하게 해 주고 있는데도 말이다.

Chapter 2

불가항력

차평건은 알 수 없는 눈빛으로 지안에게서 한 발짝 떨어졌다. 남자의 다문 입술은 생각에 잠긴 듯 보였다. 우선 이곳을 빠져나가고 싶었다. 그리고 자꾸만 무례하게 겹치는 남자와의 우연에도 화가 났다.

"알았으니까 샘플 여기 두고 가. 백장미랑은 따로 통화하지."

남자는 그렇게 지안을 벽으로 내몰아 버린 뒤, 인사도 없이 홀연히 사라졌다. 지안은 폭풍처럼 스쳐 지나간 한 시간이 정신없이 느껴졌다. 손등을 들어 이마를 쓸어내리니 땀이 송글송글 뭉쳐 손등 위에 묻어났다.

지안은 자신이 앉았던 자리로 돌아가 가지고 온 서류들과 가방을 챙겼다. 돌아갈 때는 샘플을 두고 가게 되니 몸이 가벼워

좋았지만, 남자가 지안을 향해 한심하다는 듯 쏘아 댔던 적나라한 눈빛이 지안에게 무겁게 내려앉았다.

아무렴 공과 사는 구분했어야 했다는 후회가 밀려왔다.

하지만 처음부터 남자가 심드렁하게 미팅을 진행했던 탓도 있다며, 지안은 최대한 상황을 합리화했다.

남자에게도 화가 났지만 자신에게 더 화가 났다. 소규모의 회사도 아닌 대기업에 들어와 청탁을 해도 모자랄 지경에 분위기만 악화시키지 않았던가.

주차장으로 들어서자, 점심시간이 끝나 회사 건물로 복귀하고 있는 직원들이 보였다. 지안은 급격하게 느껴지는 허기에, 사무실로 돌아갈 때 떡볶이나 사 먹어야지 하는 기분 좋은 생각을 유지할 수 없었다. 예민하면 밥을 굶거나 혹은 폭식으로 푸는 성격이었다.

차 키를 들어 차를 향해 쏘자 뻑뻑 소리가 나며 잠금이 풀렸다. 뒷좌석을 냅다 열자마자 신경질적으로 가방을 내던졌다.

문을 쾅 닫고 뒤돌아 뚜벅뚜벅 걸어온 지안이 운전석을 열려던 찰나였다. 반쯤 열렸던 운전석의 차문이 다시 과격하게 쾅 닫혔다. 그리고 의지와는 다르게 강제로 그녀의 몸이 뒤로 돌아갔다.

"너. 왜 화가 난 건데."

그녀 못지않게 화나 있는 표정의 평건은 오히려 그녀에게 왜 성질을 내는 거냐며 묻고 있었다. 고개를 까닥여 비어 있는 차의 뒷좌석을 가리키며 말했다.

"회의도 잘 끝났잖아. 당신 말대로 그냥 발주하는 걸로 결정했고. 근데 뭐가 불만이지?"

"그쪽."

"그쪽이라고 부르기엔 이제 내 위치가 좀 확실해지지 않았나?"

지안은 말문이 막혀 마른침만 삼켰다.

지안은 남자가 자신과 마주 앉아 한 평짜리 공간에서 설렁탕을 먹을 수 있는 위치가 아니라는 것과, 택시를 새치기당한 자신에게 너그럽게 굴지 않아도 되는 입장이라는 것을 이미 충분히 이해한 상황이었다.

그의 강한 손에 붙들린 팔목에 통증이 느껴져, 지안은 신경실적으로 대답했다.

"제가 화가 나든, 신경질을 내든 무슨 상관이신 거예요? 전달하신 내용은 백 실장님께 잘 전달해 드리겠습니다."

"참, 편하게 사네들."

"뭐라고요?"

지인은 황당하다는 듯 인상을 쓰며 남자를 위아래로 쳐다봤다. 대꾸하고 싶지 않아 다시 몸을 돌려 운전석을 열려던 찰나, 차평건의 무력으로 몸이 또다시 그와 마주했다.

"백 실장 밑에 남직원 없지? 여직원만 있을 테지."

평건이 손에 힘을 주자, 지안은 아픈 듯 인상을 쓰며 손목을 빼내려 안간힘을 썼다.

"그렇습니다만."

"백장미 돈 많고 집안 빵빵하니 급여 안 들어올 걱정 안 해서 좋겠고. 뭐, 거래 따 오는 것도 식은 죽 먹기일 거고."

"무슨…… 말씀을 하시고 싶은 거예요?"

"빽 믿고 까불지 말고, 스스로 존중받을 가치가 있는 사람이 돼 봐. 어쭙잖은 핑계 대지 말고."

내려앉은 흑발과 깊이 있는 까만 눈동자가 사람을 압도하는 데 한몫하고 있었다. 지안은 잡힌 손목이 아파 고통스러워도 자존심 때문에 티 내지 않았다. 분명 부풀어 올라 붉은 자국이 남을 것이 뻔했다.

"애송이라 규모 큰 회사에 거래 따러 들어온 거 처음인가 본데, 사람들을 상대할 땐 그 사람이 왜 이런 이야기를 하는지 먼저 파악하는 눈치라도 좀 기르든가 해라."

"……."

"아까 내가 한 이야기는 좀 더 캐주얼한 이미지의 셔츠를 원한다는 뜻이었어. 존중받아 공주처럼 떠받들어지는 여자들 상대하는 옷 말고. 알아들어?"

남자는 다소 과격하게 지안의 팔목을 내렸다.

화를 주체하지 못해 지안의 팔목을 꽉 쥐었던 것을 이제야 알았는지 붉어진 팔목에서 눈을 떼지 못했다. 지안은 옷을 추스르며 짜증스럽게 운전석에 올라탔다. 남자는 지안이 떠나기 전, 뚜벅뚜벅 거칠게 걸어가 회사 건물 안으로 사라졌다.

점심은 결국 먹지 못했다.

기분 좋게 발주서 받아 딸랑딸랑 시장통이나 돌아다니며, 떡볶이 국물에 잔뜩 버무려진 튀김이나 배불리 먹고 가야겠다는 계획과는 전혀 다른 결말이었다.

운전대를 잡고 사무실로 복귀하는 내내 이유 없이 붉어지는 눈가를 손등으로 벅벅 문질렀다. 화가 나는 것 같다가도, 가슴이 쿵쿵 뛰기도 했다. 그러다가도 눈물이 날 것처럼 서러운 마음이 어디선가 고개를 들기도 했다.

강남대로에서 운전대를 잡고 몇 시간을 교통체증에 몸을 싣고 나니, 벌써 퇴근 시간을 넘기고 있었다. 사무실로 복귀했을 땐 유진은 이미 퇴근을 한 상태였고, 백 실장의 책상으로 다가가 보니 온기 없는 책상만이 지안을 반겼다.

사무실의 불을 켜지 않고 지안은 그대로 의자에 퍼더앉았다. 하루가 고단했는데, 누구 하나 들어 줄 사람이 없다는 것이 애석했다.

핸드백을 들어 남자가 마지막으로 손에 쥐여 준 발주서를 잘 펴서 백 실장 책상 위로 올려 두었다. 창밖으로는 길어진 해가 산을 넘어가지 않으려 최대한 팔을 뻗어 힘을 주고 있었다.

다음 날, 지안은 백 실장에게 어제 있었던 모든 일들을 이야기했다. 정적 속에 지안이 했던 말실수까지도. 유진과 백 실장은 지안이 뱉어 내는 모든 이야기를 경청했다.

"그래도, 네가 그 말 한 건 좀 심했어. 아무렴 백 실장님이랑 인맥으로 이어졌다 해도…… 대놓고 그렇게 말하면 어떡하니. 예의는 지켰어야지."

유진은 지안의 편을 들지 않고 냉정하게 상황을 판단하며 실수를 꼬집었다. 지안은 백 실장의 눈치를 살폈지만, 실장은 생각에 잠긴 듯 아무 말도 하지 않았다. 분명 예전 같았으면 일을 하다 실수를 할 때는 조용히 타일러 주곤 했는데, 이번에는 아무런 반응이 없어 의아했다.

"실장님…… 죄송해요."

"왜?"

"네?"

"잘했어. 아주 잘했네."

유진과 지안은 어이없는 표정을 주고받으며 실장을 바라봤다. 백 실장은 생각에 잠겨 있다 알에서 막 깨어난 사람처럼 보였다. 그러더니 어제 이용했을 법한 옆에 놓여 있던 아이돌 응원용 도구인 야광봉을 들고 소리쳤다.

"개자식! 감히 누구 직원한테 땍땍 쏴 대. 건방지게!"

"실장님……. 거기 거래 틀어지면……."

"그럼 안 되긴 하지."

세 여자의 어깨가 동시에 축 처졌다. 가벼운 정적이 세 사람을 감싸는 바람에, 지안은 불편하게 끝난 남자와의 마무리가 자꾸만 마음에 걸렸다. 백 실장은 재빨리 어깨를 다시 펴고 두 사람을 토닥였다.

"당분간 결과를 기다려 보죠. 괜찮아요, 어차피 발주할 거."

처음으로 밝지 않은 표정으로 말한 백 실장은 어딘가 씁쓸해 보였다. 지안은 추측 신공을 발휘해 이 거래에 분명 뒷이야기가 있을 거라고 확신했다.

하지만 제법 입이 무거워 시시콜콜 뒷이야기들을 내뱉지 않는 백 실장의 성향 덕에 지안은 쉽사리 남자에 관한 질문을 하지 못했다.

그건 지안이 소중하게 생각하는 백 실장의 성향을 존중하는 일이기도 했고, 적정선을 지키는 것이 직장에서 좋은 관계를 유지하는 데 필요한 요건이라고 생각했기 때문이었다.

사무실은 고요한 정적으로 가득했다. 유진은 샘플이 잘못 나온 공장에서 전화를 받고 부랴부랴 가방을 챙겨 퇴근 준비까지 한 상태로 뛰쳐나갔다. 그리고 백 실장은 여전히 외근 중이었다.

지안은 창문가로 다가가 유리문을 옆으로 탁 밀어 열었다. 도시의 소음들이 공해와 함께 지안의 얼굴로 와 닿았다. 후덥지근한 여름이 끝나지 않을 것처럼 도시 위로 내려앉아 있었다.

똑똑. 문득 들려온 노크 소리에 지안은 고개를 돌려 문으로 걸어갔다. 사무실까지 찾아오는 손님은 거의 없는데……. 누군지 궁금해져 문을 벌컥 열었다. 문 앞엔 뿔테안경에 앞머리가 일자로 가지런하게 내려앉은 앳된 얼굴의 여자가 서 있었다.

"누구……."

"아, 백 실장님께 연락 받고 왔습니다. 안녕하세요!"

지안은 백 실장이 또 깜박하고 전달하지 않은 사항이 있구나, 싶었다. 한두 번이 아닌지라 이제는 그러려니 하며 고개를 끄덕였다. 갑작스레 찾아온 손님에게 정체를 묻기 전, 먼저 안으로 들어오게 안내했다.

"들어오세요. 차 한 잔 드릴까요?"

뒤를 돌자 간이용으로 구석에 박아 뒀던 손님용 테이블이 보였다. 말이 손님용이지 그 위는 잡동사니와 알 수 없는 물품들로 난잡하게 어지럽혀져 있었다. 안경 쓴 여자는 양손 가득 파일을 들고 수줍게 들어와 지안이 가리킨 자리에 앉았다.

"녹차? 커피? 주스?"

"아…… 주스 주세요!"

지안은 주스를 달라는 목소리가 귀엽기도 하고 청량감 있게 들려 괜스레 웃음이 픽 새어 나왔다. 탕비실로 들어가 얼음을 꺼내 큰 컵에 담아 주스를 가득 따랐다. 자리로 돌아와 컵을 내밀자 두리번거리던 여자가 컵에 입을 대고 앙증맞게 꼴깍이며 주스를 마셨다.

"제가 백 실장님한테 아직 전달받은 사항이 없는데, 여긴 어떻게 오셨어요?"

"아, 저는 가수 도인혁 씨 밑에서 일하고 있는 코디예요. 이번에 백 실장님이 무대 의상을 맡아 주신다고 하셔서 새로 나올 앨범의 기획안 가져왔어요."

"그래요? 먼저 살펴봐도 될까요?"

지안은 여자가 내민 파일을 펼쳐 새로 나올 앨범의 콘셉트와 분위기, 회사에서 희망하는 아이템과 색감을 살펴보고 있었다. 여자는 오면서 목이 많이 탔는지 계속해서 주스를 들이켰다.

컵이 바닥을 드러내자 달그락거리는 얼음들이 뭉쳐 있었고, 얼음 하나가 그녀의 입속으로 굴러들어가 아그작 씹혔다.

"더 줄까요?"

"아! 아니요! 괜찮아요! 헤헤……."

수줍게 웃던 여자는 얼굴을 붉히며 입을 가리고 손사래를 쳤다. 자신도 시장 바닥을 발 아프게 뛰어 봐서 공감하는 지독한 갈증을 보니 그냥 지나칠 수가 없었다.

지안은 컵을 들고 몇 번이나 괜찮다는 여자를 뒤로하고 탕비실로 향했다. 주스 한 컵을 다시 따르는 순간, 지안의 핸드폰이 울렸다. 주스를 그녀 앞에 내려놓고, 지안은 핸드폰을 집어 발신자를 확인했다.

"실장님."

— 아, 미안 미안. 사무실에 손님 하나 찾아올 건데…….

"벌써 왔어요."

— 이런. 가수 도인혁 씨 알죠? 그 사람 앨범 재킷 콘셉트랑 전체적인 스타일링이랑 컴백 무대의상을 우리가 맡기로 했어요.

"음, 앨범 정보랑 전체적으로 희망하는 분위기를 사무실에서 정리했나 봐요. 서류를 주셔서 살펴보던 중이었어요."

— 뭐야. 그렇게 주문할 거면 우리한테 왜 의뢰를 해. 그냥 지들이 알아서 하지.

지안은 혹시나 백 실장이 하는 이야기 소리가 여자에게 들릴까 싶어 손으로 핸드폰을 가리고 창가로 걸음을 움직였다. 고개를 돌려 여자를 바라보니, 주스가 제법 맛있는지 반 이상을 벌써 들이켜 없애 버렸다.

"우선 시안은 받아 놓을게요."

— 근데 치수를 좀 재 와야 해.

"치수요? 실장님 연예인 좋아하시잖아요. 직접 안 하실 거예요?"

— 우리 애기들 아니면 연예인 아냐. 앨범 준비 들어가기 전에 미리미리, 스케줄 비는 시간에 치수 좀 재다 줘요. 빠르면 빠를수록 좋겠지. 코디들 시키면 대충 재오니까 핏이 안 나와. 우리가 하는 게 확실해.

"한번 물어볼게요, 알겠습니다."

전화를 끊고 여자가 앉아 있는 자리로 돌아갔다. 여자는 지안이 돌아오자 자세를 펴고 또랑또랑하게 바라봤다.

"우선 파일 두고 가시면, 실장님께 보고 드릴게요."

"혹시…… 유지안 대리님이세요?"

"네, 제가 유지안입니다만…… 왜요?"

"아, 백 실장님이 이번 콘셉트는 유지안 대리님이 거의 담당하실 거라고 해서 찾아온 거였거든요. 안 그랬음 백 실장님 계실 때 왔죠……."

지안은 입을 다물고 눈을 지그시 감았다. 코가 벌렁거리고 안에서 불이 나올 것 같았지만, 어리둥절해하는 여자를 앞에 두고 그럴 순 없어서 지안은 인내의 주먹을 꽉 쥐었다.

고개를 자신의 책상으로 돌리니 쌓여 있는 업무는 고사하고, 이리저리 확인해야 하는 자재들부터 시작해 언제 시장으로 뛰어가야 할지 모르는 상황이었다. 멋쩍게 웃으며 지안은 표정 관리를 했다. 호흡을 한번 들이마시고 앞에 놓인 서류를 펼쳤다.

서류에는 프로필 사진과, 평소 연예인이 가지고 있었던 이미지, 그리고 앞으로 어필하고 싶은 이미지까지 세세하게 기록되어 있었다. 사람에 대한 소개가 아니라, 꼭 물건에 대한 기록과 설명 같아 보였다.

"치수도 재야 하고, 대강 핏을 좀 봐야 할 거 같아요. 직접 확인해야 할 것 같은데…… 딱 한 번이면 됩니다. 언제 시간이 좀 괜찮을까요?"

"아! 잠시만요."

여자는 코 밑으로 내려오는 안경을 한 번 추켜올린 뒤, 가방에서 핸드폰을 꺼내 작고 하얀 손을 움직여 재빠르게 토도독 문자를 보냈다. 그리고 곧 띠링 울리는 핸드폰을 보며 지안에게 대답했다.

"지금 가능하시대요. 방송국에 있다는데요."

불볕더위가 기승을 부리고 있는 아스팔트 위로 소형차가 뽈뽈 달렸다. 서울은 시간에 관계없이 항상 도로가 꽉꽉 막히고, 퇴근길이라면 더 볼 것도 없었다.

시간은 이미 점심시간을 느긋하게 넘긴 시각이었다. 에어컨을 최대로 틀었다 하더라도 더위가 에어컨을 이겨 버린 날씨였다. 지안은 앳된 여자의 이름이 미소라는 걸 안 후로부터는 조금 더 다정해진 말투로 이것저것 사소한 대화를 이어 가며 운전대를 잡았다.

"날씨가 너무 더워서 말라 죽을 것 같아요."

"진짜 그러네요."

"근데, 저희 오빠 성격이 조금 특이해요……. 이상해도 이해해 주세요."

"오빠? 동생이었어요?"

"하하! 언니도 참! 나이 차이가 많이 나서 오빠라고 부르는 것뿐이에요!"

"아……."

온전하게 피 한 방울 섞이지 않았을 테고, 단지 직장 상사와

직원일 뿐인데 호칭을 오빠라고 불러야 한다는 것에 왠지 손발이 오그라드는 기분이 들었다. 하긴 딱딱하게 누구누구 씨라고 부른다면 막 부려 먹기 힘들겠지.

지안이 생각의 끝에 다다를 때쯤 여자가 손으로 가리키는 방향으로 핸들을 꺾으며 주차장으로 내려갔다.

지하주차장 안에는 외제차들이 즐비했다. 물론 그에 상반되는 평범한 차량도 많았다. 도미노처럼 세워져 있는 밴들을 보자 괜스레 위축감이 들었다. 여자는 가로로 멘 가방을 한 번 더 치켜 올린 뒤 지안을 데리고 앞장서 걷기 시작했다.

코디를 따라 지하주차장에 연결된 계단을 통해 1층 로비로 향했다. 화려한 색색의 의상을 입고 바쁘게 뛰어가는 앳된 여자아이들도 보였고, 진한 화장을 덧칠하고 잔뜩 긴장한 채로 걸어가는 앳된 남자아이들도 보였다. 모두 TV에서 몇 번인가 본 듯한 얼굴이었다.

"마침 오빠가 오늘 세트장 촬영이 있어요. 대기 시간이 좀 길어진다고 하니까, 시간이 맞아서 다행이에요. 아! 지금 하고 있는 드라마가 막바지라서 끝나면 곧 컴백해요. 아까 드린 그 파일, 아시죠?"

묻지도 않은 말에 여자는 귀엽게 다다다 수다를 쏟아 냈다. 지안은 대답 없이 그녀의 말을 경청하며 뒤를 따라갔다.

곧이어 눈앞에 으리으리하게 넓은 1층 로비가 나타났다. 여자는 지안에게 손짓하며 안내데스크에서 방문증을 받아 목에 걸어 주고 경비 아저씨에게 인사를 한번 한 뒤 유연하게 쇠붙이를 밀며 입장했다.

코디의 걸음걸이가 바빠지기 시작했다. 그녀는 곧 엘리베이터가 도착한다며 지안에게 손짓했다. 두 사람이 탑승하자마자 층층이 엘리베이터가 정지하면서 밀려들어 오는 인파에 점점 벽으로 밀려갔다.

어떤 사람은 코디인지, 옷가지들을 잔뜩 품에 안고 전화기를 붙들며 인상을 팍팍 쓰고 있었고, 어떤 사람은 큐시트를 손에 쥐고 머리를 벅벅 긁으며 엘리베이터가 희망하는 층수에 빨리 도달하길 바라는 얼굴로 고개를 들고 숫자만 바라보았다.

엘리베이터가 마지막으로 두 사람을 토해 내듯 뱉어 내자 조용한 복도가 나타났다. 조명이 살짝 내려가 어두운 복도를 오가는 사람들은 어딘가 조심스러워 보였다. 그제야 이곳이 A급 연예인을 위한 층이라는 것을 느낄 수 있었다.

코디는 앞장서 계속 걸어가 익숙하게 어느 대기실의 문을 열고 들어갔다.

지안은 넋 놓고 정신없이 따라온 덕에 고객을 만난다는 생각을 까마득하게 잊고 있었다. 정신을 가다듬고, 호흡을 정돈한 뒤 메고 있던 핸드백을 추켜올리며 몸에 힘을 줬다.

"어라, 지금 시간이면 촬영 끝났을 거라고 했는데……. 언니, 여기서 잠시만 기다려 주시면 오빠 데리고 올게요. 죄송합니다."

"아니요! 아니에요! 천천히 다녀오세요, 여기서 기다리겠습니다."

코디는 가볍게 문을 닫고 어디론가 사라졌다. 지안은 핸드백 안에서 두툼한 수첩을 꺼내 대강 기록해야 할 것들을 정리했다.

고개를 들어 문득 대기실 안을 살펴보니, 큼직한 조명에 둘러싸여 있는 화장대가 제일 먼저 눈에 띄었고, 그다음 옆으로 늘어서 있는 화장품들이 보였다. 옆으로는 여벌의 옷도 보였다. 지안은 다가가려다가 등을 돌려 문이 굳게 닫혀 있는지 확인했다.

그리고 살며시 옷가지를 들어 남자의 옷 치수를 살폈다. 키가 185 정도일 거라 예측하게 하는 어깨와 팔 길이를 가지고 있었다. 지안은 고개를 몇 번 끄덕이곤 수첩에 미리 필요한 숫자들을 적어 넣었다.

벽에 달린 모니터에서 흘러나오는 뉴스가 지안의 고개를 돌리게 했다.

며칠 전 집에서 자정 뉴스를 볼 때 나왔던 앵커였다. 요 근래에 방화범에 대한 이야기가 이슈로 떠올랐는데, 아직도 범인이 잡히지 않은 모양이다. 프로파일러를 초대석으로 모셔 온 뉴스룸에선 방화범에 대한 뉴스가 방영되고 있었다.

지안은 한참이나 뉴스에 정신이 팔려 높이 달린 모니터에서 시선을 떼지 못하고 있었다.

아무리 원망 많은 삶을 살고 있다고 해도, 꼭 그렇게까지 사람들의 땀이 녹아 있는 시장들만 골라서 불을 지를 건 또 뭐였을까. 사람이 없는 시간대를 고른다 해도, 그 넓은 시장 구석에 사람 한 명 없었을까.

연속 방화 사건의 사망자 수가 눈에 띄게는 아니어도, 점점 늘어나고 있음을 알 수 있었다. 미처 화재에서 빠져나오지 못한 사람들은 무슨 죄란 말인가. 지안은 아직도 범인을 잡지 못하고 있는 현실에 화가 나 주먹을 꽉 쥐고 화면을 응시했다. 뒤에서 나는 인기척을 듣지도 못한 채.

"저기요."

"으헉!"

바로 뒤에서 들려오는 낮은 남자의 목소리가 솜털을 쭈뼛 서게 만들었다. 뒤를 돌자 가까이 다가온 남자의 얼굴이 확 들어왔다. 곧게 뻗은 콧날과 적절하게 자리 잡은 쌍꺼풀이 조각 같아 주변에서 흔히 볼 수 없는 그런 이미지였다.

"아, 안녕하세요. 이번에 컴백 의상과 스타일링을 맡게 된 프리디자인 대리 유지안입니다."

그는 바로 도인혁이었다. 주안은 어리둥절한 듯 눈을 몇 번 깜빡이고선 정신을 차리고 수첩을 다급하게 집어 올렸다.

"아, 사인 해 줘요?"

"아니요. 치수만 재면 됩니다."

"아……."

지안의 대답에 당황하며 뻣뻣하게 굳어 있던 도인혁은 머리를 긁적이며 넥타이를 풀었다. 남자는 의상을 갈아입으려는 듯 보였다. 지안은 남자의 당황하는 표정에 순간 무의식적으로 사인을 거부한 입을 손으로 톡톡 치며 타박했다. 곧이어 코디가 허겁지겁 들어오더니, 두 사람이 있는 것을 발견하고는 냅다 앞으로 뛰어왔다.

"아, 오빠 한참 찾았잖아요. 아이참, 저기 갈아입으라고 만들어 놓은 거 안 보여요? 안에 좀 들어가서 갈아입어요. 이쪽은 유지안 대리님이세요. 오빠 이번 스타일링이랑 컴백 무대 콘셉트 잡아 주실 분이에요."

남자는 대답 없이 구석에 설치된 파티션 안으로 들어가 훌렁훌렁 옷을 벗어 밖으로 던졌다. 코디는 아이들 운동회에서나 하는 공 잡기 놀이를 하듯 공중으로 떠오르는 옷들을 잡아 품 안으로 넣었다.

남자는 곧이어 미소 코디가 넘겨준 평범한 일상복으로 갈아입고 나타났다. 앞머리를 쓰다듬으며 거울에 비치는 자신과 눈싸움을 하고 있는 남자 뒤로 다가섰다.

"저, 바쁘신데 치수만 재고 금방 돌아가 보겠습니다."

"아, 그래요."

도인혁은 사인을 거부한 여자 앞에서 최대한 괜찮은 척 자연스럽게 연기를 하고 있었다. 지안은 입을 굳게 다물고 미소를 머금었다.

남자가 양팔을 벌리며 고개를 하늘로 쳐들었다. 남자의 행동을 보지 못한 지안은 남자의 다리 길이부터 재기 시작했다.

"원래 가슴이나 어깨부터 재지 않습니까?"

"아, 죄송합니다. 워낙 다리 길이부터 재는 게 습관이 돼서……."

지안은 벌떡 일어나 남자의 가슴에 줄자를 둘러 치수를 확인했다. 수첩에 기록을 한 뒤, 다시 어깨에 줄자를 대고 치수를 확인했다. 어느덧 기록을 다해 가자, 지안은 문득 콘셉트에 대한 이야기로 적막을 깨야겠다고 생각했다.

"이번 콘셉트가 섹시랑…… 뭐라고 하셨죠?"

"뭐, 마성을 가진……. 크흠."

마성이라는 말에 지안은 고개를 잠시 옆으로 돌려 눈을 어디에 둘지 몰라 두리번거렸다.

아이돌은 아니었고, 가수라고 하기엔 조금은 나이가 있어 보이는 남자였다. 이번 콘셉트가 자신도 유치하다고 생각했는지 남자 역시 고개를 돌려 마성이라는 단어에 헛기침을 했다. 미소에게 물 좀 가져오라며 괜스레 말을 이었다.

"흐흠. 뭐 대충 그런 콘셉트라고 보면 됩니다. 뭐, 회사에서 정한 거니까. 제 의견이 반영된 건 거의 없기도 하고……."

"아……. 그렇군요."

"너무 진지하게 듣지 마요."

남자는 피식 웃으며 진지하게 듣고 있는 지안에게 대꾸했다. 미소 코디가 돌아와 인혁에게 물을 건네자, 벌컥벌컥 들이켜며

목을 축였다.

"너는 방송국에서 집으로 바로 퇴근해."

"네? 진짜 그래도 돼요? 이사님이 또 혼낼 텐데……."

"괜찮아. 내가 가라고 했다고 해."

"감사합니다."

인혁은 빙그레 웃는 여자가 귀여웠는지, 코디의 볼을 꼬집었다. 하는 행동이 제법이라 여자깨나 울리겠다고 생각했다. 조각 같은 남자의 모습에서 훈훈함이 느껴지자 지안은 쌜쭉 웃으며 표정을 바꿨다.

"그럼, 저는 이만 가 보겠습니다."

"명함 한 장 줄래요?"

"아, 여기요."

다급하게 수첩을 펼쳐 구석에 끼워 둔 명함 한 장을 꺼내 내밀었다. 명함을 많이 내밀 일이 없던 지안은 빛바래 노래진 명함이 조금 부끄러웠다. 인혁이 미소를 지으며 지안에게 손을 내밀었다.

"앞으로 잘 부탁해요."

남자의 다정하고 따듯한 마음이 은은하게 느껴지는 것 같아 지안은 괜스레 기분이 좋았다.

홀가분한 발걸음으로 지하주차장을 사뿐히 걸어갔다. 소형차 앞으로 다가선 지안이 기분 좋게 차 문을 열어 운전석에 엉덩이를 붙이고 벨트를 맬 때였다. 휴대전화 화면에 같은 번호로 부재중 전화가 몇 통이나 와 있는 걸 확인했다.

현금이 좀 딸려서 처음으로 월세를 미뤄 놓은 참이라, 혹시나 주인아주머니가 모르는 번호로 월세 독촉 전화를 건 것은 아닐까 하는 생각이 잠깐 들었다. 퇴근하는 길에 이체해야겠다는 생각으로 차 키를 돌렸다.

그런데 같은 번호로 전화가 또다시 울렸다. 아무래도 주인아주머니는 아닐 듯했다. 그저 급한 볼일이 있는 업체려니 하고 조심스럽게 핸드폰 들어 전화를 받았다.

— 왜 이렇게 연락이 안 됩니까?

수화기 너머로 들려오는 목소리는 누군가의 얼굴을 떠오르게 했다. 본능적으로 그 남자의 인상착의가 떠올랐다.

갑자기 괜스레 우울하기도 했고, 마음이 무겁게 두근거리기도 했다. 이유는 정확하게 알 순 없지만 좋지 못했던 첫 만남과 자꾸만 이상하게 비뚤어지는 분위기 때문이라고 생각했다.

"아…… 잠시 고객이랑 미팅이 있었습니다."

— ……무슨 미팅이오?

"네? 그건……."

— 아, 다른 게 아니고, 샘플 2번 때문에 연락했어요.

"아! 네, 말씀하세요."

— 우선 발주는 샘플 전부 할 계획입니다. 그런데 2번 샘플을 좀 확인해 줘야 할 것 같아요.

“정확하게 어떤 부분을…….”

— 회사로 좀 들어와 줘요. 직접 보고 의논해야 될 거 같은데. 바쁩니까?

“아뇨, 괜찮습니다. 날짜랑 시간 정해 주시면, 최대한 맞춰 들어가겠습니다.”

남자의 알겠다는 말을 끝으로 만날 날짜와 시간을 문자로 보냈다. 지안은 손가락을 머뭇거리며 차평건의 연락처를 저장해야 하나 말아야 하나 심각하게 고민을 하다가 가볍게 손을 움직여 설렁탕이라고 저장한 뒤 운전대를 잡고 주차장을 빠져나왔다.

그와 그렇게 헤어진 뒤 마음이 무거웠던 건 사실이었다.

마음이 무거운 이유에 대해 곱씹었다. 자신이 먼저 내뱉은 말이 공적인 부분에 있어 실수를 했다는 점은 분명했다. 언젠가 사과를 꼭 해야만 했다. 그럴 기회가 이렇게 빨리 다가오게 될 줄은 몰랐다.

지안은 운전대를 잡고 다시 사무실로 향했다.

보조석에 던져진 수첩에 정리된 내용들을 머리로 다시 한 번 상기시키며 운전을 했다. 섹시와 마성의 매력을 가진 남자라……. 문득 지안은 남자가 분명 꾸미지 않았음에도 특별한 매력을 짙게 풍기고 있다고 느꼈다.

뚜렷한 눈썹과 각진 턱 선, 그리고 부리부리하다고 표현해야만 할 것 같은 인상까지도. 남자가 출연해 히트를 쳤던 드라마를 기억해 냈다. 우연히 기억해 냈다고 해서 그다지 큰 감동이 있었던 건 아니었다. 그냥 그러려니 하며 운전을 하던 중 신호대기에 잠시 정차 중이었다.

신호등 아래로 대강 7살쯤 돼 보이는 남자아이가 엄마 손을 잡고 칭얼거리는 모습이 지안의 눈에 들어왔다. 부모가 있다는 건 어떤 기분일까.

어릴 적부터 눈칫밥만 먹고 살았던 지안은 종종 계절이 변할 때마다 궁금증이 찾아오곤 했다. 보육원의 원장수녀님께서는 항상 어린 지안을 붙잡고 부모는 신을 대신하여 자녀를 위해 기도하고 축복을 할 수 있는 권한을 가진 사람이라 말했었다.

지안은 반항심 가득한 사춘기가 되자 원장수녀님이 그런 말을 할 때마다 대들게 되었다. 그러다 된통 혼이 나 혼자 식료품 창고에 숨어 꺼이꺼이 울음을 삼킨 적도 많았었다.

신이 있다면 자신의 부모 또한 신을 대신하여 자신을 위해 기도하고 축복할 수 있는 권한을 받았을 것 아니냐고, 그럼 자신은 신이 부재한다는 증거가 아니냐며 위험한 이야기를 거침없이 내뱉던 시절이었다. 사실 지안은 이제 와 다시 생각해 봐도, 또래 애들에 비해서 굉장히 똘똘하고 심도 깊은 발언을 한 것 같았다.

그래서 지안은 항상 신의 부재를 의심했다.

그럴 때마다 원장수녀님은 지안을 데리고 혼을 내시기보다는 어루만져 주시며 함께 울어 주시곤 했다. 세월이 지나 성인이 다

되어 갈 때쯤, 신의 부재를 아무리 외쳐도 살아가는 데 아무런 이득도, 혹은 실도 없다는 것을 안후에는 더 이상 고집을 부리지 않았다.

지안은 보육원을 떠날 때 남겨진 아이들이 걱정됐다. 그래서 사회에 나와 첫 월급을 받았을 때부터 항상 일정 금액을 떼어 보육원으로 보내곤 했었다. 몇 해가 넘어가도, 저축하기가 더 힘들어져도, 항상 그 일만큼은 빼먹지 않았다.

지안은 클랙슨 소리에 시트에서 등을 떼고 급하게 차를 출발했다. 문득 아이들이 보고 싶었다. 또 원장수녀님이 앓고 계시던 지병 때문에 얼마 전부터 자꾸만 기침을 하시던 것에도 생각이 미쳤다.

지안은 갓길로 차를 세우고 전화를 가방에서 꺼내 단축키를 눌러 전화를 걸었다.

— 콜록콜록, 지안이니……?

“병원 아직도 안 가신 거예요? 어떻게 전화할 때마다 기침이 점점 늘어요.”

— 아니야, 여기 산골이라 밤낮으로 기온이 좀 내려가잖니. 여름이기도 하고, 얇게 입고 다녔더니 감기 들었나 봐.

“세탁기 사라고 돈 보내 드렸잖아요. 또 수돗가에서 애들 이불 발로 밟고 그래서 감기 걸리신 거죠?”

— 너는 잘 지내고 있니?

“네, 잘 지내고 있어요. 애들 다 잘 지내죠?”

— 그럼, 성철이는 벌써 내년에 초등학교 입학이야. 세월 빠르지?

지안은 아무 말도 하지 않고, 고운 원장수녀님의 목소리만을 듣고 있었다.

고3 때 산골 중턱에 있는 보육원에서 학교를 다니느라 겨울엔 다리가 퉁퉁 붓고 힘들어 난리도 아니었다. 그 겨울에 갓난쟁이 하나가 보육원으로 흘러 들어왔었다. 머리에 핏기가 서려 있어 병이라도 걸린 줄 알았었는데, 나중에 알고 보니 아이가 태어난 지 며칠 되지 않아서 그런 거였다.

지안은 수능을 보고 대학 입학이 서울로 정해진 뒤, 올라오기 전날까지 성철을 지안은 업어 주고 달래 주다 그렇게 헤어졌다. 그 뒤 한동안 성철이 열병을 앓는 것처럼 지안을 찾았다고 했다.

"조만간 보러 갈게요. 다들 보고 싶어요."

— 사회 생활하느라 바쁘고 힘들잖니. 오지 말고, 종종 이렇게 안부나 전해 주렴. 여긴 신경 쓰지 말고……. 그리고 돈은 그만 보내. 괜찮아. 후원 들어오는 곳도 많은데 뭘 하러 매번 보내니.

말은 그렇게 해도, 보육원 앞으로 받은 대출이 있다는 걸 알고 있었다. 아무리 후원이 있다 하더라도 매번 아이를 놓고 도망가 버리는 몰상식한 사람들 때문에 보육원은 항상 예산 외의 지출을 감당해야 했다.

"제가 보내드리는 돈은 이자에 보태세요."

자신의 부모 역시 그랬기 때문에, 지안은 그 신세를 갚고 있다고 생각하며 살고 있었다. 원장님은 한동안 말이 없었다. 서로 말은 안 해도 마음으로 키운 자식 그리고 키운 부모의 정은 분명 어디엔가 남아 있었다.

— 저기 지안아…….

"네, 말씀하세요."

— 성수동 강 회장님 댁 있잖니…….

"또, 또. 그 취직자리 말씀하시는 거죠?"

— 그래, 자리가 워낙 좋다잖니. 정규직이고 연봉도 괜찮다는데. 많이 힘들면 면접이라도 어떠니, 응?

"저 정말 잘 버티고 있어요. 저축도 이제 꽤 해요. 정말이에요. 지금 운전 중이니 나중에 또 연락드릴게요. 잘 지내세요."

— 그래그래, 노인네가 바쁜 사람 잡고 주책이었다. 얼른 끊자.

"보너스 받고, 휴가 때 들를게요. 잘 지내세요."

이맘때는 토실토실한 감자들이 땅에 박혀 있을 때였다.

보육원 앞쪽은 죄다 논과 밭이었다. 아이들과 수녀님이 함께 작농을 하던 땅 가운데로는 오두막이 있었다. 원장수녀님은 익어 가는 수박과 참외를 싸우지 말고 나눠 먹으라며 아이들을 훈계하셨었다.

눈만 감으면 보육원 앞의 수림이 가득한 여름이 눈앞에 펼쳐졌다. 항상 도망치고 싶었다. 답답하다며 이곳에서 탈출하고 싶다고 징징거렸던 어린 지안이 개울가 앞에서 울고 있는 모습도 떠올랐다.

그래서였을까, 지안은 대학을 지망할 때 패션디자인과를 희망했다. 화려한 도시로 가고 싶었다. 고등학교 담임선생님의 결사반대에도 불구하고 고집을 피우며 발을 들였던 세계였다. 후회하지 않을 거라는 확신은, 입학하자마자 보기 좋게 깨졌다. 학비는 특별전형에 장학금으로 해결했다 쳐도, 디자인을 배우면서 들어가는 부가적인 금액은 20살 어린 여자애가 감당하기엔 엄두도 못 낼 금액이었다.

하지만 화려한 도시에서 살고 싶어 제 스스로 한 선택이었다. 다시는 풋내 나는 시골로 돌아가고 싶지 않았다. 그래서 밤이면 아르바이트에 목을 맸고, 낮이면 성적을 유지하려 애를 썼다. 사실 재능만 특출했다면야 이 바닥에서 못 버틸 일은 없었을 것이다. 그러나 인정하고 싶진 않아도, 자신은 재능보다는 그저 이 세계를 좋아해서 가까스로 버티고 있을 뿐이었다.

지안은 피곤한 기분에 핸들을 쥔 손에서 점점 힘이 풀렸다. 어렵사리 들어온 화려한 도시에서 버티며 살고 있었지만, 언젠가부터 모든 것들이 무의미하게 느껴졌기 때문이었다. 지안은 쏟아지는 잠기운에 고개를 세차게 흔들었다.

옆에 놓아두었던 껌을 입으로 넣자, 박하향이 목 안을 휘감았다. 순간 인중이 축축한 기분에 손을 들어 꾹 찍어 내었다. 손가락에 벌건 피가 보였다. 피곤이 누적되면 가끔씩 코피가 잘 터지곤 했다. 지안은 휴지를 찾아 다급하게 코를 짓누르고 차 시동을 잠시 꼈다.

"뭐야, 왜 이렇게 되는 일이 없어. 하필 지금 터져……."

조용했던 핸드폰에서 알림이 울려 대며 지안의 시선을 끌었다.

[갑자기 급하게 일정이 틀어졌는데, 회사 지금 들어와 줄 수 있습니까?]

지안은 예상하지 못했던 차평건의 문자에 당황해 휴지를 뽑아 코를 더 세게 쥐어 잡았다. 그리고 지금 방문하겠다고 조심스럽게 답장을 보낸 뒤 다시 운전대를 잡았다.

지안은 주차장에 도착해서도 쉽게 차에서 내리지 못하고 있었다. 터진 코피가 쉽게 그칠 생각을 하지 않았기 때문이었다. 그리고 엎친 데 덮친 격으로 코피가 주룩 흘러내리는 바람에 블라우스 위로 핏물 몇 방울이 툭툭 내려앉아 있었다.

"아, 어떡하지…… 휴지도 다 쓴 거 같은데."

지안은 핏물로 축축하게 물들어 가는 휴지를 코에 대고 우선 차에서 내렸다.

그리고 핸드백을 메고 회사 건물 안으로 뛰어 들어갔다. 두리번거리며 화장실 표시를 찾아 들어가 세면대 위에서 코를 물로 씻어 내고 있을 때쯤이었다.

가방에 두었던 핸드폰에서 벨소리가 울리기 시작했다. 설렁탕이란 글자가 화면 위로 떠오르자 지안은 고개를 하늘로 쳐들고 당황한 목소리로 전화를 받았다.

— 어디예요.

"아, 아직 가는 중이에요."

— …….

"우, 운전 중이니 제가 도착해서 전화드릴게요. 금방 도착할 거 같아요."

전화를 종료하고 거울로 얼굴을 확인했다. 벌겋게 물든 코가 마음에 걸리긴 했어도 우선 미팅이 급하니 재빨리 나가야 했다.

지안은 대충 코를 훑어 내고 블라우스 위로 핏방울이 떨어진 것 또한 물을 묻힌 휴지로 대충 닦아 냈다. 말끔하게 지워지진 않았어도 이 정도면 되겠지, 하며 화장실을 나섰다.

그러다가 바로 앞에 나타난 차평건으로 인해 걸음을 멈췄다.

"헉."

"여기가 차 안이야?"

남자가 끼고 있던 팔짱 사이에 전화기가 껴 있었다. 지안이 화장실을 뛰어 들어간 것부터 지켜본 평건에게 이 이상 변명은 통하지 않을 듯 보였다.

"아, 그게……. 갑자기 오는 길에 코피가 막 쏟아져서……."

남자는 미세하게 인상을 쓰고 있었다. 지안이 말끝을 흐리는 게 맘에 들지 않는 듯 보였다. 지안은 막상 코피가 났다는 사실이 남자 앞에서 고스란히 드러나자 왠지 모르게 창피하다는 생각이 들었다. 남자는 곤란해하며 붉어지는 그녀의 얼굴을 조용히 내려다보다, 뒷목을 긁적였다.

"점심은."

"아직요…… 아니, 먹었어요. 먹었어요."

"안 먹었네."

"먹었어요……."

"따라와요."

지안은 앞서 걷는 남자를 따라 서둘러 엘리베이터로 함께 이동했다. 엘리베이터에서도 남자는 굳게 입을 다물고 있었다. 무엇이 맘에 안 드는지는 알 수 없었지만, 지안은 괜히 남자의 눈치를 보기에 급급했다.

코피가 멈춘 줄 알았는데, 휴지가 축축해지는 것이 느껴져 불안했다. 어디로 끌려가는지도 모르고 지안은 남자를 따라 계속 이동했다.

지안은 남자가 걸음을 멈춘 것을 보고 고개를 들어 문패를 확인했다. 문패를 보자 이곳이 수면실임을 알 수 있었다.

안으로 들어서자 햇살 가득 들어오는 곳에 침상 두 개 정도가 벽으로 붙어 있었고, 테이블 몇 개도 나란히 붙어 있었다. 평건은 두리번거리다 이리저리 서랍을 뒤져 솜뭉치와 식염수를 꺼냈다.

"이리 와요."

"아……. 저 괜찮습니다."

평건은 두 번 말하지 않고, 침대 쪽을 향해 고개를 까딱였다. 지안은 다시 코피가 나려고 하는 것을 느끼고 순순히 침대 위로 걸터앉았다.

"제가 할게요."

"가만있어 봐. 거울도 없는데 알아서 했다간 옷에 핏방울 더 떨어질 거야."

남자의 말이 일리가 있는 듯해, 지안은 가만히 있었다.

문득 평건의 손이 지안의 목덜미를 잡아 살며시 뒤로 넘겼다. 가까이서 남자의 스킨 향을 맡자 기분이 묘해졌다. 순간 나른해지는 기분이 들었다.

코에서 거뭇한 핏물을 가득 머금은 솜이 빠져나갔다. 평건은 피 묻은 솜을 아무렇지도 않게 휴지통으로 던져 넣고, 뒷목을 주물러 주며 지혈을 도왔다.

핑 도는 어지러움에 순간 비틀거리다가 무의식에 잡은 것이 평건의 팔이라는 걸 인식한 건 수초가 흐른 뒤였다.

"일전에 회의실에서는 죄송했어요……."

"말하지 마. 목으로 피 넘어간다."

사실 피는 아까부터 넘어가고 있었다. 어느덧 피가 완전하게 멈추자 평건은 지안의 목을 주무르던 손을 거뒀다. 식염수로 깨끗하게 코 주변을 닦고, 가슴팍에 떨어진 핏방울도 대충 닦아 냈다.

그리고 평건은 따듯한 물을 한 잔 받아 지안에게 넘겨주었다. 지안은 남자가 주는 물을 받아 마셨다.

코피가 완전히 멎은 것을 확인한 두 사람은 일전의 그 회의실에서 다시 마주했다.

안으로 들어가자 그때와는 다르게 직원들은 없었고, 지안이 두고 간 샘플들만 쭈르륵 진열되어 있었다. 그중 문제의 2번 샘플이 앞으로 나와 있었다.

"디자인을 좀 수정해 줘."

"구체적으로 어디를요?"

"가슴선이나 떨어지는 어깨선이 아쉬워서 그래. 어차피 백 실장한테 말하면 디자인 바꾼다고 땍땍 소리나 지를 것 같아서. 유지안 씨한테 연락했어."

"저한테 디자인 바꿀 권한은 없는데요……?"

"내가 이야기하는 것보다는 지안 씨가 이야기하는 게 더 낫겠지."

평건은 셔링이 잡힌 어깨를 각지게 잡아 달라며 손으로 샘플을 잡고 설명했다. 지안도 해당 샘플이 여성스러움이 지나치게 강조된 디자인이라 생각했었는데, 차평건이 그 점은 꼬집어 낸 것이었다.

"현실적으로 땀 흘리며 일하는 현직 여성들을 겨냥한 건데, 너무 여성스러워. 가볍게 어깨선 깔끔하게 떨어지는 걸로 가자고."

"네, 알겠습니다."

지안은 펼쳐 든 수첩에 재빨리 스케치를 다시 해내며, 평건이 하는 말을 기반으로 디자인을 그려 냈다. 다시 스케치한 것을 그에게도 보여 주고 재차 확인하며 꼼꼼하게 마무리하려 노력했다.

"이거 샘플만 다시 통과되면, 전체 발주 가능할 거 같네."

지안은 최종적으로 마무리된 스케치를 그 자리에서 보여 주었다. 지안은 남자가 고개를 끄덕이는 것을 확인한 뒤 가방에 다이어리를 집어넣었다.

"그럼, 이만 가 보겠습니다. 추후에 샘플 다시 뽑아서 연락드릴게요."

지안이 가방을 주섬주섬 챙기며 이야기하자 평건은 아직 할 말이 남은 사람처럼 머뭇거리며 턱에서 손을 떼지 못했다.

"더 걸리는 거 있으세요?"

"어."

"어떤 건데요? 말씀해 주세요, 메모할게요."

지안은 가방에 집어넣었던 수첩을 다시 빼냈다. 펜을 들어 다시 펼치고 스케치에 추가하려 하자 평건은 그 모습을 보곤 얕게 한숨을 쉬었다.

"밥 먹고 가."

"밥 먹고 가…… 네?"

지안은 평건의 말을 그대로 메모하다 다시 고개를 들어 물었다.

"오늘 사내식당에서 설렁탕 나와. 먹고 가."

"아……."

평건은 후련하다는 듯이 앞장서 회의실의 불을 끄고 문을 열었다. 남자는 아직 대답을 하지 않은 지안에게 먼저 나가라며 고개로 방향을 가리켰다.

괜찮다고 말하고 싶었지만, 지안은 왠지 그러고 싶지 않았다. 점심시간이 훨씬 지나 배가 고팠기 때문이었다. 설렁탕을 좋아하진 않지만, 남자가 좋아하는 설렁탕을 함께 먹는다는 것에 어쩐지 거부감이 들지 않았다. 엘리베이터에 올라타자 평건은 지하층을 눌렀다.

"점심시간 훨씬 지났는데…… 먹을 수 있어요?"

"회사 직원들이 많으니까 때 지나서 먹는 사람들도 많아. 언제든지 가면 먹을 수 있어."

새삼스레 이곳이 대기업이라는 것을 느낄 수 있었다. 지안은 문득 남자의 옷차림에 눈이 갔다. 검은 슈트였지만 와이셔츠 위로 얇은 카디건을 걸치고 있었다. 남자에게 딱 맞는 핏의 검은 바지가 그를 늘씬해 보이게 했다.

분명 피를 많이 쏟아 내 혈압이 떨어져야 하는데, 따끈하게 붉어지는 볼이 느껴질 정도로 지안의 얼굴이 발그레해졌다. 정의를 지을 수 없는 기분에, 지안은 괜스레 머릿속이 복잡해졌다.

사내식당 안으로 들어서자 다소 늦은 점심을 해결하려는 직원들이 보였다. 이 시간대에도 꽤나 북적거리는 모습에 지안은 살짝 놀란 듯 보였다. 지안이 문득 고개를 돌려 평건의 얼굴을 바라보자, 당황한 자신의 표정을 보며 웃고 있던 그의 눈과 딱 마주쳤다. 그러자 싹 표정을 바꾸곤 식판을 들어 지안에게 건넸다.

"백 실장 밑에서 일하는 거 힘들지 않아? 만날 술이나 퍼마시지."

“힘들 때도 있긴 한데, 재밌어요. 백 실장님이랑 꽤 친하신가 봐요.”

“글쎄……. 뭐, 친하다기보단 오히려 마주치고 싶지 않지. 다른 데에 이력서 넣을 생각 안 해 봤어?”

백 실장에 대한 이야기에 남자는 묘한 표정으로 무겁게 웃음 지었다. 펄펄 끓는 설렁탕 뚝배기가 식판 위로 자리 잡자 팔이 휘청거렸다. 평건은 지안의 식판을 강제로 빼앗아 들곤 한가로운 식탁으로 다가가 앉았다.

“너만 들어 주는 거 아니니까 착각하지 마.”

“다른 데 이력서 넣을 생각은 못 해 봤어요. 서류 전형에서 매번 떨어지니까. 차라리 현장에서 노는 게 더 좋아요. 사무실 답답해서 일부러 시장 갈 때도 많아요.”

남자는 지안의 말을 경청하며 국물 가득한 깍두기 그릇을 지안에게 밀어 주었다. 그리고 지안이 머뭇거리자 반찬 그릇을 들어 올려 쪼르륵 김치 국물을 설렁탕 안으로 부었다.

“이렇게 먹으면 맛없다고 뭐라 했었잖아요.”

“이것도 나름 괜찮더라고.”

말이 끝나자 평건은 국물을 자신의 그릇에도 마저 넣었다. 따듯한 국물 한 숟가락이 입안으로 들어가자 허기진 배가 더 요동쳤다.

밥을 바로 말아 수저로 가득 퍼서 호로록 먹기 시작했다. 평건은 반찬 그릇을 지안 쪽으로 밀었다. 지안은 남자가 차가운 면이 강하지만, 나름 매너 있는 사람이라고 생각했다.

시원한 에어컨은 건물 구석 어디든 시원하게 해 주고 있었다. 좋은 근무 환경, 자신이 희망했던 배경이었음에도 쉽게 들어오지 못했던 곳들이었다. 정신을 차리고 보니, 사원증은 아니었지만 남자 덕에 아니, 어쩌면 백 실장 덕분에 버킷리스트에 껴 있었던 일을 하나 해치우고 있었다.

"매일 이런 거 드시면 맛있어서 능률이 마구 오르겠어요. 우리는 매번 분식 아니면 시장음식인데."

"회사 미팅 올 때 먹고 가. 그럼 되지."

"그런 뜻이 아니잖아요. 매일 먹는 거랑은 다른 거잖아요."

"매일 먹으면 질려."

"그렇구나……."

수저를 입에 물고 남자가 한 말을 곱씹으며 생각에 잠겼다. 지안은 벌써 설렁탕 그릇이 바닥을 드러낼 정도로 밥을 먹어 치운 상태였다.

문득 남자의 그릇에 설렁탕이 반 이상 남겨진 걸 보고 의아하게 생각했다. 밥 먹는 양까지 궁금해하기엔 다소 어려운 상대였기에, 지안은 궁금함을 그저 안으로 삼키고 자리에서 일어나는 남자를 따라 사내식당을 나섰다.

Chapter 3

여름 바람

치이익. 치이익.

언제부터였는지 차의 라이트가 켜져 있었다. 대낮에 켜져 있어서 지안도 발견하지 못한 듯했다. 퇴근시간이 임박하자 노을이 뉘엿뉘엿 빌딩숲 사이로 넘어갈 때였다.

운전대를 많이 잡아 보진 못했지만, 지금 이 상황이 배터리가 방전된 상황이라는 건 대강 알 수 있었다. 백 실장은 전화를 받질 않았고, 유진은 이미 퇴근을 한 건지 사무실에 전화를 걸어도 받지 않았다.

“아아.”

지안은 핸들에 이마를 박았다. 피곤한 하루를 마무리하지 못하고 있는 상황에 앓는 소리가 절로 나왔다. 머리를 굴려 보려 해도 지식이 전혀 없는 상황이니, 해결책이 나올 리 만무했다. 지안은 핸드폰을 들어 검색을 했다. 자동차 방전을 검색하니, 우후죽순으로 나열되어 나오는 출장업체 연락처만 잔뜩이었다.

"가입된 자동차 보험회사가 어디였더라……."

보험사에 연락하면 된다는 글귀가 눈에 띄자 지안은 번뜩이며 생각을 되짚어 봤지만 무용지물이었다. 결국 백 실장과 통화를 해야 할 것 같았다. 주차장 위로는 붉게 노을이 가라앉아 모든 사물들을 주황색으로 물들여 갔다. 핸드폰을 무릎 위로 내려놓고 한숨을 푹 쉬며 헤드에 몸을 기댈 때였다.

똑똑.

지안은 유리창을 두드리는 뭉툭한 소리에 놀라 고개를 돌렸다. 가죽 백팩을 메고 있는 차평건이 얼굴을 유리로 바짝 대고 있었다. 지안은 차 문을 열고 내려 우물쭈물거렸다.

"그게…… 방전이 됐더라고요. 자세한 건 모르겠어요. 업체를 불러야 할 거 같은데……."

"보험회사에 연락하면 되잖아."

"그게, 보험회사가 어딘지 모르겠어요. 사무실이랑 연락도 안 되고."

평건은 얇게 한숨을 내쉬며 보조석 쪽으로 몸을 돌렸다. 문을 열어 글로브 박스를 뒤적거리더니 차량등록증과 함께, 보험회사의 작은 명함을 꺼냈다. 지안이 생각지도 못했던 것이었다.

남자는 핸드폰을 들어 명함에 찍힌 보험회사 콜센터로 직접 전화했다.

다른 때였으면 자신이 하겠다고 나서며 적극적으로 팔을 뻗었을 텐데, 지금만큼은 자신이 가만히 있는 게 낫겠다는 판단이 서서 조용히 차평건의 옆으로 가까이 다가가 통화 내용을 경청했다.

차평건은 차대번호와, 간단한 이야기들을 지안에게 질문하며 콜센터 직원에게 전달했다. 콜센터 직원은 문자로 곧 도착할 출장업체 직원의 연락처 그리고 처리번호를 전송했다. 여름밤이 살며시 내려앉기 시작하자 더운 바람이 두 사람 사이로 불기 시작했다.

"더운데 차 안에 들어가 있지."

"아. 퇴근하세요. 저는 업체 직원 오면 처리 받고 가 볼게요. 감사했습니다."

차평건은 사뭇 고민하던 표정으로 지안의 얼굴을 뚫어져라 바라봤다. 얼마 전부터 남자가 호기심 어린 표정으로 자신을 바라볼 때면 눈을 마주치기가 힘들었다. 지안이 고개를 숙이자 차평건은 스마트 키를 꺼내더니 자신의 차 문을 열었다.

"내 차 안에서 있자. 여긴 너무 더워."

"전 괜찮은데……."

"내가 너무 더워서."

남자가 뒤로 멘 가방을 풀며 자신의 차를 향해 걸어갔다.

가자고 고집부리는 남자에게 싫다고 억지를 부리기엔 사실 날씨가 너무 덥긴 했다. 지안은 몸이 지치기도 했고, 피곤하기도 해 남자를 따라 검은 승용차가 세워진 곳으로 갔다. 보조석으로 올라타자 딱딱한 시트가 엉덩이와 등을 받쳐 줬는데, 안정적인 기분도 들고 흘러나오는 에어컨이 시원하기도 했다.

평건은 운전석에 앉아 백팩을 뒷좌석으로 옮기며 에어컨 방향을 조절해 지안에게 시원한 바람이 모조리 갈 수 있도록 했다. 지안은 남자의 배려에 감사의 표현도 못 한 채 눈치를 봤다. 그러다 손안에서 울리는 핸드폰을 들어 보니, 백장미 실장이라는 이름이 깜박거리고 있었다.

"아, 실장님. 차 시동이 안 걸려서요."

— 내가 중요한 미팅 중이라서 연락을 못 받았네. 그래서 보험회사엔 연락했고?

"네, 다행히도 연락해서 지금 사람 보내 준다고 했어요. 방전인 것 같아요."

— 차가 너무 오래됐어. 방전이면 다행인데……. 근데 날씨도 더운데 지금 어디 있어?

"아…… 차평건 팀장님이 도와주셔서, 그분 차에서 신세 지고 있어요."

그렇게 말하며 고개를 들어 평건을 바라보자, 남자의 시선은 먼 빌딩숲 사이를 헤매고 있는 듯 보였다.

— ……아.

"금방 들어갈게요."

— 아니야. 괜찮으니까 차 끌고 퇴근해. 회사 들렀다 가면 아무래도 지옥철이잖아.

"그래도 돼요?"

— 당연하지. 신경 쓰지 말고 후딱 들어가. 낼 봐. 끊어요.

실장은 바쁜 듯 부스럭거리는 소리들과 함께 전화를 끊었다. 평건은 흘끔 지안을 보며 얼굴 표정으로 통화 내용을 묻고 있었다. 지안은 그와 눈이 마주치자 멋쩍게 웃으며 대답했다.

"그, 바쁘신가 봐요. 하하. 이대로 퇴근하라고 하시네요. 다행이죠, 뭐."

지안의 주절거림에 대답 없던 평건은 무언가가 껄끄러운 듯 입을 다물고 입꼬리를 비틀었다. 지안은 이 상황에 그가 왜 불편한 표정을 짓고 있는지에 대해 사뭇 궁금해졌지만, 곧 다시 울리는 휴대폰에 금세 궁금함을 접어야 했다.

"네, 여기요!"

전화를 받으며 손을 흔들고 보조석에서 내리자, 먼발치서 주차장으로 들어오는 레커차가 보였다. 아저씨는 전화의 주인공을 알아보며 지안이 손으로 가리키는 소형차로 다가갔다.

아저씨는 방전된 상태를 확인하고 고개를 갸우뚱하더니 앞 범퍼를 열었다. 그리고 긴 전선을 꺼내 배터리 부분에 집게를 연결하고 파팍 스파크가 생기는 것을 확인한 뒤 지안에게 다가가 열쇠를 돌려 시동을 계속 걸고 있으라 말했다.

시동이 걸리는 소리가 반갑게 울리는 동시에, 다시 파시식 꺼졌다. 지안은 당황스러워 아저씨에게 고개를 돌리자 아저씨는 땀에 잔뜩 절어 지안에게 잠시 운전석에서 나와 보라는 손짓을 했다. 그러곤 이상하다는 듯 차의 앞 범퍼를 열고 몇 번 왔다 갔다 하며 차의 엔진을 확인하더니 지안에게 다가와 말했다.

"아가씨. 이거 아무래도 공업사 들어가야 될 것 같은데. 방전이 아니라 엔진에 문제가 있는 것 같아."

"공업사요? 왜요?"

"왜긴, 차에 문제가 있으니까 그러는 거지."

지안은 인상을 팍 쓰고 아저씨를 바라봤다. 정말 차에 이상이 있어서 그런 건지, 혹은 이익 창출을 위해서 그러는 건지 알 게 뭐란 말이던가. 입술을 꾹꾹 깨물며 생각보다 극단적이 된 상황에 곤란해하고 있었다. 그 순간 옆에서 들리는 남자의 목소리에 놀라 옆을 바라봤다.

"정확한 원인을 알 수 없다는 겁니까?"

간 줄 알았던 차평건이 어느새 뒤에 나타나자 지안은 반가움 반, 당황스러움 반으로 그를 바라봤다. 평건은 그런 지안의 표정을 보며 그녀의 팔을 끌어당겨 뒤로 물러나게 했다. 어쩐지 그것이 든든하기도 해서 무거워진 심장 소리가 빠른 박자를 타며 쿵쿵 뛰었다.

"예. 공업사 들어가서 뭐가 문젠지 봐야 합니다. 여기서 그냥 해결할 수 있는 일이 아니에요."

"흠."

평건은 고개를 끄덕이더니 몸을 돌려 지안의 어깨를 잡아 그녀와 눈을 맞추며 말했다.

"아저씨 말대로 지금 여기서 해결할 수 있는 일은 아닌 거 같아. 걱정 말고 공업사 보내자. 어차피 보험회사에서 처리해 줄 거야. 백 실장한테는 내일 이야기하는 게 좋겠어."

"네……."

아저씨는 지안의 어수룩한 목소리를 듣자마자 차 앞부분에 고리를 걸고, 기어를 중립으로 바꿨다. 그렇게 작은 차를 레커차에 연결하곤 뽈뽈 사라져 갔다.

덩그러니 남겨진 지안은 가방을 추켜 메며 평건을 향해 꾸벅 인사를 했다. 벌써 어둠이 깔려 주차장엔 가로등만이 일정한 간격으로 빛을 내려 주고 있었다. 평건은 뭔가 맘에 들지 않는 다는 듯 인상을 쓰고선 표정을 풀지 않았다. 그러더니 지안의 목을 잡아끌어 꾹 깨물려 있던 입술을 엄지로 빼냈다.

"이거 전부터 거슬렸는데 깨물지 좀 마라. 애도 아니고."

자신도 모르게 꾹 깨물고 있던 입술이 치아 사이에서 뽁 빠져나오자, 통통하게 입술이 부풀어 올랐다.

"데려다줄게."

"아닙니다. 괜찮아요. 진짜예요. 지하철 타면 돼요."

지안은 손사래를 치고 있었지만, 몸은 이미 보조석으로 다가가 차 문을 열고 있었다. 지안은 자신도 모르게 저지른 일에 다시 입술을 깨물며 아차 하는 표정을 지었다.

피식 웃는 평건의 웃음소리가 들리자, 얼굴까지 새빨개졌다. 시원한 에어컨 바람이 고맙긴 해도, 얻어 탄 자리가 편하지만은 않은 것이 사실이었다.

"저기, 그럼 가시는 길에 지하철역에 내려 주세요."

"까불지 말고, 타고 가. 그리고 입술 그만 깨물고."

"팀장님은 도대체 나이를 얼마나 드셨길래 왜 자꾸 저를 애 취급이세요?"

"서른이다."

지안은 굳게 입을 다물고 창문 밖을 두리번거렸다. 그래 봤자 한두 살 차이겠거니 하고 예상했던 모든 생각들이 빗나가던 순간이었다.

남자는 25살로 20대 동산의 중턱을 턱 찍어 버린 자신과 딱 5살 차이 나는 나이였다. 많다면 많고, 적다면 적은 나이라는 생각에 본능적으로 남자의 외모를 뚫어져라 바라봤다.

많아 봤자 동갑 아니면 한두 살 어릴 줄 알았는데. 역시 옷이 사람의 위치나 나이를 다르게 보일 수도 있게 한다는 것에 새삼 놀랐다.

차가 강남대로를 빠져나갈 무렵에는 이미 퇴근 시간이 되어 있어서 어쩔 수 없이 교통 체증에 갇히고 말았다. 지안은 문득, 다른 차들이 남자의 차를 피해 다닌다는 느낌을 받았다. 자신이 소형차를 끌고 다닐 때는 오히려 차가 위협적으로 끼어들기 일쑤였는데 말이다.

남자가 잡고 있는 차 핸들로 고개를 돌려 보니, 동그라미 네 개가 겹쳐 있는 외제차였다. 그랬구나. 지안은 고개를 끄덕이며 자본주의 현실에 고개를 내둘렀다.

그래도 얻어 타고 가다 보니 기분이 마냥 불편하진 않았다. 차 안에서는 남자에게서 났던 스킨 향이 더욱 진하게 피어올랐고, 아득한 기분에 졸음까지 밀려왔다.

갑자기 지안은 얼마 전 택시를 새치기했던 일을 떠올렸다.

"아, 맞다. 팀장님, 저희 동네 사세요?"

"그게 무슨…… 아, 맞다. 그때!"

평건도 택시를 새치기당했던 그날의 아침이 떠올랐는지 짓궂은 표정으로 슬쩍 지안을 노려봐 주었다.

"그, 그때는요. 아시잖아요. 그 아침에는 전쟁터인 거……. 그러게 왜 머뭇거리셨어요. 멍 때리고 있으면 순식간에 코 베이는 게 서울이라니까요?"

평건은 지안의 종알거림이 재밌다는 듯 따라 했다.

"순식간에 코 베이는 게 서울이야? 재밌네……."

"아닌가요?"

"아니, 맞아. 맞는 말인 거 같다."

지안은 평건의 웃음에 작게 웃었다. 도시의 야경이 차창 밖으로 무수히 반짝이고 있었다. 예전엔 도시의 야경이 항상 마음을 벅차오르게 했지만, 이제는 그저 피곤한 하루를 빨리 마감하고 싶게 만드는 광경일 뿐이었다.

한 시간을 부드럽게 내달린 차 덕분에 지안은 꾸벅 졸다 창문에 머리를 쿵쿵 찍어 댔다. 평건은 지안의 이마를 살며시 끌어와 시트로 기대게 했다. 그리고 평소보다는 조금 더 조심스럽게 운전대를 잡았다.

깜빡이며 눈을 뜨니 차는 익숙한 동네 어귀에 정차되어 있었다. 분명 화려한 조명을 마지막으로 보며 눈을 감았는데, 어두컴컴한 골목길이 눈앞에 보였다.

지안은 자신이 잠들었었다는 걸 알고는 벌떡 일어나 고개를 옆으로 돌렸다. 순간 평건의 잠든 모습이 지안의 눈에 비치자 지안은 조심스럽게 몸을 다시 시트로 기댔다.

남자의 내려간 흑발과, 가지런한 속눈썹. 옷을 입고 다니는 센스는 여자들의 가슴을 설레게 하기에 부족함이 없어 보였다. 세련미. 지안은 머릿속에서 떠오른 단어에 피식 웃어 버렸다.

넥타이가 첫 만남 때처럼 불편하지 않아 보였다.

제멋대로인 성격이 가끔 보이는 걸로 봐서는 집안에서 혹시 막내가 아닐까 하는 생각도 들었다. 여동생이 있을까? 별별 추측이 지안의 머릿속에 난무했다.

"일어났으면 사람을 깨워야지, 엿보는 심리는 또 뭐야."

"이, 일어나셨어요?"

"으핫차!"

눈을 감은 채로 기지개를 쭉 펴던 평건은 눈을 번쩍 뜨며 몸을 일으켰다.

“도착했으면 깨우시지 그러셨어요.”

“에어컨이 너무 시원해서 나도 차 안에 더 있고 싶더라고.”

지안은 핸드백을 챙겨 차에서 내렸다. 따라 내린 평건은 고개를 꾸벅 숙여 한 지안의 감사 인사를 받고도 아무런 말이 없었다.

“안 가실 거예요?”

“이 동네에서…… 오래 살았어?”

“오래는 아니지만, 서울 상경할 때부터는 살았죠. 이제는 곧 떠나야겠지만.”

“곧 없어질 거 알면서 왜 버티고 있어.”

지안은 차평건의 물음에 쉽게 대답하지 못했다. 아직까지도 자신이 찾지 못한 답이었기에……. 자신에게 하고 싶던 질문을 우연히 누군가로부터 듣는 것이 꽤 나쁘지 않다고 생각했다.

“그러게요. 저도 그 이유를 모르겠어요. 왜 버티고 있는지.”

평건이 웃음 짓다가 어쩐지 서글퍼 보이는 표정을 했다. 그 표정은 문득 지안의 모성애를 자극했다. 하지만 지안은 그에게 손을 뻗을 수 없었다. 그것이 오로지 자신의 착각일지도 모른다는 생각 때문이었다.

“그런데, 팀장님은 여기에 무슨 연고지가 있으신 거예요?”

비탈진 길 위에 서 있던 지안이 묻자, 남자는 말없이 고개를 숙여 지안을 우두커니 바라봤다. 평건의 시선은 곧 지안을 넘어서 공사 중인 납골당 부지를 향했다.

"응. 저기 뒤에 우리 엄마 모실 거거든."

후덥지근한 바람이 불었다. 봄은 저 멀리 도망가 버렸고, 뙤약볕이 잔인한 여름이 찾아와 있었다.

남자가 그렇게 씁쓸하게 웃고 떠난 뒤에도 지안은 한참 동안 골목 어귀를 서성이며 집 안으로 들어가지 못했다. 고개를 뒤로 돌려 저만치 크레인이 서 있는 공사지만 바라보고 있었다.

자신의 어머니를 모신다는 말은, 살아 있는 사람을 말하는 것이 아니었다.

동네가 재개발이 된다고 확정될 때만 해도 지안은 피부로 걱정이 와 닿지 않았었다. 공사가 시작되고 쿵쿵거리며 땅을 파 대는 소리에 사람들이 점점 동네를 떠날 때, 그리고 방을 빼 달라는 아주머니의 통보가 있었을 때에도 무딘 척 살았다. 하지만 지안의 상처받은 마음은 사람들이 남기고 간 쓰레기 더미 위를 둥둥 떠다녔다.

오래간만에 잠을 푹 자지 못했다. 꿈속에 그가 나와 혼탁한 눈빛과 표정으로 자신을 바라보고 있었다. 지안은 남자에게 손을 뻗었지만 그 인영을 잡을 순 없었다.

간밤, 지안은 납골당 부지가 들어서게 되어 자신이 이곳을 떠나게 되는 것이 억울하다는 생각은 들지 않았다. 남자의 인생과 자신의 인생은 너무 달라서, 비교할 수 있는 것이 아니었다. 지안은 이해라는 단어를 떠올렸다.

출근길은 온통 그 사람에 대한 생각만이 점점 차올라 질식할 것만 같았다. 어디선가 비슷한 스킨 향이라도 날까 싶으면 금세 고개를 휙휙 돌렸다.

사무실로 들어가자 백 실장에게 어제 있었던 차 고장에 대한 이야기를 일목요연하게 늘어놓았다. 백 실장은 나름 미안한 표정으로 올해 꼭 짐을 잔뜩 싣고 다닐 수 있는 큰 차로 바꿔 주겠노라며 멋쩍게 웃었다.

지안은 그럼에도 백 실장에게 감사했다. 자신이 타고 있을 때 고장이 났음에도, 누구 탓을 하기보다 문제에 대한 해결책을 먼저 찾으려는 백 실장이 존경스러울 뿐이었다.

지안은 마음을 그대로 표현하진 않았다. 어제 베일모직에 들어가 차평건에게 받은 수정 사항을 실장에게 보고하자, 웬일로 뚱하게 바라보다 그렇게 하라며 손을 휘휘 내저었다.

노발대발하지 않는 실장을 보던 지안은 쉽게 일이 풀리는가 싶어, 자리로 돌아가 승인받은 대로 디자인을 수정했다. 급하다고 했던 차평건의 말에 오늘 안으로 다시 찾아가 최종 컨펌을 받아야겠다고 생각했다.

"공장에서 샘플 좀 확인해 달라고 그러는데요, 실장님."

유진이 바쁘게 아침부터 어딘가와 계속 통화 중이었다.

"왜 또."

"미싱 박는 아줌마들이 단추를 이상하게 달았나 봐요. 공장장이 들어오라는데……. 작업지시서 물고 늘어져요. 우리 쪽에서 잘못 보낸 거 아니냐고."

"아, 정말. 나 오늘 중요한 미팅 있는데."

"저는 오늘 다른 공장이랑 미팅 있잖아요. 그쪽 원가 낮아서 꼭 뚫어야 하는데……."

"제가 갈게요. 그럼."

지안은 고민하다 손을 들어 두 사람에게 말했다. 그렇게 혼자 남겨진 사무실에서 지안은 괜스레 나섰나 후회를 했다.

경기도에 있는 곳이라, 한번 다녀오면 하루를 모조리 잡아먹는 통에 베일모직과의 미팅 시간이 촉박할 듯 보였다. 평건의 핸드폰 번호 위에서 지안의 손가락이 머뭇거렸다.

— 여보세요.

"저, 유지안입니다."

— 디자인 수정됐습니까?

"네. 근데 저희 다른 일로 공장 쪽에 문제가 좀 생겨서, 오늘은 거기 일 좀 처리하고 가야 할 거 같아요. 아무래도 내일 방문 드려야 할 거 같습니다."

— …….

"급하시면 제가 오늘 저녁에라도……."

— 아닙니다. 일 보세요. 뭐, 아직은 조금 시간이 있으니까 저희 쪽에서 내일로 스케줄 다시 잡겠습니다. 그런데 어디 공장 쪽이랑 거래하는데요?

"아 용인에 있는 미산 공장이에요. 베일모직 쪽으로 납품될 제품들도 그쪽 공장으로 오더를 내릴 거예요."

— 거기 생각보다 문제가 많다는 건 알고 있었어요.

"그래도 거기만큼 일 잘하고 옷 잘 만드는 덴 아직 없어요. 그래서 저희도 포기 못 하고 있고요.

— 더위 조심해요.

머뭇거리던 남자가 다정스러운 목소리로 말하자 지안은 화르륵 열에 휩싸인 기분이었다. 무슨 말을 해야 할지 난감했다. 무의식중에 후딱 전화를 끊어야겠다는 생각이 들어 숨을 훅 들이켜며 대답했다.

"아, 네……."

윙윙 돌아가는 에어컨 소리만 들리고 있었다. 지안은 비죽 솟아오르는 기분이 정확히 무엇인지 곰곰이 생각해 보다가 문득 아쉬움이었다는 걸 깨달았다.

◈

장마가 시작되는 계절이었음에도, 하늘은 비를 쉽게 쏟아 내지 못하고 꾸물거렸다. 이동하는 버스 안은 잠든 사람들로 빼곡했다.

경기도 지역으로 출발하는 버스에 올라탄 지안은 쉽게 잠들지 못했다. 어디 내놓을 정도로 잘 살아온 인생은 아니었다. 그래서 인생에 처음 다가온 수컷에 대한 생각이 온통 마음을 들었다 놨다 하고 있었다.

남자가 여자에게 먼저 다가오는 것이 여자에 대한 기본적인 매너라는 생각을 해 봤다. 하지만 남자들이 여자에게 필요 이상으로 친절하게 대하지는 않을 것 같았다. 혼자 고민을 한들 답은 나오지 않았다.

눕혀 놓은 등받이 위로 지안은 한 시간 내내 뒤척였다. 고롱고롱 코를 골던 아저씨는 곧 숨이 넘어갈 것 같았다. 뒷자리에 앉은 아주머니는 부스럭거리는 소리를 연신 내며 고소한 냄새를 앞자리까지 풍겼다.

어두컴컴한 날씨가 뙤약볕을 잠시 피하게 해 준 건 고마웠다. 비가 쉽게 내리지 않아 녹조가 심했다. 소낙비가 내릴 참이면 우산을 내던지고 비를 맞고 돌아다니고 싶을 정도로 비가 그리웠다. 우르릉 천둥이 치자 사람들은 약속이라도 한 듯 창문을 내다보며 뒤척였다.

어느덧 목적지를 알리듯 버스의 브레이크 소리가 들렸다. 도착했습니다. 아저씨는 내리는 손님들에게 인사를 건네며 운행을 종료했다.

도착한 터미널에서 택시를 타고 10분 정도 이동을 하면 공장 부지가 나왔다. 항상 익숙하게 한 달에 두어 번은 종종 타 지역으로 외근을 나올 때가 있었다. 백 실장이 처음에 공장 답사를 왔다가 아주머니들에게 싸가지라는 이름으로 된통 찍혀 버렸던 것을 계기로 공장 방문은 지안과 동행하곤 했었다.

천으로 된 문으로 들어가자 지게차와 탑차들이 분주하게 움직이고 있었다. 옆 계단을 통해 올라가 유리문을 여니 익숙하고 따듯한 옷감의 냄새들이 지안의 코를 간질였다.

"싸가지는 없고 오늘은 혼자야? 어서 와. 작업지시서 한번 봐. 원체 사무실이 멀어서 당장 일 터지면 오라 가라 하기도 미안해질 지경이야."

"전혀 문제없어요. 그런 말씀 하지 마세요."

1공장의 반장을 맡고 있는 아주머니는 익숙하게 재봉틀 안으로 옷감을 밀어 넣으며 말했다. 지안은 허리를 숙여 구석에 쌓인 작업지시서들 중 익숙한 자신들의 것을 알아보고 집어 들었다.

지안은 뭐가 문제인지 꼼꼼하게 체크했다. 그리고 반장님이 뽑아 놓은 샘플을 들어 비교해 보았다. 조금 번거롭게 라인이 잡힌 일이어서 그렇지 작업지시서가 잘못된 게 아니었다. 적은 단가로 복잡한 디자인에 대한 제작을 맡지 않겠다는 이야기였다.

지안은 상황이 파악되고 이해되자 난감한 듯 입술만 질겅이며 고민했다. 반장이 지안을 보고 한숨을 푹 쉬었다. 그러고는 바삐 돌아가는 재봉틀을 멈추곤 구석에 있는 냉장고로 다가가 요구르트를 하나 꺼내 지안에게 건넸다.

"백 실장한테 그냥 공장 바꾸라고 해. 우리도 그 단가에 고생이란 고생 다해 가면서 그렇게는 못 맞춰 줘."

"반장님……."

“정말이야. 그렇게 복잡한 작업지시서 가져와 놓고 평소대로 단가 쳐 놓으면 지안 씨라도 하고 싶겠어?”

“그건 그런데요. 이번 건은 베일모직에 납품되는 거라 특별히 부탁드린 거예요. 잘되면 계속 대량으로 발주할 건데 그럼 여기도 손해는 아니잖아요. 물량 자체가 다른데요?”

“흐흠.”

반장님은 베일모직이란 이름을 듣자 생각이 바뀌었는지 헛기침을 하며 작업지시서를 다시 보겠다는 듯이 빼앗아 갔다. 요구르트를 하나 더 꺼내 작업지시서를 쭉 훑으며 한 번에 들이켜고 휴지통으로 휙 던지셨다.

“여기 잡히는 셔링만 좀 확인해, 그럼. 도통 무슨 얘긴지……. 꼼꼼하게 적어 줘야지. 백 실장은 매번 이래. 작업지시서 보면 맘에 안 들어.”

“제가 다시 꼼꼼하게 적어 놓고 갈게요. 잘 좀 부탁드릴게요.”

“너는 참 독하기도 하다. 힘들지도 않니?”

반장 아주머니는 지안에게 한탄하듯 말하며, 간이 책상에 다리를 꼬고 앉아 지안을 바라봤다. 지안은 말없이 빙그레 웃으며 작업지시서를 수정하고 있었다.

“나 같음 벌써 때려치웠어.”

“급여만 잘 나오면 되죠, 뭐.”

“그러니까 네가 발전이 없는 거야. 다했으면 여기 놓고 가.”

드르륵 드르륵 다시 재봉틀이 돌아갔다. 반장 아주머니는 항상 표정 없는 얼굴로 지안을 맞이하셨지만 지안은 그것이 반장 아주머니 최대한의 애정표현이라는 것을 알 수 있었다. 수정된 작업 지시서를 내려놓고 지안은 조용히 공장을 나왔다.

하늘에서 빗방울이 하나둘씩 툭툭 떨어지다 갑자기 사나운 빗줄기로 변했다. 다시 들어가 우산이라도 빌릴까 고민했지만, 그마저도 관두기로 했다. 조금만 뛰어나가다 보면 곧장 택시를 잡을 수 있을 것이었다.

지안은 핸드백을 머리 위로 올리고 힘껏 정류장까지 내달렸다. 우선 비를 피해야 했고, 빗줄기가 더 굵어지기 전에 이곳을 빨리 나가는 것이 좋을 것 같았다. 바닷속을 유영하고 있는 것도 아닌데 숨을 참고 있다는 사실에 픽 웃으며 숨을 내뱉었다. 그리고 다시 숨을 한번 깊게 들이쉬고 달리기 시작했다.

"으악!"

옆으로 지나가던 화물차가 고인 웅덩이에 바퀴를 풍덩 빠트리며 지안에게 흙탕물을 쏟아부었다. 이 와중에 울리는 전화벨은 지안의 사정을 봐주지 않았다. 백 실장이었다. 지안은 비를 피하려던 것을 포기하고 천천히 걸으며 전화를 받았다.

"네― 실장님."

― 혹시 비 맞고 있어?

"네."

― 차 공업사에서 나왔대. 엔진에 문제가 있었다나 봐. 버스

타게 해서 미안하네.

"괜찮아요. 빨리 올라갈게요."

— 오늘 회식하자. 사무실로 들어오지 말고, 우리 항상 가는 먹자골목 있지? 거기로 와. 삼겹살 먹자.

"아싸! 빨리 갈게요!"

— 갈아입을 옷 챙겨 줄까?

"아니에요. 버스 타면 금방 마를 거 같아요."

흙탕물을 뒤집어쓰긴 했지만, 남들은 그저 빗물을 맞은 줄 알 터였다. 오래간만에 고기 먹을 생각을 하니 괜스레 기분이 좋아 지안은 발걸음을 부지런히 옮겼다.

그와의 인연이 계속 누군가 장난을 치는 것처럼 이어지는 건 우연이라기엔 너무 필연처럼 느껴졌다. 여자 셋이서 지글지글 타오르는 불판 위로 각자 근래에 쌓인 불만에 대해서 토해 내고 있을 때였다.

허름한 가게로 문을 옆으로 밀고 들어오는 왁자지껄한 소리에 셋은 고개를 돌렸다. 거기에는 차평건 팀장이 직원으로 보이는 대여섯 명의 사람들과 함께 서 있는 것이 보였다.

그의 직원들은 문을 열고 들어와 우산을 접어 탈탈 털어 통에 집어넣었다. 그러고는 이내 남자는 백 실장의 취기 가득한 목소리에 세 사람을 발견한 것 같았다. 지안을 발견한 평건의 표정이 굳는가 싶더니, 반가운 건지 아닌지 애매모호한 표정을 지었다.

백 실장은 소주잔을 들고 쭉 들이켜며 반갑지 않지만, 반가운 것처럼 요상하게 굴었다.

"이게 누우구우야. 베일 막내 차평건 아냐?"

취한 혀가 괴상한 발음을 냈지만, 베일 막내라는 이야기에 유진과 지안은 눈을 동그랗게 뜨며 백 실장에게 고개를 돌렸다.

"마…… 막내요?"

유진이 놀란 표정으로 소곤거리며 질문을 했지만 이미 반쯤 취해 정신이 나가 있는 백 실장은 베실 웃고만 있었다. 유진은 빠르게 포기하고 지안을 향해 고개를 돌렸다. 그러나 질문도 하기 전에 지안은 놀란 표정으로 고개를 가로로 저었다.

"아, 아니야. 나도 몰랐어……."

"완전, 대에에박."

유진은 황당한 표정으로 백 실장 인맥 스케일에 다시 한 번 감탄하며 소주를 한 번에 쭉 들이켰다.

회사원치고는 너무나도 아쉬운 것 없어 보였던 그에 대한 의문이 풀렸다. 지안이 보기에 그는 일에 대한 열정은 그냥저냥 있어 보이는 한편으로 부족한 게 없어 인생이 심심한, 그런 사람 같았기 때문이다. 그저 성공한 회사원이라고 생각했을 뿐이었는데, 그의 외제차와 얇지도 굵지도 않는 팔목에 얹혀 있던 시계가 어쩌면 금수저라서 가능했었다고 생각하니 지안은 모든 것들이 이해되기 시작했다.

"어머, 백장미 실장님 맞으시죠? 선배!"

"어! 백 선배!"

평건의 뒤로 따라 들어온 직원들이 하나같이 백장미를 알아보곤 반갑다며 하하 호호 해 댔다. 백 실장은 항상 사람들에게 둘러싸이길 좋아했다. 좁은 바닥이라 어디 회사 직원이어 봤자, 자신의 학교 후배거나 혹은 옆 학교 친구의 후배이기 십상이었다.

오랜만에 보는 반가움에 기분이 좋았는지, 직원들이 세 사람이 있는 테이블로 합석을 하자며 차평건에게 징징거렸다. 그는 귀찮았는지 맘대로 하라며 손을 휘휘 내저었다. 처음 들어올 때와는 다르게, 이제 더 이상 지안과 눈을 마주치지 않았다. 차평건은 구석에 다리를 꼬고 앉아 직원이 세팅해 주는 그릇들을 보고 있었다.

옷이라도 깨끗한 걸로 갈아입고 올걸. 지안은 이곳에서 남자를 마주친 것이 원망스러웠다. 흙탕물에 꼬질꼬질하게 굳어 버린 머리카락도 그러했고, 축축하게 습한 기운을 내고 있는 옷가지들이 그녀의 기분을 대변하고 있었다.

"잘 지내셨어요? 후배들도 좀 챙겨 주고 그러세요. 완전 바쁘다고 이 바닥에 소문 자자해요. 요즘도 아이돌 좋아하세요?"

"당연하쥐이. 사람이 쉽게 바뀌면 쓰나."

"결혼하실 거라는 얘기도……."

"쓸데없는 소리하지 말고, 잔 드렷!"

결혼이라는 이야기에 지안과 유진은 고개를 들어 실장을 바라봤지만, 말을 뚝 잘라 버리는 바람에 비죽 솟아오른 호기심을 채울 수는 없었다. 그뿐만이 아니었다. 백 실장이 자신들만의 사람이 아니라 누구에게나 동경의 상대라는 걸 눈으로 확인하자, 내심 서운하기도 했다.

백장미 실장의 최측근은 유진과 자신인데 왜 남들에게서 백 실장의 소문을 들어야 하는 건지. 지안은 눈을 감고 쭈욱 소주를 들이켰다. 오늘따라 달달하게 잘만 들어가자 지안은 따로 안주를 집을 생각도 않았다.

곁눈질로 다른 사람들을 보는 척했지만 결국 시선의 정착지는 차평건이었다. 합석을 하고 나서부터 무겁게 말이 없던 남자는 술로 채워져 있던 잔을 비우지 않고 있었다. 차를 끌고 왔나……. 지안은 문득 그에 대한 궁금증이 날로 늘어나고 있음을 깨달았다.

"저는 여기서 유일하게 선배님 고등학교 후배이기도 해요."

레드립을 한 여자가 백 실장을 바라보며 말했다. 백 실장은 깜짝 놀라며 그랬냐고 반문했다. 그러자 여자는 취기가 오른 표정으로 말했다.

"백 실장님 대학 때도 워낙 유명했지만, 고등학교 때도 유명했어요. 그때 당시에 유명했던 가수들 춤, 수련회 때 다 따라서 추고 그러셨잖아요. 아, 그러고 보니까 차 팀장님이랑……."

차평건을 가리키는 이야기에 지안은 순간 고개를 들어 말하는 직원을 바라봤다.

"자자, 잔들 들자."

말을 가로막은 건, 가게에 들어서서 내내 말 없던 남자였다. 차평건의 무거웠던 입이 깨어나자 다들 꼿꼿이 허리를 추켜세우고 잔을 들었다.

백 실장은 취기가 잔뜩 올랐는지, 꼬부라진 혀로 씁쓸한 듯 웃으며 옛 회상에 젖어 이야기를 흘렸다. 그러자, 몇몇이 궁금하다며 일화를 들려 주길 바랐지만 백 실장은 개인적인 이야기보단 시대에 유행했던 가요에 대한 추억이나 혹은 시대를 풍자하는 이야기를 했다.

"이제는 진한 립스틱이나 골라 발라 가면서 사회생활에 찌들어 생활하니, 살맛이 안 나."

"무슨 말씀을요. 붉은색 립스틱 엄청 잘 어울려요. 이번에 프리디자인 쪽에서 들어온 디자인, 저희는 다 하나같이 맘에 든다고 난리였어요."

순간 지안은 목으로 넘어가던 술이 턱 막히는 기분이었다. 자신을 중앙에 세워 놓고 디자인이 어쩌고 쥐 잡듯 할 땐 언제고 이제 와서는 무슨 소린지.

"백 실장님 립스틱은 키스할 때 잘 지워지지 않는 립스틱으로 유명한, 고가 브랜드 제품이에요. 백 실장님은 딱 거기 브랜드 것만 쓰시거든요."

"어머, 그래요? 실장님, 정말 연애하시는 거 아니고요?"

유진은 새치름한 표정으로 자신이 그 립스틱 브랜드를 알고 있는 특별한 사람인 양 이야기했다. 립스틱에 대한 이야기가 고조에 다다르자, 립스틱에 대한 역사까지 훑고 올라가 대화는 점점 산으로 가기 시작했다.

분위기가 끼어들기 힘들 정도로 낯설고 이질감이 들었다. 지안은 괜스레 입술을 손가락으로 비비며 빠져나갈 기회를 엿보고 있었다.

차평건 쪽 사람들이 취해 하나둘씩 사라졌다. 유진은 남자 친구가 데리러 왔다며 곧장 미련 없이 자리를 박차고 일어나 비틀거리며 사라졌다. 삼겹살은 이제 흔적도 없었고, 그 위로 볶아진 밥들 역시 반 이상 없어진 채였다.

평건이 내내 앉아 있던 자리는 어느새 텅 비어 있었다. 내심 인사도 없이 사라진 그에게 서운한 마음이 들려던 참이었다. 지안은 핸드백을 마저 챙기고 일어나, 먼저 일어나겠다는 인사로 비틀거리며 자리를 나왔다.

결국 지하철과 버스를 놓친 시각이라 기분이 울적했다. 금쪽같은 택시비가 나갈 생각을 하자 눈물이 앞을 가로막았다. 아직도 옷에선 꿉꿉함과 더불어 습한 기운이 올라오고 있었다.

비록 없어질 집이었지만 빨리 가서 따듯한 물로 샤워하고, 뽀송한 이불 속으로 점프하고 싶었다.

"한심하게 꼴은 또 이게 뭐야."

가슴이 요동쳤다.

한낱 자신의 착각이라고 해도 어쩔 수 없는 일이었다. 삼겹살

집에서 내내 지안은 남자의 눈치를 살폈지만, 남자는 지안에게 눈길도 주지 않았다. 지안은 말없이 사라진 남자에게 혼자서만 내심 서운해하고 있었던 찰나였다.

지안은 고개를 들어 어둑한 골목길을 바라봤다. 남자가 멀쩡하게 뚜벅거리며 걸어 나와 많이 기다려 지쳤다는 표정으로 지안의 앞에 다가섰다.

"타, 마침 집에 가려던 참이었어."

남자는 길가에 주차해 두었던 승용차의 보조석 문을 열며 지안에게 고개를 까닥했다. 지안은 순간 남자의 차에 탑승하기 싫어 머뭇거렸다.

"아니에요. 그냥 택시 탈게요."

남자는 그런 지안의 모습을 우두커니 바라보다 보조석의 문을 쾅 닫았다.

"맘대로 해, 그럼."

운전석으로 다가간 남자는 망설임 없이 차에 올라탔다. 그리고 시동이 걸리고 차가 슬슬 출발하자, 지안은 머뭇거리던 발을 움직였다. 그 순간을 캐치했던 평건은 급하게 브레이크를 밟았다.

그녀가 앞으로 몇 걸음 다가와 차 문을 두드리길, 새빨간 브레이크 등을 번뜩이며 기다렸다. 백미러로 그녀의 행동을 매서운 눈으로 바라보고 있을 그가 지안은 괜스레 무섭기도 했다.

결국 몇 발짝 앞으로 걸어가 보조석의 문을 열고 지안이 엉덩이를 들이밀자, 평건은 말없이 차 문이 닫히기를 기다렸다 출발했다.

두 번째로 합승하게 된 차에서는 여전히 시원한 에어컨 바람이 팡팡 나오고 있었다. 삽겹살집에서는 오래된 에어컨 때문에 시원하게 밥을 먹지 못했다. 얼른 집에 가서 씻고 싶은 생각만 간절했었다. 사실 나타난 차평건만 아니었어도, 지안은 애초에 집으로 도망갔을 일이었다.

찝찝함이 결국 극에 달하고 있었다. 후덥지근한 여름밤은 지안에게 땀과 소나기를 선물했었다. 남자는 말없이 운전대를 잡고 지안의 동네로 향했다.

"엄마가 서울 야경을 좋아하셨다고 들었어."

남자는 조용한 정적을 깨며 말했다.

꼭 자신의 엄마와 함께 살지 않았던 듯 말하고 있었다. 지안은 그에 대해 궁금한 게 많았다. 현재 남자가 얼마를 벌고, 무엇을 먹고사는지가 아니라 그가 어떤 아픔을 갖고 사는지 혹은 어떤 일에서 성취감을 느끼는지에 대해 말이다.

살아 있지 않은 그의 어머니가 어떠한 이유로 야경을 좋아하셨는지, 혹은, 무엇에 낭만을 느꼈고, 어떤 일에 슬픔을 겪으셨는지에 대하여.

"그래서 선택한 부지였어."

부지를 선택했다는 말에 지안은 살며시 놀라긴 했지만, 티 내고 싶지 않아 태연한 척 대꾸했다.

"선택 잘하신 거예요. 어차피 아파트 들어서서 산 다 깎아내리는 것보다야 낫죠."

지안이 호기심을 가졌던 남자, 아니 명확한 이유 없이 관심이 갔던 남자는 아쉽게도 그녀와는 전혀 다른 세상에 살고 있었다.

남자는 은연중에 공사 때문에 곧 방을 빼야 하는 지안에게 자신의 입장을 고스란히 변명하듯 말하고 있었다.

지안은 순간 남자의 의도를 이해했다. 연민이었을까, 혹은 잠시 동안의 인연 덕에 쌓인 정 때문에 궁지에 몰린 자신에 대한 미안함을 표현한 것이었을까. 아마도 그럴 것이라고 생각했다. 정이 많고 주변에 대해 무뚝뚝하지만 매너가 배어 있는 남자일 거라고.

"어렴풋한 기억엔 붉은 립스틱을 자주 바르셨었어. 근데 그게 잘나가는 여자들이 바르고 다니는 필수품인 줄은 몰랐네."

지안은 화장기 없는 자신의 얼굴을 한 손으로 꾹 찍어 내렸다.

"내일 급하게 중국 출장이 잡혔어. 내일 미팅은 미뤄질 거야."

"아. 그럴게요."

"너는 화장 안 하고 다녀?"

"글쎄요, 딱히 화장을 해 본 적은 없어요. 별 필요성도 못 느꼈고요."

"그래도 이 바닥 사람들 화장 진하게 하고 항상 옷 잘 입고 다니잖아. 그래 봤자 고작 천 쪼가리인데 왜 그렇게들 환장하는지."

지안은 딱히 대꾸할 말을 찾지 못해 머뭇거렸다. 그러다 벨트를 풀고 가방을 쥐고 차에서 내렸다. 남자는 운전석에서 따라 내려 그녀가 골목길을 올라가는 걸 바라보고 있었다.

"이 동네, 언제까지 살 거야?"

"차평건 팀장님."

"말해."

차평건은 지안이 자신 때문에 주거지를 잃는 것일지도 모른다고 생각해, 마음이 쓰였던 것 같았다.

"저에 대해서 궁금하세요?"

"……."

평건은 고민하는 표정을 지으며 지안의 질문에 바로 대답하지 않았다. 지안은 후덥지근한 바람이 얼굴에 와 닿기 전 얼른 집에 들어가고 싶었지만, 오늘은 왠지 그러기가 싫었다.

우연이라도 남자와 만나는 것이 점점 불편하지 않았고, 오히려 기분이 무척 설레고 좋았기 때문이었다.

"궁금하다면…… 알려 줄래?"

남자의 눈동자가 어두운 호수에 비친 달처럼 은은하게 빛났다. 얼굴이 터져 버릴 것만 같아서 지안은 더 이상 남자와 눈을 마주치기가 힘들었다.

그대로 허리를 폴더로 접었다 폈다. 그리고는 빠른 걸음으로 골목을 타고 올라가 집으로 들어갔다. 지안은 방으로 들어와 불을 켜지 않고 그대로 문에 기댄 채 바닥으로 주저앉았다. 골목의 주황색 가로등이 지안의 방까지 침범해 그녀의 발가락으로 다가오고 있었다.

살면서 사람 때문에 가슴이 두근거릴 일이 없었다. 이런 기분이구나. 대학교 때, 중학교 때 추억으로 스쳐 지나가던 친구들이 종종 인생의 큰 고민처럼 이야기했던 일들. 공감할 수 없었던 그 일들이 자신에게 펼쳐지고 있다고 생각하니 그저 막막하기도 했다.

"나도, 궁금해요."

시곗바늘 소리만 들리던 방 안에 지안의 목소리가 잠시 들렸다 사라졌다.

자신을 향해 궁금하다고 조용히 말하던 남자에게선 며칠 동안 연락이 없었다.

가슴이 간질간질한 여름밤이 꿈같이 지나갔다. 뽀득뽀득 온몸에 들러붙은 끕끕함을 씻어 내고 이부자리에 누워도 쉽게 잠들지 못했다. 꿈뻑꿈뻑 눈만 떴다 감았다 하길 반복했다.

아침에 일어나 뻑뻑하고 충혈된 눈을 비비고 전날 밤 가슴속으로 조심스럽게 파고 들어온 남자의 목소리가 꿈이 아닌지 곰곰이 생각해 보았지만 그것은 분명 현실이었다.

출근길 지하철에 몸을 실어도, 전과 다르지 않은 아침이었다.

백 실장은 회식 날을 기점으로 영업을 핑계로 술을 마시는 날이 늘어났다. 그런데 오늘은 웬일로 백 실장이 자리에 앉아 있었다. 지끈거리는 머리를 감싸며, 누군가를 기다리는 듯 핸드폰을 들었다 놨다 반복했다.

"일찍 출근하셨네요. 요즘 만날 술 드시더니, 속은 좀 괜찮으세요?"

"죽겠다."

유진은 탕비실에서 걸어 나와 백 실장에게 얼음이 동동 띄워진 컵을 들이밀었다. 유진의 표정도 그다지 밝진 않았다. 지안과 유진은 회식 날, 평소에 알지 못하고 있었던 백 실장의 모습을 남을 통해 엿보게 된 것 같아 내심 서운했다.

"백장미 실. 장. 님. 무슨 일 있으시죠."

"나중에 다 정리되면 말해 줄게."

백 실장은 대답을 차후로 미루며 단칼에 잘랐다. 그런 두 사람을 물끄러미 바라보다 자리로 돌아가 업무를 시작하려 할 때 사무실 문이 벌컥 열렸다. 노크도, 배려도 없는 소리가 뜨거운 여름 바람과 함께 훅 사무실 안으로 들어왔다.

백 실장은 고개를 들어 누군지를 확인하고는 머리가 더 지끈거린다는 표정으로 고개를 숙였다.

"다들 잘 지냈니?"

하얀 블라우스가 잘 어울리는 중년의 여성은 양손에 백화점 상표 입점 브랜드의 컵케이크와 고급 과자를 들고 나타났다. 유진과 지안은 벌떡 일어나 중년의 여성을 맞이하며 다가가 양손에 들려 있는 걸 시녀처럼 안아 들었다.

"김 여사. 자꾸 방문하기 삼십 분 전에 연락 주면 곤란하지."

"얘는. 엄마가 딸 사업장도 방문 못 하니?"

"여기 직장이야."

"정확하게 말하면 나는 투자자겠네?"

백 실장은 숨을 흡 삼키며 고개를 들었다. 공격할 틈을 빼앗겨 버린 건 백 실장이었다.

유진과 지안은 유감스러운 표정으로 입을 꾹 다물고 탕비실에 쪼르르 들어갔다. 항상 오시면 찾던 고급 커피를 찬장 어딘가에 넣어 놓은 기억이 있어, 지안은 팔을 뻗어 커피를 꺼냈다. 그러자 유진은 자연스럽게 포트에 물을 올렸다.

"아침 댓바람부터 웬일이래?"

유진이 소곤거리자 지안은 유진의 옆구리를 쿡 찌르며 조용히 하라고 핀잔을 줬다. 커피포트에서 부르르 물이 끓어오르자, 유진은 손님용 찻잔에 물을 내렸다. 향긋한 커피 향이 도망가기 전에 조심스럽게 손님용 테이블로 다가가 찻잔을 내려놨다.

"땡큐. 지안 씨는 점점 예뻐지네. 연애하는 거 아니지?"

여자의 목소리가 정중하기도 했고, 여유 있는 말투라 지안은 그저 씩 웃고 말았다. 백 실장은 머리 아픈 표정으로 지안을 보고 있었다. 백 실장은 한숨을 내쉬며 중년의 여성에게 다가가 마주 앉았다. 일자로 다문 입술이 사춘기에 반항하는 소녀 같아 보이기도 했다.

“자꾸 이렇게 불쑥불쑥 찾아오지 마. 여기 투자자는 엄마가 맞지만 사장은 나잖아.”

“네가 엄마가 사업장 안 찾아오게끔 하면 되잖니.”

백 실장은 곤란한 듯 지안과 유진을 바라봤다. 유진은 눈치 빠릿하게 지갑을 챙겨 들고 일어나 지안을 끌어당기며 말했다.

“아, 저희 나가서 아이스크림 한 개씩 사 먹고 와도 될까요?”

“아니, 너흰 여기 있어. 우리가 나가…….”

“그래, 그래 줄래? 여기 카드 가져가서 먹고 싶은 거 먹고 오렴.”

백 실장의 말을 가로막은 여자는 하얀 손을 들어 유진에게 검은색 카드를 내밀었다.

유진은 상황을 빨리 정리하고 싶어서인지, 카드를 날름 받아 들고 지안의 팔을 끌어당겼다. 하지만 지안은 쉽사리 물러나고 싶지 않았다. 왠지 이대로 자리를 피해 주면 백 실장을 오랫동안 못 보게 될 것 같은 이상한 기분이 들어서였다.

자꾸만 머뭇거리는 지안을 유진이 답답하다는 듯 끌어당겼다. 백 실장의 혼란스러운 표정이 지안의 눈에 들어왔다.

결국 지안은 고개를 돌리고 유진에게 끌려 나가다시피 사무실을 나왔다.

사무실에서 나온 유진이 철문에 귀를 바짝 대고 있는 걸 지안은 우두커니 지켜보고 있을 뿐이었다. 사실 방음이 잘 되지 않는 곳이라서 안에서 하는 이야기들은 조용히 입만 다물고 있어도 밖으로 잘만 새어 나왔다.

"언제까지 구질구질하게 이러고 살래?"

"이게 뭐가 구질구질해. 나름대로 사업이야, 사업. 하고 싶은 거 하게 해 주면 엄마가 하라는 건 다 한다고 했잖아."

"인형놀이 이만하면 됐잖니. 이제 그만하자고. 엄마가 말했던 거, 잊지 않았지?"

유진은 철문에서 귀를 떼고 상체를 곧게 폈다. 지안과 유진은 얼마 전부터 백 실장이 보여 주는 새로운 모습들에 앞으로 자신들의 환경에도 분명 변화가 올 것 같다는 추측을 하고 있었다.

인정하고 싶지 않았지만, 지안은 백 실장이 말하지 않아도 눈치로 이미 어느 정도는 예상하고 있었다.

"거봐, 결혼이었어……."

"……."

유진과 지안은 동시에 누가 봐도 똑같은 심란함을 얼굴에 드러내고 있었다.

"백 실장 결혼하면 우리도 끝이겠지?"

"사업장 접진 않으실 거야. 어딘가로 넘기시긴 하겠지."

"백 실장님 같은 사장 없어. 그건 너도 알잖아."

매미들이 폭풍을 몰고 올 것처럼 울어 댔다. 사무실에서 끌려 나오기 전 혼란스러운 표정으로 자신을 쳐다보던 백 실장의 얼굴이 아른거렸다. 지안은 가던 걸음을 멈추고 혼잣말로 중얼거렸다.

“이대로 나오면 안 되는 거였나 봐.”

“야, 김 여사 기에 눌려 죽는 것보단 이게 낫다. 카드 받았으니까 우리 라떼나 한 잔씩 먹자. 아니 아니, 나는 녹차 프라푸치노 마실래!”

참 소박하기도 했다. 어차피 김 여사가 준 카드로 유명한 프렌치 레스토랑 가서 한 끼를 먹는다 해도 상관없을 터였다. 두 사람은 인근에 있는 커피숍으로 발걸음을 옮겼다. 바닷속을 유영하는 것만큼이나 습도가 올라간 날씨엔 에어컨이 최선의 방책처럼 보였다. 두 사람은 매장 안으로 들어서서 시원한 바람에 젖은 몸을 말렸다.

지안은 평소엔 주구장창 커피만 마셨지만, 우중충한 날씨가 한몫을 하는 바람에 유진과 같은 음료를 먹겠다며 나섰다.

“웬일이래.”

“이변은 항상 일어나는 거잖아.”

흘깃 그녀를 바라보던 유진은 주문을 하고 자리에 앉았다.

“말해, 이것아. 너도 요즘 수상해.”

“뭐가?”

“며칠 동안 멍 때리는 경우도 자주 있고……. 항상 전교 1등하는 애가 갑자기 공부는 안 하고 창문 보며 한숨 푹푹 짓다가, 갑자기 또 어렴풋이 미소 짓고 있다고 생각해 봐라. 너 같음 안 이상하겠니?"

지안은 며칠 동안 자신의 행적을 곱씹으며 생각에 잠겼다. 음료가 나왔다는 이야기가 들리자, 유진은 엉덩이에 불이 난 듯 벌떡 일어나 음료를 받아 자리로 돌아왔다. 대답 없는 유진이 자신의 대답을 기다린다는 것을 알고 있었다. 유진은 휘핑크림을 빨대로 퍽퍽 퍼먹다 말고 말했다.

"연애를 하는 걸 숨기는 것만큼, 우정에 금이 가게 만드는 것도 없다는 것을 잊지 말아라."

"말도 안 돼. 연애라니."

지안은 어느덧 삼십 분 가량 시간이 지났다는 걸 알고 자리에서 일어났다.

"들어가자. 여사님 이미 가셨을 거야."

백 실장의 표정이 자꾸 마음에 걸려 지안은 유진에게 사무실로 돌아가자며 보챘다.

유진은 오래간만에 얻은 휴식이 꿀 같지도 않느냐며 타박하는 표정으로 지안을 따라나섰다. 쨍쨍한 햇빛을 가르며 걸어가, 계단을 타고 조심스럽게 사무실로 올라갔다. 다행히 대화 소리가 들리지 않는 걸 보니 여사님은 자리를 뜨신 것 같았다.

백 실장도 자리를 비웠을지도 모른다고 생각하고 문을 열고 들어갔는데 웬일로 실장은 자신의 자리에 앉아 오도카니 허공만 응시하고 있었다. 유진이 백 실장의 자리로 다가가 카드를 내려놓고 획 돌아 자리로 돌아갔다.

"족발 시켜 먹자."

백 실장의 입에서 나온 뜬금없는 말과 함께 사무실 문에서 똑똑 소리가 났다. 유진은 족발 소리에 토라졌던 마음을 금세 푼 사람처럼 쫄랑쫄랑 한걸음에 문으로 다가갔다.

"누구세…… 으악!"

유진의 비명 소리, 지안의 나른한 표정, 그리고 백 실장의 뚱한 표정이 사무실로 들어서는 한 남자를 맞이했다.

도인혁. 캡 모자를 쓰고 그저 민무늬 하얀색 티만 입고 있어도, 남자는 후광을 빛내고 있었다.

현재 아시아에서 인기 탑을 달리고 있는 남자 연예인, 그리고 그와 어울리지 않는 꼬질꼬질한 사무실 구석에서 술판이 벌어지고 있었다.

백 실장은 도인혁을 보자마자 골이 터진다는 듯 앓는 소리를 내며 사무실 책상으로 철퍼덕 엎어졌다. 유진은 조각 같은 도인혁의 외모를 대놓고 뚫어지게 바라보다, 종이를 한 장 가져와 턱에 대고 베이냐며 장난을 쳤다.

유진과 지안은 남자가 사무실로 스스럼없이 찾아왔을 때도 놀랐지만, 백장미 실장과 도인혁이 고등학교 동창이라는 사실에 다시 한 번 놀랐다. 벌컥벌컥 들이켠 맥주에 눈물이 고이고, 너도 나도 트림이 올라올 때쯤이었다.

"백장미 고등학교 때 진짜 유명했지. 막 여자 애들한테도 고백

받고 그랬을걸."

"헉, 진짜요?"

"야, 족발 모자란다. 치킨도 좀 시키자."

백 실장은 흥미 없다는 듯 심드렁하게 말했다. 남자는 무슨 여자들이 이렇게 많이 먹느냐며 투덜거리면서도 배달 책자를 휘적휘적 넘기고 있었다.

백 실장은 종이컵에 반쯤 담겨진 소주를 한번에 털어 넣었다. 지안은 그런 백 실장이 분명 뭔가 확실히 풀리지 않는 일이 있는 거라 믿고 있었다.

남자가 치킨집을 골라 전화로 주문을 하며 유진에게 주소를 물었다. 지안은 치킨이 도착할 때까지 먹기 위해 어딘가 숨겨 뒀던 땅콩과 오징어를 꺼냈다.

"이 자식아, 너는 도대체 여기에 왜 끼어 있는 건데."

백 실장은 지안이 꺼내 놓은 오징어 하나를 툭 뜯으며 도인혁을 향해 핀잔을 줬다.

"촬영 비는 시간이 좀 길어졌어. 그래서 들렀다. 왜, 안 되냐?"

"그럼 안 되지, 이 새끼야! 다들 인맥으로 일거리 땄다고 뒤에서 욕을 해 대는데, 너마저 알은척하면 얼마나 곤란하겠어, 안 그래?"

"흠."

유진은 오징어 다리 하나를 들어 툭 뜯으며 두 사람을 물끄러미 바라봤다. 백 실장이 인맥으로 일거리를 따오는 바람에, 자신들이 어딜 가서 대접 못 받고 있다는 걸 은연중에 알고 속상해하는 듯했다.

"실장님 고등학교 때도 지금처럼 카리스마 넘쳤어요?"

"카리스마는 무슨. 사춘기 방황을 심하게 해서 오토바이 타고 다니는 애들 뒤에 실려 다녔지."

"워, 오토바이."

"우와……."

"그때 차평건이……."

도인혁의 입에서 차평건의 이름이 나오자, 백 실장은 순간 오징어를 들어 도인혁의 입안으로 쑤셔 넣었고, 지안은 문득 고개를 팍 들어 인혁을 바라봤다. 인혁은 어리둥절하다는 듯 오징어를 받아먹으며 말을 이었다.

"그때 그자식이 얘 안 잡아 줬으면 아마 지금 개차반 됐지 않을까?"

백 실장은 머리를 짚으며 골치 아프다는 듯 고개를 숙였다.

"잠깐, 잠깐만요. 지금 차평건이라고 하면…… 베일기업 막내아들요?"

"응. 우리 모두 다 고등학교 동창이야."

"와. 진짜 그사세……."

"그사세?"

"그들이 사는 세상요."

유진은 씁쓸하다는 듯 지안의 잔에 소주를 가득 따라 주었다. 그러곤 자신의 잔에 있던 술을 한번에 털어 넣으며 노골적으로 쓰다는 표정을 짓고 있었다.

줄곧 말없던 지안은 자신에게 한여름 밤 설렘을 툭 던지고 간 남자가 자신이 존경하는 백 실장, 그리고 유명한 연예인과 과거에 함께였다는 사실에 괴리감을 느꼈다. 정확하게 정의할 수 없는 묘한 서운함이 들기도 했다.

하지만 서운해하기엔 자신의 입장이 너무 소박하다 생각했다. 남자의 전화번호 외엔, 아무것도 모르는 주제에 이런 아이 같은 유치한 감정 따윈 의미가 없는 것 같았다.

치킨이 곧 도착했다. 바닥에 놓인 두 개의 치킨 상자에선 고소하고 달콤한 냄새가 진동을 했다. 유진은 책상다리를 하고 앉아 허리를 꼿꼿하게 펴며 술잔을 기울였고, 백 실장은 이미 옆으로 드러누운 참이었다. 지안은 탕비실로 들어가 찬장 위로 구겨 넣어 놨던 목베개를 집어 와 백 실장의 머리 밑으로 슥 밀어 주고 자신의 자리로 돌아갔다.

그 뒤로 소소한 이야기가 오갔다. 유진은 백 실장의 과거가 많이 궁금한 듯, 그녀가 좋아했던 가수나 음식들, 사춘기 때 피부가 깨끗했는지 등에 대하여 묻고 있었다.

백 실장은 붉어진 얼굴을 천장으로 향하고 생각에 잠긴 듯 보였다.

도인혁은 유진의 말에 곧잘 대답을 해 주면서 치킨 상자에서 닭 다리를 꺼내 지안에게 내밀었다. 그러고 나서 유진과 술잔을 기울이며 건배를 하고 치킨 한 조각을 입으로 들이밀려던 참이었다.

술기운에 붉게 올라온 얼굴을 한 백 실장은 눈을 감고 천장을 응시하다가 은근슬쩍 실눈을 뜨고 도인혁을 바라봤다.

"너, 유지안 보고 싶어서 왔구나?"

"푸웁—"

"캑—"

유진과 지안의 입에서 술이 분무기처럼 푸우— 뱉어졌다.

"아쒸! 내 얼굴에 술 뱉지 마! 더럽게, 진짜."

"아, 실장님 농담도 진짜. 닦을 거 가져올게요."

백 실장은 축축한 얼굴을 맨손으로 벅벅 문질렀다. 뉘여 있던 몸을 반쯤 일으켜 세우며 지안이 가져온 수건으로 얼굴을 닦았다.

"이 새끼 어릴 때부터 닭 다리만큼은 아무한테도 안 줬거든. 근데 처음 봤어. 남한테 닭 다리 주는 거."

"에이, 실장님. 닭 다리 정도는 줄 수도 있죠!"

유진이 닭 날개를 들고 벌건 양념을 입가에 묻혀 가며 반론했다.

"닭 다리 때문에 패륜을 감행한 자식이야, 이 자식이."

"야, 누가 들으면 진짠 줄 알겠다!"

"진짜지, 그럼 아니냐?!"

지안은 당황한 듯 눈을 깜빡이며 고래고래 소리 지르며 싸우고 있는 백 실장과 도인혁의 얼굴을 번갈아 봤다. 두 사람은 이미 취기가 많이 올라왔는지 혀가 잔뜩 꼬여 있었다. 도인혁은 그런 지안의 어깨를 토닥이며 말했다.

"신경 쓰지 말고 먹어요. 다들 알 거 아냐, 백장미 술 먹으면 개 되는…… 윽!"

백 실장의 로우킥이 도인혁에게 날아들었고, 그대로 나자빠졌다. 웃음소리가 정겨웠고 나름대로의 훈훈한 술자리가 계속 이어지고 있었다. 마치 네 사람이 오래전부터 알아 왔던 것처럼 분위기가 편하고, 또 즐거웠다.

흠뻑 취한 도인혁과 백 실장의 몸싸움이 극에 치닫기 시작하자, 두 사람은 그들을 말리다가 술이 다 깨 버렸다.

결국 지안이 도인혁의 코디에게 연락했고, 매니저가 찾아와 도인혁의 취한 몸을 부둥켜안고 사라졌다. 자리 정리를 하던 유진은 자신은 일이 끝나면 남자 친구를 만나야 한다는 둥, 오늘은 모텔로 바로 가도 될 거 같다는 둥, 속 편한 소리만 해 댔다.

백 실장은 이미 떡실신이 되어 연신 울리는 업체 전화를 받지 못하고 있었다. 지안은 실장의 핸드폰을 꺼 놓는 것이 더 효율적일 것 같아 버튼을 눌러 전원을 껐다.

탕비실로 가 구석에 비치된 침낭을 꺼내 들어 백 실장의 몸을 안으로 쏙 굴려 넣었다.

"음냐……."

왠지 편해 보이는 백 실장 머리 아래로 목베개를 잘 넣어 주고 에어컨을 송풍 모드로 돌려 놨다.

이제 술이 완전히 깨는 듯한 기분에 지안이 조금 일찍 퇴근 준비를 하려던 찰나였다. 전화기에 문득 부재중 번호가 잔뜩 쌓여 있는 걸 보고 화들짝 놀라 핸드폰을 들었다. 그리고 목록을 모조리 확인하기도 전에, 또다시 가슴을 두드리는 벨소리가 울렸다.

"여, 여보세요."

— 왜 이렇게 연락이 안 돼. 이래 가지고 무슨 일을 같이한다는 거야. 많이 바쁜 건가? 궁금한 게 좀 있어서……. 나 그 동네 들를 일 있는데.

"아, 출장 다녀오시는 길이에요? 근데, 지하철 타고 가야 해서, 한 시간, 끅, 정도……."

— 너…… 술 마셨어?

"사무실 식구들이랑 좀 마셨어요. 금방 갈게요. 급한 거면 전화로 물어보셔도 돼요. 수정된 작업지시서 가져갈까요?

— …….

"여보세요?"

— 택시 타고 올 수 있나? 아니다. 데리러 갈게. 사무실 앞에 가서 연락할 테니까 내려와.

"아, 아니요 잠시만요!"

이미 전화가 끊어진 건지 수화기에선 아무 대답도 없었다. 유진이 다가와 누구냐고 물었지만 지안은 입을 굳게 다물고 뚱한 표정으로 대답하지 않았다.

“설마 시장 들러야 돼? 휴, 오늘은 그냥 패스하자. 나 먼저 들어간다. 너도 빨리 들어가.”

취기 탓에 유진의 목소리가 흐릿하고 어렴풋이 들려왔다. 술이 완전히 깬 줄 알았는데 자꾸 취기가 더욱 올라오는 듯하여 냉장고로 빠르게 달려가 냉수를 한 잔 들이켰다. 골이 띵해지면서 두통이 오기 시작했다.

20여 분이 지났을까, 가방을 메고 다리를 달달 떨고 있다 보니 전화가 울렸다. 지안은 받지 않은 채, 누워 있는 백 실장을 한 번 더 체크하고 문단속을 한 후 사무실을 나섰다.

계단을 따라 내려가 보니 남자는 그때 자신이 탔던 검은색 자동차를 세워 놓고 밖에서 지안을 기다리고 있었다. 하루 종일 후덥지근했던 바람이 저녁이 되니 조금씩 선선해졌다.

취기 때문이었을까. 그를 보자 가슴이 터질 것만 같았다. 지안은 벅차게 뛰는 심장을 진정시키며 차에 올라탔다.

차 안에서 두 사람은 아무 말도 없었다. 평건은 운전을 하는 중간중간 인상을 푹푹 썼는데, 그것이 자신에게서 폴폴 풍겨 올라오는 소주 냄새 때문이라는 것을 눈치로 알 수 있었다. 지안은 자꾸만 무거워지는 눈꺼풀 때문에 남자에게 쉽사리 대화를 걸 수도 없었다.

집 앞에 도착하고 나서도 평건은 아무 말이 없었다. 그가 무언가 맘에 들지 않아 차 안의 분위기가 좋지 않다는 것쯤은 쉽게 알 수 있었다. 하지만 지안은 그런 상황에서도 남자와 함께 있다는 것이 기뻤다.

"들어가."

"저……요?"

"그럼 여기 너 말고 또 누구 있어?"

날카롭게 대꾸하는 평건의 말에 지안은 흠칫 어깨를 떨었다. 평건은 그런 지안의 어깨를 보고 날카롭게 대꾸한 것을 후회한다는 듯 한숨을 푹 쉬었다. 그리고 지안이 있는 곳으로 천천히 다가가 마주 섰다.

"흠, 대낮부터 술이라니. 진짜 맘에 안 든다……."

"그게……."

그리고 고민하던 표정 끝에 남자는 바지주머니에서 무언가를 꺼내 포장을 주섬주섬 뜯었다. 남자는 여자의 양 볼을 한 손으로 잡고 쭈그러트렸다. 지안의 입술이 꼭 붕어처럼 부풀어 올라왔다. 무례하고 매너 없었다. 고개가 하늘로 쳐들리자 남자의 호기심 어린 표정이 보였다.

한참을 부스럭거리던 끝에 지안의 입술에 무언가 부드럽게 미끄러졌다. 마주치던 시선을 끊고 아래를 살짝 내려다보니, 빨간색 립스틱이 그의 손에 들려 있었다.

"별로네. 별론데 왜 여자들은 이런 걸 바르고 싶어 하지?"

분명 거울을 보지 않아도 빨간색 립스틱이 입술 선을 벗어나 이리저리 제멋대로 뻗어 나갔을 것이었다. 가까이 다가왔던 그가 아쉬움을 남기며 한 발짝 뒤로 물러났다.

그리고 여자의 한쪽 손에 명품 로고가 붙은 립스틱을 올려놨다. 남자는 일을 다 치른 사람처럼 손바닥을 툭툭 치며 무언가를 털어 냈다.

그가 털어 낸 건 말로 형용할 수 없는 감정들이었다.

남자가 뒤돌아 운전석으로 다가가려는 찰나, 지안은 본능적으로 그의 허리춤을 잡았다. 아주 약하게 잡아당겼음에도 평건은 뒤를 돌아 그녀를 무거운 눈으로 내려다봤다.

"너, 이거…… 나 잡은 거야?"

"립스틱 이렇게 발라 놓으신 것도…… 차 팀장님이잖아요. 도대체 저한테 궁금한 게 뭐예요?"

남자가 순식간에 가까이 다가오더니 가볍게 입술을 맞추고 물러났다. 말캉이는 타인의 피부가 맞닿았다 떨어지자, 지안은 한 손으로 입을 가리고 멍하니 있을 수밖에 없었다.

"잘 지워지지 않는 립스틱 바른 유지안이랑, 입 맞춰 보는 게 어떤 기분일지…… 그게 궁금했어."

동네 입구에 있는 슈퍼 앞 평상에 나란히 앉은 두 사람의 손안에서 포장지가 부스럭거렸다. 다리를 꼰 두 사람은 심드렁한 얼굴로 아이스크림을 먹고 있었다. 대낮부터 지안이 술을 마신 것에 대해서 잔소리를 한바탕 퍼부은 후였다.

지안의 벌건 얼굴이 술 마신 사람이라고 광고를 하고 있었다.

평건은 그런 그녀를 보며 낮에는 웬만하면 술을 마시지 않는 게 좋겠다고 다시 한 번 경고했다.

지안은 백 실장, 그리고 도인혁이 남자의 고등학교 동창이었다는 것이 문득 떠올랐다. 도인혁과 백 실장이 오늘 함께했다는 사실을 말할까 고민했다. 질문을 하게 되면 자연스럽게 그들이 함께했던 추억을 듣게 될 일이었다.

아직은 세 사람이 함께했던 어릴 적 추억이 그리 궁금하지 않았기 때문에 접어 두기로 했다. 솔직히 얘기를 들으면 예전부터 함께했던 그들에게 질투가 날지도 모를 일이었다.

"이번 주말에 뭐 해."

"지방에 있는 보육원에 봉사활동 가요."

"그런 일도 해? 봉사자들이 방문해야 할 집은 너희 집인 거 같은데."

문득 심드렁하게 말하는 남자가 귀엽다는 생각이 들었다.

"저, 보육원에서 자랐어요."

당황한 평건의 목울대가 크게 울렸다. 아무렇지도 않게 내뱉는 지안에게 놀란 듯했다. 지안은 취기가 아니었다면 자신에 대해 이야기를 할 수 없었을 거라고 생각했다. 한 번도 남에게 자신에 대해서 이야기 해 본 적 없던 지안은 묘한 기분에 사로잡혀 있었다.

"눈칫밥 좀 먹어 본 사람만이 인생을 논할 수 있는 것 아니겠어요? 그런 면에서 전 인생을 논할 수 있는 사람이죠. 하하."

지안은 장난스럽게 평건의 팔을 툭 치며 말했다. 평건은 실실 웃고 있는 지안과는 다르게 진지한 표정이었다. 그는 물기가 잔뜩 묻어 나오는 아이스크림 튜브만 만지작거렸다. 더 이상 아이스크림을 먹을 생각이 없어 보이는 평건이 나지막하게 말했다.

"같이 가."

지안은 입을 벌리고 남자를 바라봤다. 선뜻 나서겠다고 한 남자가 반갑기도 하고 가슴이 가려운 것처럼 간질거렸다.

"일이 바빠서 늘 잠깐만 있다 오니까, 사실 가서 별로 하는 것도 없어요. 잠깐 애들 얼굴 보고, 원장수녀님 안부 묻고 오는 것뿐인데……."

"그래도. 같이 가자."

지안은 가만히 아이스크림 봉지만 만지작거렸다. 갑작스레 자신이 살고 있는 세계를 궁금해하는 남자. 그리고 미세하게 시작되는 줄다리기. 생각보다는 나쁘지 않다고 생각했다.

여름과 가을 사이를 넘나드는 기운이 뙤약볕을 물리치려 힘쓰고 있었다. 국도를 타고 내려가는 길은 화창하고 청명했다. 창문을 열자 서울에서 맡기 힘들었던 풀 내음이 차 안으로 가득 들어왔다. 오랜만에 맡는 수림의 향기가 어린 시절을 떠오르게 했다.

지안은 평건의 눈치를 보며 창문을 살짝 열었다가 금세 닫기를 반복했다. 그런 지안을 눈치챈 평건은 에어컨을 끄고 창문을 열어 그녀가 풀 냄새를 잔뜩 맡을 수 있도록 했다.

"일부러 고속도로 안 타신 거예요?"

"응, 국도 타 보고 싶었어."

"보육원 내려갈 때 항상 버스만 타고 내려갔었는데…… 편하다."

평건은 나른하게 말하는 지안의 표정을 곁눈으로 살폈다. 라디오에선 연신 여름휴가를 겨냥한 가요들이 흘러나왔다. 휴가를 가지 못하는 직장인들이 서울 외곽으로 빠지는 것을 예견한 디제이들의 위로 서린 말투는 퍽 다정도 했다.

외곽으로 빠진 차 안에선 중부고속도로를 추천하는 내비게이션의 목소리가 들렸다. 점심시간을 살짝 넘긴 시간이어서 허기가 졌다. 평건은 드문드문 있다는 옥수수 장사를 찾기 시작했다.

마침 먼발치에 보이는 옥수수 팻말을 보고 평건은 조심스럽게 갓길로 차를 정차했다. 지안은 옥수수 팻말을 봤음에도 평건에게 차를 정차한 이유를 물었다.

"왜요?"

"배고프잖아. 옥수수나 하나씩 먹고 가자."

"아, 미안해요. 밥 먹고 출발할걸……."

곤란한 표정을 짓는 지안을 향해 평건은 가볍게 웃음 지으며 안전벨트를 풀었다. 차에서 내리자 아저씨는 옥수수를 사러 온 손님을 반기는 듯 환하게 웃으며 봉지를 내밀었다.

이열치열. 뜨거운 여름을 이기려는 옥수수에서는 김이 펄펄 나 봉지 안에서 뽀얗게 서리를 끼우고 있었다.

"얼마예요?"

"아, 제가 낼게요!"

"됐어. 여기요."

평건은 돈을 내려는 지안의 팔을 제지했다. 아저씨가 웃으며 손가락 하나를 추켜올렸고, 남자는 주머니에서 지갑을 꺼내 만 원짜리 한 장을 내고 봉투를 받아 들어 곧장 차를 세워 둔 곳으로 걸음을 옮겼다.

그러고는 차에 바로 타지 않고 지안에게 봉지를 건네주며 주변을 두리번거렸다. 차 안에서 먹는 것보단 어디서 먹고 가는 게 좋을 거라고 판단한 듯했다.

마침 옥수수 밭 저편에 작은 정자가 보였다. 주인아저씨는 평건과 지안에게 다가와 인심 좋은 말투로 오두막에서 먹고 가도 된다며 차를 더 안쪽으로 주차하라고 말했다.

평건은 차를 안쪽으로 주차해 놓고 정자 위로 올라갔다.

지안이 봉지를 바닥에 내려놓고 매듭을 풀자 달콤한 냄새가 올라왔다. 따끈따끈한 옥수수를 하나 꺼내 들자, 옆자리에 앉아 있던 평건이 하나를 받아 들어 호호 불었다.

정신없이 먹어 치우다가 피식 평건의 웃음이 터지자 지안도 이유 없이 웃음을 흘렸다.

"고속도로 탈걸, 이렇게 배고플 줄 몰랐어."

"저는 서울에서 밥 먹고 출발할걸, 하고 후회했어요."

두 사람은 대화를 이어 가며 사이좋게 옥수수 하나씩을 해치웠다. 옥수수를 하나 더 꺼내 든 지안이 가방 안에서 휴지를 꺼내 건네자 평건이 의아스럽다는 표정으로 지안을 바라봤다.

"휴지도 갖고 다녀?"

"안 어울리는 거 알아요. 원래 안 갖고 다니는데, 오늘은 좀…… 그래서 챙겼죠."

"오늘은, 뭐?"

"오늘은 조신해져 보일 필요가 있을지도 모르니까……."

평건은 조용히 지안의 표정을 살피다 입꼬리를 올렸다. 평건이 바지를 털고 일어나자 아직 다 먹지 못한 지안이 어쩔 줄 몰라 했다. 그런 지안을 보며 평건이 말했다.

"들고 일어나. 차 안에서 에어컨 틀고 먹으면 시원하잖아."

시원한 곳에서 옥수수를 먹으라는 배려가 그녀에게 닿았을까. 아니, 지안은 뜻 모를 말에 그저 어리둥절해했다. 그러곤 옥수수를 차 안에 흘릴세라 허겁지겁 옥수수를 먹어치우곤 평건의 뒤를 따라 차에 탔다. 에어컨을 켜고 차가 출발하자, 지안의 이마에 맺혀 있는 땀방울들이 서서히 사라져 갔다.

지안은 곧 잘 아는 지역에 들어서자 내비게이션보다 빠르게 길을 안내하기 시작했다.

비탈진 시골길을 따라 올라가자, 낮은 외제차는 속도를 늦추었다. 수십 년이 흘러도 외진 이곳에는 아직도 아스팔트가 깔리지 않았다. 지안은 뒤뚱거리는 차가 상할까 봐 괜스레 신경이 쓰였다.

"아, 여긴 아직도 아스팔트가 안 깔렸어요. 차 다 긁히겠어요……."

평건은 평지에 다다르자, 지안이 자신을 신경 쓰고 있다는 것을 느끼곤 곧장 대답했다.

"자연을 훼손하는 건 바람직한 일이 아니야. 자연으로 인간의 창조물을 가져오는 건 죄지."

"이상한 소리 하고 있어……."

"그리고 넌 그런 거 신경 쓰지 마. 이거 내 차거든? 부서지든 말든."

지안은 평건의 말에 입술을 삐죽였다. 평건은 지안의 그런 표정이 재밌기도 해서 피식 웃었다. 산기슭과 다를 바 없는 길을 타고 올라가자 큼직한 보육원 팻말이 보였다. 평건은 외진 곳에 들어서 있는 낡은 건물을 낯선 표정으로 두리번거렸다.

"저기 마당 보여요? 제가 어릴 때는 한 축구했어요."

"축구? 여자애가?"

"여자애라고 축구 못 해요?"

"넌 억세서 잘했을 거 같다."

지안은 억세다는 말에 입을 비죽 내밀고 바라봤지만, 남자는 받아 주지 않고 벨트를 풀며 차에서 내렸다. 지안의 허리에나 올 법한 작은 아이들이 먼발치에서 우르르 몰려나와 품으로 달려들었다. 아이들의 재잘거리는 소리가 귓가에 울려 퍼졌다.

그 뒤에서 나이 든 수녀님이 지안과 평건의 앞으로 인자하게 웃으며 다가왔다.

"왔니?"

"네……."

"어디 보자, 지안이 남자 친구?"

"아, 아니에요!"

평건은 씩 웃으며 고개를 정중히 고개를 숙였다.

"누나아—!"

"요 녀석들! 그리고 너! 성철이! 학교 들어가는데 아직 받아쓰기가 서툴면 어떡해!"

"피……. 근데 누나 옆에 있는 아저씨는 누구야? 남자 친구야? 엄청 좋은 차 끌고 왔어! 와아!"

번쩍거리는 차를 본 남자아이들이 그 앞에서 두리번거렸다. 평건은 머쓱해하면서 먹을 거라도 사 올 걸 그랬다며 뒷머리를 긁적였다.

"우리가 무슨 그지예요? 먹을 건 여기도 많아요. 거, 차나 한 번 태워 주쇼."

"성철아, 그게 무슨 말버릇이야……."

어린 남자아이는 지안의 말에 무안한 듯 입을 삐죽였다. 지안은 어깨를 으쓱이며 난감해했다. 평건은 결국 웃음이 터졌고, 그 웃음은 지안과 원장수녀님께도 전달됐다.

받아쓰기를 완벽하게 하지 못해 잔소리를 먹은 남자아이가 뿔테 안경을 코 위로 들썩이며 남자의 앞으로 다가왔다. 또랑또랑한 남자애를 선두로 아이들이 줄을 섰다.

"괜찮아. 아저씨가 차 태워 줄까?"

"네!"

평건은 아이들을 차 안에 가득 태우고 운동장을 몇 바퀴 돈 뒤 함께 읍내에 나가 양손 가득 과자와 아이스크림들을 사 가지고 왔다.

아이들이 비싼 아이스크림들만 고른 덕에 그의 지갑도 나름대로 출혈을 봤을 것 같았다. 아이들의 시선이 분산되고 각자 해야 할 일을 찾아 떠날 때쯤, 지안은 요즘 말썽을 부린다는 아이와 상담을 하러 자리를 비웠다.

평건이 운동장 구석진 곳에 있는 벤치에 앉아 있을 때, 원장수녀님이 믹스커피를 가져와 내밀었다. 그러자 평건이 일어나 정중히 컵을 받아 들었다.

"괜찮아. 앉아요. 믹스커피 좋아해요?"

"요즘 이상하게 믹스커피만 마셔요. 감사합니다. 잘 마시겠습니다."

원장수녀님은 물끄러미 반듯한 청년을 바라보시다 말했다.

"음, 원래 나는 사서 수고는 안 하는데……. 지안이 어렸을 때 사용했던 방 구경할래요?"

"아……. 지안 씨가 싫어하지 않을까요?"

"지안이 고3 때, 혼자 방을 쓰게 해 줬어요. 근데 철없는 사춘기 여동생들이 제멋대로 들락거렸죠. 그래도 지안이는 한 번도 투정 부리지 않았어요. 착하죠?"

"그렇군요……."

"너무 딱딱하게 굴지 말자고. 궁금하잖아. 가요. 구경시켜 줄게. 잠깐 괜찮죠?"

평건은 내숭은 그만 떨겠다는 듯 벌떡 일어나 수녀의 뒤를 부지런히 따라갔다.

작은 초등학교만 한 사이즈의 보육원은 작지도 크지도 않은 규모였다. 수녀님을 따라 이동하는 평건을 몇몇의 봉사자들이 흘끔거렸다. 건물 뒤로 돌아가자 또 다른 작은 건물이 나타났는데, 그곳은 가정집처럼 편안한 분위기를 내고 있었다.

신발을 벗고 건물로 들어가자 어디에선가 본 듯한 예배당이 보였는데, 평건은 그제야 건물이 성당이었다는 것을 눈치챘다.

"워낙에 시골이다 보니까, 성당이라고 부르기도 조금 애매해요. 그냥 가족들끼리 미사를 보는 곳이라고 생각하면 돼요."

"……."

"자, 여기예요."

수녀님은 구석에 있는 작은 방 문을 열어 주며, 평건에게 들어가도 좋다는 듯 고갯짓으로 방 안을 가리켰다.

평건은 잠시 머뭇거리다가 조심스럽게 방 안으로 들어갔다. 세 평 남짓한 작은 방은 잠시 방문한 지인이 묵었다 갈 수 있도록 만들어진 공간 같았다. 누군가 사용한 듯한 흔적이 남아 있는 가구들이 눈에 띄었다.

밥상 위에는 성당에서 미사드릴 때 사용했을 미사보를 올려놓아 나름 책상처럼 보이게 한 듯했다. 그 위로는 지안이 열심히 공부하고 또 밤새 노력했을 패션 서적들과 재봉틀이 질서를 지키며 가지런하게 놓여 있었다.

반대편엔 나무로 만들어진 3단짜리 농이 있었다. 그 위로 아직도 보송보송해 보이는 이불들이 겹겹이 쌓여 있었다. 평건은 조용히 지안의 책상 앞에 책상다리를 하고 앉았다.

평건은 하나하나 눈에 담고 싶은 마음에 천천히 방 안을 훑었다. 그러다 책꽂이에서 공책 한 권을 꺼냈다. 그곳엔 박음질의 종류에 대한 메모가 꼼꼼하게 기록되어 있었다. 평건은 그것을 보며 미소를 지었다. 어린 지안은 자신의 꿈을 위해 열심히 살아온 것 같았다.

평건은 씁쓸한 듯 공책을 덮고 옆에 놓인 작은 다이어리를 빼들었다. 아쉽게도 자물쇠로 잠겨 있어 볼 수 없었다. 아쉬운 마음에 다이어리를 흔들었다. 그러다가 펜을 하나 빼들고, 고민 끝에 옆에 놓인 메모장에 작은 글씨를 적었다. 그러고는 잠긴 다이어리 사이에 메모를 끼워 넣고 자리에서 일어났다.

"이곳 아이들은 부모가 자신을 버린 뒤 찾으러 오지 않는 것에, 배신감이 무엇인지 어릴 때부터 확실히 깨닫죠."

"아……."

사라진 줄 알았던 수녀님이 희미하게 웃으며 문에 기대어 있었다. 그러곤, 작게 한숨을 쉬시며 말을 이어 갔다.

"그런데 지안이는 조금 달랐어요. 분노에 부르르 떨던 어린 것이 어느 날 신의 부재를 외쳤죠."

부르르, 라는 말에 수녀님은 양손을 꽉 쥐고 아이처럼 귀엽게 흔들며 말했다.

"또래 친구들보단 일찍 철이 들었겠군요."

"맞아요. 조금 빨리 철이 들었던 거 같아요. 자신보다 아픈 친구들이 훨씬 많다는 걸 알게 된 후로요. 그 후론 불평도, 신의 부재도 외치지 않았어요. 나중엔 이곳의 아이들이 신의 축복을 받아 그나마 함께 모일 수 있다는 것에 감사해하더군요……."

"……."

"잘 부탁해요. 상처가 많은 아이지만, 그만큼 배려와 양보가 많은 아이예요. 욕심 없는 게 흠이긴 한데……."

두 사람은 천천히 다시 아이들이 뛰어놀고 있는 운동장을 향해 걸었다. 처음에 앉아 커피를 마셨던 자리로 돌아온 두 사람은 나란히 앉았다.

때맞춰 지안이 모습을 드러냈다. 그녀는 징징거리는 아이들에게 둘러싸여 넉살 좋게 웃고 있었다.

남자는 왠지 미안하고 안쓰러운 마음으로 멀리서 걸어오는 지안을 바라봤다. 그녀가 살아온 어린 시절이 부족함으로 가득한 것 같아 속상하기도 했다. 한편으론 그녀의 새로운 모습을 발견한 것 같아 들뜨는 기분이 들기도 했다.

지안이 가까이 다가오자, 평건은 빙그레 웃으며 아이들을 곁눈질로 바라봤다. 그녀를 괴롭히지 말라는 무언의 신호였다.

“자. 두 사람, 저녁 먹고 갈 거죠?”

“아니에요. 잠깐 바람도 쐴 겸 내려온 거예요.”

“아쉽네. 잘생긴 총각을 벌써 보내주려니.”

“원장님도 참…….”

“다음엔 꼭 아이들이랑 함께 밥도 먹고 오래 있다 갈게요.”

“그래요, 그럼 가 봐요. 운전 조심하고요.”

출렁이는 감정을 한순간에 잠잠하게 만들어 주는 남자와 함께 하는 것이 나쁘지 않았다.

갑작스러운 얘기임에도 선뜻 함께 와 준 평건이 정말 고마웠다. 노을이 산 능선으로 꾸물꾸물 넘어가 온 세상을 주황색으로 물들였다. 그로 인해 발그레해지는 얼굴을 그에게 들키지 않을 것만 같아서 지안은 다행이라고 생각했다.

도인혁의 컴백 일정과 베일모직의 일정이 겹치는 바람에 어쩔 수 없이 유진이 인혁의 무대의상을, 지안은 베일모직의 일을 맡게 되었다.

업무량이 다소 차이가 나는 것을 알게 된 유진은 미안해하면서, 종종 베일 모직 건에 대한 업무에 지원을 하겠다고 약속했다.

사무실을 바쁘게 움직이던 백 실장은 뭔가 생각났다는 듯이 두 사람에게 말했다.

"아, 한 가지 이야기할 게 더 있는데……. 그…… 이번에 도인혁이 베일모직 메인 모델로 결정됐다고 하네요."

"네? 진짜요?"

"아……."

"응, 뭐 도인혁이 사무실 찾아왔을 때부터 좀 수상하다고 생각하긴 했는데, 그 말은 안 해 주고 쓸데없는 이야기들만 죄다 늘어놓고 갔어."

"에이, 뭐 쓸데없는 이야기라고 하실 것까진 없잖아요. 저희도 즐거웠어요."

"흠. 내일 우리 셋 모두 다 베일모직으로 들어가요. 도인혁도 우리가 관리하고 있고, 겹치는 일들이 많아서 베일기업 쪽에서 마지막으로 최종회의 좀 하자고 하네."

조용히 경청하고 있던 지안이 대답했다.

"네, 그럼 내일 회의 관련해서 필요하신 거 더 있으시면 말씀해 주세요. 미리 준비해 두겠습니다."

"아냐, 준비해 둔 것만 갖고 들어가면 될 거야. 다들 일찍 퇴근하고, 아침에 사무실로 오지 말고 바로 베일모직 본사로 들어와요."

백 실장은 차분하게 유진과 지안에게 말을 하며 가방을 챙겨 들었다.

"오늘 스케줄 없으시잖아요. 나가세요?"

"아, 어…… 중요한 약속이 좀 있어서……."

머리를 긁적이던 백 실장은 지안을 슬쩍 보다 눈이 마주치자, 황급히 그대로 퇴근하겠다는 이야기를 마지막으로 사무실을 나섰다. 직감으로 자신과 백 실장 사이에 미묘한 변화가 일어나고 있다는 것을 알았다. 매일이 쳇바퀴처럼 돌아가던 일상이었지만, 분명 자신과 백 실장 사이에 쳇바퀴를 벗어난 일이 일어나려 한다는 것을 부정할 수 없었다.

"우리 뭐 먹어? 점심 시켜 먹자아—!"

"넌 이 상황에 밥이 넘어가?"

"아, 왜! 또 뭐가!"

"백 실장님, 요 며칠 전부터 이상하잖아."

"하나도 모르겠는데."

유진은 생뚱맞은 소리 하지 말라는 표정으로 지안을 쳐다보며 전화기를 들었다. 그러고는 지안에게 묻지도 않고 '불고기 백반 두 개요.' 라고 주문을 끝냈다.

유진은 기분 좋은 듯 엉덩이를 씰룩거리며 사무실 곳곳을 누비고 다녔다. 탕비실로 걸어가 몇 장 남지 않은 신문지를 꺼내 들었다.

"아, 신문지 모자란다. 구해 놔야겠다. 거의 다 썼는데?"

"너 진짜 몰라?"

"뭐가 또!"

"백 실장님……."

지안이 또다시 백 실장의 이름을 꺼내자 유진은 한숨을 쉬고는 펴다 만 신문지를 테이블 위로 탁 소리 나게 내려놓았다. 유진은 참다못해 신경질적으로 말했다.

"야, 그놈의 백 실장님, 백 실장님. 넌 지겹지도 않니? 너 백 실장 빠순이야? 그만 좀 해라……."

"너도 요즘 느끼잖아. 이상한 거."

"알지. 아는데, 그래 봤자…… 그냥 직장 상사야. 피 섞인 형제가 아니라고."

유진의 말이 틀린 게 하나도 없어 지안은 꿀 먹은 벙어리처럼 아무런 이야기도 내뱉지 못했다.

사실 직장 상사, 그 이상도 이하도 아니기 때문에 백 실장에게 대놓고 이유를 묻지도 못하고 눈치만 볼 뿐이었다.

시큰둥하게 대답하고도 유진은 지안의 눈치를 살폈다. 지안이 근래 들어 백 실장을 부쩍 신경 쓰고 챙긴다는 사실은 알고 있었다. 그럼에도 유진은 그런 지안이 과한 관심을 거두길 희망했다.

얼마 지나지 않아 백반이 도착하자, 유진은 쟁반을 받아 들어 보조 탁자 위로 올려놨다.

"먹자, 응? 그만하고 와서 먹어. 너 요즘 계속 살 빠져. 누가 보면 일은 네가 다하고 난 처먹기만 하는 줄 알겠어."

"사실이잖아."

유진은 숟가락을 들고 다가오는 지안을 가자미눈으로 바라봤다. 터져 나오는 웃음을 숨기며 지안은 자신의 앞에 놓인 숟가락의 포장지를 뜯었다. 유진은 불고기를 크게 한 점 집어 자신의 밥그릇으로 옮기다 말고 지안을 보며 얕게 한숨을 쉬었다.

"지안아."

"응?"

"백 실장님 말 그대로 우리 직장 상사야. 우리 언니 아니라고. 집착 좀 그만해. 네가 백 실장 많이 존경하고 좋아하는 거 다 알아. 근데 이건 좀 아닌 거 같아. 각자의 생활이 있는 거잖아."

"아, 알았어. 알았어. 잔소리 그만."

"흥!"

"삐졌어?"

"그래. 삐졌다, 이년아. 불고기 한 숟가락 내놔."

"아, 안 돼에!"

누군가에게 많은 것을 바라거나 기대면 안 된다는 것쯤은 알고 있었다. 심드렁했던 관계에 상대방이 허락하지도 않는 애정의 우물을 혼자서 파고 있었다. 지안은 허겁지겁 먹는 유진을 향해 천천히 먹으라며 핀잔을 줬다.

지안과 유진은 밥을 다 먹고 업무를 시작했다. 항상 하던 대로 각자 맡은 일에 최선을 다했다.

그러다 잠시나마 잊고 있었지만 머릿속 어딘가에서 계속 자리를 차지하고 있던 남자가 다시 떠올랐다. 지안은 수줍게 미소 지으며, 업무에 집중하려 다시 펜을 잡았다.

문득 담당자에게 확인해야 할 것을 체크해 둔 포스트잇을 발견했다. 베일모직 담당자에게 연락을 해 컨펌을 받아야 했는데, 보육원에 다녀오느라 깜빡 잊고 있었다.

아차 하는 생각에 담당자에게 연락을 취했지만 담당자는 전화를 받지 않았다. 지안은 몇 번을 고민하다 용기를 내 차평건의 핸드폰으로 전화를 걸었다.

긴 신호 끝에 음성 사서함으로 넘어갔다. 지안은 가슴속에서 타오르던 작은 불꽃이 칙 꺼지는 기분에 덩달아 어깨도 푹 꺼졌다.

지안은 수화기를 내려놓고 탁탁 손끝으로 책상을 두드렸다. 남자는 일전에 연속으로 자신에게 연락을 했던 적이 있었다. 자신이라고 그러지 말라는 법도 없었다. 왠지 지금은 그래도 될 것 같은 기분도 들었다. 지안은 또다시 그에게 전화를 걸었다.

— 여보세요.

당연히 음성 사서함으로 넘어갈 줄 알았던 전화기에서 그의 목소리가 들려오자 당황해 입을 벌렸다.

"어, 아……."

"말해."

"아, 미리 확인 받아야 할 게 좀 있는데…… 사무실에 도통 연락이 닿질 않아서요."

"응. 백 실장도 아는 일이면 여기서 보고받을게. 지금 같이 있어."

잔뜩 날이 서 있는 남자의 목소리에 지안은 아무런 말도 할 수 없었다.

"……."

"지안아. 대답해야지."

지안이 떨구고 있던 고개를 번쩍 들었다. 백 실장과 함께 있을 남자에게서 나오면 안 될 것 같은 다정한 말투였다. 처음엔 날이 서 있는 말투였지만, 자신에게는 다정한 남자처럼 굴었다.

"아, 알겠습니다."

지안은 그대로 통화를 종료했다. 그리고 백 실장의 핸드폰으로 전달해야 할 내용을 그대로 전송했다.

지안은 도통 백 실장의 의미심장한 행적들을 이해하기가 힘들었다. 오전 조회 때만 해도, 오후에 차평건과의 미팅이 잡혀 있다는 이야기를 하지 않았기 때문이었다.

기억을 더듬어 혹시 정신을 다른 데 팔고 있어 백 실장이 내뱉은 말을 듣지 못했던 게 아니었나 싶었다. 하지만 기억을 더듬을수록 얻는 건 두통뿐이었다.

하나둘 늘어나는 오해들이 불편하기 그지없었다. 괜히 심술이나 옆에서 꾸벅꾸벅 졸고 있는 유진의 팔을 툭 치자, 그녀는 책상으로 이마를 꽝 박으며 벌떡 일어나 두리번거렸다.

그 후로 남자에게서 다시 연락이 오지 않았다. 말로 표현하기 힘든 너무 복잡한 심정이었다. 남자는 지안의 마음을 서서히 물들이듯 다가왔지만, 그 빛깔이 어떤 색일지는 확신할 수 없었다. 곧이어 드는 무기력에 지안은 서서히 걸음을 늦췄다.

옆을 지나치는 외제차를 보며, 문득 잊고 있었던 사실을 떠올렸다.

남자는 자신과는 전혀 다른 배경에서 자랐고 또 자신이 사는 세계와는 어울리지 않는 사람이었다. 웃음이 공평하지 않았고, 느끼는 감정 또한 공평하지 않았다.

지안은 지하철에서 내려 계단을 올라가 그와 함께 앉아 있던 평상 앞에서 걸음을 멈췄다. 잊고 있었던 것들이 연달아 떠올랐다. 자신이 남자와 어울리는 그림이 될까 하는 생각도 가지를 치듯 뻗어나갔다.

생각 끝에 백 실장과 함께 있는 남자의 모습이 떠올랐다. 찌푸린 얼굴을 손으로 쓸며 고개를 흔들고 다시 걸었다.

지안은 갑자기 피곤이 밀려왔다. 얼른 집에 들어가 차가운 물로 샤워를 한 다음 자정 뉴스가 시작되기 전에 잠에 들고 싶었다.

"전화는 어디다 팔아먹었어."

골목으로 들어가려는 순간 익숙한 목소리가 발을 붙잡았다. 뒤돌아보니 차에서 내린 평건이 자신에게 다가오고 있었다. 얇은 운동화와 면바지, 그리고 위로는 캐주얼한 티셔츠 차림의 남자가 익숙하지 않았다. 회사가 아닌 다른 곳에서 온 것이 분명했다.

지안의 기분이 한없이 아래로 추락했다. 남자를 보고 반가운 마음이 듦과 동시에 비죽 솟아오른 감정이 무엇인지 알 것 같아서였다. 남자는 가벼운 걸음으로 다가와 지안의 얼굴을 바라보며 대답을 기다렸다.

"……."

"대답해야지."

"회사가 아니었나 봐요?"

"응, 집에 들렀다 오는 길이야. 전화는 계속 안 돼서, 그냥 무작정 기다렸어."

"왜 그러셨어요. 그럴 필요 없는데……."

평건은 거리를 두는 지안의 말투에 눈을 들어 그녀의 얼굴을 바라봤다.

"나한테 할 말 있구나?"

눈을 마주치지 않고 계속 아래만 쳐다보고 있는 지안에게 한 발짝 더 가까이 다가가자, 한 발짝 물러나는 지안의 몸짓을 보고 평건은 미간을 찌푸렸다.

"백 실장님이랑 고등학교 동창인거 다 알고 있어요."

"아……."

"언제까지 말 안 할 참이었어요?"

"그러는 너는 언제까지 모르는 척할 참이었는데?"

"……."

마른침을 삼키던 지안은 머리가 아픈 듯 두 눈을 꼭 감았다. 가방을 꽉 쥐고 금세 골목으로 도망갈 기세였다.

"너 그대로 올라가 버리면……."

"……."

"난 아직도 고민이거든. 널 따라 그 길을 올라갈지 아니면 여기서 네가 내려오길 기다릴지 말이야."

가방을 쥐고 있던 지안의 손에서 살며시 힘이 풀어졌다.

오늘따라 그가 낯선 사람처럼 느껴졌다. 자신과 마주 앉아 밥을 먹고, 또 자신의 과거의 공간에 함께했던 남자였다. 지나가는 이름 모를 남자보다는 조금 더 특별한 사이가 된 거라고 생각했던 것에 대한 후회가 밀려왔다.

"제가 일전에 옷자락을 잡은 건, 섣불렀던 거 같아요……."

"……."

"어른답지 못했어요. 그냥 조금 더 생각을 했어야 했는데……."

우물거리는 지안을 향해 평건은 무릎을 굽혀 그녀의 눈을 마주 보았다. 그리고 손가락으로 골목길을 가리키며 말했다.

"근데 지안아. 나 있잖아, 자꾸 그런 상상을 해. 너를 따라 저 골목길 뛰어 올라가는 거."

"……."

"네가 무슨 생각 하는지 다 알아. 쉽게 말해 볼까? 음, 나는 서너 평 남짓한 곳에서 살아 본 적 없어. 우리 집 화장실은 네 방 열 배야. 그런 곳에서 평생을 하고 싶은 거 다 하고 살아온 내가, 너를 따라 저기 서너 평짜리 방 안으로 들어간다는 건, 나에게도 큰 결심이 필요해."

"그건……."

"너도 돈 좋아하잖아. 나도 있는 집 자식이지만 돈 참 좋아하거든. 근데 사랑 선택하고 돈 포기하는 삼류 드라마 주인공들처럼 되진 말자. 그렇다고 무의한 사이로 돌아가지도 말고."

지안은 대답을 망설였다. 남자는 자신보다 훨씬 어른이었고, 두꺼운 왕관을 쓰고 있는 만큼의 책임감도 지고 있었다. 지안은 남자의 달래는 말투에, 꽉 깨문 입술 사이로 얕은 한숨을 흘려보냈다.

"질투했어요."

"뭐?"

"제가 모르는 차 팀장님의 과거에, 누군가가 먼저 함께였다는 게 싫었어요. 그냥 그것뿐이었어요."

"하하. 뭐야. 완전 애네, 이거?"

"애 아니에요. 그리고 지안아, 하지 마세요. 그냥 지안 씨 하세요. 다른 사람한테는 잘만 그러면서……."

남자는 어깨를 올렸다 내리며, 옆으로 다가왔다.

"부탁할 게 있어. 앞으로 놀랄 일도, 상처받을 일도 많을 거야. 약속해 줄 수 있어? 내가 당장 널 따라가지 못해도, 꼭 기다려 주겠다고."

"팀장님 하는 거 봐서요……."

피식 웃던 남자는 지안의 어깨에 팔을 올리며 살며시 끌어당겼다.

"아, 그럼 잘 보여야겠네. 지안 씨, 차에 탈래요? 더운데 우리 에어컨 바람 쐬면서 이야기할래요?"

말투는 어른을 대하는 듯했지만 손으로 어깨를 감싸고 차 안으로 안내하는 행동은 아이를 달래는 듯했다.

차에 올라타자 차가운 공기가 습기를 가득 머금은 지안의 몸을 맞이했다. 얼마나 에어컨을 틀어 놨는지 차 안은 추울 정도였다. 옆으로 놓인 커피를 들며 아쉽다는 듯이 손에 건넸다.

"이것 봐, 커피 다 식었네."

"저 사실 아메리카노 안 좋아해요."

"정말?"

"설렁탕도 안 좋아해요……."

"……."

"그런데도 먹은 거예요. 모르겠어요. 스테이크가 더 좋고, 치킨이 더 좋아요. 근데 그것보다 팀장님이랑 함께했던 설렁탕이 요즘 들어 부쩍 자주 먹고 싶어져요."

평건은 귀엽다는 표정으로 손을 애매한 위치에 올리며 말했다.

"머리 쓰다듬어도 되나?"

"안 돼요. 땀 났단 말이에요."

"그럼, 키스해도 되나?"

"안…… 네?"

순간 후욱 불어 온 숨결이 입술 사이로 들어왔다. 아득하고 무거운 파도가 온몸을 뒤덮는 것처럼 남자는 팔로 지안의 허리를 감아 자신에게 더욱 밀착시켰다.

고민할 때마다 버릇처럼 물고 있던 통통한 입술이 남자의 입술에 감싸였다. 지안은 눈을 감았다. 그리고 남자에게서 나는 향기도, 코끝에 느껴지는 알싸한 커피 향도 모두 다 선명하게 기억하고 싶었다.

살며시 떨어지는 입술과 동시에 지안은 감았던 눈을 어렵게 떴다.

"나, 진짜 많이 참고 있어. 복잡한 일들만 우선 마무리되면 그땐……."

"……."

"그땐 정말…… 잡아먹을 거다."

처연하게 내려앉은 목소리의 평건은 지안에게 애써 밝아 보이려 노력하고 있었다. 가까이 마주하고 있던 남자는 지안에게 피곤한 목소리를 처음으로 들려주고 있었다. 그럼에도 지안은 그 목소리가 반가웠다. 아무나 들을 수 없을 것이 분명한 무방비한 목소리였다.

◈

“우리가 도대체 왜 너랑 함께 이동해야 하는 건데. 어?!”

백 실장의 씩씩대는 소리와 함께 차 안은 거친 호흡으로 가득했다. 도인혁의 넘치는 배려로 세 사람은 그의 차를 타고 함께 가게 되었다. 마지막으로 지안이 잠이 덜 깬 어리둥절한 표정으로 차에 올라타며 말했다.

“어어? 우리 행사 가요? 웬 벤이 왔어요? 난 춤 못 추는데!”

“행사라니…….”

인혁은 장난스럽게 묻는 지안의 말에 피식 웃었다. 매니저는 문이 닫히자마자 차를 부드럽게 출발시켰다. 뜨거운 아스팔트 위를 질주하는 차는 시원한 에어컨을 있는 힘껏 안으로 뱉어 냈다.

백 실장은 피곤한 듯 눈을 감고 아무 말도 하지 않았다. 유진은 차 안 이곳저곳을 만지작거리며 신기한 듯 구경했다.

“잠이 덜 깨 가지고, 얼굴이 퉁퉁 부었네요. 그래서 시집가겠어요?”

“헤헤, 못생겼어요?”

“……아.”

바보처럼 웃으며 반문하는 지안의 표정에 인혁은 잠시 말문을 잃은 것처럼 대답하지 못했다. 백 실장은 그런 도인혁의 뒤통수를 손바닥으로 한 대 따악— 쳤다.

“악!”

"너 개수작 부리지 마라. 얘, 주파수 파악 못 하는 애거든?"

"알았다고! 아씨, 기지배가 손은 더럽게 매워서."

이곳저곳 구경하던 유진은 인상을 팍 쓰며 성질내는 도인혁을 향해 입을 헤벌리고 있었다.

"와, 인상 쓰니까 생각하는 로댐 같아요."

"로댕이겠지."

백 실장은 지친다는 듯 대꾸했다. 로댐이냐 로뎅이냐 로즈냐에 대한 이야기로 유진은 혼자서 버벅대고 있었다. 회사 앞에 도착하자 매니저가 모두를 내려 준 뒤, 지하주차장을 향해 익숙하게 차를 몰았다.

시원한 건물 안은 사내 여성들의 소리 죽인 비명으로 가득했다. 여성들의 반짝거리는 눈빛을 받으며 도인혁과 세 여자는 베일모직 본사 로비를 지나 엘리베이터로 다가갔다. 물론 그 눈빛은 도인혁에게만 향한 것이었다.

지안이 첫날 곤욕을 치렀던 회의실 안에 모든 이들이 함께했다.

"안녕하세요."

"안녕하세요……."

사람들이 모여들자, 누구를 딱히 향한 것도 아닌 인사가 흘러나왔다. 경영팀의 사람들은 유난히 더 몸에 힘을 주고 나타난 것처럼 보였다. 레드립이 어울리는 여직원은 오늘따라 타이트한 치마를 입고 나타났는데, 한눈에 누구를 겨냥한 건지 추측할 수 있었다.

속눈썹은 좀 더 풍성하게, 립은 조금 더 진하게. 남자들은 무스를 조금 더 빳빳하게. 만나는 사람이 누구냐에 따라 꾸밈의 정도가 바뀔 수 있다니……. 지안은 노골적으로 달라진 분위기를 느끼고 불편해졌다.

지안은 옆으로 고개를 빼꼼 내밀고 나란히 앉은 백 실장과 유진을 바라봤다. 오늘도 화사한 백 실장과 시원시원한 이목구비의 유진을 보며, 우리 팀도 꽤 나쁘지 않다고 웅얼거렸다.

가방에 손을 넣어 립밤을 꺼내 돌리자 어느새 다 쓴 건지 립밤을 고정하고 있는 심지가 올라왔다. 지켜보던 백 실장은 조용히 자신의 가방에서 립밤을 꺼내 건넸다. 지안은 고개를 숙여 살며시 바르고 뚜껑을 닫아 백 실장의 가방에 다시 넣었다.

"잘 보일 사람 있어?"

백 실장은 턱을 괴고 노트북을 바라보며 지안에게 물었다. 도인혁은 창밖을 조용히 내려다보다 지안의 옆으로 착석했다.

"에? 아, 아니요!"

당황한 지안이 버벅이며 대꾸하자 인혁이 고개를 돌려 지안을 바라봤다.

"나한테 잘 보이려고?"

도인혁이 비죽 참견하며 치고 들어오자, 백 실장은 쓸데없는 소리하지 말라며 인상을 구기고 남자를 바라봤다.

경영팀의 나머지 직원들이 회의실로 입장하기 시작했다. 그들은 백 실장에게만 인사를 깍듯이 하고 지나갔다. 사람들이 유난히 백 실장에게 표가 날 정도로 인사를 하고 있었다.

매니저는 이리저리 전화를 받느라 분주했고, 모든 직원들은 회의가 시작되기 전 다른 업무들을 처리하느라 각자 노트북 위로 바쁘게 손가락을 움직였다.

직원들은 인턴들이 내다 주는 커피를 한 잔씩 받아 들고 차평건이 마지막으로 입장하길 기다렸다. 며칠 동안 계속되었던 장마가 오늘은 잠시 걸음을 쉬고 있었다.

건물 안으로 햇살이 비집고 들어와 조금 후덥지근했지만, 습하고 더운 것보단 나은 것 같았다.

"염색했어요?"

도인혁은 지안을 보지 않고 커피를 마시며 말했다. 지안은 어설프게 웃음 지었다. 백 실장과 유진이 도인혁의 말에 고개를 돌려 자신을 바라보자 괜스레 얼굴이 붉어졌다.

"커피색인데 알아보셨네요. 대단하시다."

남자를 수줍게 바라보자, 도인혁은 손을 들어 지안의 머릿결을 한 꼬집 잡아 올렸다. 그리고 긴 머리카락을 끌어당겨 향기를 맡았다.

"머리 안 감았어요? 냄새가……."

"감았거든요!"

"농담……."

베일모직 직원들은 어색한 듯 분위기 좋은 백 실장 팀원들을 바라보고 있었다.

단 한 번의 술자리였음에도, 네 사람은 꽤 친해져 있었다. 겉보기와는 다르게 유머러스하기까지 한 도인혁은 신의 불공평함을 새삼 깨닫게 했다. 남자는 지나가는 암고양이도 지나치지 못할 것처럼 화사했고, 그만큼 광채를 내고 있었다.

농담을 주고받다가 고개를 들어 보니 노트북을 든 평건이 회의실로 들어오는 모습이 보였다.

앞머리가 처음 만났을 때보다 제법 길어져 눈썹을 가릴 정도로 덥수룩하게 내려왔지만 그 또한 그를 어려 보이게 만들었고, 눈빛이 잘 보이지 않는 것도 매력적이라 생각됐다.

유난히 바쁜 남자의 모습이 지안의 심장을 뛰게 했다. 남자의 일하는 모습에 공포 영화를 보는 것처럼 심장이 꽉 조여 드는 느낌이 들었다.

펼쳐 놓은 노트북으로 고개를 재빨리 내리고, 애꿎은 마우스만 달칵거렸다. 아시아를 쥐락펴락하는 배우가 옆에 앉아 있다 하더라도, 지안에겐 오직 그 사람만이 빛나는 것처럼 느껴졌다.

남자는 애초에 그렇게 태어났던 걸까? 매혹적이기도 하고 멋있기도 하고, 모든 것이 눈길을 끌기에 부족함이 없어 보였다. 문득 이것이 콩깍지라는 생각이 들자 괜스레 무안해져 양 볼이 화끈거렸다.

회의는 순조로운 듯했지만, 많은 인원 덕에 다소 부산스럽게 돌아갔다.

백 실장, 도인혁 그리고 차평건 세 사람은 실로 오랜만에 만나는 것이나 다름없었다. 인혁은 농담을 툭툭 던지며 딱딱한 회의실 분위기를 유하게 만들었다. 하지만 화기애애한 분위기일 거라고 생각했던 것은 대단한 착각이었다.

도인혁의 말에 유일하게 반응하지 않는 건 백 실장과 차평건이었다.

"그럼 이번에 전속 모델 도인혁 씨에 맞춰서, 어울리는 여자 연예인 후보를 저희 쪽에서 준비할 테니까……."

경영팀 대리가 브리핑을 시작하고, 모델로 지정할 여자 연예인에 대한 이야기가 오갔다. 원래는 단독이었지만, 윗선에서 이번에 여성복도 곧 론칭하니 겸사겸사 커플로 진행하자는 지시가 내려왔기 때문에 바뀐 듯했다.

도인혁은 회의가 점점 길어질수록 지루하다며 대놓고 심드렁해했다.

"심민하는 안 되나?"

치고 들어온 인혁의 말에 여태껏 아래 직원의 브리핑만 듣고 있던 평건이 건조하게 대답했다.

"그 사람은 개런티가 높습니다."

"나는 낮고?"

평건은 눈을 감고 입을 굳게 다물었다. 다른 직원들만 아니었어도 아까부터 진중하지 못한 태도인 인혁의 멱살을 잡고도 남았을 듯한 표정이었다. 도인혁은 옆에 조용히 앉아 있던 지안에게 고개를 돌렸다. 그리고 눈이 마주치자 누군가를 의식한 듯한 투로 말했다.

"아니면……."

"……."

"유지안은 어때."

픕. 유진의 웃음 소리가 조용한 회의실에 울리자 지안도 얼떨결에 실실 인혁을 보며 웃었다.

순간 평건은 무척 기분이 나쁜 듯 날카로운 표정으로 볼펜을 탁 소리 나게 내려놨다. 지안은 문득 평건의 표정을 살폈다. 그는 조금 화난 듯한 표정이었는데, 지안은 그 표정도 나쁘지 않다는 생각이 들었다.

"농담 그만하세요."

지안이 속닥이듯 말하자 도인혁은 유감스럽다는 듯 어깨를 들썩였다.

"여자 연예인 이야기는 그만하고, 각자 바쁠 테니까 서둘러 마무리하죠."

백 실장의 목소리가 허공을 가르자, 앞에 서서 회의를 진행하던 남자 직원이 빠르게 브리핑을 마무리하며 자리에 착석했다. 회의가 길어지자, 업무 연락 등으로 회의 중간에 자리를 비우는 사람들이 늘어 갔다.

백 실장은 자꾸만 머리가 아픈 듯 미간을 문질렀다.

"실장님, 머리 아파요?"

지안이 조용히 백 실장에게 묻자 실장은 고개를 조심스럽게 끄덕였다.

"두통약 있어요. 드릴게요."

"응, 나 잠깐 밖에 좀 있다가 올게. 중요한 거 있으면 메모해 놓고 나중에 전달해 줘."

"네. 유진아, 네가 실장님이랑 좀 같이 가."

"피……. 알았어."

유진은 귀찮은 듯 표정을 찡그리며, 잔뜩 얼굴을 찌푸리고 나간 백 실장을 따라 회의실 밖으로 향했다.

"우리 팀도 이쯤에서 정리하지. 김 대리랑 박 대리만 남아 주고, 다들 사무실로 가서 업무에 복귀해요. 아차차, 그리고 우리 쪽에서 도인혁 씨 소속사에 전달해야 할 서류도 오늘 챙겨 드려."

"아, 죄송합니다. 제가 서류를 자리에 두고 와서요, 얼른 다녀오겠습니다."

김 대리가 일어나서 회의실을 서둘러 빠져나가자, 남아 있던 박 대리는 화장실을 잠시 다녀오겠다며 자리를 비웠다.

회의실에 유일하게 자리를 지키고 있는 사람은 지안과, 도인혁 그리고 차평건이었다.

이번엔 도인혁의 컴백 일정과 프로모션이 겹치는 것에 대한 문제로 화살이 돌아갔다. 날짜를 조정하기 위해 인혁과 평건의 신경전이 오갔다.

"도인혁 씨 일정에 모든 걸 맞추면 저희는 도인혁 씨에게 돈을 주고, 광고를 진행하는 의미가 없습니다."

"에이, 친구. 왜 이래? 나라고 이러고 싶어? 이미 나온 스케줄을 어떻게 하나. 그럼 힘 있는 너희 두 사람이 힘 좀 써 봐. 나도 우리 대표 또라이 같아서 상대하기가 싫다."

'너희 두 사람' 이라는 말에 평건은 노트 위를 달리던 손가락을 멈추고 천천히 도인혁을 바라봤다. 도인혁의 목소리는 분명 장난 서린 투가 맞았지만 마주하는 눈길은 서로가 살벌했다.

지안은 '두 사람' 이라는 말이 백 실장과 차평건을 의미하고 있다는 걸 알고 있었다.

"공사 좀 구분하지?"

"예전부터 공사 구분 못 했던 건 너지."

날이 선 대화가 오가자 지안은 자리를 피하고 싶었다. 조용히 자리에서 일어나 핸드폰을 들고 몸을 돌리는 순간, 도인혁의 손이 지안의 팔목을 붙잡았다.

"어디 가?"

"아, 두 분 하실 말씀 있는 거 같은데 저는 잠시."

"가지 마. 차 팀장이랑 할 이야기 없어."

지안이 곤란하다는 표정으로 평건과 인혁을 번갈아 봤다. 지안의 어쩔 줄 몰라 하는 표정을 보자 평건은 간신히 유지하던 이성의 끈이 끊어지는 걸 느꼈다.

"그 손 놓지."

도인혁은 인상을 팍 굳히고 평건을 바라봤다. 세 사람 사이로 묘한 정적이 흐르는 가운데 지안은 꽉 잡힌 팔목이 아파 인상을 찌푸렸다.

"그랬구나. 이거였어."

"……놓으라고."

"어쩌지, 내가 옛날부터 촉이 좀 좋았잖아. 옛날에도……."

"세 번 말 안 한다."

"그, 그만요! 두 분 왜 이러세요!"

지안은 불안한 듯 도인혁의 팔을 뿌리쳤다. 순간 문을 열고 들어오던 유진이 격한 대화 소리에 어리둥절해했다. 손안에는 커피 캔들이 잔뜩 들려 있었고, 백 실장은 보이지 않았다.

평건은 계속해서 화를 삭이고 있었다. 지안은 유진의 등장에 안도의 한숨을 쉬었다. 두 사람은 다시 조용해졌고, 인혁은 빙그레 웃으며 유진이 내미는 커피 캔에 손을 내밀었다.

아까부터 평건의 전화가 계속 울리고 있었다. 평건이 결국 끈질기게 울리던 벨소리를 끊어 내고 전화를 받았다. 한 통화가 끝나는 즉시, 다시 벨소리가 울려와, 평건의 표정에 날이 서 있었다. 그는 결국 별수 없이 휴대폰을 들고 자리에서 일어났다.

"잠시 전화 좀."

평건이 자리를 비우자 지안은 인혁을 나무라는 표정으로 바라봤다. 인혁은 커피를 한 모금 들이켜며 어깨를 으쓱였다.

유진은 직원들이 없는 걸 확인하고는 다급하게 가방 안에서 손바닥만 한 원단 몇 개를 꺼내 인혁의 어깨 위에 원단 샘플들을 대고 비교하기 시작했다. 지안은 유진을 도와 몇 가지 원단 품번을 메모했다.

"뭐 하는 거야?"

"분위기 살벌하게 왜 그러셨어요. 가만히 계세요."

"……."

"이런 걸 일석이조라고 하죠. 컴백 의상 저희 쪽에서 제작하잖아요. 또 시간 빼기 힘드시니까 이왕 이렇게 시간 나셨을 때 해야 돼요."

"똑똑하네. 나중에 신랑 될 사람은 행운의 사나이겠다."

"글쎄요. 저랑 과연 어울리는 사람이 있을까요?"

"어울려야만 결혼해?"

"그렇잖아요……."

"그렇군……."

도인혁은 평건이 회의실을 비우고 나서부터 지안이 몇 번인가 문가를 바라보는 것을, 눈으로 부지런히 좇고 있었다.

"나, 나, 남자 친구! 남자 친구 전화 좀 받고 올게."

유진은 인혁에게 원단을 대 보다 말고, 원단 샘플들을 손에 쥔 채 전화기를 들고 다급하게 뛰쳐나갔다.

"어휴, 정신없어! 원단 샘플은 주고 가지."

지안은 어쩔 수 없이 메모하던 수첩을 책상에 툭 던지며 자리에 앉았다. 자리에 앉으며 책상을 조금 밀어 버렸는지, 건너편의 평건의 자리에서 책상 아래로 툭, 하고 무언가가 떨어졌다. 지안은 아이쿠, 하며 얼른 일어나 떨어진 하얀 카드를 주워 책상 위로 다시 올려놓았다. 그리고 등을 돌리려다가 다시 하얀 카드를 향해 천천히 몸을 돌렸다.

도인혁은 그런 지안의 모습을 방해하지 않고 관람하고 있었다. 지안은 흔들리는 두 눈으로 새하얀 카드 안에 적혀 있는 글귀를 어안이 벙벙한 표정으로 바라보고 있었다.

"유지안 씨."

"어…… 네……?"

"차평건이랑 백장미, 올가을에 결혼하잖아. 몰랐던 거야?"

새하얀 청첩장엔 믿을 수 없는 이름들이 적혀 있었다. 모든 것들이 무의미해지는 순간이었다.

심장이 튀어나올 만큼 두근거려, 어떻게 가방을 챙겨 나온 건지 기억나지 않았다. 인혁의 큰 손이 자신의 손을 잡는 것 같기도 했지만 신경 쓰고 싶지 않았다.

그의 팔을 있는 힘껏 뿌리치고 내달렸다.

엘리베이터 안으로 도망치듯이 뛰어 들어가는 지안을 본 유진은 전화를 하다 말고 어리둥절한 표정으로 그녀를 보았다.

"얘 왜 이래? 어디 가?"

"아, 아……."

"야…… 무슨 일이야!"

지안은 혼란스러운 표정으로 엘리베이터의 닫힘 버튼을 눌렀다. 인혁이 그 뒤를 따라왔지만 이번만큼은 지안이 빨랐다. 타이밍이 어긋난 엘리베이터는 곧장 1층으로 향했다.

그 누구와도 얼굴을 마주하고 싶지 않았다. 밖으로 뛰쳐나와 무작정 큰 빌딩숲 사이를 빠르게 걸었다.

행복 속에 빠져 지냈던 여름밤의 꿈같던 시간들이 정말 꿈이 아니었는지에 대해 생각했다. 땀으로 젖은 뒷머리가 축축하고 피부가 따가운 것이 적나라하게 느껴지는 것을 보니 이건 현실이었다. 도시의 소음들, 그리고 살인적으로 내리쬐는 햇빛이 지금 이 순간이 거짓이 아님을 증명했다.

회의감과 무기력함이 순식간에 온몸을 휘감았다.

머릿속이 온통 하얀 백지와도 같았다. 지안은 그렇게 한 시간가량을 정처 없이 걸어 다녔다. 지나가는 이들이 자신을 보며 수군거려도 정신을 쉽게 다잡을 수가 없었다.

가방 안에서 울려 대는 벨소리가 이제야 귀에 들어오기 시작하자, 천천히 가방 속으로 팔을 집어넣어 핸드폰을 들어 올렸다.

백 실장이었다. 곧이어 벨소리가 멈추고, 화면을 밀어 열었다. 차평건, 백 실장, 유진의 번호가 정신없이 얽혀 있었다. 핸드폰을 확인하는 와중에도 계속해서 전화가 걸려왔다. 평건과 백 실장의 번호가 계속해 위로 올라왔다. 지안은 가만히 손가락을 들어 핸드폰 전원을 꺼 버렸다. 핸드폰을 가방으로 무작정 비집어 넣어 놓곤, 계속해서 목적지 없이 거리를 걸었다.

얼마나 오래 걸었을까, 갑자기 배에서 개구리 소리가 났다. 지안은 한심하다는 듯 자신을 비웃었다. 그동안 분수에 맞지도 않는 상상을 해 대느라, 어울리지도 않는 다이어트를 하며 지냈었던 날들이 머릿속에 스쳤다.

무엇이든 닥치는 대로 먹고 싶어 고개를 돌려 보니, 바로 앞에 패스트푸드 점 간판이 보였다. 입술을 잘근잘근 깨물던 끝에 매장으로 달려 들어갔다. 카운터 직원은 멍하니 서서 메뉴판만 쳐다보고 있는 지안을 이상한 눈으로 바라봤다. 벌겋게 충혈된 눈가가 꼭 넋이 나간 여자처럼 보였기 때문일 터였다.

"여기서 제일 칼로리 높은 게 어떤 거예요?"

"아, 이거예요."

점원이 손가락으로 가리킨 햄버거를 보니 패티 두 장에 치즈도 겹겹이 쌓여 있어 정말 칼로리가 높아 보였다.

"그럼 이걸로 두 개 주세요."

점원은 주문을 받고, 곧장 뒤돌아 햄버거를 바쁘게 포장했다. 빠르게 포장되어 나온 햄버거 두 개를 가방에 무작정 구겨 넣었다.

지안은 매장 문을 열고 밖으로 걸어 나와 컴컴해진 하늘을 바라봤다. 분명 몇 분 전에 건물에서 뛰쳐나온 것 같았는데 벌써 캄캄한 밤이 되어 있었다. 바로 옆 지하철 입구로 연결되는 지하도가 보였지만, 지하도로 들어가지 않고 택시를 잡기 위해 큰길

가로 나섰다.

택시가 라이트를 껌뻑이며 앞으로 다가온 순간 남자가 떠올랐다. 그런 짧은 순간마저 머릿속에 깊이 각인되어 있었다는 것이 불쾌해 인상을 썼다. 집으로 돌아오는 길목마다 그와의 추억이 없는 곳이 없었다.

문득 온몸이 바닷속으로 내던져지는 것처럼 목 언저리가 울컥거렸다. 집으로 돌아와 평소 잘 틀지 않았던 에어컨을 강하게 틀어 놓고 방바닥에 철퍼덕 주저앉았다.

눈물이 흘러나올 것처럼, 이상하게 감정이 복받쳐 오르기 시작했지만 울고 싶지 않았다.

다급하게 가방을 열어 햄버거가 든 봉지를 꺼냈다. 포장지를 뜯어 한입 베어 무니 고소하고 짭짤한 맛이 입안을 가득 메우기 시작했다. 달짝지근한 소스가 입가에 묻든 말든 신경 쓰지 않고 한 개를 모조리 먹어 치운 뒤, 두 번째 햄버거의 포장지를 벗겨 또 베어 물었다.

방 안에 가득 찬 정적을 깨기 위해 티브이를 틀었다. 자정 뉴스가 시작되고 있었고, 어색해 보이던 여자 앵커는 이젠 제법 능숙한 말투로 뉴스를 전하고 있었다.

좌식 책상 옆으로 놓인 거울로 문득 비친 얼굴을 바라보았다.

“거지가 따로 없네.”

자정 뉴스의 여자 앵커와 자신은 또래거나 고작 한두 살 차이일 터였다. 그런데 누구는 비싼 메이크업을 받고 뉴스 데스크에 앉아 있고, 누구는 방바닥에 퍼질러 앉아 햄버거 소스나 입가에 묻히며 먹고 있었다. 한심이라는 두 글자 지안의 가슴을 후벼 팠다.

쾅쾅쾅.

철로 만들어진 현관문이 누군가에 의해 두들겨졌다.

지안은 눈을 감고 햄버거를 또다시 입안 가득 베어 물었다. 쾅쾅 소리가 계속 이어져도 대답하지 않고 끝까지 햄버거만 깨물었다. 감자튀김을 손으로 집어 먹으며 티비를 보는 지안의 얼굴에는 아무런 표정도 없었다.

"문 좀 열어 줘."

철문이 조용해지자, 창문 쪽에서 남자의 목소리가 들렸다. 고개를 돌리니 상기된 표정의 평건이 지안을 바라보고 있었다.

그 와중에 입가에 묻은 소스를 허겁지겁 닦는 자신이 한심했다. 지안은 일어나 창문을 드르륵 밀어 닫아 버렸다. 창문이 닫히자 그의 얼굴이 가려졌다. 입술을 콱 깨물었다. 창문을 통해 어렴풋이 보인 그의 표정이 자신이 기다리던 그 얼굴이라 지안은 절망했다.

다시 철문 앞으로 남자의 구둣발 소리가 들리고, 남자의 벅찬 숨소리가 선명하게 들렸다. 지안은 두 번째 햄버거를 먹다 말고, 잘근잘근 입술을 깨물며 현관 앞으로 다가섰다.

"돌아가세요. 그동안 제가 착각했던 거였어요. 그러니까 더 이상 창피하게 하지 말아 주세요."

"네가 착각한 거면, 나도 착각한 거야?"

"청접장까지 나왔는데, 착각이라고요? 대체 뭐가 착각이란 거예요?"

"지안아……."

"저 하루하루가 살얼음판을 걷는 것 같아요. 그러니까 제발…… 그냥 가요."

"다 설명할게. 살아온 배경이 달랐잖아. 처음부터 이해하지 못할 거라고 생각했어. 그래서 말할까 망설였던 거고. 보이는 게 전부가 아니야. 이야기 좀 하자. 우선 사과할게."

결국 지안의 고개가 바닥을 향해 떨어졌다.

그 누구보다 잘 알고 있었다. 남자에게 어울리는 사람은 자신이 절대 될 수 없다는 사실을. 하지만 서서히 물들어 가듯 깨닫는 게 아니라 빳빳한 종이 한 장으로 현실을 깨닫게 될 줄은 몰랐다.

아직 양 볼 가득 넘기지 못한 햄버거가 있었다. 아무리 우물거려도 가득 차오르는 눈물로 목이 메여 버리는 바람에 쉽게 삼키지 못하고 있었다. 발등으로 따듯한 눈물이 몇 방울 떨어졌을 때 지안은 고개를 들었다.

"음료수 살걸……."

철문 앞에 서 있던 평건이 중얼거리는 지안의 목소리에 재촉하듯 물었다.

"안 들려. 뭐? 문 좀 열어 봐."

지안은 간신히 입안에 있는 햄버거를 꿀꺽 삼키고 잠금장치를 손으로 돌렸다. 쇳소리가 나며 문이 열리자, 땀에 젖어 있는 남자가 보였다. 고개를 들어 남자의 얼굴을 바라보자, 반나절 사이에 수척해져 있는 표정이 눈에 들어왔다.

평건은 막상 문이 열리자 혼란스러운 표정으로 지안을 바라볼 뿐 말을 이어 가지 못했다. 지안은 돌려 말할 생각도 못하고 무작정 떠오른 질문을 바로 내뱉었다.

"만약에, 만약에 있잖아요. 제가 금수저를 물고 태어났다면 그땐 팀장님, 나랑 결혼했을까요?"

남자의 얼굴에 동정이 스쳐 갔다. 서럽게 터진 울음이 결국 입밖으로 터져 나왔다. 일그러지는 얼굴이 무척이나 못생겨 보일 것 같아 지안은 고개를 다시 숙이고 소리 내 울었다.

남자는 아무 말도 하지 못한 채 그저 멍하니, 울고 있는 지안을 바라보고 있었다. 남자의 발소리가 다가오는 듯 가까이 들리자 지안은 화들짝 놀라며 뒤로 물러섰다. 흠칫 놀라며 낯선 이를 보듯 물러나는 그녀를 보는 평건의 표정도 혼란스러워졌다.

"그건……."

"그럴 거예요, 아마도. 제가 금수저를 물고 태어나 같은 세상에 살고 있었더라면 우린 고민할 것 없이 연애도 하고, 결혼도 했겠죠?"

"그렇지 않아……."

"아니다. 혹시, 이것저것 잴 것 없어서, 결여된 사람에 대해 호기심이 생기셨던 거예요?"

"말조심해."

"저는 동물원의 관상용 동물이 아니에요. 애완견은 더더욱 아니고요. 길 고양이도 아니에요. 그러니까 그만 호기심 접으시고 돌아가세요. 그 정도면 됐어요."

"유지안."

살벌하게 내려간 평건의 목소리에 지안이 몸을 잘게 떨었다.

눈물이 앞을 가린다는 말이 딱 적절할 정도로 앞이 잘 보이지 않았다. 손등을 들어 꾹꾹 눈물을 쓸어 버렸다. 남자는 자리에 서서 우직하게 버티고 있었다.

온몸이 피곤했고 하루 종일 땡볕에 노출돼 있었던 탓에 어서 빨리 찬물로 샤워를 한 뒤 쿰쿰한 냄새가 나는 이불 속으로 파고 들고 싶었다.

돌아가지 않을 것처럼 보이는 남자의 몸을 밀자, 외려 지안의 몸이 힘없이 뒤로 밀려났다.

빠져나갈 공간이 눈앞에 보이자 비집고 나와 뒤돌아보지 않고 그대로 골목을 내달려 내려왔다. 포장되지 않은 도로 위를 달리는 슬리퍼가 발가락을 아프게 했지만, 느낄 겨를이 없었다.

이 정도면 남자가 따라오지 못할 것 같아 쿵쾅거리는 가슴을 두 손으로 누르며 속도를 늦췄다. 불안감에 돌아볼 수 없어 걸음을 빨리하자 갑자기 속이 메스꺼워졌다.

"우욱."

목 바로 아래에서 내려가지 않은 햄버거가 입 밖으로 나오려 했다. 지안은 다급하게 전봇대를 붙잡고 조금 전 씹어 삼킨 햄버거들을 모조리 뱉어 냈다. 차들이 빵빵대며 비틀거리는 여자의 몸에 주의를 줬다.

옆으로 지나가는 행인들은 땀에 젖어 구토만 연신 해 대고 있는 지안을 바라보고 손가락질을 해 댔다.

바지 주머니를 뒤적이자 만 원짜리 두 장과 습관적으로 챙긴 휴대폰이 나왔다. 바닥에 주저앉아 숨을 고르며 생각에 잠겼다.

집으로 다시 돌아가기엔 남자가 아직 그 자리에 있을 것만 같아 지안은 덜컥 겁이 났다. 떠오르는 건 사무실뿐이었는데 이제는 그곳 또한 자신에겐 평안한 곳이 아니었다. 지안은 무작정 손을 들어 택시를 잡아 올라탔다.

"동대문, 동대문 시장으로 가 주세요."

택시 아저씨는 지안의 행색에 걱정스러운 표정으로 차를 출발시켰다. 고개를 돌려 자신이 내려온 골목길을 바라봤다. 성한 가로등 하나 없이 블랙홀처럼 어두컴컴한 곳이었다.

남자와 이야기를 나누던 곳이었다. 고개를 들어 동네의 맨 끝부분을 바라보자, 아직도 공사가 한창 중인 납골당이 보였다.

처음부터 버티고 있을 곳이 아니었다. 애초에 이곳이 철거될 동네라는 걸 알게 된 순간, 짐을 싸고 나왔어야 했다.

"아가씨. 동대문 어디로 가 줄까요."

"음……."

지안은 동대문이라고만 말해서야 목적지가 불분명하다는 것을 깨달았다.

"아……. 남일 상사 건물로 가 주세요."

택시기사는 정확한 목적지를 말하는 지안의 말에 그제야 안심한 듯 속력을 냈다.

한참을 달려 목적지에 도착하자 거스름돈 500원만 남아 있었다. 물끄러미 손바닥 위로 남겨진 동전 하나만 바라보다 고개를 들어 건물을 바라봤다. 이미 간판 불들은 다 내려가 있었다.

계단을 천천히 타고 올라가니, 그곳에도 차평건의 잔상이 남아 있었다. 첫 만남 때부터 짓궂게 자신을 대학생 취급했던 남자를 떠올렸다.

행복원단 매장 앞에 다다르자 검은 천막이 매장을 가리고 있었다. 늦은 시간까지 계시던 사장님도 이 시간까지 매장을 지키고 계시진 않았다.

어딘가에 깊숙하게 숨고 싶은 마음이 간절했다. 지안은 천막을 걷고 안으로 들어가 새벽까지만 몸을 숨겨 볼까 고민했지만, 그마저도 관두기로 하고 뒤를 돌았다. 밤길이 위험한 건 맞았지만, 오늘은 그 위험이 무섭게 느껴지지 않았다.

다시 건물 밖으로 나와 건물 주변 시장을 거닐었다.

이미 자정을 넘은 시간이라 매장들은 모두 영업이 종료된 상태였다. 인적이 없는 시간에 이곳에 와 본 것은 처음이었다.

어디선가 짐승 한 마리가 튀어나온다 해도 이상하지 않을 만큼 소름 끼치도록 어두컴컴했다. 자신이 있는 곳이 현실이고 좀 전까지 마주했던 남자와의 일들은 모두 다 꿈이길 기도했다.

어두운 골목길을 배회하다가 아무 데나 털썩 주저앉았다. 깜깜한 곳이니 아무도 자신을 찾지 못할 것이었다. 지안은 무릎을 세워 그 사이에 고개를 묻었다. 아무런 생각도 들지 않고, 아무런 의욕도 생기지 않았다.

문득 가벼운 발소리에 고개가 들렸다.

지안은 덜컥 겁이 났다. 하지만 그것도 잠시, 누구인지 궁금해 몸을 일으켜 골목 밖으로 고개를 내밀었다. 인영 하나가 골목을 두리번거리며 조심스럽게 이동하고 있었다.

인영의 손엔 기름통처럼 보이는 것이 들려 있었는데, 지안은 순간 그것이 무엇을 의미하는 것인지 직감했다.

작은 인영은 시장 바닥과 골목을 누비며 기름통을 들어 추적추적 기름을 뿌리기 시작했다. 그것이 기름인지 확신할 수 있었던 건 코를 찌르는 지독한 냄새 때문이었다.

지안은 재빨리 휴대폰을 들어 119를 눌렀다. 그녀는 이때까지만 해도 평소의 습관이 자신의 목숨을 빼앗아 갈 거라고는 전혀 생각하지 못했다. 오래된 휴대폰이 잘 들리지 않는 탓에 평소 음량을 최대로 높여 놨는데 그 때문에 전화를 받은 경찰의 목소리가 조용한 골목에 크게 울렸다.

이윽고 추적추적 뿌려지던 소리가 지안의 가까이에서 멈췄다.

"……."

그대로 고개를 올리자, 모자를 푹 눌러쓴 남자가 지안의 앞에 우두커니 서 있었다.

남자의 손에 들린 두꺼운 나무가 그녀의 머리를 내리쳤다. 그리고 둔탁한 소리와 함께 지안이 옆으로 쓰러졌다.

정신이 들어 눈을 떴을 땐, 지독하게 어두웠던 골목이 마치 대낮처럼 환해져 있었다. 목이 타들어 갈 것처럼 따끔거렸고 호흡이 곤란할 정도로 연기가 사방을 메우고 있었다.

얼굴에 닿은 거친 바닥의 촉감이 아직 살아 있음을 느끼게 했다. 지안은 고개를 간신히 들어 핸드폰을 찾았다. 발밑에서 환한 빛이 보였다. 겨우 몸을 움직여 보니 짙은 연기 속에서도 핸드폰 화면이 빛을 내며 아직도 119와 연결되어 있음을 알렸다.

지안은 덜컥 겁이 나 소리치려 입을 벌렸지만, 연기에 이미 막혀 버린 목에서는 소리가 나지 않았다. 손가락도 발가락도 마음대로 움직일 수 없었다. 연기 탓에 들이마실 산소가 부족했다. 정신을 놓았다 깨기를 반복하는 지안의 몸이 점점 마비되어 가고 있었다.

점점 뜨거워지는 화염 속에서 정신을 유지하기 힘들었다.

"거기 안에 사람 있죠! 정신 놓고 계시면 안 됩니다!"

사람의 소리가 환청처럼 들렸다. 불길이 확 앞으로 왔다가 다시 뒤로 빨려가는 것이 보였다. 머리채를 서로 잡고 싸우는 사람들처럼 몽환적으로 보이기도 했다. 눈을 감고 기도했다. 신의 부재를 주장했던 자신을 용서해 달라고.

거대한 물줄기가 화염을 잡아먹을 듯 뿌려지며 지안의 몸 위로도 물줄기가 쏟아져 내려왔다.

"정신이 좀 들어요?"

눈을 뜨자 흐릿한 물체와 인영들이 앞을 스쳐 갔다. 그리고 곧이어 지안은 정신을 놓고 말았다.

지안은 구급차의 간이침대에서 손가락 발가락을 꼼지락거리며, 제 몸이 타 버리지 않았다는 것을 느꼈다.

고개를 들어 몸을 일으키려 하자 가슴 쪽이 쓰라리며 통증이 느껴져 순간 비명이 흘러나왔다. 머리가 지끈거려 손을 올리자 이마에서 붕대의 감촉이 느껴졌다. 둔탁한 것이 자신의 머리를 내려쳤던 정황이 생생하게 떠올라 온몸에 소름이 돋았다. 그때 구급대원이 말을 걸어왔다.

"아직 일어나면 안 돼요."

"어떻게 된 거예요?"

"최근에 시장만 골라 불을 지르던 방화범이 잡혔어요."

"……."

"그쪽이 소방서에 전화하지 않았으면 아마 발견도 못 했을 거예요. 전화가 연결되자마자 둔탁한 소리가 났는데, 그냥 장난 전화라기엔 수상해서 위치 추적을 해 봤어요. 그랬더니 동대문 시장이 나온 거예요. 시장 방화 사건과 관련이 있지 않을까 해서 출동하니, 예상대로 금방 불길이 치솟은 거예요."

"아, 범인이 잡혔군요."

"진짜 다행이에요. 화상을 입진 않았는데, 연기를 꽤 많이 들이마셨어요. 병원으로 가려는데 마침 깨어나신 거예요."

"아뇨, 그냥 이대로 돌아가도 될 것 같아요. 내일 제가 알아서 병원으로 갈게요."

"머리를 다치셔서 정밀 검사를 받으시는 편이 좋을 텐데요. 그리고 잠깐 기다리시면 금방 보호자분 오실 거예요."

보호자. 비죽 웃음이 났다. 이런 상황에도 자신에겐 당장 달려올 수 있는 보호자가 없었다.

"……보호자요?"

"네. 계속 전화기 울리기에 받아 보니까 어떤 남자분이 어디냐고 계속 묻더라고요. 상황 설명하고 위치 알려 드렸어요. 금방 도착한다고 하셨는데……."

구급대원이 한 말에 지안은 놀란 표정으로 열려 있는 구급차 뒷문 쪽을 내다봤다.

차평건은 혼란스럽고 놀란 표정으로 쉽게 다가오지 못한 채 멀리서 지안을 바라보고 있었다.

구급대원은 지안의 머리 붕대를 새로 갈아야겠다며 움직이지 말라고 했다. 지안이 밖에 서 있는 남자를 눈물이 가득 차오른 눈으로 바라보고 있자, 구급대원이 어리둥절해하며 물었다.

"저분이 보호자 맞으시죠?"

"아니요."

"아……."

"저 구급차 타고 병원 가도 될까요?"

"네, 그렇긴 한데……."

처연한 남자의 표정과 지안의 표정을 번갈아 살피며 구급대원은 난감해했다. 핏물이 새어 나온 붕대를 옆에 비치된 철통에 집어넣고는 소독약을 꺼내 상처를 소독하고 새 붕대를 감아 주었다.

그리고 운전석과 이어진 창문을 열어 대학병원으로 가 달라 말했다.

구급대원이 허리를 굽히고 일어나 활짝 열려 있는 차 문을 닫으려 하자, 차평건이 다가와 문을 닫지 못하게 거칠게 가로막았다.

구급대원은 당황스러운 표정으로 두 사람을 번갈아 쳐다봤다.

"유지안. 이리 와."

"제가 사는 세상으로 넘어오지 마세요. 제발."

"제발, 부탁이야……. 이리 와."

남자의 눈에 가득 차오른 눈물이 선명하게 보였다. 어찌해야 할지 몰라 난감해하던 구급대원에게 지안은 단호하게 말했다.

"출발해 주세요. 모르는 사람이에요."

구급대원은 난감한 표정으로 문을 닫았고, 차가 곧 출발했다.

차창 밖으로 남자가 멀어져만 갔다. 지친 기색의 남자는 얼굴을 잔뜩 찌푸리며 한 손으로 얼굴을 짚고 고개를 숙였다. 멀어지는 인영이 뚜렷하게 보이진 않아도, 그의 볼을 타고 흐르던 눈물만은 지안의 눈에 잔상처럼 남았다.

매순간, 지안은 자신의 감정을 속여 왔다. 그 순간들에 미련이 없다면 그건 거짓말일 것이다. 사람들은 흔히 죽음이 눈앞에 다가왔을 때, 인생의 아름다웠던 순간들이나 남겨진 사람들에 대한 걱정이 주마등처럼 스쳐 지나간다고 말한다.

하지만 지안에겐 주마등처럼 스쳐 갈 인생의 아름다웠던 순간도, 남겨진 사람들에 대한 걱정도 없었다. 다만 그 남자만 떠올랐다.

Chapter 4

잃어버린 기억

19살의 남자는 성인과 소년의 애매한 경계선에 서 있었다.

드높은 천장의 방은 소년이 쓰기에는 너무 넓었다. 네모난 명찰엔 차평건의 이름 석 자가 곱게 수놓아져 있었다. 가장자리로 박힌 박음질은 땀수가 정확했고, 어디 하나 허술한 점을 찾아볼 수 없었다.

엄마의 손이 아닌, 타인의 손이 자신의 교복을 손봐 주고 옷매무새를 다듬어 주는 것에 대해 익숙해진 시기가 언제부턴지 정확히 기억이 나지 않았다.

"엄마는요?"

"새벽부터 시장 가신다고 나가셨어요."

도우미 아주머니는 평건의 질문에 무미건조한 표정으로 대답했다. 집 안에서 엄마의 존재를 안방 사모님으로 인정하고 있는 사람은 누구 하나도 없어 보였다. 아주머니는 돌돌 돌아가는 먼지떨이를 평건의 어깨에 얹어 살포시 굴렸다.

초등학교 때까지만 해도 엄마는 항상 자신의 등교를 봐주곤 했다. 하지만 언제부턴가 엄마는 자주 자리를 비웠고, 아버지는 그런 어머니께 매섭고 차갑게 대하기 시작했다.

엄마의 활발하고 호기심 많은 활동이 마음에 들지 않았던 건지, 대외적인 활동은 항상 제재 받으셨다. 엄마가 무언가를 하고 싶다며 아버지께 애원해도, 집안사람들의 이유 모를 반대로 외출할 수 없었다. 어린 평건의 눈에 그건 거의 감금처럼 보였다.

평건은 아버지와 불필요한 감정싸움을 하면서도 외출을 강행하는 엄마를 생각하니 신경이 곤두서기 시작했다.

책가방을 들고 드레스 룸에서 나와 계단을 통해 1층으로 내려갔다. 아버지 역시 새벽부터 회사로 출근하신 상태였고, 부엌 쪽에서 희미하게 나는 식기 소리만 정적 속에 울리고 있었다.

평건을 발견한 아주머니가 손을 닦으며 다가왔다. 평건은 엄마의 부재가 시작된 뒤로 아침밥을 거르기 시작했다. 하지만 그걸 안 아버지의 호통에 집안사람들이 모두 긴장을 하고 있었다.

“아침 식사 준비할까요?”

“됐어요, 그냥 등교할게요.”

평건은 심드렁하게 대꾸하며 뒤돌아 현관으로 다가갔다.

부엌에서 슬리퍼를 조용히 끌고 나오는 소리가 들렸다. 평건보다 두세 살 많아 보이는 남자의 행동과 걸음걸이에는 분명 매너가 있었다. 집 안에서조차 체면을 지키려는 것처럼 보였다.

평건은 자신과 쏙 빼닮은 남자의 얼굴을 바라보기 싫었다. 그를 보고 있노라면 꼭 영혼 없는 짐승을 보는 기분이 들어 온몸에 소름이 내달릴 때도 있었다.

비록 젊은 나이였지만, 평건의 형은 직원들에게도 항상 친절해, 이해심이 많은 업주의 역할을 톡톡히 해내고 있었다.

"밥 먹고 가, 평건아."

"형이나 많이 먹어."

대꾸하기도 귀찮아 중얼거리듯 말을 던지고 신발장을 열어 운동화를 고르기 시작했다. 현관까지 따라 나온 아주머니는 어딘가에 비치되어 있는 먼지떨이로 연신 평건의 어깨를 훑었다.

주방에 조용히 울리던 식기 소리는 분명 형의 것이었다. 한 손에는 빵을 쥐고 입안으로 계속해서 오물거리며 평건의 온몸을 천천히 훑었다. 형은 코 끝까지 흘러내린 안경을 손가락으로 추켜올렸다.

"넌 만날 아침마다 엄마를 찾더라."

문을 열고 나서려던 평건은 형인 평원의 말에 발걸음을 멈출 수밖에 없었다.

"……."

네 살 터울인 형은 항상 무섭고 위엄 있어 보였다. 하지만 요즘 들어 부쩍 반항심이 생긴 자신에게 형은 더 이상 무섭고 위엄 있는 존재가 아니었다. 비뚤어진 마음이 비죽 솟아 대들어 보았다.

"방금 위층에서 대화 나눈 것도 벌써 보고받은 건가? 대단도 하시네."

평건의 말에 표정 하나 변하지 않은 평원은 고개를 낮춰, 마주 선 동생의 턱을 유심히 바라봤다. 날이 선 질문에도 불구하고 형은 아무런 미동도 대꾸도 하지 않았다. 그저 의아한 표정으로 비죽비죽 이제야 시퍼렇게 피부를 뚫고 자라나기 시작하는 수염에 관심을 보였다.

"면도 안 했어? 수염이 좀 늦게 난다 했더니, 방학 지나니까 확 올라오네."

어차피 상대하기 힘든 형이었다. 평건은 평원에게 노골적으로 짜증 난다는 표정을 지어 보이곤 뒤돌아섰다. 두 사람의 묘한 긴장감에 직원들까지 긴장하고 있었다.

"엄마가 사다 준 면도날 있어. 그걸로 하면 돼."

"아주머니, 그거 갖다 버리고 제 욕실에서 면도기 가져다가 평건이 욕실에 놔 주세요."

직원에게 말했지만, 평건에게 들으라는 듯한 말투였다. 평건은 놀라 뒤돌아서며 되물었다.

"형……."

형은 자신을 부르는 목소리에 직원을 향했던 고개를 돌렸다. 그러곤 당황한 평건의 눈을 바라보며 안심하라는 듯 부드럽게 미소 지었다.

"그런 싸구려 같은 걸로 면도하면 못써. 피부 다 일어난다고."

형이 항상 이랬던 건 아니었다. 자신이 초등학생이었고, 형이 중학생이었을 때였다. 하루는 형이 얼굴을 붉힌 채 화를 삭이지 못해 식식거리며 집에 들어왔다.

그날은 유별나게 집에 손님이 많이 오셨던 날이었다. 현관을 지나쳐 숨을 씩씩대며 자신의 방으로 올라가는 형이 보였고, 엄마가 그 뒤를 허겁지겁 따라 형의 방으로 들어갔다.

엄마는 부스스한 머리에 아버지가 생일 때 사 주신 코트를 입고 있었는데 왜 그 옷을 입고 있었는지 의아했다. 엄마는 마치 급하게 집히는 대로 입은 것처럼 행색이 누추해 보였다.

거실에서 과외 선생님과 미술공부를 하던 어린 평건은 작은 발을 움직여 살금살금 계단을 올라갔다. 형의 방에서 엄마의 애처로운 목소리와 잔뜩 화가 난 형의 목소리가 뒤섞여 들렸다.

평건은 평소에 착하고 부족함이 없었던 형이 처음으로 보여주는 모습에 호기심이 일어났다. 둘의 대화를 듣기 위해 주먹만 한 얼굴을 바짝 대고 귀를 쫑긋 세웠다.

'평원아, 엄마가 미안해. 미리 준비를 했어야 했었는데…….'

'최소한, 최소한 학교 와서 면담할 때 명품백 하나 정도는 들고 와 줄 수 있잖아요.'

'엄마가…… 글쎄, 어제 작업실에서 깜빡 잠이 들어서…….'

'고작 집 안에 있는 그 작업실요? 거기서 엄마가 옷 만든다고 그걸 누가 알아주기나 해요? 아빠가 알아주는 것도 아니잖아요. 그게 나보다 중요해요? 면담 있다고 미리 얘기했잖아요. 뭐 때문에 그렇게 열심히 미싱질인데? 타고난 능력이 있는 것도 아니고, 좋은 학교에서 배운 것도 아니잖아요.'

'……'

'좋은 집안에서 태어난 것도 아니면서.'

'……'

'엄마, 제발 그만 좀 해. 평건이랑 나 좀 보살펴 달라고.'

그 말을 끝으로 방 안에 무거운 정적이 내려앉은 것은 어린 평건도 알 수 있었다.

엄마는 그런 형의 투덜거림과 가슴을 후비는 대사에도 욕심을 쉽게 버리지 못했다. 오히려 그 후 더 많이 시장에 나갔고, 밤이면 미싱 작업에 정신이 팔려 작업실에서 밤을 새우기 일쑤였다.

그리고 형이 성인이 되고 평건이 사실상 어른들의 손이 필요없게 된 나이가 되었을 때, 엄마는 꼭 고삐 풀린 사람처럼 거리낄 것 없이 아예 밖에서만 돌며 자신의 사업을 해 나갔다.

그날 이후부터 엄마와 집안사람들의 조용한 전쟁이 시작됐다. 거기에 평건의 사춘기까지 더해 집안 분위기는 매우 뒤숭숭했다.

생각에 잠겨 있던 두 사람은 감정 없는 표정으로 서로를 바라보고 있었다. 어린 형의 얼굴이 성인이 된 형의 얼굴 위로 겹쳐지자, 평건은 문득 입을 열어 그동안 마음에 담아 두었던 말을 차갑게 내뱉었다.

"형은 왜 항상 엄마를 그렇게 벌레 보듯이 해?"

"아주머니, 자리 좀 비켜 주세요."

평원은 그런 평건의 말을 듣고도 불편한 기색은 일절 보이지 않고, 주위의 사람을 무르며 손끝에 묻어 있던 빵 부스러기를 바닥으로 털어 냈다.

"형이 엄마를 벌레 취급하는 것이 아니라, 그냥 수준 낮은 사람을 수준 낮게 대하는 것뿐이야. 이해 못 하겠어?"

수준 낮은 사람이라……. 형은 부모와 자식 간이라도 그 사람의 수준으로 격을 구분해 대한다는 말을 하고 있었다. 평원의 말에 사색이 된 평건은 애처로웠다.

"……형."

"이런. 오해하겠구나. 그런 뜻이 아니라……."

평원은 평건의 어깨를 툭툭 털었다. 얕은 한숨을 푹 쉬고 어깨에 있던 미세한 실오라기 하나를 손가락으로 집어냈다.

"그냥 부모라는 게 그렇잖아. 세대차이가 나니까, 서로 맞지 않는 부분도 있겠지. 그런 뜻으로 이해하면 좋을 것 같은데."

"……."

"너한테 지금 제일 중요한 건 학업이야. 엄마의 뒷바라지기도 하고. 근데 엄마는 매번 새벽에 원단시장이나 나가서 말도 안 되는 짓들만 하고 다니잖아."

그러곤 어깨를 잡아 머리부터 발끝까지 동생의 차림새를 다시 한 번 구석구석 훑었다.

"사람은 주어진 현실에 맞게 살아야 하는데, 엄마는 그게 싫은가 봐. 지각하면 안 되지. 얼른 출발해."

"……."

"오늘은 형이 학교 갈 거야. 오늘 담임선생님이랑 면담 맞지?"

"아버지는?"

평건은 항상 포커페이스를 유지하는 형이 아버지에 대한 이야기가 나오면 흔들린다는 것을 잘 알고 있었다. 결국 평원은 짜증을 억누른 말투로 한숨을 쉬며 평건에게 말했다.

"평건아, 아버지는……."

"……."

"그런 소소한 자리에 나서서 사소한 일까지 처리해야 하는 위치에 계신 분이 아니잖아. 몰라서 묻는 거니, 아니면 무슨 의도가 있는 거야?"

형의 짜증을 본 순간, 오히려 속이 트이는 것 같아 평건은 그제야 집을 나섰다. 계절이 바뀌는 시점에 서 있던 소년의 어깨가 잠시나마 조금 더 두터워지는 순간이었다.

온정을 기대하기 힘든 집구석이었지만, 그럼에도 평건은 어머니의 관심을 갈구했다. 자신이 중학교에 입학하기 전까지만 해도 엄마는 항상 평건을 데리고 원단시장을 돌아다니며 길거리 음식을 사 주곤 했다. 엄마는 그중에서 든든하게 끼니를 때울 수 있는 설렁탕을 가장 좋아했다.

하지만 그것도 오래가지 못했다. 친가 쪽 어르신들이 아이의 교육 수준을 운운하며 엄마와 자신을 떨어트려 놓기 시작했다. 어린 자신이 이해하기엔, 그저 엄마를 타박하는 어른들이 나쁘게만 여겨졌다.

더는 자신을 데리고 다니지 않는 엄마에게 비죽 서운하기도 했다. 언젠가는 나아지겠지, 혹시 자신이 성인이 되면 이런 엄마의 행동들을 이해할 수 있지 않을까 하는 생각들로 하루하루를 보냈다.

교실 문을 열고 들어가자 추운 날씨에 교실을 따듯하게 덥히기 위해 히터가 무던히도 애를 쓰고 있었다. 교실엔 한창 수능 준비 중인 반 친구들이 열정적인 연필 소리를 내고 있었다.

집안사람들에 의해 반강제적으로 오게 된 학교였기 때문에, 평건은 학교에도 불만이 가득했다. 무엇보다, 안에서 나는 불협화음이 밖으로 새어 나가지 말라는 법은 없었다. 평건의 어머니에 대한 안 좋은 소문들이 학생들의 입에서 입으로 퍼져 나갔다.

'재네 엄마 디자이너라며.'

'무슨 디자이너?'

'어디 출신인데?'

'출신은 무슨 출신이야. 그런 거 없대.'

'첩이라는 소리도 있던데.'

'헐, 정말?'

평건은 수군거리는 소리를 듣고도 꿈쩍도 하지 않았다. 반은 사실이고 반은 거짓이었으니까. 출신이니 첩이니 하는 단어를 입에 올리는 아이들의 수준을 알 것 같았다.

21세기에는 돈이 있으면 뭐든 할 수 있었다. 돈이 사람의 지위를 만드는 것이었다.

"야, 비켜."

백장미는 창문틀에 앉아 수군거리는 여자아이들을 거칠게 몰아냈다.

두발 자유가 아님에도 불구하고 백장미는 긴 웨이브 머리에 탈색을 고수하고 있었다. 그렇지만 선생님들에겐 이 학교 학생들을 훈계하고 행동을 제재할 수 있는 방편이 없었다.

이곳은 다른 학교보다도 교권이 바닥으로 떨어진 곳이었다. 자본주의에 잠식된, 있는 집 자제들만 다니는 학교였기 때문이다.

창틀에 붙어 있는 평건의 자리 옆자리는 인혁의 자리였다. 백장미는 인혁의 자리를 물끄러미 바라보다가 털썩 앉아 서랍을 뒤적거렸다.

평건은 아침 등굣길부터 오간 대화가 피곤했는지, 짐짓 눈꺼풀이 무겁고 화끈거렸다. 평건은 그런 백장미의 행동을 보는 것조차 귀찮았다.

"이번엔 또 뭐가 문젠데."

"너, 도인혁 이번에 가족 여행으로 제주도 다녀온 거 알지?"

"근데."

"감귤 초콜릿을 사왔대."

"그래서."

"그런데 문제는 지금 1반 김수미가 감귤 초콜릿을 먹고 있다는 거야."

평건은 서랍에서 책을 꺼내 탈탈 터는 백장미를 이해할 수 없다는 듯 미간을 찌푸렸다. 감귤 초콜릿. 평건은 어릴 적 일가친척들과 함께했던 제주도 여행에서 우연히 먹었던 맛을 떠올렸다.

색감이 고왔던 반면 집안 선물로 들어오는 초콜릿 퀄리티의 10분의 1도 따라가지 못한 맛없는 초콜릿이었다. 초콜릿을 좋아하던 어린 평건도 감귤 초콜릿에만은 손을 대지 않았었다.

그런데 어째서 장미는 그 맛없는 걸 여기서 찾고 있는 걸까. 평건은 고개를 갸우뚱거리곤, 어제 다 풀지 못한 문제집을 마저 풀기 시작했다.

"야. 내 자리에서 궁둥이 치우지?"

뒤에서 얼굴에 붕대를 감고 인혁이 나타났다.

사내새끼가 얼굴에 붕대를 감고 나타면 흔히들 패싸움이나 사춘기의 반항이 남긴 상처를 생각할 것이었다. 하지만 인혁의 붕대는 주기적 필러와 성형수술로 인한 자국들을 가리는 용도였다. 고등학교에 입학하면서 코에 실리콘만 넣으면 완벽해질 거라는 얘기를 하더니, 정말 이렇게 붕대를 칭칭 감고 나타났다.

"넌 사내새끼가 왜 만날 성형수술은 하고 나타나?"

"원래 완벽한 얼굴은 타고나는 게 아냐. 만들어 가는 거지. 오빠 피곤하다, 가라."

"……."

"야."

"왜."

자리에 앉은 인혁은 주머니에서 손거울을 꺼내며 코에 감긴 붕대의 안전을 확인했다.

"……너 제주도 갔다 오면서 초콜릿 사다 준다며."

장미는 그 질문을 직접 말하기까지 꽤 고민했을 것이다. 평건은 자존심이 강한 장미의 성격을 알고 있던 터라, 장미의 말에 놀라 고개를 들고 두 사람을 바라봤다.

인혁은 뚱한 표정으로 일관하다 순간 아차 하는 표정으로 변했다. 그 순간적인 표정을 포착한 백장미는 결심한 듯 인혁을 향해 발길질을 시작했다.

"아아, 미안. 깜빡했어. 그만 좀 차!"

"깜빡했다고?"

묘한 심리전에 인혁은 장미의 눈치를 봤다. 이미 기세가 기울어진 인혁은 자진해서 머리를 팔로 감싸고 있었다. 한참을 발길질하던 장미는 식식거리는 숨소리와 함께 긴 머리를 휘날리면서 자신의 반으로 돌아갔다.

수업이 시작되자 인혁은 항생제를 하나 꿀꺽 삼키곤 곧장 잠에 빠져들었다.

두 사람은 어릴 적부터 집안의 잦은 왕래로 얼굴을 알게 된 사이였다. 친해진 건 같은 고등학교에 다니기 시작하면서부터였다.

인혁은 항상 장미를 막 대하는 듯했다. 하지만 인혁은 막 대하는 것처럼 보여도 기실 장미에게 다 져 주고 있었다. 평건은 그런 감정싸움에 넌덜머리가 났다.

수업 중 선생님이 중요한 필기라고 집어 주는 순간, 평건은 습관적으로 인혁의 어깨를 흔들었다. 인혁은 졸린 눈으로 평건의 얼굴을 멍하니 바라보고 있었다.

"일어나. 선생님이 필기하래."

"야……."

"……."

"너 왜 공부해?"

"미친놈. 잠꼬대하냐? 안 일어나?"

"어차피 여기 있는 애들 정도면 아무리 성적이 바닥을 기어도 대학 못 갈 리도 없는데 왜 공부하는 걸까?"

"……."

"결국 너도 부모님한테 점수 따려고 공부하는 거잖아. 수능 점수가 아니라."

인혁은 말이 끝나자마자 졸린 눈꺼풀로 하품을 떠억 한 번 하곤 곧장 또다시 잠에 빠졌다. 펜을 너무 세게 잡고 있던 터라, 손가락들이 빼근했다. 평건은 펜을 책 옆으로 살며시 놓고 주먹을 꽉 쥐었다 놓기를 반복했다.

하교 시간이 되면 각자 학생들은 집에서 보내 주는 차를 이용해서 하교를 했다. 평건과 인혁도 다를 바 없었는데, 인혁은 오늘 성형외과에 들러 실밥을 푸는 날이라며 평건과 함께 가겠다고 집에서 보낸 차를 돌려보냈다.

가을볕은 제법 따듯했지만, 바람은 사나워 꽤나 서늘했다.

차를 타러 운동장을 가로질러 느긋하게 걷던 두 사람 사이로 장미가 긴 머리카락을 휘날리며 지나갔다. 어렴풋이 샴푸 냄새가 풍겼다. 인혁은 화가 난 듯 성큼성큼 앞장서 걷는 여자애를 어리둥절한 표정으로 바라보고 있었다.

백장미는 곧이어 정문 앞에 세워진 오토바이 뒷자석에 타더니 얼굴 모를 남자애와 함께 사라졌다. 부아앙— 고막이 찢어질 듯 머플러 소리가 크게 울려 학생들의 시선을 끌었다.

오토바이가 지나간 자리에 소음만이 남았다. 인혁은 아무렇지도 않은 척하며 평온한 표정을 지었지만, 눈동자는 사나워 보였다.

“넌 장미한테 왜 그러냐.”

툭 본론을 바로 꺼낸 평건에게 인혁은 아무것도 아니라는 듯 어깨를 으쓱이며 곧장 답을 뱉었다.

“쟤 우는 거 보고 싶어. 겁나 자극적일 거 같아.”

“여자가 우는 게 섹시하다고?”

"그래. 어린놈이 뭘 알겠냐, 자식아."

큰 손이 이마를 덮고 있던 평건의 앞머리를 손으로 흩트렸다. 인혁은 아직도 키가 자라고 있었다. 곧 185센티미터에 육박하는 키라, 이제는 평건이 살짝 올려다봐야 했다.

장미가 우는 게 보고 싶으면 울어 달라고 부탁을 하면 되는데, 왜 감정 싸움을 하는 건지 평건은 이해가 가질 않았다. 물론 울어 달라고 하는 것도 이상하지만. 한 사람이 더 타자 운전기사는 조금 놀란 표정을 지었다. 인혁은 넉살 좋게 자신의 목적지를 차근차근 설명했다.

조용히 움직이는 차 안이 집 안보다 편안하게 느껴졌다. 그러다 문득, 일탈이 하고 싶어졌다. 분명 이건 계절이 넘어가는 문턱에 있어서였을 것이었다. 항상 짜임새 있게 돌아가는 일상을 조금 틀어 보고 싶은 생각이 든 것이다.

평건은 고민하다 운전석 시트의 어깨를 손으로 꾹 잡으며 물었다.

"아저씨. 혹시 인혁이 내려다 주는 데서 동대문 시장 멀어요?"

"왜요, 학생? 멀진 않아요. 근데 귀가가 늦으면 형이 걱정할 거예요."

"어차피 늦게 들어가도 모를걸요? 잠깐 일이 있어서 그런데, 들러 주세요."

아저씨는 곤란하다는 표정이었지만 알았다는 듯이 고개를 끄덕였다.

"갑자기 거긴 왜?"

"그냥 심심해서."

"그럼 끝나고 다시 만나. 돌아가는 길도 얻어 타고 가게."

염치도 없냐는 듯한 표정으로 쳐다보았지만 인혁은 오직 병원에 가서 실밥을 풀 생각으로 신이 나 보였다. 하지만 이것이 알리바이를 제공해 주기 위해 인혁이 머리를 굴려 한 말임을 눈치채고 입을 꾹 닫고 동의했다.

인혁을 내려 주고 차는 얼마를 더 가다 멈췄다. 평건은 인혁을 다시 만나면 전화 드리겠다는 말로 아저씨를 안심시켰다.

북적거리는 복잡한 거리에 어울리지 않던 세단이 멀어졌다.

멀뚱히 서 있는 교복 차림의 자신을 향해 타인의 시선이 꽂혔다. 가만히 서 있는 것도 왠지 머쓱해 무작정 시장 입구를 향해 걷기 시작했다.

선선한 계절이 찾아왔음에도 불구하고 사람들은 땀에 젖어 있었다. 시장은 자신보다 배 이상 큰 짐을 어깨에 메고 아무렇지도 않게 나르는 사람들로 붐볐다. 서늘한 바람 때문인지, 턱턱 오른 숨 때문인지 사람들의 볼은 희미하게 붉어져 있었다.

평건은 가장자리로 비켜 중간에 오가는 상인들의 방해가 되지 않도록 부지런히 걸었다. 목적지가 어디인지도 모른 채, 그저 골목 안을 휘젓고 싶었다.

여기에 있는 모든 사람들은 노력에 상응하는 대가를 받고 있는 걸까. 그렇다면 그 대가는 얼마나 크고 값진 것일까. 머릿속으로 곧이어 보석, 가족, 귀한 음식들이 스쳐 지나갔다.

골목을 누비던 평건은 익숙한 모습에 걸음을 멈췄다.

익숙한 교복치마를 입고 샛노란 탈색 머리를 한 여자아이는 철창 앞에 쪼그리고 앉아 갇혀 있는 강아지들을 오도카니 바라봤다.

철창 옆에 앉아 있는 아저씨는 가을볕이 따스했는지 꾸벅꾸벅 졸음과 싸우고 있었다. 그냥 지나칠까 고민하던 평건은 걸음을 돌려 여자아이에게 다가갔다.

"여기서 뭐 하냐, 넌."

코끝에 겨울이 찾아온 듯 새빨간 코를 한 소녀는 익숙한 목소리에 고개를 위로 들어 올렸다. 이런 곳에서 마주쳤음에도 놀랍지도 않다는 듯 대꾸했다.

"그러는 너는."

고개를 다시 강아지들에게로 돌린 장미는 무료한 시간을 달래는 것처럼 보였다. 평건은 소녀의 코끝이 찌르르 벌게진 것이 강아지도, 추운 날씨 탓도 아님을 알고 있었다.

"아저씨. 얘네 어디에 파시는 거예요? 혹시 보신탕집에 파시는 건 아니죠? 그러기엔 너무 어린애들이잖아요."

아저씨는 강아지가 든 철장이 옆에 없었다면, 꼭 노숙자 같은 남루한 차림이었다. 장미는 만지고 싶지 않은지 아저씨의 옷 끝을 붙잡고 연신 흔들어 댔다. 잠을 방해한 것에 아저씨는 잔뜩 짜증을 내었다.

아무래도 성내는 아저씨가 조금 위험해 보여 평건은 장미의 머리카락을 살짝 당기며 가자는 듯 재촉했다. 골목에서 빠져나오자 저물어 가는 노을 때문에 눈이 부셔 둘 다 인상을 잔뜩 찌푸렸다. 장미는 어쩔 수 없다는 표정으로 계속해서 뒤를 바라보며 강아지들에게서 눈을 떼지 못했다.

"하나 사지 그래? 그렇게 갖고 싶으면."

"책임질 수 없으면 함부로 가지면 안 되지. 애냐? 그런 것도 몰라?"

"책임 질 능력이 안 되는 것처럼 이야기하네."

"누나가 논리적으로 설명할 테니까 잘 들어."

"……."

"여기서 데려간 똥강아지가 고급 사료 먹고 좋은 집에서 산다고 해서 잘 적응할지, 혹은 적응 못 해서 스트레스 만땅 받아서 죽을지는 모르는 일이잖아. 하나의 생명을 책임진다는 건 정말 심사숙고해야 하는 일이라고."

책임을 질 수 없다면 작은 생명 하나도 함부로 소유할 수 없다는 장미의 논리가 공감되자 괜스레 짜증이 났다. 같이 걷는데도 자꾸 뒤로 처지는 장미를 돌아보자, 양손에 큰 봉투 두 개가 들려 있었다.

곁눈으로 흘깃 살펴보니 이름 모를 부자재들이 담겨 있었다.

항상 무언가 만드는 걸 좋아했던 장미가 항상 이곳저곳에 발품 팔아 재료들을 구하러 다녔다는 건 인혁에게 얼핏 들어서 알고 있었다.

장미는 대학만큼은 자신이 가고 싶은 과로 진학하고 싶다고 부모님께 열심히 어필 중인 것 같았다. 차후에 그것이 평건의 엄마가 미쳐 있는 일과 비슷한 계열이라는 걸 알고 나서부턴, 장미가 하는 일이 맘에 들지 않았다.

"들어 줘?"

"됐어. 별로 안 무거워. 배고파. 뭐 좀 먹고 가자."

장미가 두리번거리며 치킨 집을 손으로 가리키려던 찰나였다. 평건은 돌아 나오던 골목에서 어딘가를 계속 바라보고 있었다. 장미의 부름에도 대답 없는 평건의 시선은 골목 사이의 작고 허름한 가게에 꽂혀 있었다.

매장문 밖에는 연기가 펄펄 나는 은색 철통 가마가 보였고, 허름한 간판 위로는 시장 설렁탕이라는 문구가 따듯하게 껌벅이고 있었다.

"설렁탕 먹고 싶어?"

장미는 대답 없는 평건을 재촉했다.

"설렁탕 먹을 거냐고. 나 배고파. 어디든 빨리 들어가자."

"아니."

"그럼 뭐. 빨리 말해."

"아무 데나 가."

"그럼 저기 시장 통닭 먹자."

평건은 앞서가는 장미를 뒤따라 부지런히 걸었다. 겉으로 보기엔 통닭집은 매우 허름해 손님이 있을까 하는 의문이 들었지만, 막상 안에 들어가 보니 사람들로 북적거렸다. 장미는 문 밖에서 안을 살피다가 얇은 철문을 옆으로 밀고 들어갔다.

서리가 끼어 있는 미닫이문 바로 옆으로 달린 주방엔 빈 치킨 상자들이 겹겹이 쌓여 있었다. 장미가 두리번거리며 찾아낸 빈자리에 성큼성큼 다가가 털썩 앉자 그제야 머뭇거리던 평건도 함께 착석했다.

서빙을 보던 아주머니가 두 사람 앞으로 다가와 물수건 두 개와 포크 두 개씩을 놓아 주었다. 그리고 시원해 보이는 하얀 무와 국물이 찰박거리는 그릇을 내려놓았다.

"반반 먹을 거야?"

아주머니는 교복 차림의 두 사람을 다정한 눈길로 쳐다보며 물으셨다.

"네! 그렇게 주세요! 콜라도요!"

장미가 활발하게 대답하자 아주머니는 바쁘게 볼펜으로 주문지에 체크하고 뒤돌아 주방으로 갔다. 장미는 물컵에 물을 따라 톡 하니 평건의 앞으로 내밀고는 물수건을 펼쳐 손을 닦았다.

비가 오려는지 장미의 머리카락이 오늘따라 더욱더 부스스했다.

"넌 어릴 땐 너희 엄마 닮아서 참 해맑았는데, 크면서 점점 아버지를 닮아가더라."

"……."

"어머니는 어디 계셔? 요즘도 많이 바쁘셔?"

"여기 어디 돌아다니고 있겠지."

턱을 괴고 시큰둥하게 대답했다. 평건은 이리저리 둘러보다 몇 번이고 뒤를 돌아 사람들이 지나다니는 골목길을 바라봤다.

"아줌마 보고 싶다. 우리 어릴 때는 자주 뵀는데, 요즘은 부모님 따라 어디 모임 가면 너희 아버님만 보이더라."

오래 지나지 않아 주문한 치킨이 두 사람 앞에 놓였다. 평건은 뒤늦게 물수건으로 손을 닦았다.

장미는 평건을 제치고 닭 다리를 제일 먼저 집어 들더니 소금을 콕 찍어 한입 베어 물었다.

평건은 문득 인혁이 생각났다. 치킨을 참 좋아하는데……. 장미랑 이렇게 둘이 먹고 있자니 괜스레 미안한 마음이 들었다. 인혁은 해장국보다 흰 무 국물이 더 시원하다고 했었다. 그래서인지 오늘따라 흰 무 그릇이 계속 눈에 밟히는 듯했다.

설렁탕을 먹자고 할 걸 그랬나. 장미가 무심코 설렁탕을 먹자고 할 땐 엄마와 둘의 추억의 음식을 다른 사람과 함께 먹는 게 싫었다. 통닭을 먹으면서도 내내 맞은편에 자리 잡고 있는 설렁탕 집 간판을 눈에 새기고 있었다.

어릴 적, 엄마가 설렁탕은 김치 국물로 간을 해서 먹는 거라고 했었다. 어릴 때는 뽀얀 설렁탕 국물에 김치 국물을 부어 먹는 것이 참 이상했다.

“무슨 생각 해? 별로 맛없어?”

“아니, 별거 아니야.”

백장미 입안에서 닭 날개 뼈가 톡 하니 나와 앞 접시 위로 던져졌다.

“아주머니가 참 바느질하는 걸 좋아하셨어. 나 어릴 때 떠 주셨던 스웨터 아직도 갖고 있는데. 아마 인혁이랑 너랑 나랑 셋이 똑같은 거 갔고 있을걸?”

자꾸만 자신의 가족 소식을 궁금해하는 장미에게 평건이 톡 쏘았다.

“너는 언제까지 시장통이나 들락날락할 건데.”

“어차피 대학 입학해도 유학은 보내질 거야. 그럼 나는 계속 공부만 해야겠지. 하지만 나는 이 바닥에 있어서 현장이 제일 중요하다고 생각하거든. 지금부터 열심히 익혀 두려고.”

장미는 포크를 들고 개척자처럼 번쩍이는 눈빛으로 말했다. 그러든 말든 평건은 고개를 숙이고 이번엔 양념이 묻은 닭 다리에 집중했다. 다만 고소해서 맛은 있는데 왠지 입안에서 겉돌고 있는 기분이었다.

장미는 양손에 양념을 묻혀 가며 미래에 대한 꿈과 희망 그리고 계획을 장황하게 설명해 나갔다. 평건은 흰 무와 국물이 담긴 그릇을 수저로 휘적휘적 젓다 떠먹다를 반복하다 귀찮다는 듯 대꾸했다.

"네가 시장 바닥에서 원단 고르는 일이나 할 위치의 사람이야?"

입안이 괜스레 꺼끌꺼끌했다. 장미는 대답을 하려다 말고 평건의 표정을 유심히 살폈다.

"너 요즘 꽤 날 서 있다?"

"……."

"야, 좋아하는 거 하면서 살아야지. 한번 사는 인생인데 왜 이렇게 잔뜩 꼬여 있어. 질풍노도의 반항심은 부모님한테 표출해야지 꼭 이렇게 친구한테 해야겠어?"

공격적인 대사에도 불구하고, 장미는 화를 내지 않았다. 그저 자신에게 꼬여 있다는 말로 슬쩍 훈계하며 지나갔다. 네가 틀렸어 바보야, 라고 말하기엔 제법 맞는 말이었다.

어느새 치킨이 가득 담겼던 접시가 텅 비었다. 장미는 트림을 꺼억 하고 잘 먹었다 인사를 한 뒤 먼저 밖으로 나갔다. 평건은 먹던 치킨을 꾸역꾸역 다 먹고 일어나 계산을 했다.

"여기 잔돈이요, 감사합니다."

아주머니는 학생이 내미는 돈에도 감사하다며 허리를 굽히셨다. 평건은 누군가에게 허리를 굽히는 일이 낯설었다. 결국 어정쩡하게 고개를 한번 숙이곤 밖으로 나오니 차가운 공기가 발목을 감쌌다.

장미는 어디론가 통화를 하며 앞장서서 바쁘게 걷기 시작했다. 주변은 아까와는 다르게 어두워져 있었다.

매장이든, 좌판이든, 주황색 등을 최대한 밝게 켜 밤에 방문하는 쇼핑객들을 맞이할 준비를 했다. 장미는 앞서 빠르게 걸어 시장통을 빠져나가고 있었다.

길가로 먼저 다가선 장미는 연신 자신이 들고 있는 봉지들을 살피며 빠진 것이 없는지 샅샅이 체크했다.

"우리는, 아마도 못 할걸……."

"뭐? 안 들려! 빨리 와!"

"우리는 하고 싶은 일은 못 할걸……."

혼자서 중얼거리는 처연한 외침은 소녀에게 닿지 못했다.

장미는 중얼거리는 평건이 답답하다는 듯 얼른 오라고 손짓을 했다. 평건은 길가에서 비상 깜박이를 켜고 자신을 기다리는 차를 가리켰다.

함께 갈 거냐는 질문을 하려던 차에 장미는 누군가와 통화를 했다. 짧은 통화를 마친 장미는 누군가를 찾는 듯 두리번거렸다. 곧 하굣길에 본 오토바이를 탄 남자가 나타났다. 오토바이 뒤에 가볍게 타 평건에게 손을 흔들어 보이며 떠나 버렸다.

인혁과 만날 거라는 얘길 했다면 장미가 남았을까. 그 점이 살짝 마음에 걸렸지만, 장미는 이미 떠나 버린 후였다. 그래서 조금 후 차를 타러 온 인혁에게도 굳이 장미를 만난 이야기를 하지 않았다.

날이 본격적으로 추워지기 시작한 어느 주말이었다.

동이 트기 전, 징징 울리는 전화기를 들자 인혁의 다급한 목소리가 들렸다.

급하게 연락을 받고 나온 평건은, 목도리를 칭칭 둘러매고 뚱한 표정으로 그네에 앉아 있었다.

인혁이 호출한 곳은 자신들이 사는 동에서 조금 거리가 있는 초등학교의 놀이터였다. 제아무리 연기를 한다 해도 별일 아닐 것이 뻔했다. 곧이어 인혁에게 연락을 받은 건지 장미 역시 졸린 눈을 비비며 다가왔다.

"얘는 새벽부터 전화로 왜 이러는 거야."

"글쎄……."

"아 졸려, 왜 이렇게 안 와!"

평건은 관심 없다는 듯 모래만 툭툭 발로 차며 무료함을 달래고 있었다.

장미는 비어 있는 그네 옆에 설치된 펜스에 걸터앉아 하품만 쩍쩍 하며 핸드폰을 만지작거렸다.

"넌 밤에 잠 안 자? 이 시간이면 기상하는 시간인데 왜 하품을 그렇게 해 대."

"이씨. 아침부터 시비야? 아침이니까 하품하지!"

순간 평건의 입에서도 하품이 쩍 나왔다.

"거봐, 지도 하품하면서."

시간이 꽤 흘렀는데도 막상 나오라고 다급하게 말해 놓은 인혁이 곧장 나타나지 않아 비죽 화가 나려던 참이었다. 얼마 후

놀이터 어귀에서 부스럭거리는 소리와 함께 인혁이 나타났다.

한 손에는 김이 모락모락 피어오르는 검은 봉지를 들고 있었는데, 고소한 냄새가 음식을 연상케 했다. 가까이 다가오자 그 냄새가 치킨 냄새라는 것을 깨달았다.

새벽에 도인혁이 치킨 봉지를 들고 나타난 계기는 이러했다.

어젯밤 저녁, 온 가족이 티브이를 관람하던 중, 도우미 아주머니도 퇴근하셨으니 야식을 배달해 먹는 것은 어떠냐는 엄마의 의견에 다들 동의했다.

꼭 돌연변이 닭이라도 온 줄 알았다고 했다. 닭 다리 세 개가 온 순간 인혁은 좋다며 닭 다리 세 개를 자신의 접시 위로 모조리 담았다고 했다.

그날따라 기분이 안 좋던 아버지가 그걸 보시더니 버르장머리를 운운하시며, 평소에 하지 않는 잔소리까지 늘어놓으셨다고 했다. 그날은 부모님의 결혼기념일이셨고, 그걸 잊으신 아버지가 어머니로부터 저녁상을 받지 못했던 날이기도 하다고 했다.

"그래서, 그걸 새벽에 어디서 구한 건데."

"야시장 다녀왔어."

고작 그런 이유로 새벽부터 통닭 봉지를 들고 나타난 인혁의 의도가 내심 의심스러웠지만, 평건은 심드렁할 뿐이었다.

인혁이 눈을 번뜩이며 기다란 허벅지 위로 통닭 포장을 살포시 열어 앞으로 내밀었다. 장미는 닭 다리에 집착하는 인혁을 정신 나간 놈처럼 바라보다, 배가 고팠는지 금세 앞에 쪼그리고 앉아 강아지처럼 달라붙었다.

"나 닭 다리 먹을래."

"너 붕어냐? 방금 내가 집 나온 이야기를 그새 까먹어? 울 부모님한테도 양보 안 하는 닭 다리를 널 왜, 왜?"

"치사하게, 진짜. 좀 주라고. 이거 같이 먹자고 부른 거 아냐, 지금!"

어이가 없다는 표정을 지어 준 인혁은 자신의 무릎에 손을 가지런히 모으고 다리 부위를 기다리는 장미에게 닭 다리 하나를 내밀었다. 야금야금 받아먹으면서도 한 손으로는 핸드폰에서 눈을 떼지 못하고 연신 어디론가 문자를 주고받았다.

"오빠가 주는 거 두 손으로 받아먹어라."

장미는 아니꼬운 표정으로 핸드폰을 겨드랑이 사이에 끼고 치킨을 받았다. 평건에겐 널찍한 부위를 내밀었지만 따로 군말 없이 받아 조용히 씹었다. 호호 불며 먹는 두 사람에 비해, 평건은 관심 없다는 듯 조용히 치킨을 뜯을 뿐이었다.

"이 자식은, 항상 뭘 먹든 이렇게 밥맛없게 먹는다니까."

"왜 먹는 거 가지고 그래. 그래도 마른 것도 아니고 딱 보기 좋잖아."

"너 지금 치킨을 하사한 내 말에 반기 들었냐? 닭 다리 다시 내놔."

이미 살을 모조리 발라 먹은 장미는 인혁의 협박에 동요하지 않고 닭 다리 뼈를 내밀었다. 어느새 포동하던 닭고기는 자취를 감추고 그들의 앞에는 닭 뼈만이 가득했다. 편의점에 들어가 따듯한 음료를 사 온 평건이 내미는 것조차 다 먹어 치운 상태였다.

세 사람은 따듯한 치킨을 모조리 먹어 치우고 그네에 앉아 날이 밝아 버린 하늘 위로 입김을 퍼부었다. 주말인데도 세 사람은 왠지 오갈 데 없는 불량 청소년처럼 보였다.

"그래서 부모님은 아직 화해 안 하셨어?"

평건은 기름기가 아직 미세하게 남아 있는 것 같은 손가락을 유심히 보며 물었다.

"내가 아버지랑 싸우고 집을 나온 마당에 부모님이 화해하는 게 대수냐. 아, 나 내일 또 오디션이라 옷 사야 하는데 미치겠네."

"들어가서 잘못했다고 해."

"내가 다른 건 다 포기해도……."

인혁은 대화에 관심을 기울이지 않고 뒤에 멀찌감치 서 있는 장미를 바라보며 문득 말을 멈췄다. 장미는 연신 핸드폰에서 손을 떼지 못하고, 누군가와 문자를 주고받는 듯 보였다.

"너, 오빠가 말하는데 집중 안 하냐?"

질문은 평건이 했는데, 화살은 엉뚱하게 장미에게 튀었다. 상대가 누구든 평건은 이른 아침에도 문자를 주고받을 수 있는 사람이 있다는 것에 놀라웠다. 장미는 인혁이 그러든 말든 대꾸도

하지 않았다.

"그네 좀 밀어 봐, 장미."

자신의 말은 듣지도 않는 장미에게 인혁은 지치지도 않고 계속해서 말을 걸었다. 무시하고 핸드폰을 계속 만지던 장미는 인혁을 흘깃 보고 한숨을 푹 쉬었다. 그러고는 포기한 채로 인혁의 뒤에 서서 엉덩이를 발로 툭툭 차며 밀었다.

"아이씨. 야, 이게 얼마짜린 줄 알아? 더러워지잖아! 네가 그렇게 무식하니까 남자 친구가 없고 만날 계집애만 달라붙는 거 아냐! 억세서, 어디 뜯어먹고나 싶겠어?"

인혁은 바지가 더러워져서 신경질이 난 것인지, 아니면 바쁜 장미가 자신에게 집중하지 않아서 화가 난 건지는 모르겠지만 어쨌든 버럭 소리를 질렀다.

그것도 남자든 여자든 가리지 않고 고백을 줄줄이 받으며 10대의 마지막을 장식하고 있는 장미에게, 상처가 될 법한 말을 내뱉으면서. 빽 소리 지르는 인혁을 놀란 눈으로 바라보는 장미를 본 인혁의 얼굴도 당황으로 물들었다.

"너 말 다했어? 그러는 너는? 너 어릴 적 사진 내가 다 쟁여놨다가 연예인 되면 퍼트릴 줄 알아! 어디서 옥동자 같은 게."

"뭐? 이게 진짜!"

"아, 그만들 좀 해."

"야. 야. 너처럼 얼굴 갈아 엎은 남자를 여자들이 좋아하는 줄 알아? 아마 알면 도망갈걸! 본판은 옥동자인 주제에! 토 나와 너!

왜, 무릎에 나사 좀 박고 키도 더 늘이지?"

"아오, 이게 진짜!"

"아, 너네들 진짜 그만하라고!"

"아, 쳐라 쳐! 야! 치라고!"

큰 손을 들어 장미의 정수리를 꾹 누르던 인혁의 팔을 평건이 제지했다. 장미는, 발로 모래를 툭툭 차며 신경질을 잔뜩 내고 저만치 멀어져 가는 인혁의 뒷모습을 황당하다는 표정으로 바라보고 있었다. 금세 벌게지는 얼굴에 평건은 두 사람이 아슬아슬하게 줄타기를 하는 것이 아닌가에 대해 곰곰이 생각했다.

"재수 없어……."

식식거리며 숨을 고르던 장미는, 먼발치로 빠르게 사라지는 녀석을 보며 손등으로 눈가를 훔쳤다.

평건은 인혁이 보고 싶다던 모습을, 애석하게도 인혁보다 먼저 관람해 버렸다. 그리고 여자가 울면 섹시하다는 말, 자신에게는 적용되지 않는 것으로 정의했다.

평건은 난감한 얼굴로 장미 앞에 다가섰다. 그리고 뚝뚝 흐르는 눈물을 손가락을 들어 슥 훑었다. 손가락에 묻어 나온 눈물 자욱이 골치 아프다는 듯 평건은 뒷머리를 벅벅 긁었다.

"너, 나랑 사귈래?"

불그락해진 볼이 추워서인지, 혈압이 위로 차올라서인지는 모르겠지만, 그런 장미는 2연타를 날리는 평건에게 황당하다는 표정이었다.

"뭐라고……?"

"이제 오토바이 같은 거 얻어 타지 마. 그거 한다고 인혁이가 너 안 알아줘."

황당했던 표정은 금세 감춰 온 감정을 틀긴 사람처럼 당혹스러움으로 바뀌어 버렸다. 장미는 자신을 관통하고 있는 평건의 눈을 마주치기 힘들어서인지, 다시 핸드폰을 들어 어디론가 문자를 다다닥 보냈다. 자존심이 꽤 두터웠던 여자애는, 마지막까지 솔직하지 못한 자존심을 내세웠다.

"너희 둘 다 미쳤냐? 닭 잘못 처먹었어?"

소리를 빽 지르던 장미도 씩씩거리며 금세 멀어져 놀이터를 벗어났다.

"지름길 알려주는 건데, 바보들."

장미에게 한 말은 고백이 아니라 그저 우리 관계의 진정제가 필요하다는 걸 깨달았기에 한 말이었다.

인혁은 그날 이후로 부쩍 기운을 차리지 못했다. 평건은 며칠 내내 뚱한 표정을 달고 있는 인혁에게 쉽게 말을 걸지 못했다. 무엇이 문제인지 이미 다 알고 있는 것 같아서 모든 것들이 불편하기도 했고, 사실상 귀찮기도 했다.

금요일 마지막 수업 시간이 시작되기 전, 아이들은 지루한 틈을 타 각자 핸드폰이며, 태블릿 PC를 들고 쉬는 시간을 보내고 있었다. 지루하고 무료한 시간 속에 찌들어 있는 피로감이 교실 안으로 둥둥 떠다녔다.

항상 수업이 끝나기 전에 잠에서 깨던 녀석은, 쉬는 시간이 시작돼도 일어나지 않았다. 아이들이 매점을 왔다 갔다 하자 그제야 부스스 일어난 인혁의 눈이 퉁퉁하게 부풀어 올라와 있었다.

평건은 문제집을 풀다 말고, 기지개를 쭉 켜며 말했다.

"저녁에 장미한테 영화나 보자고 해야겠다."

"누구? 우리가 알고 있는 그 백장미?"

"요즘 뭐가 재밌나."

비꼬듯 말하는 인혁의 목소리를 흘려버렸다. 주머니에서 핸드폰을 빼 들어 곧장 이리저리 인터넷을 뒤적거렸다. 인혁은 아직 풀리지 않은 나른한 눈동자로 평건을 보고 있었다.

평건은 자신을 바라보는 인혁의 눈빛이 어떤 의미를 담고 있는지, 얼마나 혼란스러운지 알고 있었다. 하지만 왠지 더 괴롭히고 싶다는 생각이 들었다.

파블로프의 개처럼 인혁은 '장미' 라는 말에 반응하고 있지만, 도발에 호락호락 넘어오지는 않았다.

"넌 걔랑 영화가 보고 싶냐?"

"왜, 장미 정도면 예쁘지, 몸매 좋지. 어디 데리고 다니기 꿀리진 않지."

평건은 심드렁하게 대답하며, 영화를 하나 골랐다. 인혁은 핸드폰 위를 열심히 움직이고 있는 평건의 손가락을 따라 화면으로 고개를 쑥 디밀었다.

평소엔 액션 영화, 혹은 좀비물 아니면 공포물만 좋아했던 자신이었지만, 오늘만큼은 본 적도 관심도 없었던 잔잔한 로맨스 영화를 선택했다. 인혁이 보고 있는 와중에 평건은 곧장 지갑에서 카드를 꺼내 예매버튼을 누르고 결제창에 들어갔다.

"뭐 볼 건데……?"

"빠져라. 오늘은 둘이 보게."

"뭐?"

녀석은 허리를 꼿꼿이 세우고 눈에 힘을 주었다. 한층 높아진 인혁의 목소리에 입꼬리가 올라갈 것 같았다. 하지만 평건은 그걸 억지로 끌어내리곤 평상심을 유지하며 의아하다는 듯 물었다.

억지로 감정을 숨기며, 본심을 인정하지 않으려 발버둥 치는 꼴이 퍽 재미있었다.

"왜?"

"뭐가?"

"너 도대체 왜 그러는데."

밀고 당기는 유치한 말장난에 넘어가 멍한 표정으로 자신을 바라보고 있는 인혁에게 기습적으로 질문을 던졌다. 아무 말도 못 하고 질문에 대한 요지를 파악하느라 그저 눈동자만 이리저리 흔들고 있는 녀석을 보고 있자니 꽤 흥미롭기도 했다.

완전한 성인이 된 것만 같은 기분이 온몸을 휘감았다. 친구들이 애들처럼 보이고 유치해 보이기 시작하면서, 모든 사람을 꿰뚫어 볼 수 있을 것 같은 착각 속에서 헤엄치고 있었다.

"……"

"감정 없는 척 자꾸만 초딩처럼 구는 심리가 도대체 뭐냐고."

평건은 결국 짜증이 난다는 목소리로 나직하게 말했다. 인혁은 황당하다는 듯 두리번거리며 손가락으로 자신의 가슴팍을 가리켰다. 그리고 이마를 짚더니 다소 과장스럽게 웃으며 대답했다.

"와씨, 얘가 생사람 잡네. 진짜."

"그럼 신경 끄시든가."

곧이어 수업이 시작되는 종소리에 평건은 핸드폰을 다시 주머니에 꽂아 넣고 바로 책을 펴 들었다. 인혁은 바싹 타들어 가는 입술을 질겅질겅 씹고 있었다.

요 며칠 내내 표정이 뚱하던 녀석의 뒤통수를 한 대 퍽 친 것 같았다. 표정이 밝지 않아 오히려 말을 걸어 달라며 아우성인 녀석을 뒤로하고 평건은 먼저 가 보겠다는 말을 남기곤 가볍게 학교를 나섰다.

깜깜한 저녁이 되자 서늘한 공기가 몸을 휘감았다. 슬슬 카디건을 입을 계절이 왔구나 하는 생각이 들었다. 건조한 일상 때문인지 공기마저 건조한 것 같은 느낌이 들었다.

하교하기 전에 영화 예매를 하고 장미에게 오늘 꼭 할 이야기가 있으니 나오라는 간략한 메시지를 보냈다. 그 이유에 대해선 따로 말하지 않고, 약속 시간은 넉넉하게 영화가 시작하기 30분 전으로 잡았다.

평건은 평소 하지도 않는 짓을 저질렀다. 장미가 나올지 어떨

지도 확실하지 않은 상황에 집으로 돌아가 옷까지 갖춰 입고 나온 것이다. 옷을 갈아입는 동안 평건은 장미의 반응을 상상하며 짓궂은 표정을 지었다.

한층 멋을 내고 영화관 입구에서 서성였고 차가운 메탈 시계는 평건의 팔목에서 번쩍거렸다. 손목을 올려 시간을 확인하니, 영화 상영 시작을 20분 남겨 두고 있었다.

터덜터덜 걸어오는 여자의 모습을 본 평건은 피식 웃음을 지었다. 영화를 보자는 이야기였다면 나오지 않았을 건데, 장미는 할 이야기가 있다는 평건의 말에 결국 속는 셈 치고 앞까지 나온 것 같았다. 그런데 장미의 차림새가 자다 일어나서 나온 사람처럼 꼬질꼬질했다.

"아, 뭔데. 영화 보자고? 안 돼, 나 오늘 약속 있다고."

"추리닝 차림으로 무슨 약속. 너 내가 한 말 생각해 봤어?"

"아~ 그 소리 하시려고 저 부르신 거예요?"

장미는 곧바로 자리를 뜨려 했다. 평건은 생각보다 방어적인 태도에 결국 서론이 아닌 본론부터 내뱉었다.

"야, 가지 말고 들어 봐. 진짜 너희 둘 유치해서 못 봐주겠어."

"유치해서 못 봐주겠다면서, 왜 나를 앞세워 인혁이를 골탕 먹이려는 건데? 넌 나를 앞세워 그저 장난치고 싶은 거잖아."

"뭐?"

"네가 무슨 생각 하고 있는지 이제 알 것 같다. 그런데 있잖아, 차평건. 원래 남녀 관계는 유치한 거야. 그런 수순을 밟고 견

디면서 시작되는 게 남녀 관계라고."

"인혁이도 널 좋아하는 거라고 이미 확신하고 있다…… 이 말이야?"

"인혁이가 날 좋아하는 것이 먼저가 아니라. 내가 그 녀석을 정말 좋아하고 있는지 아닌지 이 혼란한 감정을 정의 내리는 게 먼저야."

분명 장미는 이 질문에 대해 혼자서 꽤 오랫동안 고민했을 것이었다. 장미는 귀찮다는 표정으로 재킷의 지퍼를 쭉 올리며 주머니에 손을 찔러 넣었다.

"차평건, 너야말로 정말 유치하고 못된 거 알아? 지켜봐 주고 응원해 줘야지, 이게 뭐냐? 내가 너랑 사귄다고 해서 인혁이가 질투하면, 나한테 걔가 고백할 것 같은 그런 시나리오였던 거야? 정말?"

"그건……."

"내가 아는 도인혁은 아마 날 포기할 거야."

포기한다는 말에는 많은 의미들이 내포되어 있었다. 무안하게도 장미는 자신이 하는 행동에 대해서 예측을 하고 있었던 것 같았다. 두 사람이 어색한 기류에 휩싸여 각자의 생각에 빠져 있을 때 이미 영화 상영 시간이 지나 버린 듯했다. 손목을 들어 시간을 확인하려던 순간이었다.

장미의 뒤에서 익숙한 목소리가 들렸다. 건물 옆 모퉁이에서 키 큰 인영이 다가왔다. 평건이 기대했던 상황이 벌어지고 말았다. 우연히 지나가다 들렀다고 하기엔 매우 우스운 상황이었다.

"여어— 친구들, 여긴 웬일?"

장미는 놀이터에서 있었던 일에 대한 앙금이 아직도 남아 있는지, 인혁의 목소리를 듣자마자 앙칼지게 소리쳤다. 장미의 분위기가 제법 살벌했지만, 인혁은 어쩌면 그걸 즐기고 있는 것이 아닐까.

"네가 여긴 웬일인데!"

"와, 차평건 옷차림새 좀 봐. 너한테 이런 옷도 있었냐? 와하하."

"……."

인혁은 평건이 한껏 꾸미고 나온 것에 대해서만 놀라워했고, 장미가 소리치는 것에는 반응하지 않았다.

"야, 공사 구분 좀 해라. 가족 같은 애랑 무슨 연애냐? 이 형님처럼 꿈을 좀 찾아서 달려가 보든지. 하물며 장미 이 쪼매난 애도 지 꿈 찾아 달린다고 독립투사처럼 구는데, 넌 도대체 뭐냐?"

조금 전까지만 해도 장미의 말에 아주 작은 미안한 마음이 들었지만, 다시 날 세운 감정이 고개를 들었다.

꿈을 찾아서 달려간다는 말에 서 있는 녀석이 마냥 철부지 같아 보여, 비죽 심술이 솟아올랐다. 가식적이고 폼을 잔뜩 잡는 녀석을 보고 있자니, 기분 나쁘게 껄렁대는 모습이 마음에 들지 않았다.

그래서 더욱더 차분해져 보기로 했다.

"내가 장미랑 영화 보는 것과, 내가 꿈을 찾아 가는 일이랑 도대체 무슨 상관인데?"

"그건……."

"넌 그저 지금 이 상황이 마음에 들지 않아서, 나를 무시하는 걸로밖에는 안 들리는데……."

"그런 뜻이 아니라……."

"아, 그럼 나도 상관없는 이야기 좀 해 볼까?"

인혁의 아차 하는 표정이 눈에 보이지만 않았어도 이렇게 공격적으로 나가진 않았을 것이다. 평건은 기분까지 뒤틀어진 마당에 제대로 괴롭혀 보고 싶었다.

이유 모를 심리에 온몸을 지배당해, 철저하게 삐뚤어진 채로 친구들과의 관계가 악화되는 길을 향해 달려가고 있었다. 평건은 일부러 최대한 자극적이고, 비정상적인 말을 골라 내뱉었다.

"나 얘랑 자도 되냐?"

그 순간 인혁의 이성이 툭 끊어진 것이 느껴졌다. 인혁은 인상을 쓰며 평건의 멱살을 거칠게 잡아당겼다.

"이 새끼가 진짜! 적당히 해라……."

"야, 니들 그만 못 해?"

멱살을 잡는 인혁의 행동에 평건의 불쾌한 기분이 최고조에 달했다. 평건은 인혁의 손을 쳐 내고 옷을 탁탁 잡아 내려 주름을 폈다. 그러고는 굳은 표정으로 자신을 바라보는 두 사람을 가만히 응시했다.

옷깃 정리를 다하곤 장미를 차갑게 내려다보며 두 팔로 그 작은 어깨를 잡아 인혁을 향해 돌렸다. 손바닥으로 툭 밀어 인혁의 앞으로 장미를 보내자 마른 몸이 인혁의 앞으로 떠밀려 갔다. 장미는 당황한 듯 평건을 뒤돌아 바라봤다. 유난히도 창백한 표정에 두 사람은 적응하지 못하고 있었다.

"가족 같은 애라고? 어차피 우리 셋 다 집안 망하지 않는 한 나중에 한 이불 덮게 될지 어떻게 알아. 안 그래? 백장미가 네 와이프가 될지, 1반 김수미가 내 와이프가 될지, 어차피 돌고 돌 예정이잖아, 우리들."

손바닥에 묻지도 않은 먼지를 툭툭 털어 냈다. 무언가 털어 내고 싶은, 표현하기 힘든 감정들이었다.

"너 말 다했어?"

인혁은 평건이 내뱉는 차가운 말들에 충격을 받은 것처럼 웅얼거리듯 대답했다.

"우리들 사이에 감정싸움 같은 게 도대체가 왜 필요한 건데. 너무 무의미한 짓들이야. 어차피 우리 하고 싶은 거 하면서 못 살아. 바보냐?"

"차평건……."

"시간 낭비하지 마. 되는 대로 하고 싶은 거 빨리하고 살아라. 어차피 사람 관계도 우리 맘대로 안 될 건데. 지금이라도 즐기라고."

"……."

"차평건."

"왜, 모텔방이라도 잡아 줘?"

"……."

우리에게 감정이란 불필요한 것들이라 생각했다. 그런 일상이었다. 마음속 텅 빈 공간에 채워지는 건 불만과 염세, 그리고 비관적인 생각들뿐이었다.

친구들은 자신이 가리키는 방향이 잘못된 것이라 했다. 하지만 인정하고 싶지 않았다. 자신이 가는 방향이 옳은 것이라 믿고 싶었다. 그렇지 않으면 억울한 마음에 주저앉아 아이처럼 엉엉 울어 버릴 것만 같았기 때문이다.

"꿈 같은 소리 하고 있네. 꿈 찾느라 바빠서 감정에 솔직해지는 게 어렵냐?"

인혁은 장미를 끌어당겨 자신의 뒤로 숨겼다. 인혁은 친구로부터 받은 상처와 혼란으로 뒤범벅된 표정이었다. 이제야 상황을 직시한 것일 터였다.

평건은 습관적으로 손을 탁탁 털며 뒤돌아섰다. 두 사람은 자신을 쓰레기를 보는 듯한 표정으로 보고 있었다.

그 이후로 세 사람은 서로 부딪히지 않았다. 절대로 뱉지 말아야 할 불편한 현실에 대해 입 밖에 뱉어 버린 평건으로 인해, 모든 관계들이 허무하게 손안에서 흩어졌다. 그들은 그저 학업에 열중했고, 평건의 말대로 그들은 부모들의 설계대로 대학에 진학

했다. 그렇게 우리는 각자 미래에 대한 불안정한 심리를 품은 채로 성인식을 맞이했다.

우리가 다시 만난 곳은 어머니의 장례식장이었다.

그날은 겨울비가 추적추적 내리던 날이었는데, 평건은 꿈인지 현실인지를 분간하기가 어려웠다. 자신의 몸에 검은 장례복이 입혀지고 있었다.

미래에 대한 꿈들과 생각들이 성숙하게 익기도 전에 어머니는 먼 길을 떠나셨다. 사실 평건이 믿을 사람은 엄마 한 사람뿐이었다. 대학에 가도 자신이 하고 싶은 일을 할 순 없었지만, 말로라도 자신의 꿈을 응원해 줄 사람은 엄마뿐이라 생각했다.

아버지는 어머니가 죽은 후 정확히 3일 동안 회사에 나가지 않고 집에서 조용히 쉬셨다. 어떤 생각을 가졌고, 얼마나 깊은 슬픔에 잠겨 있었을지에 대해선 아무도 모를 일이었다.

형은 엄마가 돌아가시던 날에 외국에서 유학 중이었는데, 아버지의 돌아오라는 이야기에도 학업을 핑계로 결국 돌아오지 않았다. 학업을 모두 완벽하게 마친 후에야 이루어 놓은 것들을 들고 아버지의 회사로 돌아왔다.

엄마가 죽었다는 것에 대한 실감이 와 닿지 않았다. 배 다른 어미도 아닌, 배 아파 낳은 제 어미가 맞는데도 불구하고, 집안의 모든 사람들이 엄마를 이미 없는 사람 취급했기 때문이었을까. 집안사람들조차 장례식에 참석하지 않았다.

집안사람들은 장례식에 참석하지 않았다. 그저 아버지의 눈치를 보기 급급했다.

장례식은 통곡 소리 하나 없이 조용히 치러졌다.

그날은 한 번도 본 적 없는 외할머니의 얼굴을 뵀던 날이기도 했다.

할머니는 엄마를 쏙 빼닮은 나를 보시더니 울음을 꾹꾹 참으시며 연약하고 노쇠한 어깨를 바들바들 떨고 계셨다. 연신 '불쌍해서 우짜노.' 라며 우셨다.

그것이 죽은 자신의 딸을 향한 말인 건지, 아니면 처음 보는 딸의 아들 향해서 하는 말인지는 가늠하기 어려웠다.

주름이 자글거리고 농사 일로 손이 퉁퉁하게 굳어 있는 할머니의 손이 자신의 손을 잡아 주었지만, 그때는 그 따스함을 미처 알지 못했다.

많은 손님들이 오갔다. 그래서 더 고개를 꼿꼿하게 들고, 사람들을 의젓하게 맞이하려 마음먹었다. 하지만 그도 오래가지는 못했다. 오가는 손님들이라곤, 외갓집 친척들과 소소한 엄마의 지인들뿐이었기 때문이다.

그 외에 나타난 것은 장미와 인혁이 전부였다. 삼 일 동안 장례식에서 물 마시는 것 외엔 식사를 거의 하지 못했다. 깊고 무거운 슬픔에 잠식당해 모든 것들이 온몸을 짓누르는 기분에 자꾸만 숨이 막히고 토기가 올라왔다.

두 사람은 조용히 장례식장에서 할머니를 도와 일을 해 주었다. 각자의 집에서 돌아오라고 재촉해도 그들은 쉽게 돌아가지 않았다.

장례식이 다 끝나고 나서도 평건은 장례식장에서 쉽게 발을 떼지 못했다.

바쁘다며 새벽부터 집을 비우기만 했던 엄마를 원망하는 마음이 막판에 솟아오를 건 또 뭐람. 분노에 절어 눈물도 쉽게 흐르지 않았다. 인혁과 장미가 다가오자, 평건은 정신 나간 사람처럼 실실 웃었다.

"개그 콘서트 같다. 니들 그거 알지. 그, 일요일 저녁 9시에 하는 거…… 하하……."

장미는 붉어진 눈시울, 인혁은 여전히 영화관 매표소 앞에서 자신을 미친놈처럼 보던 그 혼란스러운 눈빛이었다.

자신을 벌레처럼 봐 주길 원했기 때문에 인혁의 표정이 퍽 마음에 들었다.

무엇이 그리도 웃긴지, 평건은 정신 나간 사람처럼 웃다가 뒤로 넘어지려 하는 몸을 벽을 짚어 지탱했다. 장미가 비틀거리는 평건에게 다가서려 하자, 인혁이 팔로 장미를 막았다.

"아하하, 잠시만. 배 아파, 후."

"……."

"그러니까, 고작 스무 살짜리가 깨달은 거야."

"……."

"가진 게 많아도 영원히 살 수 없고! 이렇게 구질구질하게 살다 갈 수도 있다는 거!"

배를 잡고 웃으며 눈물까지 흘리는 평건을 본 두 사람은 마주 웃어 주지 못했다. 사나운 평건의 목소리에 장미는 겁을 잔뜩 집어 먹은 듯 보였다.

할 수 있는 게 아무것도 없는 제 인생이 한심해 평건은 주먹 쥔 손으로 벽을 쾅 내리쳤다. 뼈가 으스러지는 것 같은 고통이 느껴졌다. 그럼에도 해결되는 것은 하나도 없음에, 평건은 더욱 더 깊은 절망 속으로 빠져 들어갔다.

벽에 기대 울다 웃는 차평건, 그를 미친놈 보듯 보는 인혁, 그에게 아주 작은 모성애를 느끼는 장미. 그들의 20대는 또래의 20대보다 조금 더 일찍 성숙해야 했다.

평건은 오랜 시간 잊었던 기억들이 꿈에 떠오르고 있다는 걸 알고 눈을 뜨려 애썼다.

퍼석퍼석한 이불보가 오랜 출장의 피로를 삼킬 듯 평건을 일어나지 못하게 만들었다. 얼마만의 늦잠인지, 이미 잠은 달아났지만 눈을 뜨고 싶지 않았다.

집에서 독립을 하기까지 꽤 오랜 노력과 시간이 걸렸다. 서울의 풍경이 한눈에 보이는 고층이었다.

일이 끝나고 들어와 씻고 불을 끄고 침대로 다가갈 때면 화려한 서울 야경이 방 안을 비집고 들어왔다. 그러나 아무리 화려한 야경이 비집고 들어온다 해도 방 안은 더욱 고요했고 왜인지 더

외로웠다.

◈

꿈과는 다르게 늙어 버린 몸으로 침대 위에서 찌뿌둥하게 기지개를 켰다.

과거의 기억이 꿈으로 되풀이되는 날들이 요즘 들어 부쩍 자주 이어졌다.

그날 이후의 인생은 불 보듯 뻔했다. 무미건조한 일상과 호기심 없는 삶들의 연장선. 그 누구도, 단 한 명도 그런 심심한 삶을 송두리째 흔들지 못했다.

눈을 비비고 침대 옆 탁상 위에 있는 핸드폰을 들어 아직 오전 6시밖에 되지 않았음을 확인했다. 돌아온 계절은 새벽부터 후덥지근한 열을 뿜으려 시동을 걸고 있었다. 천장 위로 달린 에어컨을 향해 리모컨을 눌렀다.

건조하고 차가운 바람이 습도 높은 방을 서서히 말려 주고 있었다. 밤새 습도 높은 열기에도 에어컨을 틀고 잠들지 않았던 이유는, 그녀의 생활 방식을 느껴 보고 싶어서였다.

핸드폰 달력을 열어 숫자를 확인했다. 빼곡하게 들어찬 스케줄 중에서도 제일 위를 차지하고 있는 내용이 있었다. 제목은 알파벳 대문자로 U. 그리고 d+610일.

손으로 잡지 못하고 허공으로 흩어지는 입김처럼 사라진 유지안이 잠수 탄 지 1년은 훨씬 넘었고, 2년이 다 되어 가는 것을 확인하자 괜히 몸이 축 처졌다.

여자를 처음 만났던 날은 팀장으로 승진하고 처음 주주의 명단에 올라갔던 날이기도 했다. 어색한 5:5 가르마에, 회사에서 론칭한 슈트를 억지로 꾸역꾸역 입었던 날이 떠올랐다.

그 슈트를 입고 길고 길었던 기념행사를 끝내자마자 답답한 마음에 하청 업체의 사장님을 뵈러 갔다. 팀장으로 승진하기 전엔 자신이 동대문에 들락거려도 누구 하나 참견하지 않았다.

하지만 승진하고 나자 더 이상 사사로운 외출조차 쉽게 허락되지 않았다. 팀장으로서는 처음이자 마지막일 동대문 방문에서 그녀를 처음 만났다.

여자가 작은 손으로 설렁탕을 떠먹는 모습이 누군가를 연상케 했다. 더운 날에 뜨거운 설렁탕을 먹고 싶었을까. 분명 싫었을 테지. 하지만 마지막으로 먹는 시장 설렁탕일지도 모른다는 마음에 이기적인 선택을 했다.

그녀는 이마에 땀이 맺히고 목덜미의 잔머리들이 젖어감에도 열심히 수저를 올리며 군말 없이 먹었다.

평소에 바라보던 주변 인물들과는 다르게 유지안은 매 순간이 항상 아슬아슬해 보였고 처절해 보이기도 했다.

자신이 갖고 있던 못된 심리가 또 올라왔던 걸까, 괜스레 괴롭히고 싶었다. 잠시나마 그런 생각을 했던 자신에게 분명 누군가 벌을 주고 있음이 틀림없었다.

감정과 감성 따윈 취급하지 않았던 남자의 일상 속으로 파고든 여자의 존재가 불편했다. 어쭙잖은 감성을 내세워 그녀 앞에 나설 자신이 없었다. 아니, 이런 감정들이 일상에 파고드는 게 처음이라 쉽게 정의 내리지 못하고 있었던 자신이 바보였다.

유지안의 볼이 하도 찹쌀떡 같기도 하고, 오밀조밀 말하는 입술이 귀여워서 본능적으로 입을 맞췄던 날까지 연달아 떠올랐다. 곰곰이 생각해 봐도 정의할 수 없는 감정들이 더욱 가슴을 조였다.

자신이 사는 세상으로 넘어오지 말라며 살벌하게 말하던 작은 입술. 미세하게 떠는 꽉 쥔 손이 부서져 버릴 것만 같아 무서워 잡지 못했다.

궁금증만 잔뜩 올라오게 했던 그 유지안은, 거무튀튀한 그을음을 뒤집어쓰고 잔뜩 겁을 먹은 강아지처럼 도망쳤다.

도망이었을까, 아니면 자신이 놓친 것이었을까. 가 봤자 어디까지 가겠어. 그래 봤자 후회하고 돌아오겠지.

근데 끝까지 달려가 잡지 못한 것에 대한 후회는 도리어 자신이 하고 있었다.

"그럴 거면, 내 차 타지말지……."

누군가를 일방적인 감정이 아닌 조금 특별한 감정을 갖고 바라본다는 것이 이렇게 불편한 것인지 몰랐다.

마음속에서 일렁이는 파도와도 같은 거였더라면, 조금 착하게 살아 볼 걸, 아니 조금만 인간관계에 있어 훈련을 좀 하고 살아

볼 걸 하는 후회를 한 아름 안았다.

"처음부터 싫다고 밀어내지 그랬냐……."

평건의 피곤하고 갈라진 음성이 조용한 방 안을 울렸다. 감성과 감정이 무엇인지, 그것들이 뒤늦게 몸 안에서 피어오르는 순간이었다.

Chapter 5

지구 끝

미사를 보는 곳인지, 여느 흔한 시골집 거실 풍경인지 가늠하기 어려웠다. 투박하지만 오래된 옹이 나무가 바닥을 촘촘히 메우고 있었다. 지안은 주방에서 가지고 나온 콩나물 바구니를 바닥으로 털썩 내려놨다. 푸른빛이 감도는 콩나물이 일정 간격으로 거칠고 건강하게 자라 있었다.

화면이 볼록한 티브이 화면은 누가 보면 아직도 작동되는 거냐며 신기해할 정도로 오래된 제품이었지만, 나름대로 멋이 있다며 위로했다.

"호호, 그러니까요. 그때는 너무 어렸고 뭐랄까 남자 친구랑 싸우면서 이불킥 할 일이 많았다니까요."

바람결에 창문이 크게 흔들리는 소리에 티브이에서 흘러나오는 여배우의 목소리가 간헐적으로 들렸다. 인위적인 방청객들의 환호 소리와 웃음소리가 왁자지껄하게 거실 마룻바닥을 울렸다.

여름이면 나무 바닥이 시원했지만, 밤이 되어 추위가 찾아오면 보일러를 돌려도 온기가 쉽게 찾아오지 않는 노후한 집이 걱정이었다. 털어서 콩나물 껍데기를 어느 정도 걸러 내고 못난 것들을 손으로 집어냈다.

가스레인지 위에서 펄펄 끓어오르는 큰 냄비 뚜껑을 열었다. 잘 솎아진 콩나물을 몇 주먹 넣자 뜨거운 열기가 훅 위로 치솟았다. 지안은 콩나물을 잔뜩 구겨 넣고는 불을 살짝 줄이고선 다시 마루로 나왔다.

얼마 전부터 콧물이 비죽비죽 새어 나오는 걸 보니 감기가 찾아오려는 모양이다. 지안은 낮이면 아직 후덥지근해도 밤이면 오들오들 추울 만큼 온기가 내려가는 시골 날씨를 상기했다.

지안은 밖으로 서서히 노을이 지며 땅거미들이 내려앉기 시작하는 걸 내다봤다. 구석에 있던 난로 입구를 열어 쌓아 둔 장작을 몇 개 집어넣었다.

이번엔 구석에 불려 놓은 마늘 차례였다. 동네 아저씨가 망태기에 잔뜩 담아다가 지안에게만 특별히 주는 거라며 실어다 주셨다.

한 망에 5천 원. 얼핏 5키로는 족히 되어 보이는데, 가격은 5천 원밖에 하지 않았다. 그래도 감사하다며 지안은 넉살 좋은 아저씨에게 항상 예의 바르게 인사했다.

대강 불린 마늘이 담긴 큰 통을 티브이 앞으로 질질 끌어왔다. 느긋하게 앉아서 장작이 타오르는 열기에 몸을 녹이며 마늘을 깔 것을 생각하니 이것이야말로 최적의 근로 조건이 아닌가 싶었다.

"제가 기억하기 싫었던 연애시절의 최악의 기억은요."

두구두구두구. 효과음이 흘러나왔다. 방청객과 엠씨들은 정답이 감춰진 패널에서 부드럽게 종이를 떼며 굉장히 놀랍고 이해할 수 없는 단어를 봤다는 표정을 지었다.

"네, 맞아요. 우산 있는데 일부러 비 맞은 거예요. 어느 비 오는 날, 남자 친구랑 싸우고 돌아서는데 갑자기 비를 맞는 모습을 보여 주고 싶더라고요. 아련해 보일 거 같기도 하고. 그래서 비를 흠뻑 맞고 가는데 남자 친구가 손목을 잡아 돌려세웠어요. 그런데 글쎄, 가방에서 우산이 튀어나온 거 있죠. 진짜 방송에서 이런 말 하긴 그런데 쪽팔렸어요. 지금 생각하면 이불킥이죠."

입을 가리고 쪽팔리다는 말을 내뱉는 여배우에게 방청객은 탄성인지 야유인지 모를 소리를 질러 댔다.

"네가 진짜 이불킥을 모르는구나……."

아까부터 잠자코 여배우의 과거 연애담을 듣던 지안은 중얼거리며 탄식했다.

내 이불킥은 뭐였더라. 바보같이 다들 알고 있었던 내용을 혼자 깨달았던 날? 햄버거를 두 개나 포장해 와 혼자 방 안에서 먹다 세상에서 제일 들키기 싫었던 남자에게 소스 묻은 볼을 보여 줬던 날?

아니면 도망치다 햄버거가 목에 걸려 아무 전봇대나 잡고 콜록이며 다 토해 냈던 날? 그도 아니면 오밤중에 위험 지역 쏘다니다가 불길에 휩싸여 죽을 뻔하고, 살아나 보니 거지꼴을 하고 있던 모습을 보였던 날?

"으씨."

그도 아니라면…….

자신이 오해한 것이었다며, 괜찮다고 쿨하고 멋지게 돌아서면 좋은 결말이었을 텐데. 상대의 앞날에 행복을 빌겠다며 도도하게 굴진 못할망정, 내가 사는 세상으로 넘어오지 말라니. 남자가 무슨 외계인도 아니고. 네 구역 내 구역 따지며 세상 타령은 또 뭐람.

지안은 허벅지를 주먹으로 콱 내리쳤다. 완전 이불킥을 넘어서 허벅지킥 감이었다.

원장수녀님 방에서 아이 우는 소리가 어렴풋이 들렸다. 지안은 마늘을 까던 손을 탁탁 털고 주방으로 가 다급하게 손을 씻었다. 방문을 확 열자 따듯한 공기가 지안의 얼굴을 감싸 안았다.

두툼한 담요 위로 아직 핏기도 채 가시지 않은 갓난아이가 누워 있었다. 앵앵 울어 대는 아이를 안아 올려 익숙하게 흔들었다. 아이가 울다 잠들다를 반복한 지 벌써 나흘째였다.

아이를 포대기에 폭 감싼 뒤 거실로 안고 나와 이리저리 걸어 다니면서 시원한 바람을 쐬게 했다. 수녀님이 알면 뭐라 하실 게 뻔했지만, 방문을 열자 따듯한 바람이 괜스레 답답하다고 느꼈던 탓이었다.

"에구, 답답하지? 세상에, 헤어질 거면 대낮에 볕 좋은 날 헤어지지, 왜 그 추운 새벽에 널 놓고 갔을까."

아이가 알아듣는다며, 함부로 상처 될 말 내뱉지 말라는 수녀님의 말이 곧장 떠올랐지만 어깨만 으쓱였다.

아이의 볼이 벌겠다. 수녀님은 단방에 아토피인 걸 알아보고, 고생 좀 하겠다며 이것저것 아이에게 신경을 써 주셨다. 하지만 지안은 달랐다. 아이를 발견한 수녀님을 두고 조용히 경찰서에 신고부터 해 둔 상태였다.

다시 새근새근 잠이 들자 지안은 아이를 방 안으로 다시 눕히고, 방문을 열어 놓은 채로 주방으로 걸어갔다. 이제 콩나물이 푹 익어 국이 제법 투명한 빛깔을 띠고 있어, 보기만 해도 시원했다.

대략 10인분 정도였다. 평소 보육원에서 식사하는 인원들에 더해 자원 봉사자들이 심한 비로 집에 돌아가지 못하는 날엔 이렇게 양이 조금 늘어나기도 했다.

여기서 고정적으로 머무는 아이들은 두세 명 정도, 나머지는 입양을 기다리거나, 혹은 어릴 적 지안처럼 돌아올 부모들을 기다렸다가 돌아오면 그제야 서러웠던 눈물을 마음껏 쏟아 내며 부모님의 손을 잡고 돌아간다.

"밥바라밥밥밥~"

남색 교복 바지에 하얀 반팔 셔츠를 입은 소년이 현관문에서 신발을 툭탁툭탁 벗으며 들어왔다. 이제 막 고3이 되어서 수능 준비를 한창 하고 있는 녀석이었다.

지안과 비슷하게 녀석 또한 부모님이 데리러 오지 않아, 결국 지안처럼 제 방이 생겨나고야 말았다. 숙소라 불리는 학교처럼 아담하게 세워진 건물에는 아이들이 잘 수 있는 공간들이 있었고, 봉사자들과 원장수녀님이 그곳에서 아이들과 항상 함께하셨다.

소년은 국자를 휘적거리며 간을 보고 있는 지안의 옆으로 다가왔다. 진수는 곧장 옆에 늘어놓은 반찬들을 손으로 집어 먹었다. 언제 이렇게 키가 빠르게 컸나 싶을 정도로 녀석의 어깨가 점점 위로 올라가 이제는 스매싱을 날릴 때면 녀석의 팔뚝을 쳤다.

"학원은?"

"아, 아까 낮에 소낙비 엄청 왔었잖아. 읍내 쪽에 학원 가는 길, 지대 낮은 곳 알지?"

"얘, 손 씻고 집어 먹어!"

반찬을 집어 먹고 손을 씻는 녀석에게 잔소리를 했다. 공부를 제대로 하고는 있는 건지……. 매번 확인하려 해도 이리저리 둘러대는 통에 알 수가 없었다. 진수는 책가방을 구석으로 집어 던져 놓으며 티브이 소리를 높였다.

"거기 물 차서 못 넘어갔어. 학원에 전화하니까 오늘은 오지 말래."

"으이구, 핑계 김에 집에 잘 왔구먼."

교복단추 몇 개를 흩트리며 풀어 헤친 진수가 떡하니 중앙에 퉁퉁 불어 담겨져 있는 마늘을 보며 신경질적으로 물었다.

"아. 누나 또 마늘 깠어?"

"응……."

"아이씨, 이 아저씨가 진짜. 마늘 가지고 여기 들어오지 말라니까 진심 짜증 나네. 내일 읍내 지나가다가 마주치면 한 소리 해야겠어."

넉넉하게 잘 끓여진 국을 국자로 몇 번 휘젓고 뚜껑을 닫았다. 진수는 능숙하게 구석에 접어 둔 큰 밥상 두 개를 양손으로 들고 거실 한가운데 펼치며 잔소리를 늘어놨다. 그리고 지안이 던져 주는 물수건으로 상을 꼼꼼하게 잘 닦았다.

지안은 찬장에 잔뜩 쌓여 있는 국그릇들을 내려놓고, 아이들의 그릇에 먼저 국을 퍼 담았다. 그리고 어른용의 커다란 그릇 몇 개에도 잔뜩 국을 담았다. 그다음 밥을 열심히 푸고 나니 한 상 가득 차려진 그릇들에서 모락모락 따듯한 김이 올라오기 시작했다.

"됐으니까 숙소 가서 봉사자분들 가셨는지 확인하고 애들 데리고 와. 저녁 먹자."

"어. 땅콩은 자나?"

교복을 입은 소년이 빼꼼 열린 방문 사이로 고개를 기웃거렸다.

"깨우지 마, 종일 온몸이 빨개서 보는 것만으로도 죽는 줄 알았다."

아이에게 치근대 잠에서 깰 것 같은 기운이 감돌자 재빨리 나섰다. 그럴 줄 알았다는 표정으로 비죽 웃던 소년이 현관을 나서다 말고 아차차 하며 물었다.

"누나, 혹시 성철이 오늘 학교 갔다 와서 괜찮았어?"

"왜? 별말 없었는데?"

"아니 글쎄, 어떤 자식이 성철이보고 고기 먹어 본 적 없는 애라고 놀렸대. 보육원에서 밥 굶고 산다고 그랬나 봐. 애가 학교에서 많이 울었다고 담임이 나한테 전화를 했더라고. 원장님은 바쁘신지 전화도 안 받으시고……."

"신경 쓰게 해서 미안."

"아, 괜찮아. 밥 차려 줘. 애들 다 몰고 온다!"

진수의 의젓한 뒷모습을 보다, 신발을 꺾어 신은 게 언뜻 눈에 들어왔다.

백 실장은 그렇게 홀연히 사라진 자신의 통장에 퇴직금을 넣어 주었다. 쓰지 않으려 했는데, 진수의 운동화가 너덜너덜한 것을 보니 참을 수가 없었다.

지안은 당장 진수의 손을 잡아끌고 읍내로 나가 비싼 운동화를 사 줬다. 그렇게 꺾어 신지 말라고 했어도 듣지 않던 녀석이, 처음 신발을 제대로 신었다.

서울에서 도망치듯 내려와 보육원에 도착했던 그날은 땅거미가 운동장 위로 빠르게 가라앉을 시각이었다. 수척하고 잘 씻지도 못한 상태에서 양손 가득 짐을 싸 들고 내려온 지안에게 원장 수녀님은 아무것도 묻지 않으셨다.

일주일 정도를 꼬박 앓아누웠었다. 병원 통원 치료가 필요했던 시점이기도 했지만, 시골에서 치료를 받는 것 자체가 쉬운 일이 아니었다. 큰 병원에 가서 치료를 제대로 받지 않으면 나중에 후유증이 남을 거라는 의사 선생님의 말조차도 너무나 형식적이게 느껴졌다.

탓에 자연요법으로 치료하겠다고 고집을 부렸다. 사고가 나고 정신이 없어 경황이 없을 때는 몰랐지만, 종아리에 작은 화상을 입은 건 나중에야 안 사실이었다.

수녀님께 남자에 대한 이야기는 자세히 하지 못했다. 사고를 겪은 일과 일을 그만둔 것에 관해 이야기를 하자, 단번에 남자와의 관계가 틀어진 것까지 짐작하셨던 것 같았다. 꼬박 며칠을 앓아눕고 일어났을 땐, 부쩍 커서 제 옆에 앉아 얼굴을 살피고 있는 진수가 보였다.

서울로 올라간 이후로 얼굴 보기가 힘들다며, 서로의 안부조차도 묻지 못하고 있던 날들이었다.

진수는 '누나 이제 돌아온 거야?' 라는 질문을 연신 해 댔다. 수척해져 폐인이 되어 돌아온 자신에게, 이제 어디로도 가지 말라는 말처럼 들려 마음이 쓰렸다.

지안은 평건이 이곳을 찾아올 줄은 생각지도 못했다. 하지만 그는 지안의 생각과는 다르게 보육원을 종종 찾아왔다.

남자는 원장수녀님께 자신이 괜찮은지, 몸이 정상적인지, 혹은 어딘가 크게 다치거나 후유증이 남았는지 않았는지에 대한 안부만 확인해 주면 다시는 찾아오지 않겠다고 약속을 했다고 했다.

수녀님이 남자를 돌려보낸 어느 저녁이었다.

지안은 건물 뒤에서 숨죽인 채 쿵쿵 뛰는 가슴을 움켜쥐고 있었다. 평건의 검은색 승용차가 정문의 턱을 오르락내리락하며 빠져나갔다.

수녀님은 그제야 웃으며 건물께로 다가와 이제 다시는 남자가 찾아오지 않을 거라 말씀하셨다.

원장수녀님이 저녁 준비를 해야 한다며 제가 있는 쪽까지 오지 않고 자리를 뜨셨던 건, 건물 뒤에서 숨죽여 울고 있던 자신을 모른 척해 주신 것이었다.

그리고 남자는 정말로 더 이상 찾아오지 않았다. 상념에 잠겨 있던 고개를 세차게 흔들고 간질거리던 뒷목을 손으로 슬쩍 긁었다.

남은 반찬들을 상 위에 세팅하자 진수가 몰고 온 아이들을 하나둘씩 안으로 들여보내며 신발을 정리했다. 작은 남자아이가 쭈뼛쭈뼛 조심스럽게 안으로 들어왔다. 아이는 보육원에 들어온 지 얼마 되지 않았는데, 이름은 정원이라고 했다.

'정원 딸린 집에서 살라는 뜻으로 부모님이 이름을 크게 지어 주셨나 보다!' 라고 농담을 던져도 아이는 쉽게 웃지 않았다. 자신의 밥그릇 앞에 앉은 어린 소년은 아직 식사도 제대로 시작하지 못했다.

더 챙겨 주고 더 신경을 써 주면 아이들이 눈치를 보거나 낯설어하는 경향을 보여, 지안은 못 본 척하곤 했다. 진수는 제일 소란스러운 녀석들을 양쪽에 딱 끼고 앉아, 밥 먹을 때 딴짓 못 하게 단단히 붙잡고 있었다.

“오늘은 몇 시에 나가? 야. 흘리지 말고 먹으라 그랬지, 형이.”

엉덩이에 뿔이라도 나오려는지 아이들이 엉덩이를 들썩이며 밥도 안 먹고 뛰어놀고 싶어하자, 상 위의 밥그릇 밖으로 밥풀이 튀어나오기 시작했다. 진수는 그것들을 주섬주섬 손가락으로 집어 먹으며 잔소리를 주절주절 늘어놨다.

“응. 8시까지 가면 돼.”

“데려다줘?”

“자전거 타고 가는데 뭘 어떻게 데려다줘.”

“자전거를 잘 못 타니까 그러잖우. 누나 그거 알바 좀 그만둬라. 내가 야간에 편의점 알바하면 되는데, 왜 그러냐, 도대체.”

“여기만 짱 박혀 있기 너무 답답해서 그래.”

“언제까지 그럴 건데.”

밥 먹을 때 항상 수다가 많았던 아이가 조용했다. 그런 성철을 물끄러미 바라보고 있자, 진수는 성철의 등을 철썩 때리며 허리를 펴게 했다.

"아, 왜 때려!"

"그래야 맷집이 세지지! 그래야 앞으로 그딴 쓰레기 같은 소리 하는 새끼들 얼굴에 주먹 날릴 것 아냐! 맷집만 키워 놓으면 선방도 걱정 없어!"

"좋은 거 가르친다."

지안이 고개를 가로로 흔들며 밥을 가득 떠 입안으로 욱여넣었다. 보육원에 들어온 지 얼마 되지 않은 아이들순으로 지안의 옆에 앉는 게 관습이었다. 괜스레 눈치를 볼까, 혹은 어린 나이에 잘하지 못하는 젓가락질 숟가락질이 무서울까 싶어 배려해 주고 있었다.

아니나 다를까 젓가락질이 어색한 아이가 시무룩해져 눈치를 보는 것이 느껴졌다. 안쓰러운 마음에 지안은 밥 먹던 수저를 놓고 아이의 수저를 들었다.

국을 몇 번 수저로 떠서 밥에 흩뿌리고 슥슥 비벼 한 입, 두 입 떠먹여 주니, 지안의 마음을 아는지 모르는지 아이는 눈물을 글썽이면서도 잘 받아먹었다.

"괜찮아. 숟가락질 못 해도 괜찮고, 밥풀 밖으로 튀어나가게 해도 괜찮아. 닦으면 되니까, 그런 거 신경 쓰지 말고 맛있게 먹어."

"네……."

다시 수저를 아이의 손에 쥐어 주고, 밥그릇에 있는 걸 마저 해치우기 시작했다.

고개를 들어 시계를 확인하니, 벌써 시간이 7시를 가리키고 있었다. 서둘러 밥을 다 먹고 상을 치우자 아이들을 다시 숙소로 데려다주기 위해 진수가 부지런을 떨었다. 설거지를 다 해 놓고 출발해야 하기 때문에 앞치마를 서둘러 맸다. 싱크대 위로 잔뜩 쌓인 그릇들을 꼼꼼하게 닦고 또 닦았다.

일거리가 많고 산처럼 쌓여야만 쓸데없는 생각에 머리채 잡혀 끌려가는 일이 없었다. 적은 인원이 아니었기 때문에 설거지만 해도 한 시간가량은 걸렸다. 싱크대까지 깨끗하게 마무리하고 고무장갑을 벗어 거치대 위로 집어 걸어 놓자, 똑똑 물방울 떨어지는 소리가 온 집 안을 울렸다.

거실 마룻바닥 위로 초등학교에 다니는 아이들 몇 명의 숙제를 봐주는 진수가 보였다. 어느새 갓난아이까지 안방에서 데리고 나와 옆에 눕혀 놓고 자기가 할 수 있는 멀티플레이를 최대한 발휘하고 있는 것 같았다. 그러고 나면 새벽에 아이들이 잠든 시간 학원 숙제를 펼치는 게 진수의 일상이었다.

차라리 보육원으로 돌아와 이런 바쁜 일상 속으로 뛰어든 것이 다행이라고 생각했다. 정신없는 하루가 후딱 지나가고 나면 칠흑처럼 어두운 밤에 잠식되어 곤히 잠에 빠져들곤 했다. 그러다 보면 남자의 덥수룩한 앞머리도, 격식을 차리지 않은 듯한 옷차림도, 남자의 스킨 향도, 그가 잡고 있던 둥그런 운전대도……. 모든 것이 서서히 일상 속에서 흐려져 갔다.

◈

읍내로 자전거를 타고 내달리면 30분. 걸어가면 한 시간가량이 걸렸다.

얇은 청바지에 무늬 없는 티셔츠를 입고 머리카락을 두 손으로 모아 질끈 묶어 올렸다.

방구석에는 큰 짐 가방 두 개가 있었는데, 아직 풀어 놓지 못했다. 몸이 어느 정도 회복된 뒤 가방을 열어 보니 도망치듯 짐을 싼 흔적이 고스란히 눈에 보였다. 바라보기 불편해 다시 지퍼를 닫아 두곤 그 이후로 열지 않았다.

밖으로 나오자 벌써 풀벌레들이 집 주변을 잔뜩 배회하며 날아다녔다. 해가 서서히 지며 어둑해진 시골길을 타고 내려갔다. 비포장도로는 영영 포장이 안 될 예정인지 자전거 바퀴가 울퉁불퉁한 길에 튀어 올라 지안의 엉덩이를 한두 대씩 때렸다.

평평한 평지가 나타나자, 서서히 나타나는 아담한 건물들이 시골 길을 메우고 있었다. 페달을 열심히 밟아 가면 갈수록 건물들은 더욱더 촘촘히 간격을 좁히며 나타났다. 마침내 읍내가 보이기 시작했다. 길도 평평하고 가로등도 환해 가슴을 조이며 어두운 시골길을 내려온 보람이 있었다.

비어비어.

2층짜리 아담한 건물 아래로 빛바랜 간판이 반짝였다. 간판 구석 아래에는 일반 음식점의 문구가 아담하게 박혀 있었다.

지안은 자전거를 전봇대에 바싹 붙여 자물쇠를 빙 둘러 묶었다. 문을 밀고 들어가자 아직 초저녁이라 그런지 한적한 테이블들이 보였다.

“왔니? 밥은?”

“애들 밥 차려 주면서 먹고 왔어요.”

“그랬구나. 나, 마저 좀 먹을게.”

주인아저씨는 이 동네에서 20년을 사셨다고 하는데, 아저씨에 대한 정보는 전혀 알 수 없었다. 결혼을 하셨는지, 혹은 자녀가 있는지에 대한 정보는 전혀 알 수 없었다. 언뜻 다정하게 누군가와 통화를 하는 걸 우연히 듣고는 가족이 있구나, 조심스럽게 추측할 뿐이었다.

아담한 호프집의 메뉴는 단출했다. 생맥주, 아저씨가 제일 잘하시는 열빙어구이, 해물 짬뽕탕이라든지, 닭강정 볶음 정도. 물론 재료를 신선한 바닷가나 항구에 가서 공수해 올 거라는 건 착각이다. 모두 다 냉동 제품. 하지만 맛은 그야말로 일품이었다.

지안은 주방 옆에 딸린 싱크대 앞으로 다가갔다. 옆에 놓인 앞치마를 짱짱하게 펼쳐 허리에 둘러맸다. 호프집은 스무 평 남짓했는데 테이블은 오래된 나무테이블이었고, 칸막이가 고풍스러웠다.

서빙을 하다 보면 손님들 머리만 볼 수 있도록 꽤 높이가 있었다. 가끔 사람이 많을 때는 칸막이의 높이 때문인지 덜 복잡해 보였다. 정중앙에 설치된 벽걸이형 티브이에서는 일일연속극이 끝나자 광고가 흘러나왔다.

주방장을 겸하고 있는 주인아저씨는 구석진 테이블에 앉아 밥을 다 드셨는지 후다닥 일어나 테이블을 정리했다. 큰 통에 물을 담아 테이블마다 있는 재떨이에 물을 조금씩 흩뿌렸다. 말라비틀어진 휴지가 물을 머금고 금세 촉촉하게 젖어 담뱃재를 맞이할 준비를 했다.

"덥지? 커피 줄까?"

"제가 탈게요. 얼음 없이 타요?"

"응. 나는 얼음 있으면 뭔가 볼이 시리더라."

이곳에서 일한 지 1년이 훌쩍 넘어가고 있었다. 시간이 제법 빠르구나 하며 고개를 끄덕였다. 석 달 정도를 폐인처럼 앓아눕다 일어나다를 반복하다 이러다가는 안 되겠다는 생각에 알바 자리라도 알아볼까 해서 인터넷을 뒤적였다. 시골에서 장사하시는 분들이 따로 알바가 필요했을 리 만무했고, 필요하다 해도 아는 집 자식 데려다가 알바비를 줘 가며 일을 시켰을 터였다.

더운 여름날 밤, 진수를 마중 간다는 핑계로 읍내에 나왔다가 가게 앞에서 밤하늘을 보며 담배를 뻐끔뻐끔 피우시는 아저씨를 발견했던 날이었다. 무슨 용기였는지 모르겠지만, 그냥 다짜고짜 인사도 없이 혹시 알바 필요하지 않으시냐고 물었던 것이 떠올랐다.

"하하."

"얘가 날이 더워서 실성한 건가? 뭐가 그렇게 웃겨."

커피를 마시던 주인아저씨는 의아한 듯 물었다.

"황당하지 않으셨어요?"

"뭐가?"

"저 처음 채용하셨던 날이요. 완전 황당하셨을 거 같아요. 다짜고짜 와서 알바 필요하냐고 묻질 않나."

아저씨는 그날에 대한 이야기를 꺼내는 지안을 보며 웃으셨다. 사실 이제 와서 느낀 거지만, 이곳은 딱히 아르바이트가 필요하지 않았던 가게였다.

매번 오던 손님들뿐이었고, 그 손님들조차 각자 알아서 먹고 계산하는 그런 전형적인 시골 호프집이었다. 지안은 가장 바쁠 것 같다고 생각한 가게 앞에 서서, 되면 되는 거고 아니면 아니라는 생각으로 툭 하고 낚시 같은 대화를 던진 것이었다.

"어서 오세요!"

드르륵 열리는 문으로 남자 세 명이 들어왔다. 노닥거리는 일은 그만두고 지안은 쟁반 위로 물수건, 그리고 뻥튀기와 얼음물을 함께 담아 테이블로 다가갔다.

"지안이 안녕."

"지안이 하이."

"지안이 곰방와."

인근에 큰 기업이 부지를 사서 공장을 하나 세웠다고 들었다. 부지에는 자동차를 만드는 공장이 들어섰고, 그곳엔 청년들이 너도나도 시골 일을 마다하고 취직을 했다. 하지만 젊은 친구들은 낡은 호프집보다는 조금 더 세련되고 에어컨이 시원한 신식 음식점에 들락거렸다.

남자 셋은 형제였는데, 시끄럽고 복잡한 데는 딱 질색이라며 이곳에 자주 찾아왔다. 삼 형제의 말이 한꺼번에 터져 나올 땐 그 어느 곳보다 복잡스러웠지만, 정작 본인들은 모르는 것 같았다.

이름을 알게 된 건 하루는 첫째, 하루는 둘째, 하루는 셋째가 계산을 하며 내민 카드를 보고 나서였다. 일한, 이한, 삼한. 주인 아저씨는 심오한 숫자라고 놀려 대셨지만, 삼 형제는 부모님께서 심사숙고 끝에 두통약까지 먹어 가시며 지은 이름이라며 열변을 토했다.

"우리, 생맥주 세 개랑 짬뽕탕 주라. 오늘 식당 밥이 우엑이어서 밥을 못 먹었어."

"세 분은 입맛도 똑같으신가 봐요."

지안이 신기한 듯 주문지에 볼펜으로 메뉴를 적으며 물었다.

"배고플 때만."

"배고파서 그래."

"배고프니까!"

주방으로 다가가 아저씨에게 주문지를 건네고 싱크대 앞에서 생맥주를 세팅했다. 생맥주를 시키면 마른오징어 반 마리와 땅콩이 서비스로 제공됐다.

어느 날 땅콩의 원가를 알게 된 지안이 이렇게 비싼 걸 서비스로 줘도 되느냐고 물었다. 남는 게 없어도 어쩐지 땅콩 없이 맥주를 드시는 손님들을 보면 아쉽다고 사장님은 말했다.

살얼음이 끼기 시작하는 두툼한 유리잔을 쟁반 위에 올렸다. 다가가 맥주를 내려놓자, 이번엔 삼한이 한 모금 재빨리 들이켜며 물었다.

"지안아, 이번에 우리 회사 현장 사무직 쪽에 경리 자리 하나 났다는데, 너 이력서 안 넣어 볼래?"

그러자 이번엔 이한이 거들 듯 이야기했다.

"현장 사무직이 말이 그렇지, 완전 사무직이야. 엄청 편해. 생산직 사람들도 모두 너 예뻐할걸."

예뻐할 거라는 이야기에 지안이 웃으며 대꾸했다.

"애교 떠는 사람 모집하는 것도 아닌데, 예뻐한다는 건 또 뭐예요."

"그만큼 네가 싹싹해서 적응하기 쉬울 거라는 이야기지."

첫째가 마무리하며 맥주를 벌컥벌컥 들이켰다. 지안은 항상 오는 손님들에게 취직자리를 이렇게 선뜻 추천받곤 했는데, 왜인지 쉽게 나설 수가 없었다.

"생각해 볼게요, 추천해 주셔서 정말 감사합니다."

예의 바르게 인사를 하고는 곧이어 들어오는 손님들로 인해 다른 테이블을 받을 준비를 시작했다. '어서 오세요'를 연발하면 손님들은 익숙하게 '안녕, 지안아.'라며 각자 자주 앉았던 테이블로 자리를 잡았다.

주방에서 주문한 음식이 나오면 지안은 주문한 순서대로 서빙을 했고, 또 새로운 손님이 들어오면 했던 것들을 반복하며 똑같이 세팅을 했다.

지안은 손님이 오간 자리를 부지런히 치우고 비어 있는 중앙에 위치한 테이블에 앉아, 행주로 따끈따끈한 수저를 닦으며 티브이 소리를 올렸다. 낮에 재방송 됐던 여배우 토크쇼의 2부가 본방송으로 나오는 것 같았다.

주인아저씨는 주방에서 하시던 일을 다 마무리하시곤, 옆에 과자 한 봉지를 들고 와 뜯어 펼치셨다. 언제부턴가 습관적으로 수저를 닦을 때면 서로 과자 한 봉지씩을 뜯어 나눠 먹으며 일을 했다.

"아저씨 때문에 살찌겠어요."

"잘 먹으면서 그런 소리 하면 너무 염치없지 않니."

"저 살찐 거 같아요?"

"글씨다~"

지안은 과자 몇 개를 입에 넣어 놓고 다시 숟가락을 들어 올려 깔끔하게 물기를 수건으로 제거하며 티브이를 봤다.

"아까 일한이네가 말했던 일자리 말이야……."

"들으셨어요?"

"응, 첫 주문이 들어올 때는 귀를 기울이게 되니까……."

"아직 별생각 없어요. 여기서 버는 알바비면 충분하기도 하고요."

"음……."

"설마, 알바비 주기 힘드시다고 지금 저 쫓아내시려는 거예요?"

"아니라니까."

"근데 왜요. 평소엔 그런 말씀 안 하시면서……."

"……."

아저씨는 수저 닦는 걸 돕지 않고 연신 과자만 집어 먹었다. 지안이 행주를 들이밀자 마지못해 받아 들고 대충 닦아 냈다.

"하나하나 닦으셔야 해요. 안 그럼 얼룩 남아요."

잔소리가 귀찮다는 듯 얕은 한숨이 새어 나왔다. 그러곤 젓가락을 하나씩 꼼꼼하게 닦기 시작했다.

"한곳에 안주하는 게 쉽지가 않지? 결정 내리기도 쉽지 않을 거고."

"……."

"사람 사는 데 다 똑같아. 무슨 일인지는 모르겠지만 이제 너도 마음 정리하고 지냈으면 좋겠다."

"……."

"그곳이 어디가 됐든, 인연을 만나서 한곳에 정착하고 산다는 거, 나쁘지 않거든."

주인아저씨는 수저를 닦다 말고 손님이 온다는 핑계로 도망가셨다.

밤이 깊어지자 똑똑 싱크대 위로 물방울이 떨어졌다. 지안은 가벼워진 바구니를 빙빙 돌렸다.

같은 테이블에 몇 번의 손님이 바뀌고, 이미 쇼 프로는 종료된 늦은 시각이었다. 손님들은 12시가 되기 전 이미 썰물처럼 빠져나간 상태였고, 사장님은 주방 한편 플라스틱 의자에 팔짱을 끼고 앉아 꾸벅꾸벅 졸고 있었다.

아저씨 말이 어쩐지 꼭 자신을 꿰뚫어본 것만 같아 부끄러웠다.

서울의 화려한 조명이 좋아 그곳에서 아득바득 살아온 자신이었다. 그런데 지독하게도 어린 시절을 힘들게 보냈던 곳으로 돌아온 것으로도 모자라 이제는 이곳에 뿌리를 내려야 할지도 모른다는 생각이 들자, 지안은 제 꼴이 우습게 느껴졌다.

주방으로 다가가 아저씨의 어깨를 흔들자, 잠들지 않았던 척하며 벌떡 일어나 지안의 얼굴을 보더니 늘어지듯 하품을 하고 어깨를 펴셨다.

“저 가 볼게요.”

“데려다줄까? 밤에 올라가는 길 어둡잖니.”

“아니에요, 금방 가요.”

“그래, 그럼 내일 보자.”

“카운터 마감은 다 해 놨어요, 현금 뭉치 있는 거 꼭 은행 가서 입금하셔야 돼요. 자꾸 쌓이면 위험하잖아요.”

“알았어. 알았어. 그만 가, 얼른.”

아저씨는 지안의 등을 입구로 냅다 떠밀었다. 카운터를 지나

물품들을 꼼꼼하게 제자리로 돌려놓고 문을 나섰다. 자전거의 잠금을 풀자 픽 하고 꺼지는 간판 불이 주변을 어둡게 했다.

한곳에 안주하며 살아간다는 건 많은 의미를 내포하고 있었다. 나무 한 그루를 자리에 심게 되면 그 주변으로는 청록색 이끼들이 자리를 잡을 테고, 다람쥐, 곤충, 새들을 포함해 서로가 어울려 살게 되는 형상을 띠게 된다.

그런데 주변과 동화되어 자라나던 나무가 갑자기 없어지게 된다면 그 주변에 있는 모든 것들은 갑작스러운 변화에 못 이길지도 모를 일이었다.

사람은 물론 식물과는 다르지만, 지안은 곰곰이 생각했다. 사랑하는 사람을 만나서 어딘지 모르는 황무지에 정착해 살아간다는 것. 말 그대로 사랑하는 사람이 아니라면, 믿음이 없는 사이라면 그 또한 성립될 일이 아니었다.

어쩐지 자신이야말로 세상에 부유하는 가장 미비한 존재처럼 느껴졌다.

낮과 밤의 온도 차가 심했다. 서늘해진 시골 밤공기가 오소소 소름이 돋아나게 했다. 왠지 천천히 가고 싶은 마음에 자전거를 끌며 천천히 걸었다.

찌르찌르 풀벌레 소리, 바람결에 논에 촘촘히 박힌 모가 흔들리는 소리까지. 집중해서 들으니 이 친구들, 꽤나 수다스러웠다.

몇 발자국 걸으며 주변의 소리에 한껏 집중하다 문득 이상한 점을 느꼈다. 자신의 발소리에 꼭 누군가의 발걸음 소리가 겹쳐지는 것 같았다.

순간이었다. 떨컥. 밝은 플래시 불빛이 자신의 뒤에서 켜졌고, 인위적인 빛이 자연스러운 어둠을 밀고 주변을 밝혔다.

"아, 놀랬잖아. 깜짝이야."

"위험하잖아. 뒤에서 누가 따라오는지도 몰라?"

"어디서부터 따라온 거야?"

진수는 플래시를 턱 밑으로 가져다 대곤 무뚝뚝하게 말하며 다가왔다. 한 손에 든 봉지 가득 올록볼록 균일하게 올라온 무늬가 보였는데, 언뜻 작은 공들을 연상케 했다.

"저기 밑에서 자두 따면서 누나 기다리고 있었는데, 내가 나무 위에서 자두 먹고 있는데 쳐다도 안 보더라. 너무 생각하면서 걷지 말라고. 먹을래?"

부스럭거리며 봉지를 열어 자두 하나를 꺼내 바지에 슥슥 문대며 건넸다. 작은 손으로 받아 들고 한입 베어 물자 달콤한 과즙이 입안을 감싸며 자연스럽게 목으로 넘어갔다. 진수는 자전거 바구니에 빵빵하게 부푼 자두 봉지를 올리고선 손잡이를 밀며 걸었다.

"음. 맛있네. 공부 안 해? 왜 자두를 따고 있어."

"아, 애들이 과자 사 달라고 읍내 가자고 조르잖아. 시간도 늦었는데. 그래서 누나 마중 갈 겸 봉지 들고 나왔어."

"너, 왜 공부 안 하니?"

"하는데."

"같은 반 썸 타는 여자애는 어떻게 됐어?"

"깨졌어."

자두 씨에 가까워질수록 질기기도 했고, 신맛이 강해졌다. 겉을 모조리 다 베어 먹고 입안으로 씨를 굴리며 씨에 붙은 과육을 모조리 발라 먹었다.

"……."

"아."

"왜? 네가 너무 무뚝뚝한가 보다."

발라진 자두 씨를 손바닥으로 뱉어 논 위로 툭 던졌다. 진수는 그간 말해 주지 않고 꽁꽁 숨겨 놨던 이야기를 털어놓았다.

"……전학 갔어."

"그랬구나."

"더 잘해 줄 걸 그랬나 봐. 만날 좀 무뚝뚝하게 괴롭혔더니. 좀 그러네."

"생각해 보면, 별것이 다 후회스럽고, 별것이 다 떨리고, 별것이 다 아쉽고 그래. 근데 시간이 지나고 나면 그냥 '별것'이 돼 버리더라."

보육원의 건물에서 희미하게 새어 나온 불빛이 주변을 밝히고 있었다. 작은 운동장 안으로 들어서자, 진수는 천천히 걸음을 늦추며 대답을 하지 않았다. 지안이 말 없는 진수를 뒤돌아 바라보자, 어둠속에서도 표정을 알아차릴 수 있었다.

진수는 지안이 보육원을 떠날 때만 해도, 심드렁한 반응뿐이었었다. 가끔 볼일이 있어 서울에 온다 해도, 지안에게는 쉽게 연락하지 않았다. 어린데도 항상 주변에 폐를 끼치길 싫어하는 고집스러운 성격의 어린 진수가 기특하기도 하고, 한편으로는 미안한 마음이 들기도 했다.

어릴 적부터 지안과 운동장에서 승부차기를 하다 이기지 못하면, 저녁엔 밥도 먹지 않는 꼬마가 바로 진수였다. 그럴 때마다 지안은 다시 한 번 게임을 해서 못 이기는 척 져 주곤 했었다.

곧 성인식을 맞이할 녀석과 말씨름을 할 때면 종종 그때의 기억이 떠올랐다. 이제는 녀석과 머리싸움을 하기엔 녀석이 너무 부쩍 커 버린 기분이었다.

"……."

"안 들어갈 거야?"

"누나."

"왜."

"그냥 여기서 쭉 같이 살자. 애들이랑, 보육원 운영하면서."

"그러고 있잖아."

"웃기네. 마음은 딴 데 있으면서."

"……."

"누나 말대로 시간이 지나면 '별게' 될 거야. 그러니까 여기도 나쁘지 않을 거란 이야기지."

이제 그는 어린애가 아니었다. 지안보다 커진 키만큼 정신도 성숙한 듯했다.

원장수녀님이 사정이 좋지 않았던 다른 보육원의 상황을 보러 가신 지 나흘째가 되던 날이었다. 전화로는 오늘이면 올라갈 수 있을 거라곤 했지만, 그쪽 보육원 사정도 녹록지 않았던지라 쉽게 발길이 떨어지지 않을 거라 느껴졌다.

지안은 괜찮다며 가장 어린 땅콩의 안부를 전하고는 전화를 끊었다.

창밖으로 비가 후드득 쏟아지면서 창문을 때렸다. 날씨마저 우중충해져 버린 탓에, 집 안 곳곳이 어두웠다. 쓰다 남은 양초를 잔뜩 가져와 라이터로 불을 붙이고, 곳곳에 배치했다.

"습하다 습해. 하루아침이면 가을이 될 건데, 뭔 날씨가 이런지……."

곤히 자는 녀석을 괜스레 안아 들어 부드럽게 흔들며 속삭였다. 노후한 보육원은 천둥 번개만 쳤다 하면 전기가 쉽게 나가 모든 곳을 어둡게 만들었다. 비는 쉬이 그칠 것 같지 않았다. 집 뒤로 난 울창한 숲 안으로 짙은 안개가 은근슬쩍 자리를 잡아 갔다.

마당 위로는 지안이 발로 밟다 비를 다급하게 피해 들어오는 바람에 고스란히 비를 맞고 있는 이불 통이 보였다. 아이를 방에 다시 내려놓고, 어쩔 수 없어 뛰어나가 비를 쫄딱 흡수하고 물에 젖어 무거운 이불을 들고 집 안으로 들어섰다.

얼마 전에 들어온 땅콩 녀석이 아토피를 심하게 앓고 있는 것 같아 이불 빨래도 자주해 주고 있는 실정이지만, 큰 병원을 데려가야 할 시기를 놓치는 것이 아닌지에 대해 걱정을 하고 있던 찰나였다.

아이들이 점심을 막 먹고 난 후에 벌어진 정전사태라 다행이라고 생각하며 얼굴 위로 십자가를 그려 넣었다. 오늘은 이대로 해를 보지 못할 것 같았다. 고요하던 마룻바닥 위로 뚜렷한 전화벨 소리가 울렸다.

"여보세요?"

— 아, 거기 오원읍 서리골에 위치한 보육원 맞나요?

"네, 맞는데요."

— 아, 다행이다. 전화 받으시네요. 저 혹시, 오늘 당장 봉사활동 가도 괜찮을까요?

다급하게 봉사활동 자리를 찾고 있는 남자의 목소리가 아이러니했다. 본론부터 말하는 사람에게 문득 경계심이 일어났다.

"지금…… 당장요?"

— 본론부터 말씀드려서 죄송합니다. 다른 게 아니고요. 저희가 그쪽 지역에 있는 다른 보육원에서 봉사활동을 하는 다큐멘터리를 진행하고 있는데, 비가 너무 많이 오는 바람에 차량 진입이 안 돼서 취소될 위기거든요. 근데 이곳이 마침 지역도 가까워서 연락드렸어요.

"……촬영을 하신다는 말씀이신가요?"

— 아, 네. 저는 nbc 방송국 피디입니다.

입안이 씁쓸해지는 기분이었다. 어쩐지 이렇게 비 오는 날씨에 다급하게 봉사활동 자리를 찾는 사람이라니.

"아이들 얼굴 방송에 나가는 거 별로 달갑지 않아서요. 죄송합니다. 끊을게요."

— 자, 잠시만요! 사례비 챙겨 드리고 있어요!

전화기를 내려놓으려던 순간 들려오는 이야기에 지안은 눈을 번뜩 떴다.

돈이라는 이야기에 정신이 번뜩 들었다. 제일 급한 건 땅콩 녀석을 괴롭히고 있는 아토피 치료를 받을 돈이었다. 좋다, 사례비가 나오면 아이를 데리고 당장 병원에 가야겠다고 생각했다.

— 그리고 아이들 얼굴은 거의 방송에 안 나갈 거예요. 봉사자들 위주로 촬영하는 거라서요. 부탁 좀 드릴게요. 안 그럼 이번 주 방송 펑크 나거든요.

누구든 일을 하며 살아가는 건 매한가지이다. 납기일을 제대로 맞추지 못해, 업체에 사정하던 자신의 과거가 비죽 떠오르자, 거절하기가 꽤 어려워 머뭇거렸다.

"그럼, 아이들 얼굴 되도록 많이 안 나가게 해 주세요."

— 네네! 그럼 두 시간 후에 뵙겠습니다!

전화기를 내려놓자마자, 마음 한구석에서 후회가 비죽 튀어나왔다. 이미 내뱉은 말은 되돌릴 수 없었다. 좋은 게 좋은 거라고. 그래, 그냥 사례비도 아니고 땅콩 녀석을 괴롭히고 있는 아토피를 물리칠 수 있는 힘을 줄 치료비인 셈이었다.

또한 오늘 안으로 내지 않으면 또 과태료가 붙게 될 공과금이 떠올랐다. 어쩌면 이것도 계시겠거니 생각했다. 사실 아이들의 얼굴이든 뭐든 굶어 죽기 전이라 이것저것 가릴 상황이 아니었다.

지안의 손이 가볍게 벽을 타고 지나가 진수의 방문을 두드렸다.

"똑똑."

문을 열자 진수가 고개를 빼꼼 내밀고 지안을 바라봤다.

"입으로 노크하지 말고 손으로만 두드려도 되는데."

"바빠?"

"문제집 풀고 있었어. 왜?"

"오늘따라 집 나간 전기가 빨리 안 들어오네. 잘 안 보이지? 초 몇 개 더 켜지 그랬어."

"괜찮아. 볼 만해. 아직 그렇게 어둡지도 않은데 뭐."

"오늘 방송국에서 단체로 봉사활동 온대. 근데 뭐 보여 주기식 촬영인가 봐. 사례비도 준대. 아무래도 청소를 좀 해야 할 것 같아서……."

"그래? 잘됐네. 그럼 난 애들 있는 건물 가서 청소하고 있을게."

"응, 난 여기 맡아서 할게."

"어차피 여긴 카메라 안 들이댈 텐데 뭐. 괜찮으니까 쉬어. 밥 하느라 허리 아프잖아."

"내가 할머니냐? 아, 봉사자분들한테도 혹시 카메라 들이대는 거 불편하시면 오늘은 그만 돌아가셔도 된다고 전해 드려."

대답 없던 진수는 우산을 빼 들고, 현관 밖으로 나섰다. 그러다 옆에 놓인 큰 통 안의 푹 젖어 있는 이불보를 보더니 신경질을 부렸다.

"아 또, 발로 밟았어?"

"세탁기보다 그렇게 빨아서 햇볕에 말리는 게 더 보드랍단 말이야."

"어이구, 사서 고생한다. 밖에 비도 오는데 날씨라도 좀 보고 하든가."

투닥투닥 발소리가 현관을 벗어나 빗속으로 사라지자, 지안은 땅콩이 누워 있는 방 안으로 들어가 새근새근 자고 있는 통통한 얼굴을 살폈다.

원장수녀님만 옆에 없으면 꼭 낯을 가리는 아이처럼 아토피가 금세 올라왔는데, 아무래도 이불 때문인가 싶어 일부러 세제도 쓰지 않고 발로 밟고 있던 찰나였다.

생각지도 못했던 돈이 생긴다는 생각이 들자 핸드폰을 뒷주머니에서 빼내어 검색해 보았다. 머뭇거리며 소아 아토피라는 검색어를 입력했다. 그러자 읍내에 있는 한의원들과, 조금만 벗어나면 도시에 있는 한의원들이 추천 목록에 좌르륵 올라왔다.

대충 눈으로 훑고, 가까운 읍내에 있는 한의원부터 방문해 보기로 했다. 천천히 허벅지를 문대며 다리를 끌어안았다.

너무 갓난아이라서 무리하는 건 아닐까 싶어도, 분명 데려가 보는 게 나을 거라 판단했다. 핸드폰을 바닥으로 내려놓고 자는 아이를 잠시 바라보며 상념에 잠겼다.

"아, 이럴 때가 아니지."

지안은 일어나 청소 준비를 했다. 아이가 자고 있을 때 후딱 처리해야 했다.

방문을 비스듬히 닫아 놓고 먼지떨이와 물걸레를 가져와 구석구석 닦았다. 가끔 방송국에서 사람이 오면, 촬영에 관련한 얘기를 하기 위해 안채까지 들어올 때가 있었다.

이곳의 버팀목 중 한 명인 지안이 하기로 했다면, 굳이 원장수녀님께 따로 허락을 받지 않아도 될 것이었다. 어차피 두세 시간 촬영일 거고, 아이들의 얼굴을 최대한 노출하지 않겠다는 피디와의 대화가 떠올랐다.

파팍, 전기가 다시 들어왔다. 빗속을 뚫고 왁자지껄한 소리가 앞 건물에서 들어왔다. 다시 활기찬 생활로 돌아간 순간이었다.

비가 거짓말처럼 그쳤고 피디의 말대로 두 시간가량이 지나자, 촬영 장비들을 탑재한 탑차들이 하나둘씩 비탈진 언덕을 타고 올라와 입구로 들어왔다.

폭우가 내리던 하늘은 언제 그랬냐는 듯 맑게 개었다. 두어 대 탑차들을 따라 승합차들이 곧장 올라왔고, 그 안에서 스태프들이 우르르 내렸다.

분주하게 내리는 스태프들 사이에서, 등산복을 입은 남자가 두리번거리다가, 저만치 서 있는 지안을 발견하고 빠른 걸음으로 다가왔다. 그 사이 다른 직원들은 각자 맡은 일을 곧장 분주하게 시작했고, 보기만 해도 복잡해 보이는 장비들이 운동장 위로 자리를 잡았다.

지안은 청소가 끝나고 갈아입은 티셔츠에 혹여 구김살이 생기지 않았나 싶어 손으로 살짝 펴 내렸다.

챙모자를 쓴 남자가 앞서 운동장으로 마중 나와 있던 지안에게 바싹 다가오며 팔을 내밀었다.

"안녕하세요. 아까 저랑 통화하셨던 분 맞죠?"

남자는 악수를 한 뒤 곧장 수첩을 열어 명함을 꺼내 지안에게 건넸다.

머뭇거리던 손으로 받아 든 지안은 피디를 먼저 보육원 건물로 안내했다.

진수는 아이들과 한 방에서 자연스럽게 어울려 놀고 있었다. 평소엔 아이들이 진수에게 한 번에 달려들어 큰 장신을 방구석으로 쓰러트리고 녹다운시키는 게 일상이었다고 한다면, 지금은 조금 달랐다.

아이들도 반갑지 않은 이방인이 찾아온다는 걸 알았던 건지 얌전하게 장난감이나 퍼즐, 그리고 성철은 어울리지도 않게 공책을 펴 숙제를 하고 있었다.

"아, 아이들이 꽤 단란해 보이네요."

"애기들 모두 순하고 예뻐요."

"딱히 좀 문제 있는 아이는 없나요?"

"네?"

"아니, 뭐 조금 있다가 봉사자분이 좀 상담사 역할을 하는 거로 촬영했으면 좋겠거든요."

아이들을 화면에 담는 게 아니라, 애초에 문제 있던 아이들을 찾는 것 같은 피디의 말투가 심기를 불편하게 했다.

카메라 안에는 분명 인위적이든 아니든 피디가 설계하는 대로의 영상이 담긴다는 것쯤은 지안도 잘 알고 있었다. 하지만 윤리를 찾아 가며 대접해 달라고 하기엔 자신의 입장이 너무 미약했다.

"우리 애들 연기는 좀 잘하는데, 끼도 있고요. 아예 각본을 좀 짜 주시지 그러세요."

톡 쏘는 지안의 말투에 당황한 듯 피디가 머리를 긁적였다. 괜스레 촬영을 허락했던 자신에게 후회가 밀려오는 순간이었다. 피디와의 대화는 어색하게 끊겨 버렸다. 스태프들이 운동장 한편에 자리를 잡고 부산스럽게 움직였다.

그 모습을 멋쩍게 바라보고 있는데 비탈진 입구 위로 검은색 밴 한 대가 마지막으로 들어왔다.

바람이 선선하게 불기 시작하자 나뭇가지가 수없이 물결치기 시작했고, 눅진한 땅에선 꿉꿉한 습기가 올라왔다. 여기저기 설치된 덫을 발견하지 못한 작은 짐승처럼 지안은 당황해 눈을 이리저리 굴리며 고개를 푹 숙였다.

탑차들 옆에 위엄 있게 주차된 차의 두터운 문이 열리자, 죽을 때까지 다시는 마주칠 일이 없다고 생각했던 남자가 내렸다.

도인혁이 내린 차에선 몇 명의 직원들도 함께 내렸다.

무의식에 찾던 얼굴이 하나 더 있었지만, 얼핏 봐선 도인혁 외엔 누가 누군지 가늠하기 어려웠다. 고개를 숙이고 최대한 스태프들에게 둘러싸여, 그가 자신을 보지 못했길 바랄 뿐이었다.

저벅저벅, 발소리가 확성기라도 단 것처럼 점점 더 크게 들려왔다. 고개를 들지 못한 지안이 건물 귀퉁이 아래만 쳐다봤다.

"지안 씨?"

고개를 숙이고 있는 와중에 들려오는 남자의 목소리가 간담을 서늘하게 했다. 그리고 겹쳐지는 발소리는 눈을 질끈 감게 만들었다.

피디의 부름에도 못 들은 척 계속 발로 땅만 차며 구석만 바라보고 있던 지안의 눈앞에 곧바로 남자의 얼굴이 확 들어왔다.

"으악!"

놀란 지안의 목소리가 스태프들의 시선을 한곳으로 모았다.

"와, 유지안이다."

"……."

"아시는 분이세요?"

"응, 숨바꼭질하고 있던 술래."

고개를 갸우뚱하는 피디의 표정은 추가적인 설명이 필요한 표정이었지만, 도인혁은 대답이 없었다. 결국 뒷머리를 긁적거리던 피디는 자신을 찾는 스태프들에 의해 저만치 뛰어갔다.

지안은 당황스러움과 불편함이 공존한 표정으로 아랫입술을 잔뜩 깨물었다.

"못 찾겠다, 꾀꼬리."

"일 다 보시고 가세요."

속사포로 말을 하며 허리를 다급하게 굽히고 돌아서던 찰나 손목이 잡혀 몸이 다시 돌아가 남자를 마주했다. 도인혁은 선글라스를 손가락으로 느긋하게 내리며 눈을 마주했다.

"그게 아니지. '못 찾겠다, 꾀꼬리.' 외쳤으면 술래는 이만 포기하고 나타나야지."

"……."

"안 그래?"

"술래는 찾는 사람이 술래 아니에요?"

"그냥 좀 넘어가."

조각 같은 남자의 얼굴은 시간이 흘렀어도 늙어 보이지 않았고 어쩐지 더 젊어 보였다. 선글라스를 벗어 지안의 얼굴과 마주치길 기다리는 눈을, 결국 고개를 들어 바라봤다.

그때 그 시간들이 모두 헛된 시간은 아니었다. 도인혁을 비롯한 사람들, 이제는 그저 꿈같이 느껴지는 그 시간들이 분명 현실이었다는 것을 지금 느끼고 있었다.

사람의 눈빛이 뜨거워 화상을 입을 것만 같다고 느꼈던 걸 잊고 살았는데, 다시금 잊고 살았던 화끈거림이 한 방울씩 피부로 와 닮았다.

미친 듯이 달려 도망쳤지만 결국 제자리였다.

지안이 선택한 이곳은 분명 위로의 손도, 상처투성이의 마음도 제대로 알아주고 보듬어 줄 수 있는 곳이 아니었다. 그런데도 이 곳이 가장 안전하다고 믿고 있었다.

잡힌 팔을 쉽게 놔줄 것 같지 않았다. 규모가 있는 보육원도 아니고, 이대로 찝찝하게 뒤돌아섰다간 도인혁을 또 마주쳐야 할 것만 같아 몸에 힘을 쭉 빼고 바라봤다.

"알았으니까 이것 좀 놓으세요."

"놓으면 또 도망갈 거잖아."

"누가 보면 오해하겠어요!"

인상을 쓰며 팔을 부여잡은 남자의 손을 억지로 떼어 냈다. 분주하게 움직이는 사람들이 가까이 다가올 때마다 신경 쓰인다는 듯 주변을 두리번거렸다.

"무슨 말을 먼저 해야 할지 모르겠네."

"저는 할 말 없어요."

지안은 고개를 살살 흔들며 남자의 얼굴을 피했다. 도인혁은 문득 머릿속에 많은 기억들이 스쳐 지나가는 듯 한숨을 폭 쉬었다.

"야, 너무 단답형으로 이야기하지 마. 적응 안 돼."

"왜요? 저한테 적응할 일이 남아 있어요?"

"뭐 직업상 그렇다고 볼 수도 있고. 나한테 단답형으로 말하는 여자는 네가 처음이야."

뭔가 드라마 속 대사 같아 지안은 눈동자를 데굴 위로 굴렸다.

"한 명 더 있을 건데."

"걔랑 너랑은 다르지!"

"백장미 실장님…… 잘 지내시죠?"

문득 질문을 하고선 후회를 해 버렸다. 자신도 이렇게 잘 지내는데 그들이라고 해서 못 지낼 건 없었기 때문이었다. 본능적인 것이었을까, 궁금했던 평건의 소식과 더불어 그 사람의 결혼 여부를 자신에게 사형선고처럼 내려 주길 바라고 있었다.

도인혁은 불끈 주먹 쥐던 손을 풀고 멋쩍은 듯 주변을 살폈다.

"커피 한 잔 줘."

"저기 건물 안에 들어가시면, 현관 입구에 정수기 있고요. 거기 앞에 믹스커피 꽂혀 있어요."

지안이 손가락을 들어 다소곳이 가리키자 도인혁은 한 발짝 더 가까이 다가왔다.

"너 진짜 이럴래?"

"아……."

점점 중후한 장비들이 늘어 가고, 사람들이 건물 안으로 들어서기 시작했다. 도인혁은 주변을 두리번거리다가 고개를 까닥여 지안을 재촉했다.

"따라와요……."

별수 없이 걸음을 옮겨 건물 뒤로 돌아가자 남자의 발걸음소리가 뒤에서 따라 들렸다. 안채로 들어서자 따라 들어선 도인혁은 마치 관광 온 사람처럼 두리번거렸고, 마룻바닥 중간에 떡하니 자리를 잡고 책상다리로 앉았다.

"그동안 여기 있었구나."

"대피소 아니에요. 제가 자란 곳이에요."

지안이 갑작스레 본론부터 말하자 인혁은 적잖이 당황한 것 같았다.

주전자에 물을 올리고, 삐이 소리가 날 때까지 싱크대만 붙잡고 있을 뿐이었다.

갑작스럽게 찾아온 반갑지 않은 손님에게 예의를 차리고 싶지 않았다. 믹스커피는 귀한 손님들만 올 때 내주는 하나의 사치품이었는데, 내밀자마자 인혁은 좋다며 받아 들고 단숨에 호로록 모조리 마셔 버렸다.

"어디까지 알고 온 거예요?"

"이젠 제법 날 세울 줄도 아네?"

"어디까지 알고 온 거냐고 물었잖아요."

"우연이지. 내가 너를 찾아 지방 곳곳을 돌아다닐 이유가 있을 거라고 생각해?"

"……."

"대한민국 참 좁지 않냐. 너야말로 내가 올 줄 알고 있었던 거 아니었어?"

신경질적으로 바라보는 눈빛이 제법 매서웠는지 인혁은 미소 지으며 어깨를 으쓱했다. 지안은 입술 끝에 맴도는 말을 쉽게 내뱉지 못했다. 백장미 실장을 포함해 평건에게도 자신을 보았다는 이야기를 시시콜콜하지 않았으면 하는 작은 바람이 있었기 때문이었다.

하지만 남자는 심드렁한 듯 대화에 집중하지 않았고 집안 곳곳을 구경하는 데에만 정신이 팔려 있다. 곧 도인혁을 찾는 피디가 현관문을 열고 안으로 들어왔다. 문 앞의 지안은 신경도 쓰지 않고 인혁만 챙겼다.

"아, 여기 계셨군요. 10분 뒤에 촬영 들어갈 건데, 바로 가능하신가요?"

"한 20분만요."

"아……. 그럼 먼저 가 있겠습니다."

종이컵을 입에 물고 심드렁하게 대답하는 도인혁을 향해 피디는 솔직히 대꾸를 하지 못했다. 지안은 그런 도인혁이 당장 엉덩이를 털고 일어나 밖으로 나가길 바랐지만, 그런 바람을 아는 듯 도인혁은 오히려 더 진득하게 엉덩이를 비비며 눌러앉았다. 방심하고 있던 사이 도인혁이 질문을 던졌다.

"어떻게 됐는지. 안 궁금해?"

"뭐가요?"

가벼워진 종이컵을 빙빙 돌리며 대답을 하지 않는 도인혁이었다. 지안은 그제야 그 질문이 함축적이라는 것을 알 수 있었다.

"궁금해요."

"……."

"근데, 다시는 마주치고 싶지 않아요."

"표정은 아닌데."

"정말이에요. 그게 전부예요. 전 여기서 나름대로 잘 지내고 있으니까……."

"그래, 네가 안 궁금하다면 그게 전부니까. 다들 행복하게 잘 살고 있어. 네가 걱정하는 그런 일들은 전혀……."

행복하게 잘살고 있다는 말에, 가슴속에 무거운 돌덩이가 내려앉는 기분이었다. 분명 이건 자연스럽고 솔직한 대화가 아니었다. 고민스러운 얼굴의 남자는 그제야 엉덩이를 가볍게 털고 일어났다.

현관으로 나가는 길을 마중 나오자 도인혁은 고민하던 표정 끝으로 더 이상 말을 하지 않았다. 구깃해진 종이컵을 지안의 손에 올린 뒤, 남자는 빠른 걸음으로 건물 밖으로 사라졌다.

도인혁과 피디는 부산스러운 스태프들에 의해 파도처럼 밀려왔다가 쉽게 저만치 쓸려 갔다.

그래, 괜찮다. 모두가 행복하고 일상으로 돌아가 다들 각자 있어야 할 위치에 있는 것. 어쩐지 그게 정상인 것 같았다. 이것은 더 이상 마음 아플 일이 아니었다. 도인혁이 나타났을 때부터 연달아 자꾸만 떠오르는 차평건에 대한 생각으로 온몸이 예민해 잔뜩 긴장한 채로 굳어 갔다.

"그래. 다들 잘살고 있는 거야. 행복하게."

지안은 문득 땅콩에게 가 봐야겠다 싶었다. 마지막으로 입술 끝에 맴돌던 말은 남자가 떠날 때 차차 전하기로 하고, 우선 아이에게 가기 위해 발걸음을 재촉했다. 도인혁이 집 안에 있을 땐 내내 조용하던 녀석이 방에 들어서기가 무섭게 울기 시작했다.

습도가 높아지는 날이면 아이에게 혹여 좋지 못한 환경을 제공하는 게 아닌가 하는 고민이 문득 치고 올라왔지만, 자신이 해결할 수 없는 고민들이었다.

지안은 마룻바닥으로 들어서자마자 다급하게 방으로 걸어가 땅콩을 들어 올렸다. 안채까지 사람들이 기웃거리지 않길 바라는 마음에 신경질적으로 커튼을 쳤다. 집 안으로 들어선 진수는 자주 볼 수 없던 지안의 예민해진 표정에 거실 중간에서 머뭇거리며 서랍장을 뒤적였다.

"밴드 여기 있지? 누나, 무슨 일 있어?"

"거기 두 번째 봐. 체온계 좀 꺼내 줘."

"아, 찾았다. 여기 있었네. 내가 찾을 땐 만날 없어."

체온계를 받자마자 아이의 이마에 대고 버튼을 한번 꾹 누르자 조금 높은 숫자가 깜박였다.

"아, 꽤 열이 높은데……."

"누나 그럼 밖에 나오지 말고 애기랑 여기 있어. 내가 밖에 나가서 스태프들 돕든지 할게, 오늘 봉사자분들도 있으니까. 오래 촬영할 거 같진 않더라고."

"그래, 부탁할게……."

지안은 머릿속에 맴도는 이야기들을 아까부터 쉽게 내뱉지 못하고 있었다. 밖에 있는 연예인과 자신이 아는 사이라는 것부터 과거의 이야기까지. 원장수녀님이 없는 이 시간이 처음으로 적적해지는 기분이었다.

지안이 대답 없이 멍하니 서 있자 진수는 고개를 갸우뚱거리며 운동화를 신고 밖으로 후다닥 나가 버렸다.

남자가 혹여 자신을 찾지 않을까, 신경이 온통 밖에서 분주하게 돌아다니는 사람들에게로 곤두섰다. 앙앙거리는 아이의 이마에 자신의 이마를 붙였다 떼어 보았다. 문득 주변을 둘러보니 잔뜩 닫아 둔 창문이며 커튼이 보였다.

아무래도 며칠 동안 환기를 시키지 않았던 것이 아이에게 나쁜 영향을 끼친 것이 아니었을까. 지안은 신경질적이게 쳤던 커튼을 물끄러미 바라보다, 아이를 잠시 눕혀 놓고 커튼을 다시 젖히고 창문을 열었다. 드륵드륵 밀리는 창문이 오래된 나무가 머금은 습도가 얼마나 무거운지 알려 주었다.

바라고 또 바랐다. 오늘 하루가 무사히 넘어가기를. 여자의 직감이라는 것은 사실 아무것도 아니길. 하지만 전혀 그렇지 않았다. 여자의 무시 못 할 직감은 딱 들어맞았다.

어느덧 촬영이 끝나고 부산스러웠던 사람들 가운데 피디는 지안이 있었던 안채를 기억하고 찾아와 문을 두드렸다. 그리고 청천벽력 같은 말을 내뱉었다. 집 안으로 들어오려던 피디를 은연중에 가로막아 서고, 땅콩을 품에 안은 채 밖으로 신발을 끌고 나왔다.

"네?"

"오늘 당장은 입금이 안 돼요."

"왜요, 왜? 예전에도 방송국에서 이렇게 몇 번 촬영 온 적 있었어요. 그때는 바로바로 송금해 주셨다니까요."

맑은 하늘에서 똑똑 떨어지는 빗방울이 멈추자 따듯한 햇살이 금세 운동장에 내비쳤다. 건물 밖으로 사람들이 어느 정도 빠져나가고, 도인혁의 모습은 더 이상 보이지 않았다. 돌아오는 대답이 너무 뜻밖이라 당황스러웠다.

지안은 보채는 땅콩이 미열 때문에 슬슬 울음을 터트리기 시작하자 몸을 흔들었다. 원하는 대로 흘러가지 못하는 상황에 화가 날 지경이었다.

"미안합니다. 저희도 갑자기 촬영지 우회한 거라서, 위에 승인도 받지 않고 바로 온 거예요. 촬영비는 꼭 입금해 드릴게요. 오늘 당장은 안 돼요. 저도 방송국 들어가서 다시 서류를 제출해야 되는 상황이라……."

"얼마나 걸리는데요?"

"말일 기준으로 입금되니까, 아마 다다음 주쯤?"

온몸에서 맥이 쭉 빠졌지만 어쩔 수 없는 노릇이었다.

땅콩 병원은 어차피 조금 늦춰 가면 될 뿐이었다. 하지만 계속 신경이 쓰이고 마음이 안 좋은 걸 어쩌랴. 무의식중에 눈으로 좇던 검은색 밴은 어디론가 사라져 더 이상 보이지 않았다.

도인혁이 인사도 제대로 하지 않고 떠나 버린 것 같아 서운함이 비죽 올라오고 있던 참이었다. 밥을 먹고 시원한 물을 한잔 들이켜야 개운한데, 뭔가 마지막을 장식하지 못한 그런 기분.

아무렴 보여 주기식 촬영일 건데 도인혁이 마지막까지 남아 있을 거라는 기대는 하지 않았다. 그렇다 해도 인사라도 한마디 하고 갈 것을 기대했었다.

그가 자신을 아는 누군가에게 자기를 이곳에서 만났다 이야기한다 해도, 자신을 그리워할 사람은 없을 것이었다. 너무 늦어 버린 기분이었다. 시간을 포함한 모든 것들이.

“돈 필요하지?”

갑자기 들려온 목소리에 화들짝 놀라 아이의 엉덩이를 받치고 있던 손에 힘을 주었다. 안채가 있는 곳으로 다시 찾아온 도인혁이었다.

“깜짝이야. 필요 없어요. 알바하고 있어요.”

간 줄로만 알고 있었던 도인혁이 뒤에서 불쑥 나타나 손을 털고 있었다. 깨어난 땅콩이 징징거렸다.

“일당 20만 원짜리 고급 알바가 있긴 한데.”

“괜찮다고요.”

“딱 5일만 하는 건데?”

5일이면 100만 원. 타산이 빨라지는 자신이 너무 계산적인 사람인가 싶다가도, 징징거리는 아이의 울음소리가 정신을 들게 했다. 원장수녀님도 금방 돌아오실 거고, 5일이면 그리 길지 않은 시간이니, 문제없을 거라는 계산은 이미 머릿속에서 끝낸 상태였다.

"……."

"근데 애기는 얼굴이 엄청 빨갛네, 왜 이런 거야?"

"아파서요."

남자는 머리를 긁적이다 수표 몇 장을 꺼내 지안에게 내밀었다. 불쑥 불쾌한 기분에 인상을 찌푸렸다.

"필요 없어요."

"당장 병원 가 봐야 할 거 같은데?"

"돈 있어요. 며칠 있다가 가 봐도 돼요."

"애 목숨 걸고 고집부리지 말자. 이거 들고 가 봐. 그리고 갚으면 되잖아. 정확히 수표 다섯 장이야."

"우리가 거지예요?"

도인혁은 한참이나 삐뚤게 대답하는 지안을 향해 인상을 쓰고 있었다.

"너 되게 이상해졌다. 그거 듣는 사람 기분 나쁘게 하는 말인 건 알아?"

"……."

"내가 말했던 그 알바, 내 이름 걸고 주최하는 자선행사인데 행사장 안내 도우미 일이야. 귀빈들 참석하는 자리라 아무나 쓸 수 없어서 너한테 물어본 거였어. 입 무겁고 눈치 빠릿빠릿한 사람들이 필요해. 넌 연애엔 눈치는 없었지만 일적으론 완벽했잖아? 이거 5일 도와주면 알바비 당겨 받는 거나 다름없겠네."

"……."

"그리고 네가 생각하는 그런 걱정은 안 해도 돼. 난 남들 인생사에 별 관심 없거든."

인혁은 눈썹을 치켜세우더니 대답 없는 지안의 뒷주머니로 돈을 구겨 넣고는 한 발짝 뒤로 떨어졌다. 꾹 눌려 주머니에 들어간 빳빳한 수표에 괜스레 든든해진 기분이었다.

그런 기분이 든다는 것 자체가 유쾌하진 않았지만, 아이를 업고 있다는 핑계로 당장 빼서 돌려주는 시늉을 하지 못하고 있음이 조금은 안타까웠다.

"저 봤다는 이야기, 어디 가서 하지 마세요."

"너야말로, 도망간 주제에 자신에 대해 너무 과대평가하고 있는 것 같아."

"……."

"아직 번호 그대로지? 연락이 갈 거야. 할 거면 한다고 대답하고 말 거면 안 한다고 대답하면 돼. 유지안은 서울보다 이곳이 더 어울린다. 어쩐지 정말 솔직해 보여. 거짓말도 다 보이고. 아니면, 네가 변한 건가. 간다!"

사람들은 모조리 차에 올라타고 있었고, 노을이 벌써 산 위로 자리를 잡고 있을 때였다. 입구로 다시 넘어오는 검은색 밴을 향해, 걸어가는 인혁이 손을 들어 흔들었다. 악덕 사채업자라도 본 듯 지안은 잔뜩 볼을 부풀리며, 사라지는 인혁을 보고 중얼거렸다.

"이미 돈도 줬으면서, 뭘 안 할 거면 얘길 하라는 거야……."

Chapter 6

기억난 향기

"어이구, 그런 일이 있었구나. 세상에."

땅콩을 품에 안고 어르며 지안이 하는 말에는 사실 크게 귀를 기울이지 않았다. 이곳에 내려온 이후로 원장수녀님은 줄곧 상처 가득 머금고 내려온 그녀가 부디 이곳에서 평안하기를 바랐던 것 같았다. 원장수녀님은 모든 이야기를 다 듣고도 표정 하나 변하지 않았다.

"그래도 급했으면 동네 한의원 가서 보육원 이름 대고 진료 먼저 받지 그랬니. 나중에 내가 결제해 준다고 하면 돈은 달라고 하지 않았을 텐데."

"그분들도 땅 파서 장사하는 거 아니잖아요……."

수녀님은 빙그레 웃으시며 지안의 얼굴을 따듯하게 한 번 감쌌다. 손안에 자글자글 두텁게 자리 잡은 주름이 얼굴을 쓸어내리자 괜스레 마음이 더워졌다. 앞으로 쏠리는 몸에 땅콩이 잠들려다가 눈을 껌뻑이며 끌어올려 뜨더니 징징거렸다.

"딱하고 예쁜 것."

"……."

"지안아, 세상에는 그냥 융통성 있게 넘어가 줄 수도 있는 일들이 많단다. 지나가는 불쌍한 나그네가 다가와서 옷가지에 실밥이 좀 터졌는데 요것 좀 무료로 꿰매 주이소, 하면 네가 그냥 지나칠 게냐?"

"아니죠……."

"그것 봐라. 모든 일에는 저마다 감당할 수 있는 일들이 있어. 도와준다 해도 살아가는 데 전혀 문제없는 사람들이 세상에는 많단다. 그것을 바로 호의라고 해. 그러니 너무 계산적으로 굴지 마라."

"저 어릴 적에도 그랬어요?"

"그럼! 이웃집 어르신이 콩 한 바구니 가져다줘도 꼭 냉수 한 잔 대접하려고 하는 게 어린 너였단다."

"예의 바르게 자랐네요, 뭐."

"누가 뭘 주면 눈치 보느라, 너무 정을 몰랐던 게지."

단칼에 반박해 버린 수녀님의 말에 지안은 말문이 막혀 버렸다. 한편으론 해가 넘어가면서 이상하게 감수성 짙어지는 자신이 마음에 들지 않았다. 그런데 수녀님의 한마디로 인해 인정하는 꼴이 되어 버렸고, 목 언저리에서 왕왕 설움이 몰아쳤다.

"여기는 걱정 말고 다녀오너라."

"안 하고 싶어요."

"알바비가 한두 푼이 아닌 걸 보니, 일부러 널 챙겨 준 거 같은데 고작 5일이라며. 주구장창 일만 하다 오라는 소리 아니고, 코에 바람도 좀 쐬고 오라는 이야기야."

도롱도롱 코를 골며 잠든 아이를 안고 방으로 들어가신 수녀님의 옷자락이 펄럭였다. 엄마의 냄새와도 비슷한 아득한 향이 나곤 했는데, 이곳에서 중고등학교를 나온 친구들은 다들 저 냄새를 기억할 것이었다.

밥알들이 말라붙어 있는 그릇들을 겹겹이 쌓아 싱크대 위로 옮기고 설거지를 마무리하기 시작했다. 밖은 벌써 늦은 밤, 혹은 깊은 밤이 되어 버렸고 이슬이 저만치 내려앉아 있었다.

지안은 설거지를 마무리하고 고무장갑을 탈탈 털어 싱크대 선반 위로 걸쳐 빨래집게로 콕 집었다. 똑똑 물방울이 떨어지며 설거지가 끝났음을 알리는 소리가 꼭 하교 종소리 같았다.

방 안으로 들어서서 지안은 깜빡거리는 핸드폰을 집어 들었다. 잠금 화면을 옆으로 밀어 보니 부재중을 알리는 빨간 숫자들이 보였다. 모르는 번호로 두 번 연속이나 걸려왔던 터라, 지안은 급한 누군가일까 싶어 발신을 눌렀다. 연결음 끝에 담백한 여자의 목소리가 들렸다.

"먼저 걸려온 전화가 있어서 전화 드렸습니다."

— 아, 성함이 어떻게 되십니까?

"유지안입니다."

— 전화가 안 돼서 내일 있을 행사에 참석 안 하시는 걸로 처리하려던 참이었습니다. 다행히 다시 전화 주셨네요. 내일 오전 8시까지 출근 가능하신가요?

"아……."

선불리 대답하지 못하고 있자, 여자는 속도감 있게 대화를 이었다.

— 문자로 주소 하나 찍어 드릴게요. 온다고 확실하게 말씀해 주셔야 저희도 갑작스레 인원 충원할 일이 없습니다. 사실 지금도 늦은 시간이라, 안 하시겠다고 하면 인원 충원할 방법은 없지만요.

"알겠습니다. 보내 주세요. 복장이라든가 그 외에 숙지해야 할 사항이 있나요?"

— 검은 스커트랑, 하얀 블라우스인데 어차피 이쪽에서 제공해 드릴 겁니다. 문자로 계좌 번호랑 인적 사항만 보내 주세요. 아, 검정 기본 구두만 준비해 주세요.

"네."

내일 뵙겠다는 말로 전화는 간단하게 종료됐다.

습한 더위가 밤이면 제법 물러가도 낮에 후덥지근했던 탓에 지안의 몸은 끈적끈적한 땀의 흔적들로 너저분했다. 바들바들 떨면서도 찬물이 온몸을 훑고 지나가는 쾌락에 찬물로 샤워하는 것을 많이 좋아했다.

수건으로 젖은 머리를 감싸 안고, 방으로 들어와 선풍기 버튼을 발가락으로 톡 눌렀다. 어느새 원장수녀님이 제 이부자리를 봐 두신 건지 이부자리가 도톰하게 깔려 있었다.

두툼하고 보송보송한 것이 습한 날씨에게 '내가 질쏘냐?' 하고 반항하고 있는 것처럼 느껴졌다. 책상 앞에 앉아 크림 뚜껑을 열어 옆으로 툭 던지곤 손가락으로 퍼서 얼굴에 열심히 펴 발랐다.

그를 떠났던 약 2년 동안 과거의 기억들이 생각이 나지 않았다면 그건 거짓말이었다.

그냥 작은 기억을 담을 수 있는 상자 속에 고스란히 넣어 둘 뿐이었다. 금세 비가 오던 낮과는 다르게 밤하늘의 별이 촘촘하게 박혀 제법 시골 밤하늘의 청명함을 뽐냈다.

은하수 안에 아니 우주 안에 살고 있는 자신은 미개한 존재가 맞음에도, 미개한 존재에 대해 경외감을 느껴 본다거나 혹은 초라함을 느껴 본 적은 없었다. 다만, 좋아하는 사람들로부터 자신이 잊혀 간다는 것, 그것이 제일 두렵기는 했다. 어쩐지 생각의 끝에 다다르니 한심한 기분이 들어 고개를 좌우로 흔들었다.

"아, 피곤해, 피곤해. 뭔 쓸데없는 생각들이야……."

지안은 이불 안으로 슬라이딩해 들어가 눅눅해진 수건을 베개 위에 펼치고 젖은 머리를 그 위로 빼 올렸다. 쉽사리 잠이 오질 않았다. 방충망으로만 가려진 창문 밖으로는 달님과 별들이 내려앉고 있었다. 지안은 정신 사납다며 머리를 휘휘 흔들었다.

◈

서울로 올라가는 버스 안에는 고롱고롱 잠자는 사람들 몇 명 뿐이었다.

밤새 뒤척이던 지안을 알았던 건지 수녀님은 아침 일찍 일어나 따듯한 우유 한 잔을 방으로 밀어 주곤 빙그레 웃으시며 어깨를 다독여 주셨다.

"싫다는데 너무 억지로 밀어붙이는 건 아닌가 모르겠다……."

"가라고 하실 땐 언제구요. 이왕 가는 김에 코에 바람도 쐬고 올게요. 너무 걱정 마세요."

지안은 걱정스러운 표정으로 조심히 잘 다녀오라는 수녀님을 안심시켜 드리려고 애썼다.

어젯밤 늦게 받은 문자 안에는 지안이 오전 8시까지 도착해야 할 컨벤션 센터 홀 이름과, 부득이하게 참석하지 못할 시 꼭 연락을 바란다는 문구가 적혀 있었다.

도인혁이 자신에 대해 더 궁금해하기 전에 보육원에서 나가 읍내에서 회사라도 다녀야겠다는 생각에 다다를 때쯤이었다.

"도착했습니다."

칙— 버스가 도착하며 가스를 내뿜었다.

"수고하세요."

지안은 운전기사 아저씨에게 공손하게 인사하며 후다닥 버스에서 뛰어내렸다. 도시의 소음과 공해는 바로 어제까지만 해도 맡았던 것처럼 익숙했다. 지갑 속에 오랫동안 묵혀 놨던 카드를 뽑아 들고 지하철 입구를 향해 걸어갔다.

지안은 반갑다는 듯 지하철 입구에 걸린 지도를 보며 히죽거렸다. 더 멋스럽게 바뀐 지도를 보자 괜스레 서운해졌다. 자신은 잊히고 있었고, 세상은 더 빠르고 더 멋있게 발전하고 있다는 것이 피부로 와 닿았다.

다행히도 사람들이 애용하는 노선이 아닌지라, 출근시간에도 지옥철이 아님에 감사했다. 몸을 싣고 출렁출렁 흔들리는 지하철 안으로 몸을 기댔다.

곧이어 종착지를 알리는 안내 음성이 부드럽게 흘러내리자 지안은 메고 있던 가방을 한 번 더 추켜 메며 일어났다. 문자를 열어 다시 한 번 주소를 확인했다. 지하철에서 바로 나오자마자 보이는 큰 건물이라는 건 이미 알고 있던 터라 길을 찾는 건 어렵지 않았다.

계단을 몇 번 오르락내리락했더니 오랜만에 움직인 허벅지 안쪽이 당겨왔다. 턱턱 막히는 숨이 나이 탓인 것만 같았다.

거대한 기둥이 눈에 띄는 큰 건물 앞에 다가가자 아르바이트를 하는 사람들을 모아 놓고 출석을 체크하는 뿔테 안경을 쓴 여자가 보였다.

"유지안입니다."

"조금 일찍 도착하셨네요, 잠시만요."

여자는 작성지에 지안의 이름을 새겨 넣고, 옆 파일 첩에 꽂혀 있던 명함을 빼 들어 지안에게 건넸다. 속속 도착하는 여자들은 자기들끼리 그룹을 나누고 고된 아르바이트 속 든든한 동료라도 삼을 것처럼 의욕적으로 친분을 쌓으려 했다. 지안이 뻘쭘한 표정으로 먼 산만 응시하고 있을 때였다.

"안녕하세요. 다들 친구들 아니면 지인들과 모여서 오시던데, 혼자 오셨나 봐요."

제 또래처럼 보이는 다소곳하고 키가 아담한 여자가 말을 걸어왔다. 아마도 오늘 같이 일을 하게 될 사람인 듯했다.

"아, 네. 갑작스럽게 소개받아서 오게 됐어요."

"소개요? 와, 이거 경쟁률 센 건데. 고작 5일짜린데 다들 경력 쌓으려고들 하거든요. 인맥 좋으신가 봐요."

누구와 친해지는 것도 이제는 낯설고 힘이 드는 일이라는 걸 깨닫고 있을 때였다.

"자자, 수다들 그만 떨고 오늘 일정 브리핑 할 테니까 잘 들으세요."

여자들은 삼삼오오 모여 떨던 수다를 멈추고, 팀장이라고 자신을 소개한 여자를 바라봤다.

"9시부터 12시까지 교육이 진행될 겁니다. 근무 시간은 5일 동안 12시부터 오후 7시까지고요. 행사 내용 등은 외부로 발설하면 안 됩니다. 그리고 점심은 지금 나눠 드리는 식권을 지니고 있다가 파트너분과 교대로 다녀오시면 됩니다."

컨벤션홀로 들어가자 거대한 천장이 마치 호텔을 연상케 했다. 웬 교육. 지안은 고작 서빙이나 몇 시간 해 주면 그만일 거라고 생각했던 안일한 자신을 탓했다.

팀장은 홀 옆으로 붙어 있는 작은 연회장 안으로 50여 명의 여자들을 이끌고 들어가 각자 사이즈를 물어보며 종이봉투를 내밀었다.

이곳이 탈의실이었다니, 화장실을 갈까 싶다가도 금세 자신이 숙지해야 할 공지가 내려올까 싶어 다른 여자들과 같이 이곳에서 대충 옷을 갈아입기로 했다. 봉투를 열어 보니 타이트해 보이는 검은색 정장스커트와, 새하얀 블라우스가 보였다.

똑같은 머리스타일과 같은 복장으로 금세 직장동료들이 되어 나타난 낯선 여자들 사이에 끼어 있자니 선뜻 아르바이트를 내보낸 원장수녀님이 원망스럽기도 했다.

"여러분, 배우 도인혁 씨 아시죠?"

여기저기서 비명 소리가 터져 나왔다. 망각하고 있었던 사실이 떠올랐다. 그는 국내를 넘어서 아시아를 쥐락펴락하는 스타였다. 지안에겐 사실 사채업자보다도 마주치기 싫은 상대이기도 했지만.

"자선행사가 맞긴 하지만, 비공식으로 열리는 도인혁 씨의 행사기도 해요. 그래서 외국어를 좀 할 줄 아는 친구들도 뽑았어요. 장차 5일 동안 진행이 될 예정인데, 먼저 국내 인사를 담당할 팀과 해외 손님들을 맞이할 팀들로 그룹을 나눌 거예요."

팀장이 마른 손가락에 침을 한번 쩌억 발라 종이를 넘기며 사람들에게 나눠 주었다. 종이에는 각 그룹에 속한 사람들의 이름과 연락처, 그리고 홀 내부 구조가 표시되어 있었다. 지안이 배정된 곳은 입구였다.

처음 인사를 나눴던 여자와 짝꿍이 되어 있었다. 서로 눈인사를 나누며 어색하게 웃었다.

홀 안은 구경도 못 하겠구나. 입술을 삐죽 내밀며 유감스러운 듯 눈썹을 추켜세웠다. 재킷 앞주머니 안으로 방금 받은 종이와 함께 식권을 밀어 넣었다.

이런저런 설명을 들었다. 팀장은 설명 중간에 꾸벅꾸벅 조는 친구들을 향해 간식을 투척하기도 했다. 그리고 간식을 먹으며 노동계약서도 작성했다.

어느새 작은 키의 여자는 자신의 이름을 미영이라 소개하며 옆으로 다가왔고, 시간은 벌써 행사 시작을 알리는 듯 촉박하게 흘러갔다.

"어차피 옆에 붙어 있는 것도 아니라 수다도 못 떨겠어요."

"입 모양으로 이야기해요, 그럼."

입구로 걸어가던 미영이 툴툴거리자 지안은 웃으며 작게 대꾸했다. 여자는 통통하게 올라온 볼이 귀여웠다. 그러나 지안은 새로운 인연을 사귀고 친분을 위해 열심히 입방아를 찧어야 할 필요성을 느끼지 못했다.

아니, 어쩌면 그러고 싶지 않았는지도 몰랐다. 그래서인지 가까이 붙어 있지 않아도 된다는 사실에 조금은 안도감을 느꼈을 때였다.

홀 문을 활짝 열고 두 사람은 문 앞에 자리를 잡았다. 팀장에게 인사를 하는 각도까지 체크를 받았다.

"자, 이 팀은 인사만 잘하면 되니까 어쩌면 꿀보직 맞죠? 수고해요."

키득거리는 두 사람을 뒤로하고 팀장은 인이어를 체크하며 홀 안으로 들어갔다. 그리고 속속들이 도착하는 손님들을 향해 정중히 인사를 하며 주어진 일을 하고 있었다.

그로부터 몇 시간이 흐르자 홀 안에는 화려한 사람들이 북적대기 시작했다. 그들만의 인맥으로 이루어진 인사들이 인산인해를 이룰 때였다.

미영은 지안의 대답도 듣지 않고 점심을 먼저 먹고 오겠다고 쌩 나가 버렸다. 40여 분이 흘렀을까. 지안의 배에서도 꼬르륵 소리가 나기 시작했다.

어서 점심을 먹고 싶은 마음에 주머니 속에 있던 식권을 빼내서 손으로 만지작거렸다. 점심시간이 한참 지나고 사람들이 빠져나간 상태라서인지 연회장 안은 조금 한적했다.

도인혁은 마지막 날에 나타날 참인지 머리털 하나도 보이지 않았다. 차라리 보이지 않는 게 나을지도 모를 일이었다. 아는 척하는 것 자체가 골치 아픈 일이니까.

더 이상 손님들이 들어오지 않는 먼 계단 발치를 바라보았다. 밖의 날씨가 어두컴컴해지려 하자, 출발할 때 우산을 챙기지 않았던 것에 후회가 들었다.

뒤늦게 온 손님인지, 연회장 입구 계단 위로 사람들의 머리가 보이기 시작했고, 지안은 식권을 손에 쥔 채로 몸을 추켜세웠다. 검은 양복을 입은 사내들 몇 명이 먼저 계단을 올라왔고, 그 뒤로 누군가가 경호를 받는 듯 올라왔다.

지안은 순간 머릿속이 하얀 백지가 되는 것처럼 멍해졌고, 등 뒤로 식은땀이 흘러내렸다. 그나마 살아 있다고 느꼈던 작은 세상이 모두 다 무너지는 순간이었다.

차평건은 둘러싸인 남자들 사이에서도 눈에 띄었다. 겉보기에 변한 것이 있다면 이마를 가리고 있던 앞머리가 짧게 커트 쳐져 위로 올라가 있었고, 조금 더 사나워진 것 정도였다.

그러나 인상도, 전화를 바쁘게 받으며 올라오는 발길도, 손짓도, 눈빛도, 모든 신경이 잔뜩 곤두서 있는 모습이었다. 그는 날 세운 짐승처럼 변해 있었다.

지안은 순간 고개를 푹 내렸다.

가슴은 믿기지 않을 만큼 빠르게 쿵쿵거렸고 구둣발 소리들이 가까이 다가올수록 지안은 고개를 최대한 깊게 숙였다.

그때, 갑자기 번개가 치며 거센 바람이 입구로 들어와 만지작거리던 식권을 날려 버렸다. 손에서 식권을 놓친 지안은 재빨리 식권을 잡기 위해 몸을 움직였다.

그리고 식권을 잡으려던 찰나에, 유리처럼 빛나던 남자의 구두코가 식권을 꾹 짓밟았다. 지안은 인상을 팍 쓰며 남자의 구둣발에서 빠지지 않는 식권을 툭툭 빼내려고 했다. 결국 놔주지 않는 발길에 눈을 들어 신경질적으로 고개를 팍 올렸다.

굳어 버린 표정으로, 차평건을 마주했다.

"그래서 고작…… 네가 사는 세상은 이런 곳인가 보지?"

남자의 서늘한 목소리와 눈빛이 그대로 지안의 얼굴 위로 내려앉았다.

그가 자신을 내려다보는 눈빛을 보자 마음이 찌르르 아팠다.

생각보다도 더 마음이 아팠다. 손가락에서 힘이 빠지자 남자의 구둣발이 발밑의 식권을 저만치 날려 구석으로 보내 버렸다.

매정하게도 차평건은 뒤도 돌아보지 않은 채 그대로 홀 안으로 사라졌다.

그리웠던 남자의 스킨 향이 희미하게 맡아지자, 지안의 눈에는 점점 눈물이 고여 갔다. 눈꺼풀을 빠르게 깜박거렸다. 이제 와 마음이 얼마나 아프냐에 대한 것은 중요하지 않았다. 그저 희미하게 스쳐 지나간 남자의 스킨 향에도 눈물이 차올랐다는 사실에 좌절할 뿐이었다.

"어머! 괜찮아요?!"

점심을 먹고 돌아오던 미영이 현장을 목격하고 달려왔다.

"……아."

"세상에, 완전 또라이 아니에요? 뭐 저런 사람이 다 있어."

"괜찮아요, 저 잠깐만 쉬고 올게요."

"가는 길에 점심도 먹고 와요! 네?"

미영은 무릎을 꿇은 채로 아직 일어나지 못하고 있는 지안을 부축했다. 입가에 희미하게 남아 있는 벌건 국물이 괜스레 귀엽기도 해 피식 웃으며 대답했다.

"잠깐 탈의실 좀 다녀올게요."

탈의실 겸 직원들이 당분간 사용하게 될 작은 홀 안으로 들어갔다.

적막하게 조명이 내려가 있는 의자로 다가가 구두를 아무렇게나 벗어 던졌다. 오랜만에 신어서인지 발이 퉁퉁 부어 있었다.

벽에 등을 기대고 다리를 쭉 펴니 온몸의 피로가 사근사근 풀리는 기분이었다.

남자의 스킨 향이 이렇게도 씁쓸했었나 생각하니 비죽 입꼬리가 올라갔다. 눈을 감자, 방금 보았던 평건의 이목구비가 다시 한 번 선명하게 떠올랐다. 휘어 올라간 눈썹, 잔뜩 찌푸려진 미간…….

"이게 뭐야. 완전 엉망이야."

어쩐지 그는 더욱 성숙해진 것 같아 보였다. 더 이상 수더분하게 내려진 앞머리에 무심하게 표정을 유지하던 남자가 아니었다.

구두를 벗어 던지고 앉아 있자니 고삐 풀린 발볼이 점점 더 부풀어 올랐다. 엉금엉금 기어가 구두를 찾아 다시 발을 끼워 넣고 일어나 옷매무새를 다잡았다.

시간이 아직 충분히 남아 있었지만, 일찍 돌아가 팀장에게 포지션이라도 바꿔 달라고 할 참이었다. 최대한 구석진 곳, 눈에 띄지 않는 곳으로 바꿔 달라고 해야만 할 것 같았다.

문을 밀고 나가자 여자들의 비명소리가 여기저기서 들려왔다. 입구 앞으로 다가가자 안쪽을 기웃거리며 살피는 미영이 보였다.

"뭐 있어요?"

"깜짝이야! 벌써 왔어요? 글쎄, 도인혁이 도착했어요!"

"아…… 도, 인혁 씨요?"

"네! 어쩜 저렇게 조각 같아. 저기 안쪽으로 들어갔어요. 타이밍 안 좋다, 조금만 일찍 왔어도 봤을걸요? 바로 앞에 지나갔는데. 지안 씨도 참."

"그, 그러게요. 아쉽네요!"

"그렇죠? 이따가 다시 여기 지나서 나갈 거예요!"

미영의 들뜸과는 반대로 지안은 오히려 타이밍이 잘 맞았다는 생각이 머리를 스치고 지나갔다.

홀 안을 살펴보았으나, 자신이 찾고 있는 남자의 흔적은 보이지 않았다. 대신 연예인은 연예인이라 그런지 인혁의 모습이 눈에 확 들어왔다. 그는 답답하게 실내에서 선글라스를 끼고 샴페인 잔을 기울이며 행사에 참가한 사람들은 응대하고 있었다.

"나쁜 놈."

"휴, 그러게 말이에요."

혼잣말로 중얼거리던 말이 미영에게도 들렸는지 뒤돌아 지안을 마주했다. 전혀 의도와 다른 의미로 지안의 어깨를 토닥였다. 차평건은 그사이에 자리를 떠났는지 확인할 방법이 없었다. 두 번 다시 마주치고 싶지 않아 지안은 인이어에 연결된 무전으로 팀장을 호출했다.

곧 나타난 팀장은 지안의 새하얘진 얼굴을 보며 괜찮느냐고 거듭 물었다. 지안은 이때다 싶어 배탈이 났다는 핑계로 홀 안 구석에서 일하길 청했다.

지안은 팀장의 배려로 다행히 홀 구석에서의 일을 배정받게 되었다. 지안은 파티션에 가려진 구석 자리에서 샴페인 잔에 샴페인만 따르면 되었다. 샴페인 잔의 서빙은 서버들이 하기 때문에, 주의 깊게 보지 않는다면 아무도 자신을 발견할 일은 없을 터였다.

짝꿍이 바뀐다며 아쉬워하던 여자도, 어쩐지 지안의 표정이 꼭 급체라도 한 사람 같아 마지막까지 끈질기게 잡지 못했다.

구석진 곳에서 샴페인을 따르자니 홀 안이 한눈에 보이긴 했지만, 파티션에 반쯤 가려진 몸 때문인지 마음이 편했다.

일진이 사나웠던 하루는, 마지막까지 순조롭지 못할 것 같았다. 바로 뒤에서 들려오는 남자의 목소리에 등을 돌렸다. 조금 전까지 나쁜 놈이라고 뇌까리던 표정을 한 채.

"워우. 그렇게 무섭게 바라보면 쫄잖아."

"일부러 그런 거죠?"

"내가?"

인혁은 주렁주렁 액세서리가 끼워져 있는 손가락으로 가슴팍을 가리키며 주변을 두리번거렸다.

"양아치."

"쩝."

"왜 그랬어요?"

"많이 변했지?"

"동문서답하지 말구요……."

"뭐, 많이 변하긴 했어. 난 더 잘생겨졌고, 그 자식은 조금 급하게 늙어 버린 것 같달까……."

"차평건 팀장님 변한 거 하나도 모르겠던데요?"

지안은 자신을 들키고 싶지 않았다. 도도하게 시치미를 뚝 떼고 다시 나열된 샴페인 잔에 음료를 따랐다.

"이제 팀장이 아니라, 부사장이야."

도인혁은 재밌는 내기에서 이기기라도 한 사람처럼 장난기 서린 웃음을 짓고 있었다. 따르던 샴페인 병에선 더 이상 술이 나오지 않았다.

"왜 자꾸 괴롭히는 거예요?"

"이게 괴롭히는 건가?"

"상대방이 괴롭힌다고 생각하면 괴롭히는 거죠……."

"차평건도 아마 이런 심정이었을까?"

"무슨 소리를……. 좀 알아듣게……."

"그럼 수고!"

도인혁은 축 처져 굳어 있는 지안을 향해 유쾌하게 인사를 한 뒤 뒤돌아섰다. 그러더니 금세 사람들 사이에 휩싸여 사라졌다.

서울을 떠나 있는 동안 자신은 괜찮다고 수백 번 되뇌었다. 그도 사람이고 자신도 사람이었다. 다른 세계의 사람이라는 말은 정말 유치했다고 생각했다.

그런데 정말 다른 세계의 사람이 되어 있었다. 그와 나는 같은 천 조각도 아니었고, 영원히 한 실타래로 커버스티치될 일이 없는 사이였다.

남자는 처음부터 자신을 발견했고, 오히려 도망가듯 피하며 고개를 숙이고 있던 자신에게 화가 나 있던 것 같았다. 그냥 쿨하게 인사하고 악수라도 할 걸 그랬나. 자신이 너무 무식하게 굴었던 걸까. 그들의 세계는 그게 그렇게도 간단하게 받아들일 일이었던 건가.

별별 생각이 다 들다가도 비죽 화가 나기도 했다. 약혼녀가 있었음에도 자신에게 입을 맞추고 손을 잡아 따듯하게 머리를 쓰다듬어 주던 남자의 비상식적인 행동에도 사과 한마디 받지 못했음에.

어쨌든 더는 남자와 마주치지 않을 생각이었다. 차평건은 고요하고 깊은 바닷속에서 자신의 온몸을 끌어당기는 것만 같았다.

남은 5시간이 후딱 지나가고, 옷을 갈아입고 손목을 들어 시간을 확인하니 벌써 8시를 가리키고 있었다.

지안은 시계를 보며 찜질방에서 자야 할지, 버스를 타고 집으로 돌아갔다가 다시 출근해야 할지를 고민했다.

유니폼이 담긴 종이백을 들고 일어서 탈의실을 대신해 사용하던 홀 안을 두리번거리니, 짝꿍이라며 자신을 소개했던 여자는 이미 다른 사람들과 함께 빠져나간 듯 보였다. 그리고 남은 몇몇 인원들은 구두에서 발을 빼내어 알이 배긴 허벅지와 종아리를 탁탁 두드리고 있었다.

무거운 문을 밀고 홀 밖으로 나와 차평건이 걸어 올라왔던 거대한 계단으로 다가갔다.

자꾸만 아른거리는 남자의 환영이 자존심을 상하게 했다. 아이처럼 순수하게 좋아했던 남자로부터 냉정한 감정을 유지 못 하는 중이었다.

폭풍 같은 남자를 이제는 두 번 다시 보지 못할 줄 알았다.

지안은 계단을 타고 내려가며, 중간쯤에서 발걸음을 멈추고 움직이지 못했다.

차에 기대어 서 있던 차평건은 지안이 나오기까지 한참을 기다린 듯 보였다. 남자는 회사에서 급하게 퇴근을 한 건지 조여 매었던 넥타이는 어디다 던져 버리고 온 것 같았다. 목의 단추 또한 거칠게 풀어 헤쳐져 있었다.

"타."

남자는 그 자리에 얼어붙어 있는 지안을 향해 빠른 걸음으로 다가왔다. 그러곤 사납게 지안의 손목을 휘감고 차로 향했다.

번개가 포효를 지르며 쾅쾅 내지를 준비를 했다. 잿빛으로 가득한 하늘이 으르렁거렸다.

"타라고."

"괜찮습니다. 지하철역 바로 옆이에요. 아까는 일부러 모른 척한 거 맞습니다. 기분 나쁘셨다면 사과할게요. 어차피 이제 더 마주칠 일 없어요. 그럼 가 볼게요."

지안은 언제부턴가 딱 부러지게 남자 앞에서 이야기해 본 적이 없었다는 걸 상기했다. 허리를 다급하게 숙일 뿐이었다. 나름 딱 부러지게 얘기해 보려 했지만, 도시 여자처럼 쿨하게 악수를 청하는 짓은 하지 못했다.

뒤돌았던 몸이 생각보다 빠르게 잡혀 끌어당겨졌고, 남자는 보조석 문을 열어 지안의 정수리를 꾹 누르며 강제로 탑승하게 했다.

"왜, 왜 이러는 거예요!"

고요해진 차 안에 지안의 비명이 울렸다.

곧이어 운전석으로 돌아가는 차평건의 발걸음이 살벌해 보였다. 지안은 벌게진 얼굴을 들킬까 조마조마했다. 남자는 운전석으로 올라타자 바로 차를 출발시켰다. 여전히 그의 차 안은 시원하고 쾌적했다.

대답 없는 평건은 목적지를 말하지 않고 근교로 차를 몰았다. 거칠게 운전을 하다가도, 부드럽게 핸들링하기도 했다.

"화상이나 자상은 없어요. 보다시피 엄청나게 건강하고요, 후유증도 없어요. 그런 게 궁금하신 거라면……."

"……."

혼란스러운 표정이 그대로 표출될 만큼, 평건도 지안을 마주쳐 놀란 듯 보였다. 두 사람 모두 다 도인혁에게 갚을 빚이 생긴 건 분명했다. 지안은 억지로 차에 탑승한 뒤로 줄곧 '도시 여자처럼 쿨하게'를 마음속으로 되뇌며, 눈을 질끈 감았다 떴다.

"결혼! 축하드려요. 축하도 못 드리고 그렇게 가 버렸어요……."

이게 아닌데……. 답답한 마음에 청바지 위로 허벅지를 꼬집었다. 빠르게 달리는데도 불구하고 조용한 차 안처럼, 차 안의 분위기도 살벌했다. 지안이 말을 한 지 한참이 지났는데도 남자는 쉽게 대답하지 않았다.

"신혼집은 어디예요? 아, 엄청 비싼 동네겠다."

결국 남자의 입을 여는 데 성공했지만 후회했다.

"시끄러워."

처음으로 가까이 들려오는 남자의 목소리에 심장이 두근거렸다. 옆을 보니 더 날카로워진 턱 선이, 그의 체중이 전보다 감소했다는 것을 짐작케 했다.

서울 근교로 차를 모는 듯했는데, 방향 감각이 둔했던 지안은 남자가 차를 세운 동네가 어딘지 그제야 대강 알 것 같았다. 큼직큼직한 대문들이 즐비해 있는 것을 보니, 남자가 사는 동네인 것 같았다.

차가 동네의 끝까지 올라가자, 서울의 야경이 한눈에 보일 정도로 시야가 탁 트였다. 아쉽게도 비가 내리는 도시의 밤은 기분을 끝도 없이 계속 처지게 만들었다.

남자는 드디어 시동을 끄더니, 핸들을 쥐던 손에서 힘을 풀었다.

"뭐?"

"……."

어딘지 화가 잔뜩 나 있는 남자에게 고개를 숙이고 싶지 않았다. 이제는 다른 여자, 아니 자신이 존경했던 여자의 남자가 되어 있는 그를 향해 더 이상은 호의를 베풀고 싶지 않았다.

"신혼집이 궁금해? 결혼을 축하한다고?"

고개를 돌려 남자의 눈빛을 마주하자 지안은 마음속에 돌덩이라도 내려앉은 것처럼 통증이 느껴졌다. 건들기만 하면 꼭 터져 버릴 것만 같은 남자의 표정을 보니, 어쩐지 자신의 표정도 그와 똑같을 것만 같았다. 떨리는 목소리를 들키고 싶지 않아, 최대한 숨을 참으며 말했다.

"그럼요, 저 그렇게 속 좁은 여자 아니었어요. 그땐 팀장님이 아니, 부사장님이 먼저 말씀만 해 주셨어도 혼자 착각하는 일은 없었을 거잖아요."

"……."

"좋아. 궁금하다고 하니까 데려가줄게, 신혼집."

평건은 먼저 차에서 내려 지안을 보조석에서 끌어내렸다.

그리고 지안을 거대한 적갈색 문 앞으로 데려갔다. 그제야 남자가 하는 말을 이해한 지안은 평건의 손에 잡힌 손목을 빼 그에게서 빠져나가려 안간힘을 썼다.

"이거 놔요! 뭐라고요?"

"도인혁이 행사 주최하는 동안 계속 아르바이트하는 건가? 그럼 잘됐네. 너 백 실장이랑 친했잖아. 그럼 숙식 제공해 달라고 하고 여기서 아르바이트해. 따라와."

힘주어 자신을 잡아당기는 남자에게서 위험신호를 감지했다. 지안은 겁에 질려 남자에게 처음으로 소리를 질렀다.

"미쳤냐고요!"

"착각이라며!"

조용하던 골목은 두 남녀의 쩡쩡거리는 목소리로 가득 찼다. 지안은 누군가 들을까 혹은 누군가 보게 될까 노심초사하던 이성을 놓아 버린 채였다. 어깨 아래로 내려간 얇은 카디건은 추적추적 내리는 비에 젖어 지안의 어깨를 꾹꾹 눌렀다.

"……네?"

"너 혼자 모조리 착각한 거였다며. 그럼 당당하잖아. 숨길 것도 꿀릴 것도 없잖아. 그러니까 네가 궁금해하는 신혼집 가자고."

팽팽하게 당겨진 대립 속에서 어느 한 사람도 양보하려 들지 않았다. 지안은 살벌하게 미간을 찌푸리고 있는 남자를 경악스럽게 쳐다볼 뿐이었고, 평건은 답답한 마음이 농축되다 못해 성질로 변질된 것을 온 얼굴에 드러내고 있었다.

지안의 얇은 팔목이 붉게 부어오르고 있었다.

다시 팔을 비틀어 빼내려 했지만 평건은 절대 놔주지 않을 것만 같았다.

가을비였다. 보슬보슬 내리는 것도 모자라 이제는 제법 흩뿌려대고 있는 것이, 이대로면 내일 아침 감기에 걸려 고생할 것이 뻔했다. 가랑비가 점점 굵어져 피부 위로도 그것이 느껴지자, 평건은 다급하게 끌어당겨 문을 열고 들어갔다.

궂은 날씨만큼 가슴에도 회오리가 쳤다. 지안은 억지로 끌려가면서도 정신을 차리려 고개를 들어 건물을 바라보았다. 주택인 줄 알았던 건물은 10층 정도의 고층으로 이루어진 넓은 빌라였다.

거의 불이 꺼져 있었고, 불이 켜져 있는 가구는 몇 보이지 않았다. 빨개진 손목이 너무 아파서 더는 반항하지 못하겠다고 생각할 때쯤이었다.

평건은 주머니에서 카드키를 꺼내 문을 열고 공동 현관문을 지나쳐 넓은 복도를 따라 올라갔다. 층마다 1개의 문만 존재하는 것처럼 보였다.

평건은 복도에서 코너를 한 번 돌았다. 갑자기 나타난 101호의 현관문 앞에서 지안은 호흡을 잔뜩 멈추며 몸을 움츠렸다. 곧 잔인한 모든 상황들이 자신 앞에 도래할 것을 상상하며 지안은 눈을 질끈 감았다.

아프게 손목을 잡고 놓아주지 않는 남자를 위해, 아침에 일어나면 제일 먼저 기도를 했던 건 누구도 모를 비밀이었다.

"저도 자존심은 있어요."

"……."

"그리고 다른 사람을 밀어내고 싶다거나, 혹은 그 밀어낸 자리에 내가 들어가고 싶다거나. 그런 나쁜 마음, 저도 있다고요."

평건은 갈라지는 지안의 목소리를 가만히 듣고 있었다.

그의 표정이 어떤지는 확인할 방법이 없었다. 지안의 말을 듣고 있던 남자가 카드키를 다시 문 앞에 가져다 대자, 문이 경쾌한 소리를 내며 달칵 열렸다.

이번엔 따듯한 실내 온기가 그녀의 몸을 휘감았다. 안으로 먼저 들어선 평건은 문이 닫히자 그제야 그녀의 팔을 놓았다. 집 안은 심해처럼 온통 컴컴했다.

"센서 등이 고장 났는데, 아직 수리를 못 받았어."

"……."

"들어와."

자잘하게 센서 등에 대한 이야기로 분위기를 완화시키려는 남자의 노력이 느껴졌다. 신발을 벗고 들어간 남자가 스위치를 올리자 전등이 들어왔다. 거실이 시야에 들어오자 지안은 머뭇거리며 선불리 안으로 발을 들이지 못하고 있었다.

"거실까지 끌려올래?"

축축해진 옷가지도 불쾌했고, 젖은 운동화도 눅눅했지만 어쩔 도리가 없었다. 이 와중에 남의 집 오는데 빈손으로 와서 좀 그런가, 라는 생각이 얼핏 스쳤다. 자신에게 꿀밤이라도 한 대 놓고 삶을 지경이었다.

지안은 천천히 집 안을 둘러, 보며 조심스럽게 안주인을 찾았다.

주방과 이어져 있는 평수 넓은 집의 바닥은 대리석으로 반짝였다. 가구는 고작 소파와 티브이가 전부였다. 여자가 사는 흔적이라곤 찾아볼 수도 없었고 딸린 방 하나가 전부였다.

"신혼집 본 소감이 어때?"

분명 남자 혼자 사는 집이 맞았다. 여자의 향기라곤 찾아볼 수 없었을뿐더러 흔적도 없었다. 소파 앞에 늘어져 있는 노트북과 복잡한 서류들이 그가 그동안 일에만 매진해 왔다는 걸 말해 주고 있었다.

"왜…… 결혼 안 하셨어요?"

"이제야 제대로 된 질문이 나오네."

평건은 우두커니 서 있는 지안에게 수건을 줘 물기를 닦게 한 뒤 소파로 안내했다. 그리고 곧장 냉장고로 다가가 물을 한껏 들이켜고, 전기 포트에 따듯한 물을 올렸다.

그가 백장미 실장과의 결혼을 포기함으로써 얼마만큼의 큰 손실을 껴안았는지는 알 수 없었다. 다만 그 이유가 자신 때문이었다면 그 또한 너무도 끔찍하다 생각했다.

남자를 좋아하지 않아서가 아니었다. 그를 너무나도 좋아하기 때문이었다.

"얼마나 나를 양아치로 봤을까. 얼마나 불한당으로 봤을까. 생각 많이 했어."

평건은 따듯한 커피를 그녀의 앞에 내려놨다. 부산해 보이는 평건은 이리저리 왔다 갔다 하며 수건 몇 장을 가져와 지안의 젖어 있는 어깨 위로 덮어 주었다.

그리고 옆에 앉은 남자는 수건을 덮어 줘도 꼼짝하지 않는 작은 어깨를 허락을 구하지도 않고 양손으로 벅벅 문질렀다. 무겁게 닫혀 있는 그녀의 입술을 보며 달래듯 말했다.

"해명은 해야겠는데, 네가 불같이 화내기만을 바라고 있는데, 아무 말도 없이 그냥 모든 걸 껴안고 가더라……. 피하고, 도망가고. 어이없게."

"제가 어떻게 화를 내요."

지안이 일어나 가라앉은 목소리로 평건을 보며 말했다. 그냥 이기적으로, 바보같이 마음껏 좋아해 보기라고 할걸. 이제 와 고작 남아 있는 건 잔뜩 꼬여 버린 오해와 지나 버린 시간들뿐이었다. 한심하기도 했고, 억울하기도 했다.

"제가 어떻게 화를 내요."

"……."

"저, 고아예요. 부모님 얼굴도 모르고요. 자라 온 환경도, 살고 있는 배경도 그쪽이 여기 맨 위에 있다 치면 저는 저 바닥 너머에서 헤엄치고 있다고요. 무슨 말인지 모르겠어요?"

일어난 지안은 손을 들어 천장을 가리켰다가 바닥을 가리켜 보였다.

"알아, 안다고. 그러니까 내 말은."

"저는!"

"……."

"그쪽, 좋아할 수 있는 입장이 아니라고요……."

"유지안."

"이 말, 그렇게 꼭 제 입으로 들어야 속 시원하시겠어요?"

"지안아."

"만나서 반가웠습니다. 하지만 애석하게도 저희는 제법 잘 어울리지 못하는 것 같아요. 좋은 만남이었습니다. 이런 말 원하는 거였어요?"

"유지안!"

"친근하게 부르지 마세요. 잔인해요……."

"넌…… 왜 나에게 기회를 주지 않는 거야?"

"……."

"한 번이라도. 단 한 번이라도, 기회를 줄 수 있는 거잖아. 난 기회를 받을 자격도 없는 존재인 거야?"

"……."

"네가 분명 이럴 거 같았어. 그래서 처음부터 모든 걸 말하지 못했어, 나는."

평건은 아까와는 다르게 표정 없는 얼굴로 지안을 대면하며 일어났다. 이제야 후련하다는 듯한 남자는 건들기만 하면 터질 것 같은 지안을 바라보고 있었다.

곧 사라질 사람처럼 미세하게 떨고 있는 여자의 어깨를 안고 싶어도, 그러지 못했다. 조금 더 차분하고 진중한 설명과 이해관계의 정리가 필요했다. 급한 성격을 억누르며, 평건은 조금 더 차분해지기로 했다.

"결혼하지 않는다고 해서 우리 집 안 망해. 생각보다 나 잘살아. 네가 생각하는 것보다 돈도 많고, 너 하나 좋아한다고 해서 지갑에 구멍 안 뚫려."

"그런 말이 아니잖아요."

"그건 내가 알아서 할 일이지, 네가 신경 쓸 일이 아니야. 생각보다 오버하고 있었네."

직설적인 화법은 그대로였다. 동화처럼 백마 탄 왕자가 나타나 자신을 구해 줄 거라고는 기대하지 않았지만, 이 상황에서도 이런 말을 들어야 한다는 게 애석했다.

분명 남자와의 시작은 언제인지 정확하게 기억은 나지 않아도 있긴 있었다. 그리고 제멋대로 혼자 끝내 버리기도 했다. 무서웠고, 한없이 떨리고 긴장되는 나날들뿐이었다.

"……."

머뭇거리던 차평건은 그제야 숨을 들이쉬며 잔뜩 말들을 뱉어냈다.

"그래. 제일 먼저 결혼식. 그건 애초에 일어날 일이 아니었어. 백장미와의 결혼은 복잡한 주변 상황 때문에 부모님도 어쩔 수 없이 밀어붙이신 거였어. 어차피 둘 다 식장으로 입장하지도 않을 거였기 때문에 너와 조금 더 친해지면 설명해 줄 참이었어. 그래, 상황이 너무 복잡하잖아. 그런 걸 너한테 어떻게 설명해야 할까, 고민하고 있었어."

남자의 표정은 뜨거운지, 차가운지 알기 힘들었다. 처음으로 지안은 고개를 들어 그립고 또 그리웠던 남자의 얼굴을 바라봤다. 곧 사라질 사람일지도 모른다. 이것이 꿈이라 한다 해도 고개를 들어 그의 얼굴 그리고 눈동자를 바라보고 싶었다.

"내 주변엔 구역질 나는 일들이 많아. 2년 동안 널 찾아 데려오지 못했던 건, 내 입지를 다질 시간이 필요했기 때문이야. 쥐고 있던 칼자루 다 내팽개치고 너한테 가고 싶기도 했지. 근데 난 무슨 삼류 드라마도 아니고 라면이나 먹으면서 너와 단둘이 사랑이나 운운하면서 살 생각 없었어……."

"……."

"알아. 넌 그동안 많이 서운했겠지. 어쩌면 지금도 서운할지도 몰라. 근데 거짓말은 못 하겠다."

서운하지 않았다. 자신을 위해 살아왔던 부유한 환경을 모두 등지고 자신에게 와 줄 거라는 기대도, 사실 그런 그림을 바란 것도 아니었다. 많은 시간 함께하지 못했음에도 남자가 가슴속 어딘가에 각인된 것만 같았다.

오랫동안 유령처럼 둥둥 떠다니던 남자의 얼굴이 현실이 되어 나타나도 분명 가슴은 벅차올랐고, 그 김에 눈물도 차올랐다. 분명 서운하지 않은 건 맞는데 왜 서운한 감정이 드는지 이해할 수 없었다. 눈물이 날까 겁이 나 지안은 눈에 힘을 줬다.

"복잡해서 일일이 설명을 빠르게 하지 못했던 건 미안. 하는 방법도 몰랐어. 그것도 미안. 누굴 좋아해 본 적도 없어서 어떻게 해야 하는지, 뭐가 뭔지도 몰랐어. 그것도 미안. 근데 너도 너무 했잖아."

속사포처럼 뱉어 내는 남자의 말을 어디다 적어 두고 다시 읽으며 정리해야 할 것만 같았다. 남자는 숨을 고르며 대답 없는 지안이 어디로 가 버릴까 노심초사해했다. 그녀의 손을 잡고 정확한 발음을 구사하려 노력했다.

남자는 구구절절 말하면서도, 붉게 올라온 그녀의 팔목을 바라보다 살며시 엄지로 쓰다듬었다.

"아프게 한 것도 미안."

꾸우르륵. 지안의 배 속에서 천둥이 치는 것같이 우렁찬 소리가 났다. 고요한 정적 속에 울리는 소리에 지안이 깜짝 놀라 배를 움켜쥐며 평건의 얼굴을 바라보자, 남자도 당황한 표정이었다.

팽팽하게 당겨진 분위기가 어느 순간 툭 풀어졌다. 지안은 집 안 곳곳을 둘러보며 평건의 시선을 피했지만, 남자는 끈질기게 지안의 얼굴을 쳐다보았다.

"배고프게 한 것도 미안."

"배고픈 거 아니에요! 속이, 속이 좀 안 좋아서 그런 거예요……."

"알았어. 알았으니까 뭐라도 좀 먹자."

"아, 아니, 진짜 괜찮은데……."

남자는 더 이상 캐주얼한 옷을 입지 않는 것 같았다. 보기 좋게 잘록한 허리에 감긴 벨트가, 꼭 주인에게 감겨 있는 살아 있는 생물처럼 느껴졌다.

차평건은 자리에서 벌떡 일어나더니 빠른 걸음으로 주방으로 들어가 냉장고를 열어 툭탁툭탁 무언가를 꺼내기 시작했다. 식빵이 담겨 있는 봉지와 우유, 그리고 몇 가지 과일을 너저분하게 꺼내 놓으며 허둥지둥했다. 남자의 사사로운 행동들을 가만히 지켜보았다. 아직도 여전히 그는 자신에게 다정했고, 다혈질적이기도 했고, 또 냉정하기도 했다.

"아니다. 그냥 나가서 먹을까?"

"아니요. 가 볼래요. 늦게 돌아가면 걱정할 거예요. 아직 막차 있을 시간이니까 갈래요……."

"막차 끊기면 어디 갈 건데?"

평건은 현관으로 몸을 돌리는 지안을 향해 빠른 걸음으로 다가와 팔을 잡아끌었다. 남자가 자신의 몸에 거침없이 손을 댈 때마다 자꾸만 슬퍼 눈물이 나오려 했다. 남자의 힘이 손목 위로 고스란히 느껴질 때 마음이 찢어질 듯 아팠다.

"찜질방 많아요."

"나한테 관심 없다고 도망간 여자한테 허튼수작 부릴 생각 없어. 그러니까 전화로 허락 맡고 일 끝날 때까지 여기서 지내."

"……."

"신혼집 아닌 거 확인했잖아……!"

결국 그에게서 아이처럼 칭얼거리는 소리가 터져 나왔다. 그에 당황한 지안이 머뭇거리며 선뜻 대답하지 못했다. 도인혁의 계획적인 장난에 결국 남자의 둥지에 발을 들이게 됐다.

5일 동안 자신과 함께하자는 본심과 사정을 봐준다는 명분을 내세운 남자가 초조해 보이기도 했다.

지안의 침묵은 평건에게 언제부턴가 가장 큰 무기가 되곤 했다. 못 본 사이 여자는 조금 더 무게감을 달고 나타났고, 그녀의 눈동자는 더욱 무거운 침묵을 담고 있었다.

"부탁이야. 그러고 나서 다시 네가 있던 자리로 돌아가겠다면 그땐 더는 안 잡을게."

한동안 대답하지 않는 자신을 향해 평건은 결국 머리를 굴렸다. 문득 알게 된 건 남자는 순발력이 없다는 점과, 또 자신의 앞에서 항상 약자가 되어 있다는 점이었다. 분명 항상 약자라고 생각했던 건 자신이었는데 왜인지 비 오는 가을밤, 남자는 자신보다도 더 처량해 보였다.

"그럼 투잡 뛰는 걸로 해."

"무슨 소리예요?"

"5일 동안 살림을 부탁하지."

"억지 부리지 마세요! 제가 무슨 가정부예요?"

유치해지는 남자의 다급함에 어이없게도 웃음이 나왔다.

"알바 하러 올라왔다며, 겸사겸사 해. 그럼 되잖아. 5일 동안."

"싫어요."

"……넌 도대체 왜 이렇게 나한테만 빡빡하게 굴어. 의기소침하고. 예전엔 고분고분 말만 잘 듣고 수줍어하더니. 변했다, 너."

하루 종일 회사에서 피곤에 찌들었을 남자의 셔츠엔 구김이 많았다. 눈은 살짝 충혈되어 있을 정도로 피곤함이 엿보였다.

지안은 모든 것들이 무의미한 것처럼 느껴졌고 힘겨루기는 잠깐 멈춰야겠다고 생각했다. 이제 와서 무엇을 다시 바로잡겠는가. 또 자신이 얻을 것 잃을 것도 더 이상 없어 보였다.

"……."

"이렇게 부탁하잖아."

차평건은 지안의 손을 잡고 옆으로 흔들었다.

대답을 재촉하는 남자에게 대답을 하는 대신, 식탁 위로 차려진 접시 앞으로 다가갔다. 피곤했다. 눅눅해진 옷도 그렇고, 어디 목욕탕이라도 비집고 들어가 뜨거운 탕에 몸이라도 첨벙 담그고 싶었다.

식빵을 집어 들고 딱 세 번에 모조리 입안으로 욱여넣었다. 온종일 서 있던 것도 피곤했고, 종일 한 끼도 먹지 못했음이 억울하기도 했다.

앞에서 지켜보던 남자는 지안의 아우라에 말도 못 하고 거실에 딸린 베란다로 나갔다. 무언가를 뒤적거리는 소리가 들려 고개를 돌렸다. 셔츠가 비에 젖어 남자의 몸에 찰싹 붙어 있었다.

순간 화들짝 놀라 고개를 다시 접시로 돌렸다. 갑작스럽게 눈안에 들어온 남자의 젖은 몸과 허리께의 살결이 정신을 퍼뜩 차리게 했다.

"내 방 침대에서 자라고 하면 싫다고 할 거지?"

어디선가 꺼내 온 큰 이불 뭉치를 거실 바닥으로 내려놨다. 허허벌판에 돗자리 하나 깔아 놓은 것 같았다. 남자는 다시 식탁으로 다가와 비어 버린 우유 잔에 우유를 붓고, 식빵 몇 개를 토스터에 돌렸다. 접시에 오른 몇 조각마저 혼자서 다 먹어 버려 빈 접시뿐이었다.

너무 게걸스레 먹은 걸까 싶은 찰나였다. 평건은 띵 하고 올라온 토스트에 버터를 발라 다시 지안의 접시 위로 말없이 올렸다.

"배부른데요……."

"열 조각은 더 먹을 수 있어 보이는데?"

틀린 말은 아니었다.

배부르다는 소리와 함께 본능적으로 빵 조각을 들어 와그삭 씹어 먹으며 볼멘소리를 하고 있었기 때문이었다.

"음, 진짜 배부른데 대접해 주시니까 먹는 거예요."

남자도 집을 줄 알았던 빵 조각은 그대로였다. 얄짤없이 지안의 입속으로 게 눈 감추듯 들어가 버렸다. 손바닥을 털던 남자는 방 안으로 사라져 옷가지 몇 개를 들고 나와 이불 옆쪽으로 던져놨다.

"젖었으니까 우선 씻고 와. 감기 들면 둘 다 손해야."

대답 없던 남자는 피곤한 듯 거실에 딸린 욕실을 가리켰다. 그러곤 자신은 셔츠의 단추를 끄르며 방 안으로 들어갔다. 그쪽에도 딸린 욕실이 있었던 건지, 방문 안쪽으로 문이 닫히는 소리가 들렸다. 고요한 거실 위엔 시곗바늘 소리만이 유일했다.

으슬으슬 추워지기 시작하자 지안도 멍하니 앉아 있던 몸을 일으켰다.

어차피 한 번은 정리되지 못했던 남자와의 일을 정리해야 한다고 생각하고 있었다.

이건 분명 일상생활에 있어, 아니 나아가 앞으로 자신의 삶에 큰 저주가 될지도 모를 일이었다. 올라온 김에 정확하게 정리를 해야 할 일이었다는 생각이 들자, 빈 접시가 눈에 들어왔다.

"엥. 누가 다 먹었지……."

후다닥 일어나 싱크대 위로 조심스럽게 접시를 넣었다. 그리고 남자가 던져 놓은 옷가지들을 조심스럽게 들고 욕실 앞에 다가섰다. 거실엔 분명 지안 외엔 아무도 없었지만 괜스레 두리번거린 뒤 남자의 옷가지에 코를 깊숙이 대고 숨을 들이켰다.

눈만 감아도 생생하게 맡아졌던 그 냄새가 지금 맡아지고 있었다. 괜히 눈물이 차오를 것 같아 더 이상의 쓸데없는 짓은 그만하기로 했다.

가로로 메고 있던 가방을 벗어 올리고 욕실 옆 구석에 내려놨다. 어두컴컴한 곳에서 스위치를 찾으려니 잘 보이지 않아, 벽과 안쪽 벽 사이를 고개를 갸우뚱거리며 왔다 갔다 했다.

결국 더듬거리던 중 딱딱한 스테인리스에 손을 가져다 대자, 전자식 스위치가 화장실 안으로 은은한 조명을 내렸다. 스위치 하나에 위화감이 들긴 또 처음이었다. 시큰둥하게 걸어 들어가, 품에 안은 옷가지들을 한 번 더 움켜쥐고 변기 뚜껑 위로 내려놨다. 어디가 됐든 간에, 우선 추운 몸을 따듯한 물에 녹이고 싶었다.

"으아아악!"

순간 앞에서 반짝반짝 별들이 왔다 갔다 하고 은하수가 펼쳐졌다. 마지막으로 기억나는 것은 엉덩이 쪽 꼬리뼈가 으스러질 듯 아팠던 것과, 욱신거리는 발목의 고통이었다.

그리고 얼마 안 있다 그 뒤로 벌컥 열리는 문과 함께 평건이 나타났다. 젖어 있는 남자의 머리카락 위로 비눗방울의 잔여물이 남아 흘러내리고 있었다.

"뭐, 뭐야. 아으 따가워."

남자는 눈 사이로 흘러내려 오는 비눗방울들을 손가락으로 훔쳐내고 있었다. 많이 따가운지 눈을 비비면서도 지안에게 다가왔다. 노크도 없이 들어온 남자에게 당황하기도 했지만, 비명소리를 듣자마자 한걸음에 달려온 남자에게 어쩐지 위안이 들려던 참이었다.

"넘어진 거야?"

"괜찮아요……."

"뭐가 괜찮아. 잠깐만 그대로 있어 봐."

샤워기를 집어 들더니 부스 안에서 머리를 후딱 헹궈낸 남자가 젖은 손을 털었다. 그러곤 대자로 뻗어 있는 지안의 몸을 일으켜 주고 앉은 자세로 발목을 살피기 시작했다.

지안은 남자가 들어와 머리를 헹구고, 자신의 몸을 일으켜 줄 때까지 아무 짓도 하지 못하고 멍하니 바라보고 있었다. 욕실 문을 열고 나타난 평건은 반바지 차림에 상체엔 아무것도 걸치고 있지 않았기 때문이었다.

갑자기 열이 확 오르는 기분에 고개를 타일 바닥 쪽으로 돌리며 시선을 회피했다. 그러면서도 본능적으로 이미 한순간에 남자의 몸을 모조리 스캔해 버린 자신이 괜스레 음란하게 느껴졌다.

마른 듯하면서도 탄탄하게 비율 좋은 몸이었다. 새벽마다 몰래 운동이라도 하는 남자처럼 바람직해 보였다. 피부색은 구릿빛이었다. 갑자기 아랫배가 찌릿해지는 기분이었다.

조금 후 욕실에서 나온 지안의 어깨에는 머리카락에서 똑똑 떨어지는 물방울을 받아 주는 수건이 걸쳐져 있었다.

"빨랫감 줘, 내일 입고 갈 거 없잖아. 내 옷 입고 갈 건 아니지?"

"제가 돌릴게요. 세탁기 어디 있어요?"

"사용법 알려 주는 시간보다 내가 후딱 돌리고 오는 게 더 빠를 건데."

"여기요……."

무조건 싫어요, 안 돼요, 하기엔 피곤한 밤이었다. 팔에 힘을 주고 뭉쳐진 옷가지들을 남자에게 쭉 내밀었다.

"속옷은?"

고개를 들어 인상을 쓰고 남자를 째리자, 도망가듯 뒤도 안돌아 보고 세탁실로 향했다. 돌돌 돌아가는 세탁기 소리가 들렸다. 내일 아침까지 두면 말려져 나올 거라며 묻지도 않는 말을 술술 내뱉고 약통을 들고 와 소파 아래로 자리를 잡았다.

평건의 옷을 입고 소파에 걸터앉은 지안은 발목을 쭉 내밀었다. 곤두세우고 있던 정신은 이미 무장해제된 상태였다. 생각보다 많이 헐렁한 옷이 자꾸 어깨 아래로 내려갔다. 속옷 끈이 보일까 봐 신경이 쓰여 손가락으로 계속 움켜쥐고 있었다.

"그거 그렇게 바르는 거 맞아요?"

"그렇다니까."

남자는 다 씻고 나온 지안에게 고갯짓으로 소파에 앉으라고 한 뒤, 정체를 알 수 없는 약을 하나 가져와 이리저리 둘러보더니 발목에 쭉 짰다. 그리고 살살 문대며 마사지를 시작했다. 갑작스럽게 시작된 남자와의 스킨십에 몸 둘 바를 모르겠는 와중에, 사용법이 맞는지에 대한 의구심이 비죽 올라왔다.

"프랑스 출장 갔을 때 사온 건데, 문질러 흡수시켜야 약 효과가 더욱 좋아진다더라고. 설명서에 적혀 있어. 진짜야."

"이리 줘 봐요."

평건이 들고 약장수처럼 설명하고 있는 튜브를 낚아채 뒷면에 있는 설명서를 살폈다. 하지만 죄다 알아볼 수 없는 불어로 되어 있어, 애석하게도 이해를 할 수 없었다. 평건은 다급하게 지안에게서 다시 약을 낚아채 약통으로 집어 던져 넣었다.

"아, 피곤하다 이제 그만 자자."

"이거 진짜 아침에 효과 있는 거죠? 내일 빠지면 안 된단 말이에요."

"언제부터 그렇게 책임감 있었다고."

"효과 있는 거냐고요!"

"아, 맞다니까. 그렇게 아프면 침대에서 자든가. 더 푹신푹신한데……."

"됐어요. 잘게요. 불 끄고 들어가세요. 진짜 오늘만 신세 질게요."

"……."

손가락으로 얌전히 끄고 들어가면 될 것을, 평건은 손바닥으로 스위치를 퍽 친 다음 방으로 들어가 문을 살짝 닫는 듯하더니 비스듬히 다시 열었다.

소파에서 일어나 이불 위로 올라가니, 폭신하게 제법 쿠션감이 좋았다.

바닥에 깔린 이불 안으로 들어가 앉았다. 축축한 머리를 벅벅 문질러 털고 배게 위로 수건을 깔아 바로 머리를 젖히고 누웠다. 아침부터 저녁까지 하루가 너무도 긴 하루였다.

지나온 시간들이 허무했고, 억울하기도 했으며 그에 따른 한탄도 이미 속으로 잔뜩 하고 있었을 때였다. 이제 와서, 남자와 다시 바람직한 만남을 갖기엔 서로의 위치 차이가 너무 많이 나고 있다는 것도 이해하고 있었다.

그 와중에 따듯하게 구는 남자에게 더욱 미운 마음이 가득했다. 모르겠다. 그냥, 오늘 밤 고급빌라 거실 바닥에서, 푹신한 이불에서, 편하게 단 몇 시간이라도 자야겠다고 생각했다. 그게 소박하지만 자신에게 주는 보상이었다.

별이 제법 잘 드는 집이었다.

폭신한 이불이 밤새 추웠던 몸을 녹여 준 효과가 과했던 건지, 이미 지안의 발차기에 의해 저 멀리 날아가 있었다. 걷어차 버린 이불을 찾아 발버둥 치며 주섬주섬 움직였고, 들어오는 햇볕에 이리저리 눈을 뜨고 비비적거릴 때였다.

"헉!"

차평건은 이미 출근 준비를 마친 상태로 보였다. 한쪽엔 커피, 한쪽엔 샌드위치를 잡고 지안의 이부자리 옆쪽에 앉아 잠들어 있는 지안을 관음하고 있었던 듯싶었다. 언제부터였는지 알 수 없었다.

"아, 깜짝이야!"

귀 뒤로 머리카락을 넘기며 신경질적으로 말했다. 지안은 눈을 뜨자마자 얼굴을 들이댄 남자에게 대놓고 화는 내지 못하고, 애꿎은 베개를 팡팡 쳤다.

그러곤 퍼뜩 이부자리에서 일어날 준비를 했다. 귀 뒤로 넘겼던 머리를 다시 흩트려 내리고 혹여 자다 일어난 추한 얼굴을 보이진 않을까 본능적으로 남자의 시선을 회피했다.

"여자가 무슨 코를 그렇게 고냐."

"저 그런 잠버릇 안 키우거든요."

"웃기시네. 나 출근해야 돼. 식탁에 샌드위치 만들어 놨어. 먹고 가."

"웃긴 건 그쪽이죠. 왜 아침부터 애먼 사람 관음해요? 변태예요? 관음증 있나?"

"야, 너 막 나한테 그렇게 막말하고 그럼 안 돼. 내가 생각보다, 응? 좀 높은 위치에, 응? 있단 말이야."

남자를 계속 뚫어지게 바라보고 있던 걸 거울 속에 반사된 남자의 눈동자에 의해 들켜 버렸다. 넥타이를 조여 매던 남자는 거실 한쪽에 있는 거울 앞에 다가가 옷매무새를 다잡았다.

"……."

"물론, 지금은 막말해도 내가 맞받아 칠 수 없는 약자의 입장이라는 것도 잘 알지만. 어때? 넥타이 잘 어울리나?"

"그걸 왜 저한테 물어요……."

짧게 커트 친 머리를 왁스로 올리니, 어제보다도 더 인물이 훤칠해 보였다.

"오늘 중요한 회의가 있어서……."

핀잔을 주는 지안을 향해 슈트 안주머니에서 카드키를 꺼내 건넸다. 지안은 못 본 척 식탁으로 걸어가 샌드위치를 집으려던 찰나였다. 남자는 어느새 지안을 따라와 얇게 한숨을 쉬며 접시 옆으로 카드키를 밀었다.

"나는 네가 생각하는 것만큼 착한 사람이 아냐. 이따가 찜질방 갔다간 그 찜질방 정전 사태 일어나는 걸로 알고 있어. 차마 폭파는 안 되고."

입안에 욱여넣던 샌드위치를 먹다 말고 경악하는 눈초리로 남자를 바라보자, 평건이 멋쩍은 듯 뒷목을 벅벅 긁었다.

"그리고 네가 생각하는 것처럼 이상한 짓 안 할 테니까 알바 끝날 때까지 얌전히 여기서 지내."

"아무 생각 안 했거든요?"

아차 하는 평건은 당황했는지 귓가를 만지작거렸다.

옆으로 놓여 있던 사과 한쪽을 집어 와작 깨물어 먹더니, 서류 가방을 들고 뒤돌아서며 손을 흔들었다. 신발장에서 구두가 투탁거리는 소리와 함께 현관문이 잠기는 소리가 들렸다. 먹던 샌드위치와 사과를 내려놓고 지안은 공허한 집 안을 둘러보았다.

힘겹게 일어나 집 안을 둘러봤고, 또 비어 있는 방문도 열어 구조를 살폈다. 생각보다 고급스러운 빌라 촌이었는지 평수도 생각보다 넓었다. 마지막으로 굳게 닫혀 있는 남자의 방문도 열어 볼까 하다 관두기로 했다.

그러고 보니 어젯밤 걷지도 못할 정도로 아팠던 발목이 살짝 뻐근한 것 외엔 전혀 무리가 없어 보였다. 신기한 듯 이리저리 발목을 굴리며 살살 몸을 풀었다.

"신기하네. 진짜 효과가 있는 약인가 봐……."

아침엔 괜찮은 것 같더니, 결국 시큰거리는 발목이 문제였다. 팀장은 절뚝거리는 지안을 보며 괜찮겠느냐며 수차례 확인을 하러 입구로 오가길 반복했다.

"어쩌다 그렇게 다쳤어요."

"왜, 그런 날 있잖아요. 살면서 처음부터 끝까지 하루가 엉망인 날들. 어제가 그랬어요."

"맞아요. 그런 날엔 딱 죽고 싶기도 한데."

어제부터 마음이 참담했고, 정의 내릴 수 없는 혼란스러운 감정의 연속이었다.

식판에 담긴 음식들이 도저히 줄지 않았다. 아침에 먹어 치워 댄 식빵 때문에도 그런가 싶어 수저를 내려놨다.

"이런. 컨디션이 안 좋아서 입맛도 없나 봐요."

"한술이라도 더 뜨지. 오늘은 한가해서 이렇게 같이 밥이라도 마주 뜨는 거예요. 이따 오후에 귀빈들 참석 많을 거라고 겁주더라고요."

파트너는 밥을 가득 한술 떠 넣어 양 볼 가득 담고 먹고 있었다. 피곤해질지도 모른다는 이야기에 지안은 수저를 들어 국을 한 번 더 입에 떠 넣었지만 입맛이 돌아오지 않는 건 여전했다.

결국 앞사람이 밥을 싹싹 비워 내고 일어나 후식을 들고 나서려던 참이었다. 후식은 파인애플 꼬치였는데, 한 입 베어 무니 오늘 먹었던 음식 중 제일 맛있는 기분이었다.

"음, 맛있네요. 아휴. 이제 또 서서 허리 굽힐 생각하니까 겁나네."

"먹고사는 게 힘들죠?"

"그렇다니까요. 취집이라도 되면 좋으련만, 가구주한테 기대서 살림하고 하고 싶은 것만 하고 산다는 게 정말 동화 같은 이야기인 거 같아요……."

마냥 동화 같은 이야기였다. 차평건 정도의 능력과 부를 갖고 있다면 방금 앞서 여자가 말한 이야기들은 현실이 될 수도 있는 일이기도 했다. 동화 속엔 감춰진 이면이 얼마나 많은지 파인애플을 한입에 쏙 넣는 여자는 아직 모르는 듯했다.

"지안 씨는 남자 친구 없어요? 결혼할 남자라든가. 혹시 유부녀?"

"아니에요. 남자 친구는 무슨요. 대학 때 몇 번 단체 소개팅 외엔 없었던 거 같아요. 결혼은 당연히 생각 없고요. 그럴 상황이 아니라서……."

"그렇구나. 사실 저는 만나는 남자가 있긴 한데, 연봉이 너무 적어서 고민이에요. 물론 저도 아직 백수이긴 하지만 집에서 시집갈 때 밑천 대 줄 정도는 되거든요. 뭐랄까, 사는 수준이 너무 차이 나면 많이 싸울 것 같지 않아요?"

"그런가요……."

"힉! 늦었어요! 교대할 사람들 기다리고 있겠네요!"

발목이 점점 더 시큰해져 왔다.

사랑도, 결혼도 끼리끼리 하는 거라고 믿으며 어린 시절을 겪었던 자신에겐, 좀처럼 설렐 일이 없었다. 그래서인지 더욱 여자의 말에 수긍하기도, 그렇다고 반론하기도 모호했다.

남자도 마찬가지였다. 그 사람이 어디가 좋았고 무엇 때문에 아팠느냐고 묻는다면, 나는 그저 남자의 존재가 좋았고 남자의 존재가 자신을 아프게 했다고 말할 수 있을 것 같았다.

초라했던 자신에게 사랑은 어울리지 않았기 때문에, 어쨌든 그런 낮은 자존감을 잊기 위해선 바쁜 일상이 필요했다. 다행히도 서울에 정착 아닌 정착을 해서 바쁜 20대를 보냈었다. 그러나 어느 날 갑자기 나타난 은밀한 덫처럼, 남자는 지안의 일상생활을 송두리째 바꿔놨고, 생활에 모든 것이 되어 버렸다.

억울했다. 멋진 나의 인생이 송두리째 날아간 것만 같아서. 허락도 구하지 않고 남자가 자신에게 깊숙이 들어와 버린 것만 같아서. 당장 달려가 얼굴이라도 후려갈기고, 도대체 왜 앞에서 아른거리는 거냐고 미친 사람처럼 화를 내 보고도 싶었다.

많은 것을 원하는 것도 아니었고, 고작 내가 사는 세상에 넘어오지 말라고 경고만 했을 뿐이었다. 어쩐지 자신이 먼저 남자를 끌어들인 게 아닌가 싶기도 했다.

오후는 눈을 몇 번 감았다가 뜨지도 않은 것 같은데 금세 지나가 버렸고, 어느새 퇴근을 앞두고 있었다. 옷을 갈아입고, 오늘은 찜질방에 가서 잠을 청해야겠다고 마음을 정하려던 참이었다.

오늘도 변함없이 계단을 타고 내려가는데, 어제의 그 자리에 남자가 서서 지안을 기다리고 있었다.

"저 서울 떠난 지 얼마 안 됐어요. 지리 잘 알거든요. 왜 또 거기 서 있는 건데요."

"뭐, 일이 좀 일찍 끝나서."

길을 잃어버린 것만 같았다.

남자가 자신을 자꾸만 어린아이처럼 만들어 버리는 기분에, 비죽 억울한 마음이 들기도 했다. 파트너의 말대로 어차피 어울리는 사람이 아니니, 내 것이 되지 않을 바엔 당장에 얻을 수 있는 보상이라도 받아야겠다는 심보가 올라왔다.

"그럼 좀 얻어 탈게요."

고민도 하지 않고 어제와는 다르게 행동했다. 뻔뻔하게 고개를 치켜들고 보조석으로 냅다 올라탔다. 평건은 의외로 당당하게 차 안으로 올라타는 지안을 어리둥절하게 바라보고 있었다.

차평건은 운전대를 잡고 자신의 집 방향으로 차를 몰았다. 어차피 순순히 보내 주지 않을 테니, 타이밍을 봐서 도망을 가야겠다는 생각으로 머리를 굴렸다.

"밥, 밖에서 먹고 들어갈까?"

"좋아요. 먹고 각.자.집.으로 가요. 대신 반반 내요. 그쪽 반, 나 반."

"그 쪼옥?"

어이가 없다는 듯 되물었다.

"직위가 한참이나 높아지신 분께 뭐라 존칭해야 할지 모르겠어서요."

"……."

평건은 더 이상 피곤해 보이는 지안의 말꼬리를 잡지 않았다. 그녀 역시 휴전이 필요했다. 시트 안으로 등을 깊게 파묻고 속에 있던 아무 말이나 막 내뱉고 있었다.

"불편해요, 한 공간에서 숨 쉬고 있는 거."

분명 남자를 향한 명명할 수 없는 억울한 응어리가 남아 있는 건 확실했다.

"서운해. 그런 말 하지 마."

남자와 맛있게 먹었던 설렁탕이 떠올랐지만, 더 이상 허름한 밥집엔 가지 않을 참이었나 보다.

고급레스토랑이 독채로 있는 건물이 보였고, 주차장 안으로 검은 세단이 부드럽게 미끄러져 내려갔다. 반반 내자고 당당하게 소리 질렀던 지안은 조용히 고개를 숙이고 인상을 팍 찌푸렸다. 아, 뭔가 잘못되어 가고 있었다.

입구에 깔린 부드러운 카펫을 지나 복도로 들어서자 지배인으로 보이는 남자가 평건을 향해 빠른 걸음으로 달려왔다.

"오랜만에 오셨습니다, 사장님."

"네, 오늘 데이트하러 왔어요. 전망 좋은 자리로 부탁드립니다."

"오신다고 회사 측에서 먼저 연락받았습니다. 모시겠습니다."

지안은 평건이 이렇게 대외적으로 자신과 함께 밝은 조명이 있는 건물로 들어서도 되는지에 대해 궁금함이 올라왔다. 좋은 소문이든 나쁜 소문이든 이곳에선 어디로든 빨리 퍼져 나갈 것만 같았다.

다행히도 어제 남자가 세탁기에 돌려 준 옷은 깨끗했지만, 이곳에 어울리는 옷차림이 아니란 것쯤은 잘 알고 있었다.

자리에 앉자마자 턱이 아래로 떨어지려던 것을 간신히 붙잡았다. 넓은 홀 안에는 통유리로 된 서울 야경이 가득 담겨져 있었고, 거대한 테이블은 단 몇 개뿐이었다.

지안이 예상했던 조용하고 무거운 분위기의 레스토랑이 아니었다. 예상보다 더욱 조용했고, 무거웠고, 더욱 부담스러웠다.

주문도 하지 않은 와인이 카트에 실려 나왔고, 간단히 먹을 수 있는 애피타이저들이 세팅됐다. 메뉴판도 주지 않는 식당이라니, 눈을 질끈 감고 통유리에 비친 자신의 인영에 눈을 돌렸다.

소믈리에 담당 직원이 다가와 와인으로 와인 잔을 세척해 세팅하며, 평건의 앞으로 잔을 내밀고 먼저 향과 맛을 음미하길 권했다.

“메뉴판이라도 달라고 할까?”

“여긴 그런 거 없는 거 같은데요?”

“맞아. 근데 달라는 건 다 줘. 메뉴판이든 뭐든.”

“다른 고객들도 메뉴판 달라고 하면 줘요?”

“아니, 그건 내가 말하는 거니까 되는 거야.”

"아아. 돈 많아서 좋으시겠네요."

"좋지 않아. 돈이 많아서 싫다고 한 사람이 딱 한 명 있거든……."

평건은 씁쓸한 목소리로 와인 잔을 몇 번 흔들어 맛을 본 뒤 소믈리에에게 고개를 끄덕여 보였다. 예약을 미리 해둔 것 때문이었는지 몇 번의 접시가 오간 후 두툼한 스테이크가 나왔다.

남자고 뭐고, 지금은 고기에 환장한 짐승처럼 침을 연신 삼키느라 고생이었다. 서울을 떠나 스테이크를 제대로 먹지 못했고, 좋아하는 음식이었는데 먹을 기회가 별로 많지 않았다. 이게 웬 떡인가. 우선 먹고 보자는 심산이었다. 고기를 좋아하는 지안이 포크를 잡고 칼로 썰어 내리자 부드럽게 썰려 내려가는 느낌에 탄성이 나올 뻔했다.

지안은 한 조각을 재빠르게 썰어 입에 넣었다. 감동하는 표정을 감추기가 무척 힘들다는 듯, 눈을 감았다가 떴다.

"테이블이 좀 크고 멀지?"

"그게 왜요?"

"너랑 가까이 있기 힘들잖아. 이래서 난 이런 고급 음식점은 별로더라."

"이 테이블이 더 좋은 거 같은데요? 저는 그쪽이랑 가까이 있으면……."

당신한테서 나는 체향 때문에 정신이 온전치 않아져요.

무심결에 튀어나온 말을 자르느라 당황해 고기를 덩어리째 삼켰고, 뒷말 역시 덩어리째 삼켜 버렸다.

남자는 고요한 눈동자로 지안을 응시했고, 어쩐지 남자의 분위기가 다시 부담스러워져 접시 위로 고개를 내리고 열심히 고기를 썰었다. 그 이후로 남자도 더는 말하지 않았고, 둘 사이에는 열심히 고기를 써는 소리만 들렸다.

지안은 포크에 집힌 고기가 썰려 떨어지는 족족 입안으로 넣고 열심히 먹어 댔다. 종종 칼질이 멈추는 소리가 들리기도 했는데, 오랜만에 입안에서 춤추는 소고기 덕분에 남자는 안중에도 없어지기 일보 직전이었다.

접시가 다 비워져 갈 때쯤, 지배인이 다가와 접시에 코를 박고 있는 지안을 향해 새로운 접시를 하나 더 내밀었다.

"네?"

"사장님이 입맛이 없으셨나 봅니다."

고개를 올리니 남자는 천천히 먹으라는 둥 궁시렁거리고 있었다. 멀어진 테이블 때문에 직접 일어나서 자신에게 고기를 덜어 줄 수 없음에 지배인을 불러 자신에게 고기를 덜어 주라고 했던 것 같았다.

정신없이 먹는 와중에 그런 일이 일어나는 줄도 몰랐다는 사실에 얼굴이 홧홧해졌다.

지배인이 웃으며 자리를 뜨자, 그제야 뚱한 표정의 차평건이 팔짱을 끼고 자신을 바라보고 있는 것이 제대로 보였다.

"너 많이 먹어라."

와인을 들이켜는 남자를 뒤로하고 다시 접시를 바라봤다. 먹기 좋게 잘려진 고기들이 계획적으로 놓여 있는 것 같았다. 더 이상 칼질을 하지 않고 포크로 콕콕 집어 먹기에 안성맞춤이었다. 덫에 걸리게 하기 위해 놓인 미끼 같았다.

"뭐, 안 드신다면야. 그래도 각자 내는 거예요. 제가 그쪽 거 다 먹는다 해도……."

"자꾸 그쪽, 그쪽 할래?"

"아 네, 사장님."

"관두자."

지안은 어차피 썰린 고기는 돈을 내야 한다는 생각에 열심히 한 접시를 또 해치웠다.

"하, 배부르다."

와인 잔을 들어 쭉쭉 들이켜자, 평건은 지안의 태평함에 귀여운지 웃음이 터진 듯 보였다.

"맛있냐."

"엄청 맛있네요, 여기. 다시는 못 올 것 같아서 최선을 다해서 먹은 것뿐이에요."

"이만 일어날까?"

너무 정신을 놓고 먹었던 것 같았다. 일어나는 남자를 따라 일어나자 아까부터 야금야금 마셔 댔던 와인 때문에 술기운이 올라왔다. 정신을 다잡으려 부른 배를 쓰다듬고, 볼을 두 번 두드렸다.

넓은 계산대가 무척이나 고급스러워 보였다. 지안은 위화감에 위축되지 말자며 속으로 다짐했다. 평건은 뒤따라 나온 지안을 향해 시큰둥하게 한번 고개를 돌리더니 까닥거렸다.

본인은 계산을 했으니, 자신의 차례라는 뜻이었다. 남자는 지안이 머뭇거리든 말든 신경도 쓰지 않은 채 밖으로 나가 버렸고, 그런 남자를 향해 가자미눈을 한번 떠 주고 비장의 무기 신용카드를 꺼냈다.

"여기 할부 되나요? 얼마예요?"

"네. 계산 도와드리겠습니다."

타이트한 유니폼을 입은 여자가 앞서 지안의 카드를 받아 들고 계산서를 보며 의아한 듯 물었다.

"방금 계산 모두 하신 거로 확인되는데요?"

"아, 그게 각자 1인씩 계산하기로 했거든요. 뭔가 착오가 있었던 것 같아요. 취소하시고, 제 것만 결제해 주세요. 총 얼만데요?"

"네, 160만 원입니다."

"네?"

그제야 안에서 달려온 지배인이 지안을 향해 고개를 숙였다.

"아, 죄송합니다. 여직원이 출근한 지 며칠 안 돼서 업무가 미숙합니다. 제가 도와드리겠습니다."

"아니요, 그게 아니고, 그…… 어쨌든 계산이 된 거죠?"

지배인은 급하게 계산서와 모니터를 번갈아 보며 지안에게 웃으며 대답했다.

"네, 맞습니다. 무엇이 불편하셨습니까?"

"아, 아니에요. 맛있게 잘 먹었습니다. 감사합니다. 수고하세요!"

어리둥절해하는 여직원을 뒤로하고 카드를 다시 돌려받아 나왔다. 160만 원이면 나눠 80만 원. 6개월 할부로 한다고 해도 한 달이면 13만 원가량일 테고, 이자까지 붙으면 조금 더 넘어가겠지. 생각의 끝에 다다르자 입술을 꾹 다물었다.

조금 전에 자신의 것만 계산한 척하며 나갔던 평건의 장난질에 속은 것만 같아 입이 일자로 굳어 버렸다. 진이 다 빠진 기분에 밖으로 터덜터덜 걸어 나왔다. 이제는 가을 저녁의 제법 쌀쌀한 밤바람이 얼굴에 와 닿았다.

낄낄거리며 웃음을 참고 있는 평건은 운전석에 기대 지안을 기다리고 있었다. 짓궂게 웃고 있는 남자를 향해 빼액 소리라도 지르고 싶었지만, 어쩌랴. 80만 원의 위력은 공격적인 성향조차도 잠들게 할 정도였다.

"타."

지안은 감사하다는 의미로 고개를 숙였고, 평건은 그제야 운전석으로 올라타며 지안에게 고갯짓을 했다. 차에 올라타자 남자는 웃음이 터질 만큼 표정 관리가 잘 안 되고 있었다.

"밥값 공으로 먹으려고 하지 말고, 집에 가서 80만 원어치 빨래나 돌려. 알았어?"

역시 많이 배운 사람은 잔머리 굴리는 것도 수준이 틀린 건가. 오늘도 남자의 집에서 탈출은 실패로 보였다. 이미 본능적으로 80만 원어치 세탁기를 돌리려면 얼마만큼의 빨랫감이 필요한지 계산하고 있는 지안의 노예근성이었다.

Chapter 7

선택,
그리고 모험

남자의 둥지에 다시 발을 들이게 됐다. 어쩐지 이번엔 홀가분하지도 않았고 갑작스러운 채무라도 생긴 것만 같았다. 집 안에 들어서자 평건은 쭈뼛거리는 지안에게 관심조차 주지 않았다.

불편해하고 날을 세우고 있는 자신을 위한 배려라는 건 이미 알고 있었다. 없는 사람 취급. 오랫동안 함께하지 않아도 남자는 예민하게 구는 자신을 이미 간파한 것처럼 보였다.

정녕 80만 원어치 빨래를 돌려야 집에서 나갈 수 있을 것만 같은 불안감에 휩싸였다. 와인에 취기가 올라온 터라, 왠지 이대로 어디론가 가야 한다는 고집을 부리기에도 썩 마음이 내키지 않았다.

포기하고 남의 집 소파에 철퍼덕 앉는 지안이었다. 평건이 와

이셔츠 소매의 단추를 풀며 씻을 준비를 하는 듯 보였다.

"나 내일 출장 있어서, 집에 없을 거 같은데."

"내일은 보육원 내려갈 거예요. 어차피 버스도 많아져서 아침 일찍 이동하는 거 불편한 거 하나도 없어요……."

"안 물어봤고, 안 궁금해. 그럼 내 빨래는?"

"진짜 80만 원어치 채우라는 거예요?"

등을 기대고 뚱한 표정을 짓고 있던 지안이 벌떡 허리를 곧추 세우고 앙칼지게 되물었다.

"응. 난 돈 가지고는 장난 안 치는데."

"헐."

평건은 그렇게 말하더니 방으로 향했다. 씩씩거리는 지안을 뒤로하고 손을 한번 흔들더니 그대로 뒤도 돌아보지 않고 방 안의 욕실로 들어가 버렸다.

가로로 메고 있던 가방도 한 번에 휙 벗어 구석 어딘가로 집어 던지고 욕실로 들어가 벅벅 세수했다.

잊고 있던 발목이 다시 한 번 시큰거렸고, 어제 남자가 발라줬던 약이 생각날 참이었다. 또 연이어 좀 전 저녁 식사 때 고급스러운 레스토랑에서 먹었던 스테이크도 상기했다. 약이든, 밥이든 남자는 항상 좋은 것만 쓰고 먹는 위치에 있다는 것을 망각하고 있었다.

다시 한 번 찬물로 세수를 해 대강 씻고 나온 뒤였다.

아침에 잘 개어 놓고 나온 이불을 거실 바닥으로 펼쳤다. 이불이 꼭 하늘에 떠 있는 구름처럼 풍성하게 부풀어 있었다. 씻는 소리가 어렴풋이 들리는데, 그러거나 말거나 부른 배가 너무도 든든해 당장에라도 잠이 들 것만 같았다.

문득 방문이 어설프게 열려 있는 걸 바라봤다. 어제부터 꼭 무언가를 기다리는 것처럼, 남자는 자신의 방문을 무방비하게 열어 놨다.

거실 불이 환하게 켜져 있었음에도, 눈꺼풀 위로 무거운 추가 달린 것처럼 금세 정신이 몽롱해졌다. 부른 배 때문인지 이부자리마저 아늑해 금세 수마 속으로 빠져들었다.

평건은 수건으로 머리를 탈탈 털고 나와, 방문 사이로 고개를 빼꼼 내밀었다.

도롱도롱 코를 골며 발치에 대자로 뻗어 잠들어 있는 지안을 향해 살풋 웃으며 다가갔다. 모로 누워 있는 지안을 들어 올려 바른 방향으로 눕혔다. 저만치 이미 걷어차 버린 이불을 들어 배 위까지 살며시 덮어 주고 다친 발목만 나오게 접었다.

"누가 업어 가도 모르겠다……."

다시 일어나 거실 조명을 어둡게 낮춰 놓은 평건은 약통을 들고 와 조용히 지안의 발치에 앉았다. 톡톡, 손으로 지안의 발목을 건드렸다.

인상을 찡그리는 부분이 확인되자, 마치 자신이 아픈 듯 평건도 같이 인상을 찡그렸다. 그러곤 어제와 똑같이 약을 부드럽게 바르며 잘 스며들도록 했다. 지안도 편안했는지 끙끙거리는 소리를 완전히 멈추고 점점 더 깊게 잠이 드는 듯했다.

약을 다 바르고 일어나려던 찰나였다. 방에서 울리는 미세한 진동 소리에 다급하게 다가가 전화기를 집어 들었다.

"아, 네 원장님."

— 지안이 좀 어때요?

"발목은 다행히도 심각한 건 아닌 거 같아요. 죄송합니다. 서울 올라간다고 연락까지 주시고 기회 주신 건데, 제 부주의가 컸어요……."

— 이런, 내가 바쁜 사람한테 괜히 전화했나 보네. 오늘도 보육원으로 돌아오는 동네 마지막 버스에 지안이가 안 타고 온 것 같아서, 근데 녀석이 연락이 없기에 전화해 봤어요.

"지금 깊게 잠든 것 같아요. 붙잡아 두느라 긴장했거든요. 성공한 거 같아요. 아예 포기하고 코도 골고 자요."

— 지안이가 평건 씨가 무척 편해졌나 봐요. 아무 데서나 긴장 푸는 애가 아니라 쉽게 잠들고 그러진 못하는데……. 모쪼록 잘 부탁해요.

"항상 감사한 마음 갖고 있어요. 정말 고맙습니다."

— 난 지안이가 행복만 할 수 있다면, 그거면 돼요. 아이, 늙은이가 주책이네. 얼른 전화 끊읍시다.

조용히 전화기를 내려놓고 다시 거실로 나갔다. 지안의 옆으로 몸을 뉘이고 평건은 골몰히 생각했다. 앞에서 깊이 잠들어 있는 그녀가 정말 싫다고 끝까지 발악한다면 억지로 붙잡고 매달릴 자격은 없다고.

깊은 밤이었다. 보름달도 휘영청 밝은데, 우리만 그 밝은 빛을 제대로 보지 못하고 있는 것만 같았다.

다음 날도 전날과 같이 날씨가 화창했다. 창문이 살짝 열려 있는 사이로 선선한 아침 공기가 들어왔는데 그 바람에 피곤했던 기운이 싹 물러간 것만 같았다.

"으— 잘 잤다……."

기지개를 쭉 켜고 나니 온몸 마디마디가 펴져 저절로 입안에서 앓는 소리가 나왔다. 문득 이곳이 어딘지 깨닫자마자 벌떡 일어나 주위를 둘러보았다. 시곗바늘 소리만 조용히 울렸는데, 남자는 이미 출근을 한 건지 방문은 활짝 열려 있었고, 넓은 거실엔 처량하게 혼자만 덩그러니 남겨진 상태였다.

"아, 뭐지? 언제 잠든 거지……."

식탁 위엔 당장에라도 집어 먹을 수 있는 샌드위치가 차려져 있었다. 지안은 무의식에 손으로 빵을 집으려다가 아차 싶어 이마를 지그시 눌렀다. 기억 없이 잔 걸 보면, 추한 꼴 다 보이고 잠을 잔 것은 아니었을까 하는 별걱정이 다 들었다.

머뭇거리던 손끝으로 샌드위치 조각을 집어 조심스럽게 입에 가져다 댔다. 부드럽게 밀려 들어와 입안을 가득 채우는 것이 만든 사람의 정성이 느껴질 정도였다. 턱을 얌전히 움직이다가 결국 모조리 씹어 삼키지 못하고, 내려놔 버렸다.

자신보다 몇 배, 아니 몇백 배는 더 바쁠 건데 이대로 남자의 성의를 계속해서 무시할 수는 없는 노릇이었다.

문득 80만 원어치의 빨랫감이 머릿속에서 아른거리자 고개를 세차게 흔들었다. 그깟 식사쯤이야 한번 대접받았다 치자. 농담이겠지. 상황에 맞게 합리화시키는 건 역시 인간의 본능이었나 보다.

아침에 얼굴을 보여 주지 않고 출근해 버린 남자의 부재 덕분에 하루가 정신없이 흘러갔다.

아르바이트는 오늘따라 한가로워 잡생각을 달고 다녔다. 오후에 일이 끝나면 보육원으로 내려가야 할지 아니면 남자의 집으로 돌아가 자리를 지키고 있어야 할지에 대한 고민이 가장 컸다. 점심을 한술 뜨는데 입맛은 여전히 좋았지만, 딱히 양이 많아지진 않았다.

퇴근 시간을 앞두고, 지안은 보육원으로 내려가는 것을 선택했다.

어딘가에 홀린 것처럼, 내키지 않는 발걸음으로 꾸역꾸역 터미널까지 와 버렸다. 하지만 결국 버스 매표소 앞에서 1시간가량을 우두커니 서서 표를 끊지 못하고 있었다. 굳게 마음을 다지고 매표소로 다가가 말을 하려다가 뒤돌아선 게 서너 번. 사람들의 수군거림이 느껴지자 지안은 다시 등을 돌렸다.

그리고 문득 눈을 떴을 때, 남자의 집이 지안의 앞에서 버티고 있었다.

버스를 타지 못하고, 결론적으로는 남자의 집 앞에 다시 제 발로 찾아온 격이었다. 가방 안을 열어 핸드폰을 켰을 땐 남자로부터의 연락이라든가, 어떤 변수에 대한 신호는 전혀 없었다. 이 집으로 다시 돌아올 구실을 찾고 있다는 사실에 고개를 가로로 흔들었다.

"어휴, 넌 도대체 뭘 바라는 거야."

문을 열고 주인 없는 고요한 집에 다시 들어섰다. 가방을 옆으로 벗어 조용히 내려놓았다. 아침에 그냥 두고 갔던 그릇들이 있었다.

"몰라. 이건 분명 채무 때문이야."

팔을 걷어붙이고 고무장갑을 찾았다. 싱크대 아래쪽 서랍 안에서 사용감이 없어 보이는 빳빳한 고무장갑의 포장지를 훅 뜯어 벗겨 내고, 몇 개 안 되는 설거지를 벅벅 해 댔다.

여기저기 깨끗했음에도 남자 혼자 사는 곳이라서인지 주방 곳곳 구석엔 사용감이 없어 먼지가 보이기도 했다. 여기저기를 행주로 잘 닦고, 탈탈 털어 고무장갑을 널어 놓고 싱크대에서 몸을 뗄 때였다.

“싱크대 높이도 완전 딱이네. 인체공학적이야 뭔가…….”

딱딱한 대리석을 발로 밟으며 걸음을 옮기자 설거지를 한다고 물을 잔뜩 바닥으로 튀겨 버렸던 것 같았다. 걸레를 찾아 이리저리 헤매도 보이지 않아, 주인 허락 없이 수건 한 장을 반으로 북 찢어 걸레를 만들었다. 그러곤 바닥을 대충 닦아 냈다.

뒤이어 지안은 남자의 방문 앞에서 한참을 서성였다. 결국 표정을 굳히고 방문을 열어 문지방을 넘어갔다.

훅 들어와 얼굴을 감싸 안는 남자의 온기가 느껴졌다. 방 안에 사람은 없었지만, 이건 차평건의 체온과도 비슷한 온기였다. 은은한 스킨 향의 원천이 이곳이었나 싶기도 했다. 방 옆으로 길게 딸린 공간이 보여 몸을 기웃거리자, 긴 통로를 시작으로 옷가지들이 징검다리처럼 늘어져 있었다.

“찾았다.”

손바닥을 딱 쳤다. 일감을 찾았다는 뜻이었다. 잔뜩 신이 난 듯 폴짝폴짝 뛰어 들어가는 모습이, 먹이를 먹으며 덫에 걸려드는 연약한 짐승처럼 보이기도 했다. 지안은 품에 옷가지들을 한가득 안고 나와, 남자가 일전에 자신의 옷을 세탁해 줄 때 들락날락하던 곳으로 들어섰다. 세탁기가 보이는 곳 앞에 퍽 내려놨다.

옷가지들을 정확하게 분리하기 시작했다.

하얀색 옷, 검은색 옷. 또 셔츠들은 셔츠들끼리. 양말은 양말대로 잘 분리해 놓으니 한 세 번을 돌릴 만한 분량이 나왔다.

"그래, 이 정도면 한번 돌려 주는데 10만 원이라고 좀 우겨 봐야겠다."

문득 얌전하지 못하게 아침의 흔적을 남긴 것 같은 남자의 이부자리가 생각나 방 안으로 다시 들어섰다. 어쩐지 정말 잠만 자는 집이라고 봐도 손색없을 정도로, 집 안은 사람의 온기라든가 손길이 전혀 묻어나지 않았다.

"이건 서비스다……."

아까 잘라놓은 걸레를 다시 가져와 청소를 시작했다. 이불을 베란다에 가져가 달밤에 창문을 환하게 열어 놓고 팡팡 털었다. 침대를 선두로 그 옆 테이블까지 혹여 먼지가 있진 않을까 잘 닦고 또 비뚤어진 시계라든지, 남자가 급하게 바르고 나간 스킨이라든지 자질구레한 것들을 차곡차곡 정리했다.

거한 건 아니었지만, 그나마 온종일 서 있다가 청소까지 했더니 몸이 뻐근했다. 남자의 침대 이불보가 폭신하게 올라와 있어하도 포근해 보이기에 엉덩이를 대고 팡팡 디스코를 탔다. 그다음 살짝 누워 본다는 게 그냥 대자로 뻗어 버렸다.

침대도, 천장도, 또 윙윙 희미하게 돌아가는 세탁기 소리까지 모든 것들이 공허했다. 손목을 들어 시간을 확인했다. 약 30분 정도면 첫 번째 세탁이 끝날 것이었고, 두 번째 세탁을 돌리고 세 번째까지 돌리고 나면 대략 새벽 1시에 잘 수 있을 것 같았다.

평건은 출장 때문에 11시가 넘은 시각에도 돌아오지 않고 있었다. 피곤감이 휘몰아쳐 잠깐 눈을 감는다는 생각이었다. 그러나 생각과 몸은 따로 놀았다. 금세 수마 속으로 빨려 들어간 지안이었다.

◈

삐리릭.

남자는 현관 잠금이 풀렸음에도 겁이 나 쉽게 문을 열지 못했다. 한손에는 서류가방이 들려 있었는데, 쥐는 손에 힘이 꾹 들어갔다. 분명 보육원으로 다시 내려갔을지도 모르는 지안을 떠올리느라, 출장을 가서도 결국 무리를 해서 다시 집으로 돌아오는 경로를 선택했다.

대외적인 활동에는 비서팀과 경호를 맡은 직원들이 항상 함께했다. 어쩌다 지안이 보게 되면 혹여 거부감을 일으키진 않을까 노심초사하며 일찍 퇴근시키고 손수 운전을 해 집으로 돌아온 차였다.

문을 살며시 열자, 환하게 켜져 있는 거실 등에 입술을 지그시 깨물고 미소 지으며 들어갔다.

구두를 툭탁거리며 다급하게 벗고 들어가 두리번거렸지만, 지안의 모습이 보이지 않았다. 평건은 답답한 듯 넥타이를 풀어 헤치고 아일랜드 식탁 위로 서류가방을 대충 던졌다.

삐삐거리며 세탁기에서 종료 알림이 울리고 있었고, 자신의 방문이 활짝 열려 있는 게 의아한 듯 다가갔다. 침대 밖으로 다리가 반쯤 삐어 허공에 둥둥 떠 있었고, 고롱고롱 코를 골며 잠들어 있는 지안이 보였다.

"너란 애 정말……."

평건은 웃으면서도 조용히 방 안으로 다가갔다. 넥타이만 풀어 헤쳤을 뿐이지 그 이상의 행동은 실행에 옮기지 못했다. 갈아입을 옷가지만 가지고선 거실로 조용히 나왔다. 대충 씻고, 울어 대는 세탁기 전원을 끈 채 다시 침대 방으로 다가가 지안을 반듯하게 눕히고 이불을 덮었다.

남자의 가슴엔 푸른 달이 하나 박혀 있었다. 그건 곧 그녀의 존재와도 같았다. 손에 쥐기에는 너무 멀었다. 끈을 걸어 억지로 당기려 했다간 지구상의 모든 것들이 상할까 두려워 그저 기다리고만 있었다.

씻고 나온 평건은 잠든 지안의 옆에서 젖은 머리를 살며시 털었다. 보름달 같은 지안이 어쨌든 살아 숨 쉬며 존재만 해 준다면, 억지로 빼앗고 갈취할 생각까진 하고 싶지 않았다.

지안이 눈을 다급하게 떴을 때는 이미 푸른 새벽이 창을 통해 방 안으로 비집고 들어올 때였다.

모로 누운 남자의 얼굴과 선명한 눈동자가 흐릿한 와중에 들어오자 화들짝 놀라며 상체를 들어 올렸다.

"헉! 뭐예요!"

"왜, 뭐가."

"자는 사람 왜 쳐다보고 있어요! 깜짝 놀랐잖아요! 왔으면 왔다고 해야지!"

"남의 침대에서 자고 있는 널 보는 내가 더 깜짝 놀라야 하는 거 아냐?"

"아……."

멋쩍은 듯 다급하게 침대에서 일어나 내려가려고 하자, 두툼한 이불이 자신의 가슴 위까지 덥혀 있는 걸 알았다. 이러니 금방 못 일어났구나, 라는 생각을 할 때쯤 평건이 지안의 어깨를 지그시 내리눌렀다.

"더 자. 괜찮으니까."

"빨래 널어야 돼요."

"80만 원어치 빨래 돌리다가는, 내 옷 다 헤지겠어."

"그건……."

잠을 잔 건지 못 잔 건지, 남자는 하루가 무지막지하게 피곤했다는 것을 충혈된 눈으로 증명하고 있었다. 수척해진 얼굴빛도 연락을 하지 못할 정도로 바빴을 남자가 괜스레 안쓰럽기도 했다. 지안은 맞받아치려던 말들을 그대로 다시 삼켜 버리고 코로 한숨을 쉬었다.

"빨래도 정도껏 해야지, 누가 보면 내 옷장 다 턴 줄 알겠다."

"다 바닥에 널브러져 있었던 거거든요."

"혹시 청소도 했어?"

"아니요?"

"거짓말."

"……."

"고마워."

"청소 좀 하고 살아요. 더러워 죽는 줄 알았네."

지안은 긴장감 없고, 그저 따듯하기만 한 분위기에 몸이 배배 꼬일 것 같았다. 남자의 따듯한 눈빛도 감당이 되질 않아 괜스레 시선을 피하며 물었다.

"날이 밝고 있어요. 안 잘 거예요? 엄청 피곤해 보여요……."

"잘 거야. 너 다시 잠들면……."

표정 없는 남자의 얼굴에서 피곤함을 감추고 있다는 것을 충분히 알 수 있었다. 하지만 그럼에도 불구하고, 남자에게 더 이상 다가가 이런저런 참견을 하기가 힘들었다. 이 정도면 된 거라고 생각했다. 잘하고 있다고, 적정선을 잘 긋고 있다고.

남자는 자신에게 처음부터 그런 존재였다. 처음부터 낯설지 않았고, 처음부터 어색하지 않았다. 위치가 충분히 다른 곳에 있는 사람이라 해도 자신에게 만큼은 그랬다. 사실 지나고 보면, 아무 일도 아닌 일로 눈물바람이었고 별거 아닌 가슴앓이가 아니었을까.

"눈이 빨개요……."

평건은 지안의 눈빛에 멋쩍은 듯 손가락을 들어 눈을 비볐다.

"응. 회의도 많았고, 밀린 업무도 많아서 좀 무리했나 봐……."

어째서인지 마음이 숙연해졌다.

애초에 자신은 남자를 위해서 처음부터 아무것도 해 줄 수 없었던 입장이었다. 그럼에도 불구하고 남자는 자신을 위해 무엇이든 하려 했고, 무엇 때문인지 손을 놓지 않으려고 애쓰고 있다는 것이었다.

"그랬구나……."

"일어나자마자 간다고 방방 뛸 줄 알았는데, 의외로 얌전하게 있네?"

대꾸하지 않고 일어나 침대 밖으로 발을 쭉 뻗어 내렸다. 그러자 발목 아래에서 부스럭거리는 소리가 났다.

"아, 라면 먹자고 사 왔어. 오랜만에 먹고 싶어져서."

라면을 보자 왜인지 설렁탕이 떠올랐다. 그러고 보니 남자는 지안을 만나는 내내 설렁탕을 먹자는 소리를 한 번도 하지 않았다. 평건이 봉지를 들고 일어나려는 듯 보이자 지안이 재빨리 봉지를 낚아챘다. 본능적으로 이 집에서 자신이 최대한 할 수 있는 일을 찾고 있었다.

아니, 사실은 무척이나 피곤해 보이는 남자를 위해서 할 수 있는 일을 찾고 있었던 걸지도 모른다.

"제가 해 드릴게요."

청소를 한 몸으로 씻지도 않고, 보송보송한 남자의 침대에서 잠들었던 자신을 조금이나마 자책했다. 허겁지겁 주방으로 다가가 봉지를 펼쳐 들었다. 큰 포장지 안에 다섯 봉지가 조촐하게 포장되어 있는 걸 보니, 의외로 남자가 인스턴트 음식을 즐기고 있을지도 모른다는 생각이었다.

"라면도 먹는구나……."

평건은 뒷목을 긁적이며 지안의 뒤에 따라 나섰다.

"인스턴트 먹으면 여드름 많이 난다고 해서, 어릴 때 많이 못 먹었어. 오히려 어른이 되니까 더 집착하게 되더라고."

냄비를 찾아 허둥대자, 우직하게 평건은 냄비를 찾아 지안에게 넘겨줬다. 자신이 해 주겠노라 큰소리 떵떵 쳤던 터라, 무안한 듯 냄비를 받아 들고 물을 받았다.

"계란 넣어요?"

"음— 뭘 넣어서 먹어 본 적은 없는데……."

"여기에 고춧가루도 넣고, 계란도 넣으면 더 얼큰하고 맛있어져요. 어디 보자……."

냉장고를 활짝 열자 대충 포장지만 뜯겨진 양념팩이 보였다. 추측만 난무했다. 요리를 한 건지 아니면 어떤 우렁각시가 찾아와 요리를 해 주고 간 건지에 대해 한껏 궁금했지만, 조용히 고춧가루와 계란만 꺼내 들었다.

질문을 하지도 못할 거면 미련 없이 접든가 했어야 했는데, 유치한 마음에 묻지도 못하고 그저 애꿎은 고춧가루만 팍팍 쳤다.

지안이 끓어오르는 라면을 식탁 위로 올려놓을 때였다. 코끝을 찌르는 냄새가 허기지게 했고, 앉자마자 평건은 자신의 그릇에 여분의 면을 담고 먹음직스럽게 먹었다.

지안은 지겨웠던 라면이라며 속에서 되뇌었다. 그런다 해도 왠지 오늘의 라면은 그저 맛있어 보이기만 했다.

"매워."

"어쩌라고요."

"고춧가루 넣었어?"

"네."

"물."

"네?"

"물 좀 주라. 진짜 매워서 그래."

지안은 눈을 위로 굴리고 싱크대로 다가가 컵을 들었다. 그리고 정수기에서 물을 받아 남자 쪽으로 살며시 밀었다. 약간은 후회가 들기도 했다.

뜯어진 양념통과 냉장고의 흔적들에 대해 질문하지 못하고 애꿎은 라면에 화풀이했다니. 젓가락을 입에 물고 어물쩍거릴 때였다.

"가끔 그렇게 공격성도 드러내고 그래라. 재밌다. 남자들은 우울한 여자 보면 흥미를 잃곤 하거든."

"그쪽한테 흥미 주고 싶은 생각 없어서 고분고분하고, 우울한 사람인 척 굴고 있는 거예요."

"말 한마디도 지는 법이 없지."

"……."

"근데, 다른 남자한테는 그렇게 안 했으면 좋겠어. 나한테만 그랬으면 좋겠다."

후루룩거리는 와중에 평건은 할 말은 다 하면서 당당하게 국물까지 맛있게 먹었다. 지안이 내민 물까지 벌컥 마시고 마무리하는 평건이었다. 지안은 부쩍 남자로 인해 궁금한 것들이 많아진 기분이었다. 이것저것 물어보기가 망설여지던 때였다.

"왜 설렁탕 안 먹으러 가는지 궁금하지?"

"……."

"지금보단 어렸지만 다 컸을 때 엄마가 돌아가셨어. 엄마는 부유한 집 자녀도 아니었고, 그렇다고 자수성가한 타입도 아니셨지. 그냥 평범한 집안의 예쁜 딸이었을 거야, 아마도……."

문득 평건은 주름이 자글자글하던 할머니의 얼굴이 떠올랐다. 무거워지는 마음에 애써 덤덤하게 보이려 그릇을 냄비 안으로 차곡차곡 담으며 말을 이어 갔다.

"근데 하고 싶은 건 다 하시고 돌아가셨어."

"그랬구나. 어머님이 설렁탕을 좋아하셨어요?"

"그러고 보니 설렁탕을 좋아하는지 안 좋아하는지도 몰랐네. 사실 나는 엄마가 무엇을 좋아하는지도 잘 몰랐어."

"……."

"그저 어릴 적에 엄마랑 시장에서 먹었던 설렁탕이 자꾸만 내

발목을 잡는 기분이었거든."

기분이 숙연해졌다. 부유하기만 하고 멀쩡하게만 보였던 남자는 한쪽 부모의 부재를 담담하게 내뱉고 있었다.

"바쁜 엄마가 어린 나를 데리고 유일하게 끼니를 때울 수 있는 게 그것뿐이어서 그랬나 봐. 그런 생각에 엄마가 그리워질 때마다 널 잡아 앉혀 놓고 별로 좋아하지도 않는 것 같은 설렁탕을 계속 퍼먹었지……."

빈 그릇에 수저를 이리저리 옮기던 남자는 옛 생각이 났는지 피식 웃었다.

"두 분, 많이 닮았어요?"

지안의 입에서 조용히 흘러나온 첫 질문에 평건은 얼굴을 들어 그녀의 얼굴을 바라봤다. 고요한 눈빛에 당장에라도 휘감길 듯했지만 지안은 고개를 피하지 않았다. 남자의 얼굴이 어쩐지 처량했고, 모성애를 자극하고 있음이 분명했다.

"지금 생각해 보면, 그런 거 같아. 많이 닮았었어……."

"와, 그럼 엄청 미인이셨겠다."

"칭찬이야? 의외네."

"많이 보고 싶어요?"

"아니, 얼굴도 잘 기억나질 않아. 너무 바쁘셨거든. 이것저것 반대하는 아버지와 또 형과 나 때문에 발목이 잡혀서 꼭 날개가 부러진 천사 같았어."

"음. 날개옷을 잃어버린 선녀라는 표현이 더 어울리겠네요."

"똑똑한데?"

"……."

지안은 평건과의 대화가 정상적으로 부드럽게 이어지고 있음을 느꼈다. 곧 과거의 회상에서 재빠르게 빠져나온 남자는 짓궂게 웃으며 팔짱을 끼고 지안을 바라봤다.

"나도, 네 날개 부러트릴 수도 있어……."

"……."

"그런데도 기다리는 건, 날개를 달고도 꼭 내 옆에 있을 거라는 믿음 때문이지."

지안은 냄비를 들어 싱크대 위로 넣으며 시큰둥하게 되물었다.

"저에게 날개가 있어요?"

"아직 펼치지 못했을 뿐이야."

"그런 거 없어요. 말장난하지 마세요."

싱크대 위로 물을 받아 자박자박 담기게 한 뒤, 손을 닦고 뒤를 돌았다. 평건은 식탁에서 일어나 소파 위에 던져져 있던 쇼핑백을 하나 들어 지안에게 내밀었다. 그러곤 고개를 까닥이며 어서 열어 보라고 재촉했다.

지안은 어리둥절한 표정으로 바지춤에 젖은 손을 닦고 종이백을 조심스럽게 받았다. 깨끗한 하얀 쇼핑백 위로 박힌 로고가 분명 어떤 브랜드인지 알고 있었다. 머뭇거리던 손끝으로 쇼핑백을 여니, 고급스러운 가죽 위로 박음질의 땀수가 정확하게 재어 만들어진 핸드백이 올라왔다.

"이게 뭐에요?"

"물품에 대한 종류를 묻는 거야? 아님 뭘 묻는 거야?"

"이건 샤넬이고, 핸드백이에요. 이걸 왜 저한테 주시는 거예요?"

남자는 지안의 맞은편 의자에 앉아 팔짱을 풀고 전면을 바라봤다. 꼭 흥미로운 동화 속 이야기를 해 줄 옆집 오빠처럼 친근하게 굴었다.

"그걸 만든 사람이 누군지 알고 있어?"

"당연히 알죠. 가브리엘 샤넬?"

"어머니가 생전에 그 브랜드를 무척 좋아했었어. 언뜻 들으면 그저 명품 좋아하는 아줌마처럼 들렸겠지만, 그 브랜드보다는 그 브랜드를 만든 창시자를 좋아했다고 하더군."

남자가 어떤 이야기를 하는지 지안은 정확히 알고 있었다. 샤넬은 어머니와 사별하고 아버지로 인해 보육원에 맡겨졌다고 했다. 추정하는 이야기로는, 샤넬의 대표적인 상징인 검은색이 그녀의 암흑기를 의미하고 있다고. 하지만 결국 그로 인해 그녀는 날개를 펼치게 됐다.

고행을 연상시키는 색상, 그건 바로 블랙이었다. 여성을 더욱 빛나게 해 준다는 브랜드는 이제는 부의 상징이 되고 말았지만.

"자신만의 색깔을 찾는 거 말이야. 나의 어머니는 결국 실패했어."

"……."

"하지만, 너는 꼭 성공했으면 좋겠다. 너의 색깔을 찾는 일. 보육원으로 다시 돌아간다고 해도, 말리진 못해. 단지……."

평건은 말끝을 흐리다 몸을 지안 쪽으로 기울이며 조용하게 말했다.

"네가 내 옆에 있겠다고만 한다면, 너의 암흑기를 치고 올라갈 네 인생을 더 돋보이게 만들 수 있는 발판이 되어 줄게."

허공에 얽혔던 두 사람의 시선은, 평건이 먼저 자리를 일어섬으로 인해 끊겼다. 남자는 곧장 기지개를 켜며 자신의 방으로 들어가 취침을 준비했고, 무척 피곤한 듯 푹 꺼지는 침대의 이불보 소리와 함께 금세 잠이 든 것 같았다.

아침이 밝았을 땐 남자는 밤사이 찾아온 이슬처럼 또다시 없어졌다. 서둘러 출근을 준비를 했다. 요새 자꾸만 깊게 잠드는 이유가 해가 다르게 늙어 가는 몸뚱이 탓이라고 생각했다.

지안은 카드키를 아일랜드 식탁 위로 올렸다. 그렇게 하기까지 고요한 거실에서 10분 정도 우두커니 서서 고민만 해야 했다.

결론적으론 다시 남자의 집에 발을 들여 놓지 않겠다는 것이었다.

남자가 말했던 이야기들은 모두 동화 속 이야기들이다. 그저 자신은, 끔찍하게 어중간한 재능으로 고통 속에서 몸부림 치고 있을 뿐이었다. 특출 나지 못함을, 어중간한 재능을 남자에게 들키고 싶지 않았다.

고집이라고 해도 상관없었다. 과거엔 그저 서울의 화려함이 좋았고, 여느 도시 여자들과 같이 가볍게 명품을 좋아했을 그런 평범한 사람이었다. 그런 사람에게, 명품의 역사를 들먹이며 꿈과 희망을 심어 주는 건, 너무도 이상적인 이야기들이었다.

어제까지만 해도 아르바이트가 끝나면 남자의 집으로 갈지, 터미널로 가야 할지에 대해 한참을 고민했을 터였다. 하지만 오늘은 그러지 못했다.

보육원으로 내려가는 것으로 마음을 굳히던 지안은 하루가 빨리 지나갈 수 있도록 팀장에게 더 바쁜 포지션을 달라고 요청한 상태였다.

오후가 되어 갈 때쯤 양쪽 종아리가 퉁퉁 부어오르고 있는 것이 느껴졌다. 어서 구두를 집어던지고 운동화를 갈아 신은 다음, 퀴퀴한 버스에 올라타 아이들과 진수가 있는 보육원으로 돌아가는 상상만 하고 있었다.

한편으론 평건으로 인해 자신이 어딘가 옥죄어 있다는 것이 마음에 들지 않았지만, 인정할 수밖에 없었다. 어쨌든 남자가 자신을 좋아해 주는 만큼 자신 역시 남자를 마음에 품고 있다는 사실이었다.

탈의실을 겸비한 작은 홀 안에서 '수고하셨습니다.' 라는 여자들의 목소리가 툭툭 터져 나왔다.

유니폼과 구두를 기다렸다는 듯이 벗어 던지고 부드러운 카펫이 깔린 바닥으로 주저앉아 다리를 툭툭 두드렸다. 그러다 이럴 때가 아니라며 다급하게 일어서서 옷가지를 챙겨 들었다. 큰 종이백을 어깨에 메고 입구로 향했다.

몇 걸음 가다 못해, 몽환처럼 다시 나타난 차평건으로 인해 더 이상 다가서지 못했다.

터미널로 향하려 지하도로 다가가는 순간, 남자는 편안한 차림으로 다시 지안의 앞에 나타났다. 지안은 살랑이며 불어오는 가을바람에 휘날리는 머리를 귀 뒤로 쓸어 넘겼다. 마지막일지도 모르는 남자의 얼굴을 선명하게 다시 한 번 되새기고 싶었다.

"보육원으로 돌아갈 거예요……."

결론만 이야기하는 지안의 목소리를 듣자, 얕게 한숨을 쉰 남자였다. 실망감을 감추지 못하던 평건은 비상등을 켜고 대기하고 있는 차로 고개를 돌렸다.

"데려다줄게."

"버스타고 갈래요."

"알았으니까, 타."

"버스타고 간다구요. 데려다주실 거면 터미널로 데려다주세요……."

"……."

운전석에 올라탄 평건은 지안이 문을 닫자마자 액셀을 밟으며 빠르게 차를 출발시켰다.

어쩌면 다시는 남자의 차에 탑승할 일도, 마주칠 일도 없을 거라는 생각이 들자 마음속 한편이 무거운 돌로 짓눌리는 느낌이었다. 자꾸만 노여움이 복받쳐 올라왔다. 그래서 목이 메었고, 왕왕 몰아쳐 오는 설움에 눈물이 날까 숨소리가 거칠어졌다.

문득 터미널 방향이 아닌, 엉뚱한 방향으로 차를 돌리고 있는 남자를 발견하고 고개를 돌렸다.

"이쪽 아니잖아요."

"밥 먹고 가자."

"배 안 고파요."

"난 배고파."

"버스 놓칠 거예요. 데려다주세요."

평건은 한 치도 져 주지 않는 지안에게 화가 날 참이었다. 신호에 걸린 평건의 운전대가 힘으로 인해 뽀드득 움직였다. 힘을 꽉 주고 화를 참는 덕에 마찰음이 일어나고 있는 것이었다. 그리고 과격하게 유턴을 해, 터미널로 방향을 바꿨다.

30여 분을 다시 달려 터미널에 도착한 지안이 차 문을 열고 내리자, 평건도 따라 내려 작별 인사 없이 가려는 그녀를 우두커니 바라보고 있었다.

도시의 소음들이 분명 두 사람을 꽉 메우고 있는 건 확실했지만, 지안의 안은 고요하고 또 정적만이 가득했다.

지안은 해야 할 말을 하지 못하고 결국 뒤를 돌아 남자를 바라봤다. 목 안에 하고 싶은 이야기가 한가득 뭉쳐 돌아다녔다.

지안의 표정엔 아쉬움과, 궁금함, 그리고 남자에 대한 애정이 가득 담겨 있어 잔뜩 찌푸려졌고, 결국엔 고개를 숙여 땅을 바라봤다. 바보 머저리를 마음속에서 한 백 번쯤 외칠 때쯤이었다.

평건은 그런 지안을 보며, 참지 못해 터진 목소리로 말했다.

"도대체! 도대체가……."

"……."

"도대체 너랑 웃으면서 밥 한 끼 제대로 먹으려면 어떻게 해야 하는 거냐……."

대답 없이 고개를 꾸벅 숙여 인사했다.

지안은 과거에 남자가 손바닥으로 얼굴을 가리고 발개진 눈을 감췄던 날을 떠올렸다. 오늘도 그날과 비슷했다.

그런 남자의 암울한 표정을 보기 두려워 고개를 돌리고, 도망치듯 계단을 타고 올라갔다. 이미 마음은 짓눌릴 대로 짓눌렸고, 비겁하고 겁쟁이 같은 자신이 비루하고 한심하기 짝이 없었다.

터미널 안으로 들어가 매표소에서 표를 끊고, 남은 십 분여의 시간을 대합실에 앉아서 기다렸다.

결국은 무거운 마음과 그 무게를 감당하기 싫어 사랑을 고백하는 남자로부터 도망치는 것이 제 선택이었다.

고개를 숙이고 두통에 저려 오는 머리를 감싸 안았다.

"한심해. 결국엔 이거야."

북적이는 인파가 내는 소리가 머리를 더욱 지끈거리게 했다. 대합실에서 나와 승강장이 있는 곳으로 다가가, 자신이 탈 버스를 확인하고 그 앞에 서서 기다렸다.

그리고 칙 하고 소음을 내뿜으며 버스가 들어오자, 버스에 올라타 좌석에 앉았다. 털썩 앉은 지안은 어딘가에 쫓기는 사람처럼 초조하게 굴었다.

남자의 둥지에 들어가 정확하게 느낀 것은, 남자는 자신을 꽤 오래도록 기다렸다는 점과 또 아직도 2년 전 그때의 우리로부터 탈출하지 못하고 있다는 것이었다.

이 순간은 종착역이나 다름이 없었다.

사실 억울하기도 했다. 고아였고 자신의 선택이 아닌, 어쩔 수 없이 불우했던 환경을 탓해야만 했다. 남자에게 어울리는 여자가 되기 위해 노력도 없이 한번에, 드라마처럼 반짝이며 나타나는 자신을 상상했던 어느 날은 부끄럽기도 했다.

그러나 차평건에게 어울리는 유지안이기보단, 자신만의 색깔을 찾는 것이 좋겠다며 오로지 자신을 존중해 주던 남자가 떠올랐다. 남자는 자신을 소유물이 아닌 사람으로 정녕 존중하고 있었다는 점이었다.

과거가 돌아온다고 해도, 자신의 인생은 개선할 수 있는 것이 아니었다. 어차피 오해로 가득했던 그날이 다시 찾아온다 해도, 흐느껴야 하는 건 매한가지였다.

앞으로는 우연히라도 남자의 얼굴을 보지 못할 것이며 다시 찾아간다 해도, 더 이상 그 자리에 있지 않을 것만 같았다.

버스기사 아저씨가 시동을 걸자 버스가 탈탈 진동을 해 댔다.

“표 꺼내세요.”

사람들이 타고 올라와 자리를 찾아 앉자, 기사님이 올라와 표를 수거했다. 지안도 머뭇대다 표를 보여 드렸다.

어느덧 시간이 되어 버스의 문이 닫혔다. 지안의 눈도 꾸욱 감겼다. 꿈만 같았던 며칠간의 행적이 현실로 깨어나 피부에 와 닿자, 정신이 번쩍 들어 고개를 들었다.

“아, 아저씨! 잠시만요! 내릴게요!”

완벽하게 남자의 마음을 이해하고 있었던 자신이, 마지막까지 한심하게 굴었던 것에 너무도 화가 났다. 꽉 쥔 주먹이 부들부들 떨려 왔다.

대합실을 가로질러 사람들에게 몸이 한껏 치여도 아픈 줄 모르고 입구를 향해 내달렸다.

이제는 당연히 없을 줄 알았던 검은색 세단이 아직 그 자리에 있었다. 그러나 평건이 보이지 않았다. 편안한 옷차림을 한, 줄무늬 카디건을 편안하게 입고 있었던 비슷한 남자도 어디에도 없었다.

하지만 검은색 세단은 그 자리에 그대로 아직도 있었다. 지안은 몰아치는 호흡을 진정시키며 차를 향해 천천히 다가갔다. 운전석에 앉아 핸들에 머리를 박고 있는 남자가 보이자 벅차올랐던 숨이 그제야 진정되고 있었다.

손을 곱게 접어, 유리 위로 대고 머뭇거렸다. 그러곤 용기내서 유리문을 두드리자 서서히 고개를 들던 평건은 놀란 눈으로 땀에 젖어 있는 지안을 바라봤다. 다급하게 운전석에서 내려와, 남자가 지안과 마주 섰다. 혼란스럽고 놀란 표정을 감추기 힘들어 보였다.

"자존심 상해요……."

지안은 아이처럼 울기 일보 직전이었다. 방울방울 눈물이 뚝뚝 떨어지며 빗물처럼 가슴팍의 옷깃을 적셨다. 그리고 억울하고 비참하게 만드는 남자를 향해 꾹 쥔 주먹을 휘두르며 마음껏 울었다.

"자존심 상하고 또 상해요. 그냥 평범하게 살게 두면 되잖아요. 저는 특별한 사람도 아니고, 아무리 노력해도 그쪽과 동등해질 수 없는 사람이라고요. 그런데…… 도대체 왜……."

울음에 목이 막혀 결국 지안은 말을 끝맺을 수 없었다.

"저한테 도대체 왜 이러는 거예요. 왜 자꾸 나타나서 사람 괴롭히냐구요……."

"궁금해? 단순하게 설명하면 좋을까? 그래, 난 단순하게 네가 좋으니까. 네가 정말 많이, 무척 많이 좋으니까."

갑자기 끌어당겨 꽉 조이는 남자의 품 때문에 다음 말을 이을 수가 없었다. 남자의 심장 소리가 들릴 것처럼 남자도 벅차오르는 숨을 참기 힘들어 보였다.

이제는 정확하게 이해하고 있었다. 자존심이 상하든, 옆에 있어 더욱 초라해 보이든 간에, 그저 함께 있다는 사실에 행복하고 안정감을 느끼고 있었다는 것을.

“미안해. 미안해, 울려서 미안해…….”

정수리 위로 폭폭 내려오는 남자의 호흡이 어쩐지 기쁨으로 가득 찬 것처럼 느껴졌다. 자신의 호흡과도 비슷했다. 지안은 터진 눈물이 어딘가 고장이라도 난 것처럼 멈추지 않아 남자의 옷을 흠뻑 적시고 있었다. 지나가는 행인들이 쯧쯧거리며 손가락질을 할 참이었다.

“모든 것들을 포기하고 싶을 정도로 갖고 싶었어. 네가 물건이 아닌 게 너무 원망스러울 정도로. 이런 감정에 일상생활이 송두리째 흔들릴 줄은 정말 몰랐어…….”

“…….”

“그날, 너 그렇게 보내고 난 정말 지옥을 맛봤어. 그래서 오늘도 그럴 줄 알았어. 그래서…… 그래서 네가 정말 싫다면 그냥 친구라도 되자고 하려고, 그거라도 족하다고 생각했어.”

“…….”

“그리고 그것조차 싫다고 한다면. 그래, 네가 그냥 숨 쉬고 어딘가에 살아 있다고 한다면 그걸로 된 거라고 생각했어. 너를 힘들게 했던 당시의 나부터 없어지고, 오직 너만 행복했으면 좋겠다고, 그렇게 빌었어.”

허공에 대고 독백을 하는 남자였다.

지안은 남자의 품에서 간신히 팔로 공간을 만들어 빠져나와 평건을 째리며 공격적으로 굴었다. 평건은 갑자기 품 안에서 빠져나간 지안 때문에 다시금 노심초사하며 그녀의 말을 기다리는 중이었다.

“괜찮니? 아픈 덴 없었니? 그때는 많이 놀라지 않았니? 이런 질문들 하지 마세요. 절대로요.”

남자가 괜찮느냐고 묻는 말은, 2년 동안의 공백 기간 동안 얼마나 많이 아팠는지를 묻는 거나 다름이 없었기 때문이었다. 자신이 도망쳤던 2년은 사실 차평건의 무게로 짓눌려 있었던 시간이기도 했다.

며칠 함께 있는 동안 평건은 지안에게 화상의 정도라든가, 혹은 오해로 인해 받게 된 상처의 크기를 궁금해하는 것 같기도 했지만 질문하지 못하는 듯했다. 그것이 함께 있을 때 가장 불편한 것들이었다.

“…….”

“안 괜찮았고, 정말 많이 아팠고, 많이 상처받았었으니까요…….”

또 말이 끝나기 전에 품 안에 가두며 평건은 좀 전보다 조금 더 세게 끌어안았다. 퉁퉁 부어오른 눈가가 이제는 따가울 정도였다.

그 질문들이 결국은 서로가 혼자였던 시간들을 떠올리게 해, 마음을 아프게 만들 것 같았다. 그래서 다시는 그날의 일을 상기하게 하고 싶지 않았다. 자신이 받은 상처라면 평건에게도 역시 상처일 테니까.

눈가를 얼마나 벅벅 문질렀는지 퉁퉁 부어올라 왔고, 차 안에선 오직 훌쩍이는 소리만이 가득이었다. 언젠가부터 자신이 전부라고 말하는 남자. 그리고 그로 인해 모든 것들이 송두리째 흔들리고 있다고 불안한 눈으로 고백하는 남자. 그를 선택하고 만 자신에게 돌아오는 게 단지 후회뿐인 인생이라 해도, 지금은 그것조차 좋았다.

"이제 다 울었어?"

"울려서 미안하다는 사람이 왜 이렇게 헤죽헤죽 웃어요……."

"다 왔는데 이제 내리자……."

고개를 들어 주변을 두리번거리니, 평건의 집 앞이었다. 출발할 때부터 남자는 지안의 한 손을 붙잡고 운전을 했다. 터진 눈물은 따듯한 온기에 더욱 멈출 줄 몰랐다. 운전을 하는 내내 그녀의 손을 잡고 놓아주지 않는 덕에 지안은 양손으로 눈물을 훔치지 못했다.

"내릴게요……."

그제야 손을 놔주는 남자였다. 시동을 끄고 평건이 내리자 지안도 따라 내렸다. 당연하다는 듯 평건은 지안을 앞세워 집 앞 현관문 앞으로 다가섰다.

문득 걸음을 멈추던 지안은 평건을 향해 뒤돌았다.

"앞으로 저는 더 발전적이지도, 진취적이지도 못할지 몰라요……."

"그래서?"

"더 여유롭지 못하고, 계속 이렇게 구질구질하게 알바비 한두 푼에 징징거리며 살지도요. 그러니 저한테 너무 많은 걸 기대하진 마세요. 그저, 그냥……."

"그냥?"

"그냥 좋아서 따라온 거예요. 모르는 사람이 사탕 사 준다고 해서 따라온 거 아니라고요……."

평건은 그제야 씩 웃으며 지안의 앞으로 다가와 정수리를 한껏 헝클어트렸다.

"언제는 여유 있었고, 언제는 진취적이었던 것처럼 말한다, 너……."

헝클이는 큰 손은, 분명 따듯했고 여유 있었으며 포근하기까지 했다. 뒤를 돌며 앞서 걸으며 말하던 평건은 더 이상 지안을 앞세워 집 안에 들어서지 않았다. 지안은 자연스럽게 남자를 따라 집안으로 들어섰다.

집안에 들어서자 남자는 분주하게 지안의 저녁을 챙겼다. 사람이 하나 더 늘었으니 마트 가서 장을 봐야겠다며 아줌마처럼 넋두리를 늘어놨다.

부어오른 눈이 어색해서인지, 남자의 눈을 자꾸만 피해 다녔다. 빨랫감을 찾아야 한다고 우왕좌왕하는 지안을 그저 웃으며 바라보기만 했다.

"이거 먹고 하면 안 될까?"

"배 안 고픈데……."

"난 배고프단 말이야. 오늘 회사에서 엄청 까였어. 하극상 알지? 나 그런 거 만날 당해. 그러니까 먹자. 아까도 그랬잖아, 너랑 마주 앉아서 밥 먹고 싶다고."

머뭇거리자 평건이 미간을 찌푸리며 성큼 다가오려 하기에, 지안이 먼저 다가가 잽싸게 식탁 위로 앉았다. 크림치즈가 발려진 베이글과, 집어 먹을 수 있는 과일 종류가 조촐하게 차려졌다. 오랫동안 혼자서 제법 잘 차려 먹었던지 차리는 솜씨가 지안보다 능숙했고 노련했다.

"잘 먹겠습니다."

"많이 먹어."

빵을 한 움큼 베어 물자 금세 어디선가 허기가 고개를 비집고 올라왔다. 평건은 손목을 들어 올리며 시간을 확인했다.

"나 내일도 일찍 출근해야 하는데, 퇴근하면 여기에 네가 있었으면 좋겠어. 이제 말 안 해도 이 정도쯤은 알지?"

"알아요……."

"보육원 내려갈 거야?"

"음……."

손에 묻은 빵 부스러기를 부지런히 손가락을 파르르 움직여 털어 내고, 주스를 한 모금 마시며 말했다.

"내려가도 되는데, 내가 언제든지 널 보고 싶을 때 다시 데리러 가게는 허락해 줬음 좋겠다."

"알바 끝날 때까지는 여기 있을게요."

"하루 남았는데?"

"그럼 당장 갈까요?"

"그건 안 돼."

지안이 피식 웃으며 빵을 한입 더 베어 물자, 평건은 그런 지안의 얼굴에서 눈을 떼지 못하고 있었다. 양쪽 입술에 치즈가 묻는 줄도 모르고 허겁지겁 먹어 대던 통에, 남자의 손가락이 문득 다가와 빠르게 치즈를 훔쳐 간 것을 뒤늦게 알아차렸다.

"더 먹을래?"

"네……."

"주스도 더 마실 거야?"

"네."

"내 침대에서 잘래?"

"네…… 아니요?"

평건은 아깝다는 듯 입맛을 다시며 빈 컵에 주스를 가득 따라 주며 뚜껑을 닫았다.

"바닥에서 자면 불편하잖아."

"괜찮아요. 평생 침대에서 자 본 적 별로 없어요."

"어제는 잘만 자더만."

"그건……. 너무 푹신해서……."

"그러니까 내 방에서 자. 난 어차피 몇 시간 눈 붙이다 금방 나가야 해."

"그건 싫어요. 왜냐하면……."

“왜냐하면?”

“나보다 더 많이 벌고, 더 많이 일하는 사람이 침대에서 자야 해요…….”

“어휴…….”

평건은 결국 고개를 푹 숙이고 졌다는 듯이 고개를 좌우로 흔들었다.

그렇게 처음으로 느슨해진 분위기에 각자 이부자리에 들 참이었다. 남자의 씻는 소리가 미세하게 들렸고, 샤워를 마친 듯 물소리가 끊겼을 때 지안은 그제야 욕실로 후다닥 들어가 씻기를 반복했다.

남자를 피해 욕실로 들어와 샤워를 마치고, 밖에서 들려오는 소리에 집중하고 있는 자신을 발견했다. 왜 이런 짓을 하는지에 대해 곰곰이 생각하다 결국 바보 같다는 결론에 밖으로 후딱 나와 버렸다.

이미 시각은 늦어진 상태고, 차 안에서 한참을 훌쩍거린 덕에 눈이 부풀어 올라 있었다.

평건은 방문을 활짝 열어 놓고 불을 끈 채 잠이든 것 같았다.

수면 등만이 거실을 환하게 비추고 있었다. 이부자리로 파고들어 잠을 청할 준비를 했다. 가슴까지 이불을 넉넉히 덮고 눈을 감았지만, 미세하게 들려오는 남자의 숨소리에 결국 잠에 들지 못하고 있었다.

마침내 이부자리를 조용히 박차고 두리번거렸다.

넓은 거실에 자신은 분명 혼자였지만 들려오는 뒤척이는 소리는 함께였다. 깨금발로 조심스럽게 다가가 방문을 닫아주고 거실 불을 환하게 켰다.

그리고 세탁실에서 끝내지 못한 빨랫감들을 모아 세탁기에 넣고 돌렸다.

빙빙 돌아가는 세탁기가 끝나자, 다시 건조기에 빨래를 돌렸다. 뽀송뽀송하게 말려져 나온 빨랫감들을 차곡차곡 펼치고 각을 맞춰 접었다. 세탁실 구석에 앉아 있자니 시원한 타일바닥이 엉덩이를 시리게 했다. 하지만 잠 안 오는 밤에 할 수 있는 일이라곤 이것뿐이니 해야겠다는 심정이었다.

잡생각도 덜하니, 이것도 꽤 나쁘지 않는 노동인 것 같다며 혼자 수긍할 때였다. 빨래를 차곡차곡 접다가 문득 딸칵이며 열리는 문소리에 지안이 놀라 세탁실을 나가자, 남자가 눈을 비비며 지안의 앞으로 다가왔다.

"잠이 안 왔어?"

"아, 그게……."

"거봐, 침대에서 자라니까……."

"피곤해요, 얼른 더 자요. 전 이것만 하고 잘게요."

"설마 진짜 80만 원어치 빨래 돌리려고 하는 거야? 뒤끝 있네, 이거……."

"아니에요. 그냥 잠이 안 와서……."

"흠……."

평건은 졸려 비비던 눈에서 손을 떼고 지안을 바라봤다.

말없이 올곧이 내려다보는 남자가 어색하기도 해 지안은 몸을 돌려서 다시 세탁실 안으로 들어가려던 찰나였다.

평건이 뒤 도는 지안의 팔을 잡고 끌어당겼다. 그리고 밀리듯 들어오는 남자의 얼굴이 보였고, 느껴지는 감촉에 본능적으로 눈을 질끈 감았다.

허리를 감싸 안는 남자의 팔이 너무나도 굵고 단단해 순간 온몸이 얼어붙었다. 호흡을 제대로 조절하지 못하는 지안의 숨소리만 존재하는 고요한 밤이었다.

조금의 변화가 있었다면, 지안은 자의로 팔을 들어 남자의 목에 조심스럽게 두르고 있었다는 사실이었다. 평건은 순간 미간을 팍 찡그리며 지안을 그대로 들어 올려 세탁기 위로 걸터앉게 했다. 거친 호흡이 얽히고설켜 평건의 이성을 끊기게 만들었다.

"자, 잠깐만요……."

뭉개지는 발음에도 그대로 점점 밀고 들어오는 평건으로 인해, 지안은 잔뜩 겁을 먹은 상태였다. 결국 남자의 손이 허리를 감싸 안던 와중에 가슴을 타고 올라오려 하자, 지안의 입에서 놀란 신음이 터져 나왔다.

"아……."

"미안……."

"다시 입술 들이대면 깨물 거예요!"

"팔 두른 건 너였잖아!"

"그건!"

"그건?"

"자요, 졸려요. 갑자기 너무 졸려요."

양손으로 평건의 가슴팍을 밀치고 거실로 달리기를 했다. 이불로 슬라이딩해 머리끝까지 뒤집어쓰자 남자의 허탈한 웃음소리만이 울렸다.

한숨도 자지 못했다. 아침에 일어나 평건이 옷을 갈아입는 소리에 집중하다가, 다소곳하게 일어나 출근을 배웅했다. 뭐라도 차려 볼까 했지만, 얼굴을 마주하면 온몸에 털이 쭈뼛쭈뼛 서서 그만뒀다.

"아, 늦었다 늦었어. 어젯밤에 누가 유혹하는 바람에 한숨도 못 잤네."

"누가요."

차게 식은 눈으로 평건을 바라보자, 피식 웃으며 마저 넥타이를 매고 있었다. 어젯밤 소파 위로 아무렇게나 던져진 가방을 들어 남자에게 건네자 고맙다며 바로 현관으로 다가섰다.

"눈이 발가네. 잠 못 잤어?"

"음, 그런 거 같아요. 그쪽도 잠 못 잔 거 같은데요?"

"언제까지 그쪽이라고 할 거야?"

"그럼 뭐라고 해요."

"글쎄다."

시큰둥하게 넥타이의 중심을 잡던 남자의 표정이 무방비해 보여 처음으로 비죽 장난기가 올라왔다. 지안은 씩 웃으며 말했다.

"오빠라고 해요?"

"뭐?!"

갸우뚱하며 놀란 듯 고개를 꺾던 남자는 다시 평정심을 찾고 거울을 바라봤다.

"오빠라고 하면 나 오늘 출근 못하는데."

"아, 농담이에요, 농담."

"알아. 어차피 그렇게 부를 생각도 아니었잖아."

"잘 다녀오세요."

"그래……."

평건은 몸을 숙여 지안의 허리를 끌어당겨 한 손으로 품 안에 감싸 안았다. 어쩔 줄 몰라 양팔을 버둥거리고 있던 와중에 남자는 지안의 향기를 한껏 들이켜곤 문을 열고 나갔다. 그리고 정확히 3초 후에 다시 문이 열렸다.

"진짜 가지 말까?"

"가라고요!"

쾅 닫힌 현관문에 지안이 등을 기대고 섰다. 터져 버릴 것 같은 얼굴을 식히느라 난리였다. 역시 감당 안 될 장난은 하지 말아야겠다는 교훈을 아침부터 얻은 셈이었다.

"지안아."

정말 떠난 줄 알았던 남자의 목소리가 문 너머로 들리자, 지안이 깜짝 놀라 문을 열었다.

"진짜 안 갈 거예요?"

"지안아."

"네……?"

"우리 엄마 보러 갈래?"

이제는 정말로 남자의 세계로 넘어가 버렸다. 자신이 살고 있는 세계로 넘어오지 말라는 경고를 남자는 끝까지 어기지 않았다. 다만, 지안의 팔을 끌어당겨 자신의 세계로 넘어오게 만들었다. 지안은 고개를 끄덕이며 그러겠노라 약속했다.

"진짜 다녀올게. 차 조심하고."

조용히 현관문이 닫히며 무겁게 잠금 소리가 정적 속에 울렸다.

뒤를 돌아 거실로 들어서자 아침햇살이 환하게 비집고 들어와 온 집 안을 비추고 있었다. 미래를 약속하지도, 그렇다고 삶의 질을 약속하는 믿음직한 한마디도 없었다.

그럼에도 불구하고 지안은 남자를 믿기로 했다. 그리고 노력해야겠다고 생각했다. 모든 것들이 무너져 다시 제자리로 돌아간다 해도, 후회한다 해도, 꼭 한순간만큼은 정열적으로 적극적으로 남자를 사랑해 봐야겠다고.

헤어지고, 도망가면 마냥 편할 줄 알았다. 하지만, 그와 함께 있을 때 더욱 편하고 행복하다는 사실을 결국 인정해 버린 셈이었다.

기지개를 켜고 팔을 쭉 피자, 한동안 굳어 있던 온몸이 유연하게 펴지는 것 같았다.

점점 여느 평범한 여자들처럼 연애에 대한 고민을 하고 있다는 사실에, 웃음이 번졌다. 결국 남자로 인해 눈이 멀어 버렸구나. 어딜 봐도, 또 어디로 고개를 돌려도 오직 보이는 건 차평건뿐이었다.

결국 오늘도 탈출하지 못했다. 사랑하는 남자로부터.

— The end

번외

달다, 달아. 아이스크림 하나가 어찌 이리 달콤한 맛인지 연신 입술을 핥아 가며 아이스크림을 맛있게 먹었다.

"그렇게 맛있어? 한입만 줘 봐."

"집 앞에 오픈한 아이스크림 집인데, 동네가 그래서 그런지 좀 비싸긴 해도 맛은 좋아요."

"동네가 그래서 그런 거라니, 서울에서 젤 비싼 동네야."

"그 말이 그 말이에요."

지안은 운전대를 잡는 남자의 입에 한 번 더 아이스크림을 먹여 주고 다시 제가 먹는 데 집중하기 시작했다. 용기를 낸 이후부터 많은 것들이 바뀌고 있었다.

겨울이 다가옴에도 바람은 따듯했고, 남자가 가끔은 든든해 보이기도 했다. 흐르는 시간 속에서 후회든 보람된 일이든 모든 일에 항상 남자와 함께이길 바랐다.

“어쨌든 저번에도 말했지만, 저도 월세 보탤 거예요. 그러니까 룸메이트 격인 셈이라고요. 알겠죠?”

마지막 남은 아이스크림을 한입에 집어넣으며 말했다.

“월세가 아니면?”

“전세든 관리비든 뭐든 낼 거잖아요.”

“그도 아니면?”

“치.”

수저로 컵 바닥을 벅벅 긁다 김빠진 소리를 내자 평건은 끌끌 웃으며 지안의 손을 끌어당겨 자신의 허벅지 위로 가져갔다.

오늘은 그의 어머니의 기일이었다. 납골당에 모셔 둔 터라, 조촐하게 가져가려던 제사 음식을 챙기지 못해 지안은 아쉽다고 했지만, 생각해 주는 것만으로도 고맙다며 남자는 따듯하게 웃었다.

지안은 익숙했던 동네 어귀에 차가 들어서자 한층 더 부지런히 두리번거리기 시작했다.

“와, 진짜 2년 사이에 엄청나게 많이 바뀌었네요.”

“바뀐 정도가 아니지, 지대도 좀 평평해졌어. 예전엔 아주 가팔랐잖아.”

“돈이 좋긴 좋아.”

"돈이 좋긴 좋지만, 돈이 다는 아니야."

텁텁하게 내뱉은 말이 어쩐지 담백하게 들렸다. 그 소리는 마치 모든 것들에 있어서 완벽할 필요는 없다고 말하는 것 같기도 했다. 너무 따지지도 않고, 그저 이 하루도 어떻게든 넘어가겠지 하는 생각을 하는 것. 그 생각을 심어 준 남자의 말이기도 했다.

"무슨 생각 해?"

"음……. 돌아가는 길에 하나 더 사 먹어야 하나 마나요."

"나도 좀 먹고 그래 봐."

"캑."

운전대를 잡고 무심하게 주차하던 남자는 마침내 시동을 끄고 몸을 기울였다. 지안은 뒤로 물러나 유리창에 등이 닿을 정도로 바싹 붙어 평건에게서 떨어지려 했다.

"언제까지 독방 쓰게 할 건데?"

팔걸이에 턱을 괴고 덤덤하게 뱉는 평건은 왠지 해탈한 사람처럼 느껴질 정도였다.

보육원을 며칠 간격으로 왔다 갔다 하는 것도 처음엔 수긍하더니, 이제는 보육원으로 직접 차를 보내 지안을 서울로 실어 나르게 했다.

진수의 뾰로통한 얼굴과 수녀님의 너그러운 웃음을 뒤로하고 항상 따듯한 시트에 몸을 묻고 서울로 올라오기를 반복하는 것도 어느덧 한 달쯤 되었다.

"그게 워낙 바닥에서 자다 보니까 편하기도 하고."

"그럼 나도 앞으로 바닥에서 같이 잘래."

"우리 저기 안 올라갈 거예요?"

"말 피하지 말고."

"아, 맞다. 나 궁금한 거 있는데. 내 다이어리에 쪽지 넣어 놨었어요? 그거 필체가……."

"내 필체도 알아?"

"뭐 어쩌다 보니 알게 됐다 치죠. 왜 그랬어요?"

"뭐가?"

"왜 쪽지 내용이 '구원' 이었어요?"

남자는 사뭇 진지한 눈빛으로 또박또박 질문을 하는 지안을 쳐다보았다.

그런 눈빛이 낯 뜨거워 간혹 먼저 시선을 끊어 버리기도 했지만, 이번엔 궁금함이 낯 뜨거움을 이긴 것 같았다.

"키스하면 알려 줄게. 이리 와 봐."

몸을 기울이던 평건에게 히익, 소리를 내며 물러나 차 문을 열곤 밖으로 뛰쳐나갔다.

"이리 안 와?!"

낄낄거리며 뛰어 저만치 도망가던 지안은 너무 많이 변한 동네의 모습에 놀라 순간 당황해 두리번거렸다.

넓은 주차장 위엔 이미 겨울이 내려와 앉아 있었다. 주말이었는데도 납골당으로 올라가는 길에는 인적이 드물었고, 주차장 역시 차 몇 대가 고작이었다. 지안이 자신이 살았던 단칸방의 위치가 어딘지 찾아보고 있을 때였다.

"춥잖아. 또 목도리 흘리고 다니지."

평건은 어느새 뒤로 다가와 이리저리 두리번거리는 지안의 목에 익숙하게 목도리를 두르며 잔소리를 내지를 준비를 했다.

"이제 정말 못 알아보겠다, 여기."

"올라가자, 계단 좀 올라가야 해."

"치마 괜히 입고 왔어요."

"그러게 누가 치마 입으래? 눈이라도 왔어 봐. 여기서 미끄러지면 내가 책임져야 해?"

평건은 말을 하다가 지안의 스커트를 바라보고는 문득 미간을 찌푸리며 말끝을 흐렸다. 지안은 시선을 피하며 코트 주머니에 손을 폭 꽂아 넣었다.

"치마 입는 게 어때서요. 두꺼운 거고, 스타킹도 기모 스타킹이에요. 생각보다 춥지 않아요."

"그런 말이 아니잖아. 혹여 길이 미끄러운 곳이 나타나면 손을 놓아야 하잖아. 손을 놓았다가 넘어지기라도 하면."

"……."

"일부러 그런 거 입은 거야?"

"아니거든요. 잡아요, 잡아. 잡으면 되잖아요."

'옛다, 주마' 하는 표정으로 손을 뻗어 큼직한 남자의 손을 끌어당겼다. 항상 따듯한 손처럼, 그는 변함없이 다정했다.

"그래, 그런 반응도 괜찮네."

가면 갈수록 남자는 잔소리나 칭얼거리는 소리를 하는 날이 많아졌다. 그런 모습이 보이게 안 좋다기보다는, 차후에 이런 모습을 보지 못하게 될 날이 올지도 모른다는 쓸데없는 걱정을 사서 하기도 했다.

남자의 발자국을 따라 작은 구두 앞코가 가파른 계단을 올랐다. 평건이 두 겹으로 껴입은 코트 중 하나를 벗어 지안의 어깨 위로 걸쳐 준 뒤 서둘러 지안의 손을 당겨 열심히 걸어 올라갔다.

"나 오늘 회사 안 들어가도 돼. 저녁 근사한 데서 밥 먹고, 와인도 한잔하자."

즉, 그 말은 며칠 전 밤에 시도하다 실패했던 육체적인 교감을 위한 행위를 다시 시도하겠다는 의미일 터였다.

피할 이유는 없었지만, 뒤늦게 하게 될 첫 경험이 남자에게 다소 실망감을 안겨 주진 않을까 하는 고민을 떠안고 있던 참이었다.

"저 오늘 바쁜데."

"오늘 별일 없다며. 백장미 만날 거야?"

이마를 긁적이던 지안은 멋쩍은 듯 말을 이어 갔다.

"봐야 할 책도 좀 있고요. 맞다. 백 실장님, 아예 사무실을 공장 근처로 옮겼더라고요. 통화만 대충해서 자세한 건 모르지만요. 서울 올라온 거 바로 이야기 안 했다고 엄청 핀잔 들었어요."

"말 피하지 말고. 오늘 꼭 가야 해……?"

"꼭 오늘이 아니더라도, 보고 싶기도 하고."

"나는 그럼 혼자 있어?"

"사장님 월급 얼마 정도예요? 생각보다 너무 날로 드시는……."

"너, 이리 와."

"아, 알았어요. 알았어. 저녁 먹어요, 먹어."

이마에 놓아진 작은 꿀밤이 말을 막아 버렸다. 끝없어 보이는 계단을 다 타고 올라가자, 평건은 허리를 곧게 펴고 숨을 내쉬었다. 반면 지안은 체력적인 소모가 컸는지 헉헉댔다.

"어휴, 숨 막혀. 도대체 계단은 왜 이렇게 만들어 놓은 거예요?"

남자는 자신의 팔을 붙잡고 숨을 몰아쉬는 지안을 보고 웃으며 머리를 한번 쓰다듬었다.

"슬프다가도 몸이 고달프면 막상 눈물이 안 나니까. 난 망자 앞에서 눈물 흘리는 거 별로더라. 누구나 맞이하는 죽음이잖아. 그래서 그들 앞에서 눈물보단 숨을 고르게 하고 차분해지게 만들고 싶었어."

"어휴, 농담이죠?"

평건은 어깨를 으쓱였다.

"뭐, 지형이 높아서 공사가 부실했고, 핑계 댈 게 마땅히 없어서 둘러댄 거로 쳐."

큰 문을 열고 광장 안으로 들어서자 둥그렇게 뚫린 천장 사이로 하늘이 보였다. 유리로 투명하게 막혀 있어 날씨를 대충 가늠

할 수 있도록 망자들을 배려한 것 같았다.

가파른 계단의 의미를 농담 반 진담 반으로 들려주던 남자의 말에 영향을 받은 것인지, 사소한 사물부터 건축물의 구조까지 어떤 의미를 지닌 것은 아닐까 하는 호기심을 불러일으켰다.

깊숙한 곳에 독실이 하나 있었다. 그쪽으로 걸어가던 평건은 자신의 눈높이에 맞는 작은 유리문 앞에 서서 호흡을 가다듬었다. 그리고 뒤따라오던 지안을 바라보며 더 가까이 오라고 손을 뻗어, 그녀가 손을 맞잡아 주길 기다렸다. 지안의 손이 남자의 긴 손가락을 휘감자, 남자가 제 쪽으로 잡아당겨 유골함 앞에 마주 서게 되었다.

유골함, 그리고 그 앞에 놓인 실타래와 바늘들. 평소 남자의 어머니가 좋아하셨던 것들이 무엇인지 몰랐던 지안은 다소 놀란 표정을 지었다.

"조촐해. 알아. 이미 말했듯이 난 엄마에 대해 아는 게 많이 없어. 이곳은 나 외엔 누구도 발걸음을 하지 않는 곳이기도 하고."

지안은 오히려 묻기 힘들었던 질문에 술술 대답해 주는 남자의 손을 자진해서 더 꽉 그러쥐었다. 죽음이란 어쩌면 곧 잊힐일지도 모른다.

그럼에도 불구하고 남자는 죽음이 꼭 삶의 연장선인 것처럼 대하고 있었다. 세상에서 지금 옆에 서 있는 남자보다 멋진 남자는 없을 것만 같았다. 달콤한 콩깍지가 두툼하게 씌워져 있다며 누군가 자신을 타박한다 해도 굳이 변명할 생각은 없었다.

남자는 얼마나 자신을 기다렸던 걸까, 문득 확인받고 싶은 마음도 비죽 올라왔다. 이건 모든 여자들이 공통적으로 갖는, 사랑의 척도를 확인받고 싶어 하는 마음과 다를 것이 없어 보였다. 기다림, 그 기다림의 끝에 결국 자신이 함께일 수 있다는 사실에 감사했다.

이른 아침이라 아직 조문객이 없을 줄 알았는데, 갑자기 여러 명의 발소리가 들렸다. 그러곤 서너 명의 남자들과 함께 나타난 낯선 남자가 지안과 평건의 앞에서 발을 멈췄다.

남자는 뒤이어 따라 들어온 서너 명의 남자들을 손으로 물린 뒤, 평건의 앞으로 다가섰다. 그 얼굴을 보자마자 지안은 그가 누구인지, 직감적으로 알 수 있었다.

"나가들 있어라. 얼마 안 걸려. 금방 내려갈게."

남자들은 예의를 갖춰 고개를 숙이고선 시야에서 사라졌다.

인간도 맹수처럼, 무언가를 지키려고 날을 세울 땐 본능적으로 위협적인 기운을 내뿜게 되는 듯했다. 평건은 어둑한 산 어귀에서 천적을 만난 맹수처럼 잔뜩 신경을 곤두세웠다.

"어떻게 알고 왔어? 여긴 무슨 일이야?"

평건은 지안을 끌어당겨 등 뒤로 숨긴 뒤 마주 선 남자에게 날을 세웠다. 평건의 듬직한 등에 가려진 탓에 지안은 마주한 남자의 얼굴이 다시 보이지 않아 답답했다. 숨어야 하는 게 맞는 건지……. 본능적으로 날을 세우는 평건이 낯설기도 해 겁이 났다.

한 번도 본 적 없는 남자의 형제를 한눈에 알아볼 수 있었던 건 둘 다 빼어난 외모로 닮아 있었기 때문이었다.

"이게 누구야. 당신이 소문만 무성하던 내 동생의 여자야?"

평원은 고개를 옆으로 살짝 기울이며 고개 숙인 지안의 눈을 마주치려 애썼다. 하지만 그 앞을 가로막고 선 동생의 날 선 기운이 범상치 않았기 때문에 더 이상 앞으로 다가오진 못했다.

"여긴 무슨 일이냐고 물었잖아."

"아, 동생아. 내 어머니 무덤에도 안 찾아올 정도로 나, 그렇게 인색한 놈 아니야."

"글쎄다."

"다시 한 번 말하지만 네가 앉아 있는 그 자리에 다시 내가 앉을 수도 있다는 거 명심해. 네가 가지고 있는 칼자루도……."

평건은 경계를 풀고 여유 있는 표정으로 자신의 형을 비웃듯 바라봤다.

지안을 힘주어 잡고 있던 손에도 살며시 힘이 풀어지기 시작했다.

"갖고 싶어?"

"……."

그제야 평원은 동생 앞에서 본 모습을 드러내며 다른 얼굴을 드러냈다.

"갖고 싶으면, 빼앗아 봐. 능력이 안 되는 걸 가지고 자기 합리화 그만하고.”

살벌했던 분위기에서 평건에게 대화가 유리하게 흘러가자, 오히려 이기기를 포기한 듯 여유롭게 변해 버린 평원이었다.

슈트 위에 걸치고 있던 코트 주머니에 손을 꽂아 넣으며 코를 한번 훌쩍였다.

“그나저나 어느 집 자제이신가? 소문대로인가? 사실이면 나는 좀 곤란한데.”

“말조심해.”

다시 약점을 파고들려는 듯 평원은 이리저리 찔러보기 시작했다. 평건은 이를 악물고 최대한 이어지는 대화에 토악질이 쏟아지려는 걸 참는 듯 보였다. 평원에게 경고를 할 셈인 듯 남자에게로 한 발짝 떼던 평건의 손을 지안의 여린 손이 꾹 쥐었다. 그러자 평건이 멈칫하며 지안을 바라봤다.

모든 인생의 순간들에는 한 번의 기회만 주어졌다. 어떤 상황이든 다시 돌아오지 않는 순간들이었기에, 지안은 용기를 내려고 안간힘을 썼다. 이 결정이 나쁜 것인지 좋은 것인지 누구에게 확인받을 길은 없지만 그래도 꼭 해야만 할 것 같은 기분에 휩싸였다.

지안은 평건의 등 뒤에서 나와 평원의 앞으로 다가섰다.

“안녕하세요, 제 이름은 유지안이라고 합니다. 먼저 찾아뵀어야 했는데, 경황이 없었습니다.”

“누굴 찾아봬요?”

“저는, 그 소문의 주인공이 맞습니다.”

평원이 방금 지었던 표정은 언젠가 보았던 표정이었다. 평건은 그 표정이 자신의 엄마를 향했던 표정이기도 했다는 걸 알았다. 어쩌면 형이 불쌍하기도 했고, 한심해 보이기도 했다. 평생 엄마라는 단어에 저주를 달고 사는 사람처럼.

평원은 재미가 사라졌는지 무심한 표정으로 코트 주머니에 손을 꽂고 곧장 자리를 떠나려 했다.

“뭐, 주제에 맞게 적당한 기간 동안 연애 잘 하시길.”

“아니요.”

“아니요?”

“저는 이 사람과 한정적인 연애도 하지 않을 거고, 절대 헤어지지도 않을 겁니다. 발목 잡을 거예요. 혹시라도 이 남자가 저를 싫다고 뿌리치면, 방송국 가서 베일모직 차평건 사장의 숨겨진 비운의 여인이라는 타이틀로 뉴스라도 뿌릴 겁니다.”

“…….”

“잘할게요.”

“뭘 잘한다는 뜻이지?”

“내조요.”

평원은 인상을 잔뜩 굳힌 채 당장에라도 지안을 잡아먹을 듯이 표정을 굳혔지만, 동생의 눈치를 보며 결국 뒤돌아 자리에서 사라졌다.

삶의 부와 명성이 부족하다는 것이 꼭 잘못인 것처럼 취급하는 세상이 아쉬웠다. 그래도 멋쩍게 웃으며 지안은 평건의 손을 먼저 꼭 잡고 그의 얼굴을 올려다봤다.

"혹시 제가 싫다고 해도 진짜 방송국에 제보는 안 할게요! 알겠죠?"

"……네."

"다음엔 형님이랑 조금 더 이야기할 수 있는 기회가 오겠죠?"

평건은 손가락을 들어 지안의 볼을 쓰다듬었다. 고작 형이라는 작은 산을 스스로 넘으려 애쓴 지안이 안쓰러웠다. 앞으로 넘어야 할 산들이 첩첩산중인데도, 지안은 어쩐지 그것들을 다 넘을 수 있을 듯해 대견하기도 했다.

지안은 암울하고 쓸쓸해 보이는 남자의 눈동자에서 자신을 위한 걱정과, 대견함을 엿볼 수 있었다. 자신에게 한없이 관대한 남자에게 조금이라도 보답하고 싶었다.

할 수 있는 건 오직 이것뿐이었다.

어색하지만 부끄러움을 이겨야만 했고, 남자의 불처럼 데일 것만 같은 눈길도 이제는 버텨야만 했다. 즐길 줄도 알아야 했다. 그것이 광적인 소유욕이라고 해도, 그 광적인 구애가 희로애락을 주는 것이라면, 받아들이며 최후를 맞이해도 괜찮을 거라 생각했다.

"내려가요. 그런 느끼한 눈으로 그만 보고요."

"느끼하다니."

팔을 끌어당겨도 걸음을 떼지 않으려는 평건을 두고 지안이 먼저 빠져나왔다. 그리고 뒤이어 평건의 발걸음이 지안을 조용히 쫓았다.

밖으로 나서자 이제야 찾아오는 조문객들로 입구가 북적해 보였다. 결국에는 옆으로 다가와 걷던 평건이 그녀의 손을 낚아채 자신의 코트 주머니 속으로 넣었다. 바람은 불지 않았지만 아스팔트에서 차가운 기운이 뿜어져 나왔다. 그런데도 햇빛은 공중에서 부서지는 그런 한없이 좋은 날씨였다.

가파른 계단을 타고 내려오면서도 평건은 말이 없었다. 그저 쥔 손을 놓아주지 않으려는 듯 힘만 도리어 꽉 주고 있을 뿐이었다. 평평한 길로 다다랐을 때, 손을 빼려 했지만 그 또한 놔주지 않았다.

포기한 채 남자의 차 앞으로 다가갔을 때 보조석까지 와서야 손을 놔주고 차 문을 열어 그녀가 올라탈 수 있도록 배려했다.

운전석으로 돌아와 차에 올라탄 평건은 시동을 걸고 히터를 켜 주었다. 따듯한 바람이 바로 앞에서 쏟아져 나오자 본능적으로 손을 그 앞에 갖다 댔지만, 이미 남자의 온기로 인해 손이 따듯했기에 조금 어색했다.

"가끔 보면 짓궂은 거 같아요."

"좀 짓궂긴 하지."

입술을 비죽이자 평건은 지안을 똑바로 바라보며 되물었다.

"내 차 선팅이 유난히 진하게 돼 있는데, 그건 내가 돈을 많이 벌어서 그런 거기도 해."

"일반 사람들도 원하면 선팅 진하게 하는 거 가능하잖아요."

"그냥 좀 넘어가 봐."

"알았어요. 그래서요?"

"키스해도 돼?"

지안은 눈을 몇 번 껌벅이며 대낮에 선팅된 차 안에서 스릴을 즐기자는 남자의 말뜻을 이해하기까지 수초가 걸렸다. 긴장 때문인지 침을 삼키는 소리가 너무나도 크게 들려 당황스럽기까지 했다. 아직까진 수련이 부족해서 이렇게 노골적으로 표현할 때는 어쩔 줄 모르겠다.

"그런 거 묻고 하는 사람이 어디 있어요?"

말이 끝나자마자 평건은 몸을 기울여 지안에게 다가갔다. 밀려오는 그의 무게가 고스란히 느껴져 몸이 조금 뒤로 밀렸다. 따듯한 입김과 온도가 안으로 밀려 들어왔다가 빠져나갈 때 결국 눈을 감고 말았다. 숨결이 씁쓸하기도 하고, 달콤하기도 했다.

달콤하게 젖어 드는 남자의 입맞춤에 떨리는 몸을 최대한 들키지 않으려 노력했다. 그렇게 수분이 지난 뒤 문득 정신을 차리고 보니, 평건의 손이 오른쪽 가슴에 올라와 있었다.

얼마 전부터 음흉한 기회를 노리는 평건 때문에 온갖 고민에 사로잡혀 있는 지안이었다. 그런 와중에 또 방심한 사이에 기습적으로 손이 올라와 있던 것이었다.

두 손으로 남자의 손을 꽉 쥐고 떼어 내려 할 때 평건이 그제야 능글거리며 얼굴을 떼고 말했다.

"아, 원래 욕구 불만일 때는…… 미안, 이게 손이랑 머리랑은 원래 따로따로 움직이는 거라서. 너무 그렇게 보진 마라."

"정말!"

"아, 본능이랑 이성은 다른 거라고."

시동을 걸며 어디론가 도망가듯 운전대를 잡는 평건이었다.

비가 잔뜩 내리던 날들이 지나가고 다시 화창한 날씨가 연이어지고 있었다. 얼마 전 남자의 형을 만난 이후로 더 이상 관계의 발전이나 후퇴는 없었다. 앞으로 넘어야 할 산들이 첩첩산중이란 건 말하지 않아도 이미 알고 있었다.

번번이 실패할지도 모르는 관계라 해도, 엎어져 무릎이 까지고 다치는 한이 있어도, 완주를 해 보기로 결심한 건 잘한 일이었던 것 같았다.

하지만 요즘 들어 제일 큰 고민 한 가지는, 퇴근만 하면 잠들기 전까지 계속 무언의 알 수 없는 신호를 보내며 진득한 눈빛으로 자신을 바라보는 남자의 표정이었다.

사실 지안은 그 신호와 표정이 어떤 것인지 본능적으로 잘 알고 있었다. 그렇다고 해서 거부감 때문에 그것을 피하는 건 아니었다.

그저 아이처럼 첫 경험에 대한 작은 두려움이라든지 혹은 엄청난 쑥스러움이 자리 잡고 있었을 뿐이었다. 어떤 날은 속옷 가게에 들어가 가장 예뻐 보이는 속옷을 사 보기도 했고, 남자와의 첫날밤을 상상하며 붉은 립스틱을 사 보기도 했다.

그걸 모르는 평건은 요즘 들어 퇴근해서 집에만 오면 노골적으로 분위기를 깨 버리는 지안 덕에 잔뜩 토라져 있는 상태였다.

오늘도 그는 변함없이 티 나게 투항 중이었다. 현관에 들어서자마자 밤 9시를 약간 넘긴 시간임에도 늦은 퇴근이 싫다며 투덜거렸다.

"그래도 일찍 왔지? 회식 문화 바꿔야 돼. 정말 싫다."

"늦게 와도 되는데."

"뭐어?"

평건은 넥타이를 풀다 말고 지안을 보며 서운하다는 표정을 지었다.

"그러니까, 굳이 저 때문이라면 그럴 필요 없다는 이야기예요."

"아니지, 아니지. 유지안. 이리 와 봐."

남자는 결국 지안의 팔을 억지로 잡아당겨 소파에 앉혀 놓고 눈높이를 맞추려 무릎을 꿇었다. 연말이라 그런지 연이은 회식에 평건은 일보다 더 피곤한 일을 하는 사람처럼 굴었다. 아무렴 직장상사 중에 제일 위치가 높은 사람인 만큼, 자리에 참여를 안 할 수가 없는 것은 이미 알고 있었다.

하지만 평건은 진득하게 눈동자를 맞추다가 지안의 눈빛에 매료되어 그만 고개를 푹 숙이며 한숨을 쉬었다.

"가끔은 좀 일찍 들어와라, 누구랑 술 마셨냐, 어디 가서 술 마셨냐 그런 것들 좀 물어보고 그래 봐. 설마 정말 관심이 없는 건 아니겠지?"

지안은 너그럽게 웃으며 남자의 헝클어진 앞머리를 손으로 정리했다. 대답 없던 지안의 옆구리를 평건이 콕 찌르자 지안은 화들짝 놀랐다.

"알았어요. 알았다고요."

평건은 그제야 대답이 마음에 들었는지 편하게 앉아 지안을 우러러본 채 웃었다.

"준비는 잘 돼 가?"

"네, 학비 빌려준 건 꼭 갚을게요. 대학원 들어가서 일도 같이 병행하면 수입이 좀 생길 거예요."

"그냥 미래의 유망한 디자이너한테 투자했다고 치지."

허벅지 위로 올라온 남자의 손이 아까부터 따듯하게 느껴지는 바람에 긴장을 잔뜩 하고 있던 터였다. 평건은 자꾸만 자신을 피하려는 지안의 볼을 부여잡고 귀엽다는 듯 웃으며 자리에서 일어났다. 지안은 씻으려는 듯 와이셔츠의 단추를 풀며 방으로 들어서는 평건의 뒤를 따라나섰다.

"오늘은 침대에서 잘래요."

"응? 그래. 내가 거실에서 잘게."

남자는 손목의 커프스까지 풀어 헤치고 탁상 옆으로 아무렇게나 던져 놓은 뒤 옷을 마저 벗으려고 했다. 그러다 문득 자리를 비켜 주지 않는 지안에게 의아한 듯 고개를 갸웃거렸다. 벨트까지 풀려던 평건은 우두커니 지안을 바라보고 있었다.

"아니요, 그런 뜻이 아니고요……."

"……."

"침대에서 같이 자겠다고요."

무방비했던 남자의 표정은 둔기로 뒤통수를 한 대 얻어맞은 사람처럼 어안이 벙벙해 보였다. 지안이 방문을 닫고 거실로 나오자, 평건이 그제야 후다닥 욕실 안으로 뛰어 들어가는 소리가 들렸다. 지안은 빠른 걸음으로 세탁실에 다가가 얼마 전에 사 두었던 새하얀 속옷 세트를 들고 나와 욕실로 들어갔다.

거울을 보고 잔뜩 긴장한 자신의 몸뚱이를 한번 육안으로 훑고 티셔츠를 훌렁 벗어 던졌다.

입고 있던 속옷은 세면대 위로 벗어 던지고 서둘러 샤워를 마쳤다. 그런 뒤 새하얀 브라에 달린 태그를 입으로 물어뜯고 다급하게 입었다. 뽀얗게 수증기가 내려앉은 욕실에서 마저 속옷과 옷을 입고 거실로 나왔다.

평건은 벌써 샤워를 마치고 나와 거실에 와인 두 잔을 세팅해 놓고 조명 밝기를 낮춰 둔 상태였다. 그것이 무엇을 의미하는지도 잘 알고 있던 터라, 비죽 남자가 귀엽다는 생각에 웃음이 나오려던 찰나였다.

거실을 이리저리 왔다 갔다 하던 남자는 구석에 시선을 주고 잠시 생각에 잠긴 듯했다. 그러곤 욕실 앞에 서서 멍하니 남자만 바라보고 있는 지안 앞으로 성큼 다가와 두 팔로 들어 올렸다.

"으악! 왜 이래요!"

"조용히 해 봐."

그러곤 거실의 조명도, 분위기도, 와인도 다 건너뛴 채 침실로 향하는 남자의 발걸음에 덜컥 겁이 났다.

침대 위로 뉘어진 지안이 잔뜩 겁을 먹고는 뒤로 물러나 침대 헤드에 등을 딱 붙이려던 참이었다.

평건은 욕실에서 나오자마자 지안의 표정을 보곤 결국 이성이 끊어져 버린 듯했다.

입고 있던 셔츠를 단박에 벗어 어디론가 던져 버리고 짐승처럼 기어 올라와 순식간에 얼굴을 마주했다.

막다른 곳에 등을 기대고 있던 지안은 비율 좋은 남자의 근육 잡힌 몸을 보곤 숨을 한번 후읍 들이켜곤 고개를 살며시 돌렸다.

"와, 와인요. 마시자고 따라 놓은 거 아니었어요? 우, 우선 그것부터……."

"그러려고 했는데, 절차를 밟기엔 도무지 이성이 조절이 안 돼. 이해해 줘."

다시 나오려던 대답은 남자가 밀어붙인 입술에 막혀 버렸다. 심장은 미칠 듯이 튀어 올랐고, 아득해져만 가는 정신을 붙잡는다는 것도 여간 쉬운 일이 아니었다. 평건은 지안의 허리춤을 잡아당겨 바로 눕게 했다. 확 끌려 내려간 상체에 깜짝 놀라 눈을 떴지만, 파도처럼 자신의 위를 덮은 남자의 상체가 어쩐지 따듯하다고 느껴졌다.

다급해 보이던 평건은 천천히 이성을 다잡기 시작했고, 진득하게 밀어붙이던 입술을 떼고 지안을 눈을 바라보며 재차 확인했다.

말하지 않아도, 그 눈빛이 무엇을 의미하는 건지, 어떤 질문을 하는 건지 이미 알고 있기에 지안은 다시 눈을 꼭 감았다.

그러자 따듯한 손끝이 허리를 타고 올라와 금세 티셔츠를 벗겼다. 차가운 공기가 가슴과 배에 앉았을 때 비로소 반나체로 남자의 눈앞에 누워 있음이 실감났다.

"아마 오늘은 아플 거야. 네가 아픈 건 싫지만 그래도 이해해 줘."

지안의 부푼 살을 단단하게 조여 주고 있던 속옷 아래로 큰 손이 밀려 들어와 가슴을 잔뜩 움켜쥐었다.

지안은 눈을 떠 평건의 표정을 보고 싶었지만, 거친 숨소리 만으로도 그가 어떤 표정을 짓고 있을지 예상할 수 있었다.

그의 머리가 가슴 위로 내려앉았을 때였다. 잔뜩 움츠려 있던 피부 위로 부드러운 입술이 내려앉았다. 아랫배가 조여 오는 기분에 결국 허리를 움찔하며 튕겨 올렸다.

하나하나 반응을 보일 때마다, 평건은 아슬아슬한 줄타기를 하고 있는 광대처럼 보였다.

지안은 그의 머리카락 안으로 손가락을 집어넣어 쓰다듬었다.

가슴에서 입을 떼고 다시 키스를 하던 평건의 손이 아래로 점점 내려가 속옷 안으로 들어섰다. 깜짝 놀라 상체를 일으키려던 지안의 어깨를 내리누르며 평건은 되물었다.

"여기까지 할까? 난 기다릴 수 있는데."

"뺑쟁이."

"잘 아네."

평건은 다시 고개를 밀착시켜 지안의 입술을 잔뜩 머금고, 다시 손가락으로 그녀를 잔뜩 유린하기 시작했다. 그로부터 속도가 붙기 시작한 건 불과 몇 초 지나지 않아서였다.

지안은 어느 정점에 도달해 있었다. 아직 경험해 보지 못한 새로운 문턱 앞에서 걱정과 호기심 반으로 적극적으로 키스를 하며 남자를 부추겼다. 옷들이 다 벗겨져 나가 나신이 되고 남자 역시 준비가 되었을 때, 곧 들어올 거대한 빙산 앞에 눈을 질끈 감았다.

서서히 밀려 들어온 그의 분신에 눈을 질끈 감았던 걸 번뜩 뜨고야 말았다.

아찔할 만큼 따갑고 아랫배부터 골반이 틀어진 것처럼 통증이 느껴졌다. 지안은 화들짝 놀라 평건의 얼굴을 바라봤다.

"아, 아파요."

"많이? 거봐. 기다릴 수 있다고 했잖아. 여기까지 해도 돼."

평건이 다시 하반신을 떼어 내려던 찰나, 지안은 그의 허리춤을 잡으며 고개를 가로저었다. 그런 반응을 보고 결국 남자의 이성이 끊어져 버렸다.

"허락한 거야."

평건은 지안의 어깨에 고개를 묻어 버렸다. 그러곤 허리에 힘을 주고 끝까지 밀어붙이자, 지안의 입에서 꽤나 아픈 듯한 신음 소리가 흘러나왔다.

아프기만 했던 건 아니었다. 기분이 좋다가도, 안이 따끔따끔 아프기도 했고, 또 남자의 체온이 온전히 자신의 것이 된 것만 같은 희열에 휩싸여 결국 정신을 풀어 놓기까지 했다.

조심스럽게 꾹꾹 반복적으로 움직이던 평건은 결국 다물고 있던 입술 사이로 신음을 뱉어 내며 속도를 붙이고 파정했다.

따듯한 온기가 하반신에 퍼졌을 때 남자가 끝을 맺었음을 알 수 있었다.

호흡이 가라앉고, 행위는 끝이 났지만 평건은 지안의 몸에서 자신을 빼지 않았다. 가만히 서로의 체온을 조금 더 느낀 뒤에야 지안의 옆에 누워 그녀를 품에 꼭 끌어안았다. 숨소리가 잦아들어도, 서로의 심장 소리는 여전히 요동치고 있었다.

바디샴푸와 체온의 향기가 뒤섞여 방 안에 둥둥 떠다녔다. 금세 졸음이 쏟아져서인지 씻을 생각도, 차후에 어떻게 해야 하는지도 아무런 생각도 하지 못한 채 그렇게 수마에 빠져들었다.

지안은 한참을 깊게 잠이 들다 날카롭게 차가운 느낌이 허리에 느껴지자 눈을 번쩍 뜨며 주변을 두리번거렸다.

나신인 채 두 사람은 새벽녘까지 잠에 든 것 같았다. 평건은 반바지만 가볍게 걸치고 나신인 지안의 허리에 얼음주머니를 가져다 살며시 올리고 있었다.

"차가워요……."

"후회된다. 괜히 괴롭힌 기분이야."

"이거 꼭 해야 해요?"

"뭐라도 하는 게 너 골반 아픈 데 좋지 않을까 싶더라고. 한 5분만 하고 따듯한 걸로 바꿔 줄게."

잠이 점점 깨면서 통증이 있어야 할 곳이 어쩐지 보송보송한 것처럼 느껴졌다. 지안은 베개에 얼굴을 파묻다 말고, 엎드려졌던 몸을 일으키려다 다시 숙였다. 그리고 주변에 있는 이불을 모아 가슴에 쥐고 고개를 돌렸다.

"저 어제 안 씻고 바로 잠들었죠?"

"따듯한 수건으로 다 닦았어. 이따 해 뜨면 샤워해. 지금 샤워하고 나오면 춥잖아."

"푸— 창피해."

평건은 지안의 옆으로 다가와 비죽 웃으며 헝클어진 머리를 뒤로 넘겨 쓰다듬었다. 이불 속으로 파고들려는 남자에게 아직도 나신인 몸을 보이기 싫었지만, 강하게 밀고 들어오는 것을 도저히 방어할 수 없어 이불 속을 내어 주고야 말았다.

품 안에 다시 가둬져 숨쉬기가 버거울 정도로 공간이 좁아졌다. 그러나 이대로 질식해 죽는 한이 있어도 숨 막힌다는 말은 내뱉고 싶지 않았다.

◈

검은 세단이 서울 외각에 있는 어느 공장 부지를 돌고 있었다. 지안이 백 실장 밑에서 일할 때마다 자주 찾아왔던 공장 부지였다. 혼자서 찾아올 예정이었지만, 요즘 들어 지안의 일거수일투족을 함께하려고 고집을 피우는 평건 때문에 오늘도 같이 찾아와 버렸다.

운전대를 잡고 1시간 이상을 차를 타고 이동하던 중, 평건이 몸담고 있는 회사의 장학재단에서 진수의 학비를 지원하고 있었다는 사실을 뒤늦게 알게 됐다. 지안이 서운하다는 듯 입을 내밀었다.

"어떻게 저한테 말 안 할 수가 있었어요?"

"원장수녀님이 아실 일이지 네가 꼭 알아야 할 일은 아니잖아."

"저, 법적으로는 아니지만 진수 누나와도 같은 사람이에요. 그리고 꼭 지인찬스로 장학금 받는 것 같아서 꽤 자존심 상해하던 눈치였단 말이에요……."

"자존심이 사회에 나와서 밥 먹여 준대? 좋은 조건에 좋은 기회가 왔을 때 잡을 수 있도록, 또는 올바른 길로 갈 수 있도록 인도해 주는 것도 어른들의 몫이야."

"……."

"그래그래, 누나의 몫이기도 하고."

"피……."

"일찍 말 못 한 건 미안해. 나중에 알리는 게 좋을 거라고 생각했어. 그리고 장학재단 선발되는 거 내 힘으로 한 거 아니야. 성적도 꽤 좋았어. 녀석이 공부도 잘하더라고."

"……."

"도착했다. 천천히 다녀와. 내 욕은 너무 하지 말고."

남자의 말은 진수를 위한 현실적인 조언이었다.

이런 와중에 자신에게 먼저 알려 주지 않았다며 툴툴거리고나 있었으니, 정말 누나 자격이 있는 건지 모르겠다. 알 수 없는 자괴감에 푹 한숨을 쉬고 정문에 세워진 차에서 내리려던 참이었다. 평건이 지안의 팔을 잡아끌었다.

"그냥 내릴 거야? 입술 주고 가라."

부드럽게 맞물린 입술이 떨어지자 다시금 얼굴이 화끈거리는 것 같았다.

"다녀올게요. 오래 걸리진 않을 거예요."

"서두르지 마. 여기서 기다릴게."

차 밖으로 내려 입구로 다가섰다. 점점 추워지는 공기가 어쩐지 더욱 건조하게 느껴졌다. 작은 발을 부지런히 움직여 정문을 지나치자 항상 바쁜 공장 사람들은 그대로 각자 위치에서 할 일을 하며 자리를 지키고 있었다.

저 멀리서 유진과 백 실장이 지안을 기다리는 듯 빙그레 웃으며 반기고 있었다. 장소는 분명 익숙한데 공기는 무척 다르게 느껴졌다.

백 실장과 유진이 함께하던 시절에는 언제나 핸드폰에 불이 붙은 것처럼 쉴 틈 없이 벨이 울렸다. 이제는 휴대폰이 조용했다. 더 이상 일에 대한 복잡한 생각으로 그들을 마주하는 게 아니었다.

"이런, 운전기사까지 달고 왔네? 인력치고는 꽤 고급 인력 아닌가?"

"그동안 잘 지내셨어요?"

"보는 바와 같이. 우리는 공장 쪽으로 사무실을 옮겼어. 들었지?"

유진은 반가운 마음, 서운한 마음이 반반 섞인 표정으로 현관문을 열어 지안이 들어올 수 있도록 안내했다. 이제는 직원이 아닌 손님이었다.

"커피 마실래?"

"응, 고마워."

유진이 커피를 뽑으러 간 사이 백 실장은 급한 전화를 마무리하고 지안의 맞은편에 앉았다.

"너 하나 갔는데, 참 많은 게 달라졌다."

"그때는 정말 죄송했어요. 지금도 드릴 말씀이 없어요."

"아니, 이해해. 차평건의 여자가 되려면 그 정도 사고는 좀 쳐주고, 상처도 받고 해야지. 큰 사고가 있었다고 전해 들었는데 다행히 멀쩡하다고 해서 감사했어. 반성도 많이 했고."

"……."

"그때는 나도 미안했어. 내 욕심도 좀 있었으니까."

유진이 커피를 세 잔을 뽑아 내려놓고 자리에 앉자 그제야 옛 생각이 떠올랐다. 어쩐지 바로 어제 퇴근하고 오늘 출근한 기분이었다.

"사무실은 언제 여기로 옮긴 거예요?"

"동대문에서 공장 쪽으로 이사한 건 거의 2년 전쯤……. 네 자리가 공석됐을 때?"

"그랬구나. 오히려 이쪽으로 사무실을 옮긴 게 더 좋은 거 같아요. 항상 왔다 갔다 하기 힘들어했잖아요. 이쪽이랑 더 교류가 많고 하니까."

"일은 다시 안 할 거야?"

"당분간은요. 대학원 준비하고 있어요."

"그거 하면서 일해도 되잖아. 아, 평건 그 자식이 반대하려나."

"이길 재간이 없어요, 제가 항상 약자라서."

약자라는 말에 백장미는 너그럽게 웃으며 커피를 한 모금 들이켰다. 전화가 연신 울려 대느라, 가벼운 안부를 묻는 대화가 몇 차례 오간 뒤에는 도무지 자리에 가만히 앉아 있을 수만은 없을 것 같았다.

백장미는 이미 전화를 받으러 엉덩이를 떼고 붙이길 반복했다. 유진은 사무실 전화를 핸드폰으로 돌린 뒤 자리에 앉았다.

얼마 전 공장 부지로 찾아와 이들을 만나기 전, 백장미와의 통화로 유진이 1년 전쯤 결혼을 했고, 슬하에 아이가 하나 있다는 이야기를 전해 들었다.

언제 만난 남자인지, 아이의 성별이 무엇인지. 이것저것 궁금했지만 입이 무거워 잘 떼어지지 않으려던 찰나였다.

“아들이야.”

“미안하고 축하한다. 결혼식 때 가 보지도 못했어. 아이는 예쁘겠다. 너 닮아서.”

손을 맞잡고 말이라도 이렇게 하고 나니 마음이 편한 것 같았다.

“애기 뒷방에서 자고 있는데, 볼래?”

“정말 여기에 있어?”

“응, 오늘 어린이집 안 보내고 데려왔어. 너도 보여 주고 싶고 그래서.”

“그럼, 애기 얼굴만 보고 금방 가야겠다. 아무래도 날을 잘못 고른 거 같아. 너무 바쁘네.”

자리에서 일어나려던 찰나 장미는 수화기를 막고 다녀오라며 손짓했다. 지안은 인사를 하고 조용히 사무실 밖으로 따라 나가 걸어갔다.

얼마 가지 않아 나무로 만들어진 작은 문을 열자, 정사각으로 펼쳐진 도톰한 이불 위로 새근새근 낮잠을 자고 있는 아이의 모습이 보여 탄성을 질렀다.

백장미는 사무실에서 전화를 끊고 두 사람이 나간 문을 멍하니 바라봤다. 문을 열고 밖으로 나가자 두 사람의 대화 소리가 건물 뒤쪽에서 들렸다.

멀찌감치 앞을 내다보자, 평건은 아직도 시동을 켠 채 지안을 기다리고 있는 듯 보였다. 장미는 차게 식은 눈으로 공장 정문을 가로질러 차로 성큼성큼 다가가 운전석 창문에 똑똑 노크했다.

무심하게 내려가는 차창 안으로 무심한 표정의 평건이 보였다.

"짜식, 왔으면 같이 들어오든가 해야지. 뭐냐?"

"난 용건 없는데."

"어휴! 싸가지!"

"볼일 없으면 창문 올린다. 찬바람 들어와."

내려갔던 창문이 다시 올라가려 하자, 백장미는 다급한 듯 창문을 부여잡았다.

"아, 잠깐 잠깐."

"뭐."

"고맙다고. 유지안 찾아 줘서. 그리고…… 옆에 데리고 있어 줘서."

"좀 어감이 이상하긴 한데, 그래. 그렇다고 하자."

"궁금하지 않아?"

"……."

금방이라도 창문을 다시 올릴 줄 알았던 차평건은 백장미의 말에 귀를 기울이며 다음 말을 기다리고 있었다. 지안으로 인해 쉽게 흔들리는 마음은, 항상 자신을 약자로 만들었다.

"내가 유지안을 너에게 보냈던 이유 말이야."

"……."

장미는 더 이상 유리창에 손을 대고 막지 않았다. 팔을 떼고 한 발자국 뒤로 물러나 팔짱을 낀 채, 진지한 표정으로 마지막 인사를 하는 사람처럼 굴었다.

"잊히지 말았으면 하는 것들이 나에겐 존재했어. 누구나 인생을 살면서 그런 것들 있잖아. 잊히지 말았으면 해서 항상 되뇌고, 새기고 싶은 것들. 그중 하나가 너의 어머니의 열정이었어. 난 그걸 존경했고, 언뜻 지안에게서 그걸 봤어. 가능성, 그리고 열정."

"그랬군. 짐작은 하고 있었지만 그래도 좀 치사했어, 청첩장은."

"뭐, 실연 없이 해피엔딩이 되는 건 좀 심심하잖아."

"내가 고생한 건 덤이고?"

"어릴 때부터 너한테 당했던 게 하도 억울해서 말이야. 복수할 게 좀 남아 있기도 했고."

어깨를 으쓱이는 장미는 꼭 막판 게임의 우승자인 것처럼 굴었다. 그런 장미를 우두커니 바라보며 평건은 입꼬리를 살며시 올렸다.

"인혁이랑 틀어진 게 내 탓은 아니었잖아."

"야, 그냥 좀 넘어가. 십 년도 넘은 이야기 세세하게 풀지 마."

"먼저 시작해 놓고. 아, 추워. 유지안 빨리 나오라고 좀 전해 줘. 저녁 맛있는 거 먹어야 돼."

"얼씨구. 마침 저기 온다, 야."

막바지 가을에 볕이 제대로 내리쬐고 있었다.

유진은 지안의 옆에 서서 나란히 걸었고, 지안의 품엔 유진의 아이가 안겨 있었다. 막 잠에서 깼는데도 칭얼거리지도 않고 방긋방긋 웃으며 한 살 아이의 귀여움을 내뿜고 있었다. 지안은 뭐가 그렇게 즐거운지 어화둥둥 아이를 안고 정문을 가로질러 평건에게 다가오고 있었다.

기다림, 그 기다림 끝에는 결국 네가 있을까 항상 고민하던 때가 있었다. 분명 계절에 끝에 네가 있던 건 확실했다.

지안이 아이를 유진에게 넘겨주고 백 실장에게 인사를 하자, 실장은 아쉬운 듯 지안의 어깨를 다독이며 되물었다.

"진짜 복직 안 할래? 연봉 높여 줄게. 진심. 아, 많이는 못 올려 줘."

"조금만 더 생각해 볼게요."

"다른 데 취직하면 배신이야. 나 포기 안 한다."

"알아요. 그럴 생각 없어요. 오게 되더라도 꼭 실장님 밑으로 다시 들어갈 거예요. 정말로요."

"알았어. 가 봐. 차평건한테 운전 조심하라고 하고."

"유진이도 잘 있어. 육아하랴, 일하랴 고생이겠어."

"응, 조심히 돌아가. 잠깐이라도 봐서 반가웠어."

지안은 손을 흔들며 차에 올라탔고, 평건은 보조석 유리를 내려 주며 지안이 아쉬운 인사를 계속할 수 있도록 배려했다.

그리고 천천히 출발했다.

멀어지는 두 사람의 인영이 서서히 안 보일 때쯤, 지안은 차가운 바람이 쌩쌩 들어오는 창문을 올렸다. 지안이 콧물을 훌쩍거리자 평건은 미간을 찌푸리며 고개를 돌렸다.

"거봐, 날씨 추워진다고 옷 얇게 입지 말라니까."

"그런 거 때문 아니에요."

"오랜만에 다들 보니까 좋지?"

"네, 너무나요."

"그러니까 이제 다시는 어디 가지 마."

"백 실장님 밑에서 다시 일하고 싶어요."

"안 돼, 걔는 너무 머슴처럼 사람 굴려 먹어."

"제 맘이거든요?"

평건은 한 손으로 운전을 하며, 웃으며 대꾸하는 지안의 손을 꼭 잡고 절대 놔주지 않을 것처럼 굴었다.

슬픈 경험을 해 보기도 했고, 또 꿈 없이 시체처럼 멍하니 지냈던 날들도 있었다. 그럼에도 결국 이렇게 남자의 옆에 있는 것을 선택한 자신에게 칭찬도 위로도 할 수 없었다.

가끔 이것이 꿈이 아닐까 하는 생각에 사로잡힐 때가 있다.

그럴 때마다 남자의 아득한 품에 한 번 더 안겨 보기도 했고, 또 옷장을 열어 가지런히 걸려 있는 와이셔츠들을 한 품에 와락 안아 보기도 했다.

그러고 나면 얼마 지나지 않아 평건이 눈앞에 나타났고, 자신은 그런 그의 사랑을 조용히 받아들였다.

그에 보답하듯 항상 변함없이 파도처럼 밀려와 자신을 감싸주는 그에게 감사했다.

오늘도 갈구한다. 파도처럼 크고 멋진 그 사람의 품을.

작가 후기

여운이 남는 글을 쓰는 것이 꿈이다.

매번 키보드 위에 손가락을 올리면 마음과는 다르게 지루한 글들만 탄생하는 것 같은 그런 괴리감에 빠지곤 했다. 그런 감정으로 바닥을 긁을 때 탄생한 작품이 바로 '커버스티치' 였다.

자극적이고 속도감 있는 글보다는, 여운이 남고 잔잔한 사랑 이야기를 쓰고 싶었다.

어느새 정신을 차리고 보니 나는 차분한 그들의 세상 속에서 유영하고 있었다.

이북으로 처녀작을 쉽게 내고 나서부터 어느 날 고민이 생겼더랬다. 쉽게 말해 글을 너무 빨리 또는 쉽게 쓰는 것이 아닌가에 대한 고민. 여운 있는 글을 쓰겠다는 사람으로서 하는 행동으로는 바람직하지 않아 보였다.

하지만 성격이 급한 탓에 속도를 내면서 글을 쓰고 싶어 하는 이상한 병에 걸려 있는 것 같기도 했다.

'커버스티치'는 유난히 속도를 낼 수 없었던 소설이었다. 그래서인지 안 좋은 집필 습관들을 정면으로 바라봐 주게 하고 고쳐 준 아이이기도 했다.

그리고 '커버스티치' 덕분에 더 많은 단어를 알고 싶어 하는 욕심에 사로잡히기도 했다.

어떤 글이든 쓰다 보면 밑천이 쉽게 드러나곤 한다. 그럴 때면 단어의 나열이나 문장이 조잡해지곤 하는데, 그러고 나면 조잡한 글이 써진 하얀 모니터 화면이 나를 노려보는 것 같아 무서웠다.

나의 글쓰기 인생에서 가장 힘들었던 습관들을 깊숙이 넣어 놓고 집필했다. 그래서 더욱 애착이 들어 마침표를 찍기가 힘들었다.

두 주인공에게 고마웠던 건, 커버스티치의 내용이 진전될수록 내가 키보드 위에서 갓 연애를 시작하는 20대의 풋풋한 여자가 된다는 것이었다.

주인공들에게 오랜 시간 동안 진득하게 빙의되어 사랑했다. 그들로부터 남은 여운을 이어받아 올해는 따듯한 겨울을 보낼 수 있지 않을까 하는 생각이 든다.

커버스티치

초판 1쇄 찍음 2015년 10월 26일
초판 1쇄 펴냄 2015년 10월 30일

지은이 | 소 민
펴낸이 | 정 필
펴낸곳 | **(주)뿔미디어**

기획 · 편집 | 안리라, 조미연

출판등록 | 2002년 9월 11일 (제1081-1-132호)
주소 | 경기도 부천시 원미구 소향로 17, 303(두성프라자)
전화 | 032)651-6513 / 팩스 | 032)651-6094
E-mail | dahyangs@naver.com
블로그 | http://blog.naver.com/dahyangs
홈페이지 | http://bbulmedia.com

값 9,000원

ISBN 979-11-315-6877-4 03810

www.bbulmedia.com

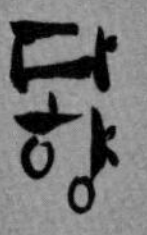

www.bbulmedia.com